Copyright © Mark Lawrence 2014
Tradução para a língua portuguesa
© Dalton Caldas, 2015

© Jason Chan, ilustração de capa
© Andrew Ashton, mapa

Os personagens e as situações desta obra
são reais apenas no universo da ficção;
não se referem a pessoas e fatos concretos,
e não emitem opinião sobre eles.

Diretor Editorial
Christiano Menezes

Diretor Comercial
Chico de Assis

Gerente de Novos Negócios
Frederico Nicolay

Editor
Bruno Dorigatti

Design e Capa
Retina 78

Designer Assistente
Pauline Qui

Revisão
Marlon Magno
Ulisses Teixeira

Impressão e acabamento
Intergraf

DADOS INTERNACIONAIS DE CATALOGAÇÃO NA PUBLICAÇÃO (CIP)
Angélica Ilacqua CRB-8/7057

Lawrence, Mark
  Prince of fools / Mark Lawrence; tradução de Dalton Caldas. - -
Rio de Janeiro : DarkSide Books, 2015.
  416 p. (A Guerra da Rainha Vermelha, v. 1)

  ISBN: 978-85-66636-77-2
  Título original: Prince of Fools

  1. Literatura inglesa 2. Ficção I. Título
  II. Caldas, Dalton III. Série

15.1012   CDD 823.6

Índices para catálogo sistemático:
1. Literatura inglesa - Ficção.

DarkSide® *Entretenimento LTDA.*
Rua do Russel, 450/501 - 22210-010
Glória - Rio de Janeiro - RJ - Brasil
www.darksidebooks.com

LIVRO I

TRADUÇÃO
DALTON CALDAS

DARKSIDE

Dedicado à minha filha, Heather.

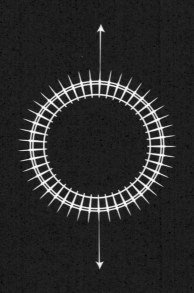

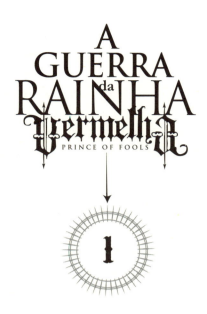

Sou mentiroso, trapaceiro e covarde, mas nunca, nunquinha, vou deixar um amigo na mão. A não ser, é claro, que para isso seja preciso sinceridade, jogar limpo ou coragem.

Sempre achei que bater em um homem pelas costas é a melhor maneira de fazer as coisas. Isso às vezes pode vir acompanhado de uma artimanha simples. Frases clássicas como "O que é aquilo ali?" funcionam bastante, surpreendentemente, mas, para resultados realmente ideais, é melhor se a pessoa nem ficar sabendo que você esteve ali.

"Ai! Jesu! Por que diabo fez isso?" Alain DeVeer se virou, botando a mão na parte de trás da cabeça e sentindo-a sangrar.

Quando a pessoa em quem você bate não tem a elegância de cair, geralmente é melhor ter um plano B. Eu larguei o que restou do vaso, me virei e corri. Na minha cabeça, ele havia se curvado com um agradável "ufff" e me deixado livre para sair da mansão sem ser observado, passando por cima de seu corpo desmaiado de bruços no caminho. Em vez disso, seu corpo desmaiado agora estava me perseguindo pelo corredor e clamando por sangue.

Eu atravessei a porta de Lisa com tudo e a bati atrás de mim, me preparando para o impacto.

"Mas que diabo...?" Lisa se sentou na cama, com os lençóis de seda escorrendo sobre sua nudez feito água.

"Hã..." Alain se chocou contra a porta, arrancando o ar de meus pulmões e fazendo meus calcanhares se arranharem nos ladrilhos. O truque é nunca correr para pegar o trinco. Você acaba se atrapalhando e leva uma pancada da porta se abrindo bem na sua cara. Prepare-se para o impacto. Quando terminar, feche o trinco enquanto a outra parte está se levantando do chão. Alain demonstrou ser preocupantemente rápido em ficar de pé e eu quase engoli a maçaneta, apesar de minhas precauções.

"Jal!" Lisa já havia saído da cama, vestindo apenas a luz e as sombras através das venezianas. Listras lhe caíam bem. Mais doce que a irmã mais velha, mais inteligente que a irmã mais nova. Mesmo naquele momento eu a desejei, mesmo com seu irmão assassino contido apenas por dois centímetros de carvalho e com minhas chances de fuga evaporando a cada momento.

Corri até a maior janela e arranquei as venezianas.

"Peça desculpas a seu irmão por mim." Lancei uma perna para fora da janela. "Identidade trocada ou algo do tipo..." A porta começou a estremecer enquanto Alain batia do outro lado.

"Alain?" Lisa conseguiu parecer furiosa comigo e apavorada ao mesmo tempo.

Eu não parei para responder e me atirei nos arbustos, que felizmente eram do tipo perfumado, em vez de espinhentos. Cair em um arbusto de espinhos pode levar a um sofrimento sem fim.

A aterrissagem é sempre importante. Eu caio bastante e não é como você começa que importa, mas como termina. Neste caso, eu terminei igual a uma sanfona, com os calcanhares na bunda, o queixo nos joelhos, metade de um arbusto de azaleia dentro do nariz e todo o ar retirado dos meus pulmões, mas sem nenhum osso quebrado. Consegui sair e manquei na direção do muro do jardim, com a respiração ofegante, rezando para que os funcionários estivessem ocupados demais com as tarefas da madrugada para virem me caçar.

Saí correndo, passando pelos gramados formais, atravessando a horta de ervas, fazendo um caminho reto por todos os pequenos losangos de sálvia, triângulos de tomilho e coisas assim. Em algum lugar lá da casa, um cachorro ladrou e aquilo me deu medo. Sou um bom corredor normalmente, mas, quando me borro de medo, sou de outro nível. Dois anos atrás, no "incidente da fronteira" com Scorron, eu corri de uma patrulha de teutões, cinco deles em enormes cavalos de batalha. Os homens que eu comandava ficaram parados, sem nenhuma ordem. Descobri que o importante em uma fuga não é a rapidez com que se corre, mas simplesmente que se corra mais rápido do que o outro. Infelizmente, meus rapazes fizeram um péssimo trabalho em atrasar os Scorron e isso deixou o pobre Jal aqui correndo para sobreviver, sem nem vinte anos nas costas e uma enorme lista de coisas ainda por conquistar – com as irmãs DeVeer entre as prioridades. Morrer em uma lança Scorron não estava nem na primeira página da lista. De qualquer modo, as fronteiras não são lugar para esticar as pernas de um cavalo de guerra e mantive distância entre nós correndo por um campo pedregoso a uma velocidade alucinante. De repente, eu me vi indo em direção a um confronto violento entre uma tropa muito maior de irregulares de Scorron e um bando de guerrilheiros de Marcha Vermelha, para os quais eu estava patrulhando inicialmente. Disparei para o meio de tudo aquilo e agitei minha espada, cego de medo, tentando escapar. Quando a poeira baixou e o sangue parou de jorrar, descobri que era o herói do dia, destruindo o inimigo com um ataque corajoso que demonstrava completo desprezo pela minha própria segurança.

MARK LAWRENCE

Então o negócio é o seguinte: a coragem pode ser observada quando uma pessoa passa por cima de um medo enquanto foge secretamente de um pavor maior. E aqueles cujo maior medo é ser considerado covarde são sempre corajosos. Eu, por outro lado, sou um covarde. Mas, com um pouquinho de sorte, um belo sorriso e a habilidade de mentir como ninguém, fiz um trabalho surpreendentemente bom de parecer um herói e de enganar a maioria das pessoas na maior parte do tempo.

O muro dos DeVeer era alto e ameaçador, mas éramos velhos amigos: eu conhecia suas curvas e fraquezas tão bem quanto os contornos de Lisa, Sharal ou Micha. Rotas de fuga sempre foram uma obsessão minha.

A maioria das barreiras existe para manter os sujos do lado de fora, não os limpos do lado de dentro. Pulei de um tambor de chuva para cima do telhado das dependências de um jardineiro e saltei para o muro. Dentes estalaram perto de meus calcanhares enquanto eu me puxava para o outro lado. Eu me pendurei pelos dedos e me soltei. Um tremor de alívio passou por mim enquanto o cachorro começou a latir e arranhar o outro lado do muro, frustrado. A fera havia corrido em silêncio e quase me pegou. Os silenciosos são capazes de te matar. Quanto mais barulho e fúria houver, menos mortífero é o animal. Isso serve para os homens também. Sou nove partes de barulho e uma parte de ganância e, até agora, nem um pingo de matança.

Aterrissei na rua, com menos peso desta vez, livre e ileso, e, se eu não tinha cheiro de rosas, pelo menos cheirava a azaleias e ervas variadas. Alain seria problema para outro dia. Ele podia tomar seu lugar na fila. Era uma fila longa e, à frente dela, estava Maeres Allus segurando uma dúzia de notas promissórias, títulos e ordens de pagamento rabiscados embriagadamente em lingeries de seda de prostitutas. Eu me levantei, me estiquei e escutei o cão reclamando detrás do muro. Eu precisaria de um muro mais alto que aquele para manter os capangas de Maeres longe.

A Via dos Reis estendia-se diante de mim, repleta de sombras. Na Via dos Reis, os sobrados das famílias nobres competem com a ostentação das mansões dos príncipes-mercadores, dinheiro novo tentando brilhar mais forte que o antigo. A cidade de Vermillion tem poucas ruas tão bonitas.

"Levem-no para o portão! Ele conhece o cheiro." Vozes lá do jardim.

"Aqui, Plutão! Aqui!"

Aquilo não soou bem. Saí correndo na direção do palácio, assustando ratos e espalhando os estrumeiros que faziam suas rondas, com a aurora me perseguindo, atirando lanças vermelhas em minhas costas.

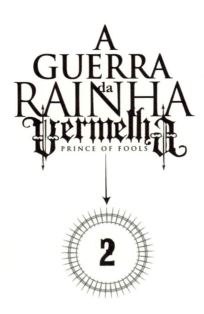

O palácio de Vermillion é um extenso conjunto de construções muradas, jardins requintados, mansões secundárias para parentes e finalmente o Palácio Interno, o grande edifício de pedra que abriga os reis de Marcha Vermelha há gerações. Ele é todo enfeitado com estatuaria de mármore, talhada de maneira espantosamente realista por artistas de Milão, e um homem dedicado provavelmente poderia raspar tantas folhas de ouro das paredes que se tornaria um pouco mais rico que Creso. Minha avó realmente detesta aquilo. Ela ficaria mais feliz atrás de barricadas de granito com trinta metros de espessura e as cabeças de seus inimigos espetadas em lanças.

Nem no mais decadente dos palácios é possível entrar sem certo protocolo, no entanto. Eu entrei pelo Portão dos Médicos, jogando uma moeda de prata para o guarda.

"Te fiz sair cedo de novo, Melchar." Faço questão de saber os nomes dos guardas. Eles ainda me veem como o herói da Passagem Aral e é útil ter os guardiões ao seu lado quando sua vida está suspensa em uma teia de mentiras tão grande quanto a minha.

"Salve, Príncipe Jal. Os que trabalham melhor trabalham mais, como dizem."

"Verdade." Não fazia ideia do que ele dissera, mas minha risada falsa é ainda melhor do que a verdadeira, e noventa por cento de ser popular consiste na habilidade de bajular a criadagem. "Eu mandaria um desses desgraçados preguiçosos revezarem." Acenei na direção do brilho do lampião que vazava pela fresta da porta da guarita e atravessei os portões quando Melchar os abriu.

Lá dentro, segui reto até o Salão Roma. Como terceiro filho da rainha, meu pai tomou posse do Salão Roma, um suntuoso prédio vaticano construído pelos próprios empregados do papa para o cardeal Paracheck sabe-se lá há quanto tempo. Vovó já tem pouco tempo para Jesu e sua cruz, apesar de dizer as palavras em comemorações e parecer sincera. Ela tem bem menos tempo para Roma e nenhum para a papisa que está no trono agora – a Santíssima Vaca, como ela a chama.

Como terceiro filho de meu pai, não ganho porra nenhuma. Um quarto no Salão Roma e uma comissão indesejada no Exército do Norte que nem uma cavalaria me trouxe, já que as malditas fronteiras do norte são montanhosas demais para os cavalos. Scorron usa cavalaria nas fronteiras, mas vovó declarou que a teimosia deles é um defeito que Marcha Vermelha deveria explorar, em vez de ir atrás daquela bobagem. Mulheres e guerra não se misturam. Já falei isso antes. Eu deveria estar arrasando corações em um cavalo branco com armadura de torneio. Mas não, aquela bruxa velha me mandou rastejar pelos picos tentando não ser assassinado por plebeus de Scorron.

Entrei no salão – na verdade uma coleção de salões, salões nobres, salões de dança, cozinhas, estábulos e um segundo andar com uma infinidade de quartos – pela porta oeste, uma porta de serviço para ajudantes de cozinha e outros. Gordo Ned estava de guarda, com sua alabarda apoiada na parede.

"Ned!"

"Mestre Jal!" Ele acordou com um susto e chegou perigosamente perto de cair para trás com a cadeira.

"À vontade." Eu pisquei para ele e passei. Gordo Ned mantinha a boca fechada e minhas excursões estavam a salvo com ele. Ned me conhecia desde que eu era um monstrinho que maltratava os príncipes e as princesas menores e bajulava os que eram grandes o bastante para me bater. Ele já era gordo naquela época. As pelancas agora estavam penduradas conforme a morte se aproximava para o golpe final, mas o nome pegou. Há força em um nome. "Príncipe" tem me servido muito bem – algo para me proteger quando aparece um problema – e "Jalan" traz os ecos do Rei Jalan de Marcha Vermelha, Punho do Imperador, na época que tínhamos um. Um título e um nome como Jalan carregam consigo uma aura suficiente para me conceder o benefício da dúvida – e nunca houve nenhuma dúvida de que eu precisava dele.

Quase cheguei de volta ao meu quarto.

"Jalan Kendeth!"

Parei a dois passos da varanda que dava para meus aposentos, com os dedos prontos para o próximo passo, de botas na mão. Eu não disse nada. Às vezes, o bispo simplesmente berrava meu nome quando descobria alguma travessura qualquer. Para ser justo, eu quase sempre era a causa principal. Desta vez, porém, ele estava olhando diretamente para mim.

"Estou vendo você bem aí, Jalan Kendeth, com os pés pretos de pecado ao voltar para o seu covil. Venha já aqui!"

Eu me virei com um sorriso de desculpas. Os religiosos gostam que você se desculpe muitas vezes não importa por que está se desculpando. Neste caso, eu me desculpei por ser pego.

"E uma ótima manhã para o senhor, excelência." Joguei as botas para trás e caminhei tranquilamente na direção dele como se fosse meu plano desde o início.

"Sua eminência me ordenou a apresentar você e seus irmãos na sala do trono ao segundo sino." Bispo James fez cara feia para mim, com as bochechas acinzentadas pela barba por fazer, como se ele também tivesse sido forçado a sair da cama a uma hora injusta, embora não pelo belo pé de Lisa DeVeer.

"Meu pai deu essa ordem?" Ele não dissera nada à mesa na noite anterior, e o cardeal não se levantava antes do meio-dia, não importa o que o livro sagrado tenha a dizer sobre a preguiça. Chamam isso de pecado mortal, mas na minha experiência a luxúria te causa mais problemas e a preguiça só é pecado quando estão te perseguindo.

"A mensagem veio da rainha." O esgar do bispo se intensificou. Ele gostava de atribuir todos os comandos a meu pai, como o mais alto representante – apesar de menos entusiástico – da Igreja de Marcha Vermelha. Vovó uma vez disse que ficou tentada a pôr o chapéu de cardeal no jumento mais próximo, mas meu pai estava mais perto e parecia ser mais fácil de conduzir. "Martus e Darin já saíram."

Dei de ombros. "Eles chegaram antes de mim também." Eu ainda não perdoara meus irmãos mais velhos por essa desfeita. Parei, fora do alcance do bispo, pois o que ele mais amava era tirar os pecados de um príncipe desobediente através de alguns tapas, e me virei para subir. "Vou me vestir."

"Você não deve deixar a rainha esperando! Já está quase no segundo sino e você nunca se arruma em menos de uma hora."

Por mais que eu quisesse contestar, o velho tolo tinha razão, e eu sabia que não devia me atrasar para a Rainha Vermelha. Contive o escárnio e passei apressado por ele. Eu estava com as roupas que havia usado para minhas escapulidas da madrugada e, embora fossem suficientemente estilosas, o veludo não tinha se saído tão bem durante minha fuga. Ainda assim, teria de servir. Vovó preferia ver sua prole de armadura de batalha e pingando sangue, em todo caso, então um toque de lama aqui e acolá talvez me rendesse certa aprovação.

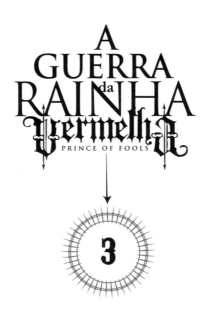

Cheguei atrasado à sala do trono, com os ecos do segundo sino sumindo antes que eu alcançasse as portas de bronze, troços enormes e inadequados roubados de algum palácio maior ainda por algum de meus parentes distantes e sanguinários. Os guardas me olharam como se eu fosse cocô de um passarinho que tivesse entrado voando por uma janela alta e esguichado diante deles.

"Príncipe Jalan." Revirei as mãos para apressá-los. "Talvez tenham ouvido falar de mim? Eu *fui* convidado."

Sem comentários, o maior deles, um gigante de malha cor de cobre e capacete com pluma carmim, abriu a porta esquerda, o bastante para me deixar entrar. Minha campanha de fazer amizade com todos os guardas do palácio nunca havia chegado nos soldados escolhidos por vovó: eles se achavam demais para isso. Além disso, também eram muito bem pagos para se impressionarem com meus trocados e talvez tenham sido avisados a meu respeito, de qualquer maneira.

Entrei sem ser anunciado e me apressei pela imensidão ecoante de mármore. Nunca gostei da sala do trono. Não por causa de sua grandiosidade arqueada, nem pela história talhada em pedra, de expressão sombria e nos encarando de cada parede, mas porque não há rotas de fuga. Guardas, guardas e mais guardas, além da observação constante daquela velha terrível que alega ser minha avó.

Fui em direção aos meus nove irmãos e primos. Parecia que esta seria uma audiência exclusiva para os netos reais: os nove príncipes mais jovens e a única princesa de Marcha Vermelha. Por direito, eu deveria ser o décimo na fila do trono, atrás de meus dois tios, os filhos deles, meu pai e meus irmãos mais velhos, mas a bruxa velha que estava ocupando aquele assento específico nos últimos quarenta anos tinha outras ideias sobre sucessão. Prima Serah, ainda a um mês de seu décimo oitavo aniversário e sem um pingo daquilo que uma princesa precisa ter, era a queridinha da Rainha Vermelha. Não vou mentir: Serah tinha pingos em excesso daquilo que faz uma mulher roubar os sentidos de um homem, portanto eu teria prazer em ignorar as opiniões habituais sobre o que primos devem ou não devem fazer. Na verdade, eu *havia* tentado ignorar essas regras diversas vezes, mas Serah tinha um gancho de direita cruel e um dom para chutar os pontos mais sensíveis que um homem possui. Hoje ela viera vestindo uma espécie de roupa de montaria de camurça fulva que parecia mais apropriada para caçar do que para a corte. Mas, minha nossa, como estava bonita.

Rocei nela ao passar e me acotovelei no meio de meus irmãos perto da frente do grupo. Sou um cara de tamanho decente, alto o bastante para fazer os homens hesitarem, mas normalmente não gosto de ficar ao lado de Martus e Darin. Eles me fazem parecer pequeno e, sem nada para nos diferenciar, todos com o mesmo cabelo dourado--escuro, além dos olhos castanhos, acabam se referindo a mim como "o pequeno". Disso eu não gosto. Nesta ocasião, no entanto, eu estava preparado para ser ignorado. Não era só estar na sala do trono que me deixava nervoso. Nem mesmo por causa da desaprovação mordaz de vovó. Era a mulher do olho cego. Ela me mete muito medo.

Eu a vi pela primeira vez quando me trouxeram diante do trono no meu quinto aniversário, meu dia onomástico, ladeado por Martus e Darin com suas melhores roupas de igreja, papai com seu chapéu de cardeal, sóbrio apesar do sol já ter passado do auge, minha mãe com sedas e pérolas e um bando de clérigos e damas da corte formando a periferia. A Rainha Vermelha estava sentada empertigada em sua grande cadeira troando alguma coisa sobre o avô do avô dela, Jalan, o Punho do Imperador, mas não prestei atenção – eu já a havia visto. Uma mulher idosa, tão velha que meu estômago se revirou só de olhar. Ela estava agachada à sombra do trono, encurvada para ficar escondida caso você olhasse do outro lado. O rosto dela era como papel que havia sido molhado e depois deixado para secar, seus lábios uma linha acinzentada, as maçãs do rosto acentuadas. Vestida com trapos e farrapos, ela não pertencia àquela sala do trono, destoando da decoração fina, dos guardas cor de bronze e do séquito resplandecente que viera ver meu nome ser designado a mim. Não havia movimento na anciã: ela quase poderia ter sido uma ilusão de ótica, uma capa jogada, um truque de linhas e sombras.

"...Jalan?" A Rainha Vermelha interrompeu sua litania com uma simples pergunta.

Eu havia respondido silenciosamente, desviando o olhar da criatura ao lado dela.

"Então...?" Vovó estreitou os olhos de maneira tão afiada que me prendeu.

Ainda assim, não falei nada. Martus me deu uma cotovelada com tanta força que minhas costelas podiam rachar. Não ajudou. Eu queria olhar novamente para aquela velha. Será que ainda estava lá? Será que ela se movera assim que meus olhos se desviaram? Imaginei como ela se moveria. Rápida como uma aranha. Meu estômago deu um nó bem apertado.

"Você aceita o dever que lhe incumbi, criança?", perguntou vovó, tentando ser bondosa.

Meus olhos se voltaram para a velha. Ainda estava lá, exatamente igual, com o rosto meio virado, olhando fixamente para vovó. Eu não havia reparado no olho dela a princípio, mas agora ele me atraiu. Um dos gatos do salão tinha um olho como aquele. Leitoso. Quase perolado. Cego, como minha babá chamava. Mas para mim ele parecia enxergar mais do que o outro olho.

"O que há de errado com o garoto? Ele é algum néscio?" A insatisfação de vovó repercutiu pela corte, silenciando os murmúrios.

Eu não conseguia parar de olhar. Fiquei ali parado, suando. Mal conseguindo me conter de molhar as calças. Com medo demais para falar, com medo demais até para mentir. Com medo demais para fazer qualquer coisa que não fosse suar e manter os olhos naquela velha.

Quando ela se mexeu, eu quase gritei e saí correndo. Mas só deixei escapar um guincho. "V-vocês não conseguem vê-la?"

Ela entrou em movimento. Tão lenta a princípio que era preciso compará-la com o fundo para ter certeza de que não era imaginação. Depois acelerou, suave e precisamente. Ela virou aquele rosto horrível na minha direção, com um olho escuro e o outro leitoso e perolado. Ficou abafado, de repente, como se todas as grandes lareiras tivessem se acendido ruidosamente com uma voz ardente, provocadas à fúria em um belo dia de verão, com as chamas saltando das grades de ferro como se só quisessem ficar entre a gente.

Ela era alta. Agora dava para ver, encurvada porém alta. E magra feito um osso.

"Não conseguem vê-la?" Minhas palavras ficaram estridentes, eu apontei e ela deu um passo na minha direção, estendendo a mão branca.

"Quem?", disse Darin ao meu lado, com nove anos nas costas e velho demais para essas baboseiras.

Eu não tinha voz para lhe responder. A mulher do olho cego havia posto aquela mão de papel e ossos sobre a minha. Ela sorriu para mim, contorcendo o rosto de maneira horrível, como minhocas se retorcendo umas sobre as outras. Ela sorriu, e eu caí.

Eu caí em um lugar quente e cego. Dizem que eu tive um ataque, convulsões. Uma "lepsia", o médico disse a meu pai no dia seguinte, uma doença crônica, mas nunca mais tive outro ataque em quase vinte anos. Tudo o que sei é que caí e acho que nunca mais parei de cair desde então.

Vovó havia perdido a paciência e me deu meu nome enquanto eu me contorcia e me revirava no chão. "Tragam-no de volta quando a voz dele mudar", disse ela.

E foi só isso durante oito anos. Voltei à sala do trono aos treze anos, para ser apresentado à vovó antes da festa da Saturnália no duro inverno de 89. Naquela ocasião, e em todas as outras desde então, segui o exemplo de todo mundo e fingi não ver a mulher do olho cego. Talvez eles realmente não a vejam porque Martus e Darin são burros demais para atuar e péssimos mentirosos, e, no entanto, os olhos deles nem piscam quando olham na direção da velha. Talvez eu seja o único a vê-la batendo os dedos no ombro da Rainha Vermelha. É difícil não olhar quando você sabe que não deve. É como o busto de uma mulher, com os peitos espremidos e levantados para inspeção. Mas um príncipe não deve perceber, não deve abaixar os olhos. Eu tento com mais afinco com a mulher do olho cego e na maior parte das vezes consigo – embora vovó me olhe de maneira estranha de tempos em tempos.

De todo modo, nesta manhã em especial, suando nas roupas que usei na noite anterior e com metade do jardim dos DeVeer para decorá-las, não me importei nem um pouco em ficar no meio de meus irmãos grandalhões e ser "o pequeno", fácil de ignorar. Sinceramente, a atenção tanto da Rainha Vermelha quanto de sua irmã silenciosa eram coisas das quais eu poderia viver sem.

Nós ficamos de pé por mais dez minutos sem falar. Alguns príncipes bocejavam, outros trocavam o peso de um pé para outro ou lançavam olhares azedos na minha direção. Eu realmente tento impedir que minhas desventuras poluam as águas plácidas do palácio. Não é aconselhável cagar onde se come e, além do mais, é difícil se esconder atrás de sua posição quando a parte ofendida também é um príncipe. Mesmo assim, ao longo dos anos, eu dera a meus primos poucos motivos para me amar.

Finalmente, a Rainha Vermelha entrou, sem fanfarra, mas ladeada por guardas. O alívio foi momentâneo – a mulher do olho cego veio em seu rastro e, apesar de eu ter me virado o mais rápido possível, ela me pegou olhando. A rainha se acomodou em seu assento real e os guardas se posicionaram em volta das paredes. Um único camareiro – Mantal Drews, acho – ficou pouco à vontade entre a progênie real e nossa soberana, e, mais uma vez, a sala voltou a ficar em silêncio.

Observei vovó e, com algum esforço, evitei que meu olhar se desviasse para a mão branca e enrugada apoiada no trono, atrás da cabeça dela. Ao longo dos anos, ouvi muitos rumores sobre a conselheira secreta de vovó, uma mulher velha e meio louca que ficava escondida – a Irmã Silenciosa, como a chamavam. Mas parecia que só eu sabia que ela ficava ao lado da Rainha Vermelha todos os dias. Os olhos das outras pessoas pareciam evitá-la, da maneira que eu sempre desejei que os meus fizessem.

A Rainha Vermelha pigarreou. Em tabernas por toda Vermillion, conta-se que minha avó fora uma mulher bonita no passado, apesar de monstruosamente alta. Uma arrasadora de corações que atraía pretendentes de todos os cantos do Império Destruído e até de fora dele. Para mim, vovó tinha um rosto bruto, magro, com a pele esticada como se fosse queimada, mas que ainda apresentava rugas como um pergaminho amassado. Ela devia ter uns setenta anos, mas ninguém lhe daria mais que cinquenta. Seu cabelo escuro não tinha nem mesmo um fio grisalho e ainda mostrava um vermelho profundo quando a luz batia. Bonita ou não, porém, seus olhos transformavam as entranhas de qualquer homem em água. Fragmentos cruéis de indiferença. E nada de coroa para a rainha guerreira, nada disso. Ela se sentou quase engolida por um manto preto e escarlate, apenas com um arco de ouro finíssimo puxado para trás sobre a cabeça para manter suas madeixas no lugar.

"Filhos dos meus filhos." As palavras de vovó vieram tão carregadas de decepção que dava para senti-las tentando estrangular você. Ela balançou a cabeça, como se todos nós fôssemos uma experiência de criação de cavalos que tivesse dado tragicamente errado. "E alguns de vocês dando cria a seus próprios príncipes e princesas, pelo que soube."

"Sim, n..."

"Ociosos, numerosos e reproduzindo sedição aos montes." Vovó atropelou o anúncio do primo Roland antes que ele pudesse se gabar. O sorriso dele murchou dentro daquela barba idiota, que deixou crescer para que as pessoas ao menos pudessem suspeitar que tivesse queixo. "Tempos sombrios se aproximam e esta nação precisa ser uma fortaleza. A época de ser criança já passou. Meu sangue corre em cada um de vocês, embora mais ralo. E vocês serão soldados nessa guerra vindoura."

Martus bufou ao ouvir aquilo, mas baixo o suficiente para não ser percebido. Ele havia sido delegado à cavalaria pesada e estava destinado a ser general cavaleiro, comandante da elite de Marcha Vermelha. A Rainha Vermelha, em um ataque de loucura cinco anos antes, havia praticamente eliminado a tropa. Séculos de tradição, honra e excelência jogados fora por capricho de uma velha. Agora todos nós deveríamos ser soldados, correndo a pé para a batalha, cavando trincheiras, praticando exaustivamente táticas mecânicas que qualquer camponês podia dominar e que colocavam um príncipe no mesmo nível que um ajudante de taberna.

"...inimigo maior. É hora de deixar de lado pensamentos de conquistas vazias e atrair..."

Levantei a cabeça de minha repulsa e encontrei minha avó ainda falando sobre guerra. Não é que eu me importe excessivamente com honra. Toda essa bobagem de cavalheirismo oprime os homens e qualquer sujeito sensato deixa isso para lá assim que precisa correr – mas é a aparência da coisa, a forma dela. Fazer parte de um dos três corpos de cavalaria, conquistar suas esporas e manter um trio de cavalos de batalha no quartel da cidade... isso era um direito nato dos jovens nobres desde tempos imemoriais. Porra, eu queria minha comissão. Eu queria entrar nas cavalariças dos soldados, queria contar lorota em volta das mesas enfumaçadas do Conarrf e passar pela Via dos Reis exibindo as cores da Lança Vermelha ou do Casco de Ferro, com os cabelos compridos e o bigode áspero de um homem da

MARK LAWRENCE

cavalaria em cima de seu cavalo. Ser o décimo na sucessão ao trono pode te dar acesso a uma quantidade nada insignificante de quartos, mas, se um homem estiver vestindo a capa escarlate dos cavaleiros de Marcha Vermelha e tiver as pernas em volta de um corcel de batalha, então haverá poucas mulheres de qualidade que não abrirão as delas quando ele lhes sorrir.

No canto do meu campo de visão, a mulher do olho cego se mexeu, estragando meu devaneio e tirando todos os pensamentos de cavalgar, de ambas as variedades, da minha cabeça.

"...queimar todos os mortos. A cremação será obrigatória, tanto para nobres quanto para plebeus, e que se dane qualquer divergência de Roma..."

Aquilo de novo. Aquela velha estava batendo nessa tecla dos rituais fúnebres fazia mais de um ano já. Como se homens da minha idade dessem a mínima para essas coisas! Ela ficara obcecada com contos de marinheiros, histórias de fantasmas das Ilhas Submersas, as divagações de bêbados enlameados dos Pântanos de Ken. As pessoas já eram enterradas acorrentadas – um enorme desperdício de ferro bom por causa de superstição – e agora as correntes não eram suficientes? Os corpos deveriam ser queimados? Bem, a Igreja não iria gostar. Isso seria um empecilho nos seus planos para o Dia do Julgamento, quando todos nós nos levantaríamos da tumba para um grande abraço sujo. Mas quem se importava? De verdade? Eu observei a luz da manhã deslizar sobre as paredes lá no alto e tentei imaginar Lisa como a deixara naquela madrugada, vestida de claridade e sombra, e nada mais.

O barulho do cajado do camareiro no piso fez minha cabeça se levantar novamente. Na verdade, eu havia dormido muito pouco na noite anterior e tive uma manhã difícil. Se eu não tivesse sido pego a um metro da porta do meu quarto, teria ficado abrigado em segurança lá dentro até bem depois do meio-dia, sonhando versões melhores do devaneio que vovó ficava interrompendo.

"Tragam as testemunhas!" O camareiro tinha uma voz que tornava até uma sentença de morte enfadonha.

Quatro guardas entraram flanqueando um guerreiro nubano, alto e com cicatrizes, os punhos e tornozelos algemados, com as correntes todas passando por um aro de ferro pendurado em sua cintura. Aquilo aguçou meu interesse. Desperdicei boa parte de minha juventude apostando nas lutas do bairro latino e pretendia desperdiçar grande parte da vida que me restasse lá também. Sempre gostei de uma boa briga e uma bela dose de sangue, contanto que não seja *eu* a ser esmurrado nem o *meu* sangue a ser derramado. Os fossos do Gordo ou os Fossos Sangrentos lá perto de Mercants deixavam você perto o bastante para limpar uma espirrada ocasional no bico de sua bota e traziam inúmeras oportunidades de apostas. Ultimamente, eu até andei inscrevendo homens por conta própria. Provavelmente rapazes comprados dos navios de escravos que saíam de Marroc. Nenhum havia durado mais que duas lutas ainda, mas até perder pode ser bom, se você souber como apostar. Em todo caso, o nubano parecia uma aposta forte. Talvez ele até fosse o bilhete que faria Maeres Allus sair do meu pé e calar suas exaustivas exigências de pagamento por conhaque já consumido e por putas já fodidas.

Um mestiço magricela com um arranjo decorativo de dentes banguelas acompanhava o nubano para traduzir sua baboseira. O camareiro fazia uma ou duas perguntas e o homem respondia com a bobagem de sempre sobre mortos surgindo nas areias de Afrique, desta vez elaborando a história e transformando-os em pequenas legiões. Na certa, esperava ser posto em liberdade se sua história se provasse divertida o bastante. Ele fez um belo trabalho, lançando um gênio ou dois para completar, embora não fossem aqueles sujeitos alegres de calça de cetim que concedem desejos. Eu fiquei tentado a aplaudir no final, mas a expressão de vovó indicou que talvez não fosse uma ideia sensata.

Outros dois condenados se seguiram, igualmente acorrentados, cada um com uma fábula mais escandalosa que a outra. O corsário, um cara moreno com as orelhas rasgadas onde lhe arrancaram o ouro, contou uma história sobre navios mortos se elevando, tripulados por homens afogados. E o eslavo falou sobre homens de osso saídos dos túmulos do mar de grama. Mortos antigos, vestidos de ouro pálido e com objetos enterrados, de uma época anterior a dos Construtores. Nenhum dos dois homens tinha muito potencial para os fossos. O corsário parecia resistente e com certeza estava acostumado a lutar em ambientes fechados, mas havia perdido dedos em ambas as mãos e a idade não estava a seu favor. O eslavo era um cara grande, mas lento. Alguns homens têm um tipo especial de falta de jeito que se anuncia em cada movimento que fazem. Comecei a pensar em Lisa outra vez. Depois em Lisa e Micha juntas. Depois em Lisa, Micha e Sharal. Ficou bem complicado. Mas quando outros guardas entraram marchando com a quarta e última dessas "testemunhas", vovó de repente tinha toda a minha atenção. Só de olhar para o homem eu já sabia que os Fossos Sangrentos nem saberiam o que os atingira. Eu havia encontrado meu novo lutador!

O prisioneiro entrou na sala do trono de cabeça erguida. Ele fazia os quatro guardas em volta parecerem anões. Eu já vira homens mais altos, mas nem sempre. Já vira homens mais musculosos, mas era difícil. Já até vira, em raras ocasiões, homens maiores nas duas dimensões, mas esse nórdico se portava como um verdadeiro guerreiro. Posso não ser grande coisa lutando, mas tenho um olho ótimo para lutadores. O homem entrou feito um furacão e, quando o sacudiram para que parasse diante do camareiro, ele rosnou. *Rosnou.* Eu já quase conseguia contar as moedas de ouro jorrando em minhas mãos quando o levasse aos fossos!

"Snorri ver Snagason, comprado do navio de escravos *Heddod.*" O camareiro deu um passo para trás sem querer e manteve seu cajado entre eles, enquanto lia suas anotações. "Vendido por escambo no fiorde de Hardanger." Ele correu o dedo pelo pergaminho, franzindo o rosto. "Descreva os eventos que relatou a nosso agente."

Eu não fazia ideia de onde Hardanger ficava, mas claramente havia homens fortes por lá. Os escravistas haviam cortado quase todo o cabelo do sujeito, mas os grossos fios restantes eram tão pretos que chegavam a ser azuis. Sempre achei que os nórdicos fossem loiros.

A GUERRA DA RAINHA VERMELHA

A queimadura profunda sobre seu pescoço e ombros mostrava que ele não se dava muito bem com o sol, no entanto. Inúmeras marcas de chibata cruzavam a queimadura do sol – aquilo devia doer um bocado! Bom, as lutas dos fossos eram sempre à sombra, então pelo menos ele ficaria grato por essa parte dos meus planos.

"Fale alto, homem." Vovó referiu-se diretamente ao gigante. Ele impressionara até mesmo a velha.

Snorri fitou a Rainha Vermelha e lhe deu o tipo de olhar que faz um homem perder os olhos. O seus eram azuis, bem claros. Pelo menos isso condizia com a terra dele. Isso e os resquícios das peles de animais e de foca, além das runas pintadas de preto e azul em volta de seus braços. E palavras, alguma espécie de escrita pagã, aparentemente, mas com o martelo e o machado ali no meio também.

Vovó abriu a boca para voltar a falar, mas o nórdico a precedeu, trocando a tensão por suas próprias palavras.

"Eu saí do norte por Hardanger, mas lá não é o meu lar. Hardanger é de águas calmas, colinas verdes, cabras e pomares de cerejeiras. As pessoas de lá não são o verdadeiro povo do norte."

Ele falava com a voz grave e um leve sotaque, acentuando o final de cada palavra o suficiente para se perceber que fora criado em outro idioma. Dirigiu-se a todo o salão, embora mantivesse os olhos na rainha. Contou sua história com a habilidade de um orador. Já ouvi dizer que o inverno no norte é uma noite que dura três meses. Noites assim dão origem a contadores de histórias.

"Minha casa ficava em Uuliskind, na outra ponta do Gelo Mortal. Estou contando minha história porque esse lugar e essa época já acabaram e vivem apenas na memória. Gostaria que isso entrasse na cabeça de vocês, não para que essas coisas tenham significância ou voltem à vida, mas para que sejam reais para vocês, para que possam caminhar entre os undoreth, os Filhos do Martelo, e ouvir sobre sua última luta."

Eu não sei como ele conseguia, mas, quando envolvia as palavras com sua voz, Snorri tecia uma espécie de mágica. Aquilo fazia os pelos dos meus braços se arrepiarem e eu logo quis ser um viking também, balançando meu machado em um escaler, navegando acima do Fiorde Uulisk, com o gelo da primavera sendo esmagado embaixo de seu casco.

Cada vez que ele fazia uma pausa para respirar, a loucura saía de mim e eu me considerava muito sortudo por estar aquecido e seguro em Marcha Vermelha, mas, enquanto ele falava, um coração viking batia no peito de cada ouvinte, inclusive no meu.

"Ao norte de Uuliskind, passando do Planalto Jarlson, o gelo começa para valer. No auge do verão, ele recua uns três ou quatro quilômetros, mas em pouco tempo você se vê acima da terra, em uma cobertura de gelo que nunca derrete, dobrada, fissurada e antiga. Os undoreth se aventuram por lá apenas para negociar com os inowen, os homens que vivem na neve e caçam focas no mar gelado. Os inowen não são como os outros homens, que costuram as peles das focas e comem gordura de baleia. Eles são... uma espécie diferente."

"Os inowen", continuou, "oferecem presas de morsa, óleos extraídos da gordura das baleias, dentes de grandes tubarões, peles e couros de ursos polares. E também marfins esculpidos em pentes e palitos, além das formas dos verdadeiros espíritos do gelo."

Quando minha avó interrompia o fluxo da história, ela parecia um corvo esganiçado tentando se sobrepor a uma melodia. Mesmo assim, ela merece crédito por ter vontade de falar – eu havia até mesmo me esquecido de que estava na sala do trono, com os pés doloridos e bocejando por minha cama. Em vez disso, eu estava com Snorri trocando ferro forjado e sal por focas esculpidas em ossos de baleia.

"Fale sobre os mortos, Snagason. Ponha um pouco de medo nesses príncipes preguiçosos", disse-lhe vovó.

Foi nessa hora que eu vi. Ele piscou rapidamente na direção da mulher do olho cego. Eu havia chegado à conclusão de que era do conhecimento geral que a Rainha Vermelha se consultava com a Irmã Silenciosa. Mas assim como a maioria dos "conhecimentos gerais", os conhecedores teriam dificuldade em lhe dizer como chegaram

A GUERRA DA RAINHA VERMELHA

àquela informação, embora insistissem em sua veracidade com um vigor considerável. Era de conhecimento geral, por exemplo, que o Duque de Grast levava meninos para sua cama. Eu espalhei isso por aí depois que ele me estapeou por fazer uma sugestão imprópria para sua irmã – uma moçoila rechonchuda com suas próprias sugestões impróprias. A calúnia cruel pegou e, desde então, eu me deliciava defendendo sua honra para a oposição acalorada, que "soube de fontes fidedignas"! Era de conhecimento geral que Duque de Grast sodomizava garotinhos na privacidade de seu castelo, de conhecimento geral que a Rainha Vermelha praticava feitiçarias proibidas em sua torre mais alta, de conhecimento geral que a Irmã Silenciosa era uma bruxa perigosa cuja mão estava por trás de muitos males do Império, ou estava na mão da Rainha Vermelha, ou vice-versa. Mas até esse nórdico abrutalhado olhar na direção dela, eu nunca havia encontrado alguém mais que realmente pudesse ver a mulher do olho cego ao lado da minha avó.

Quer ele tenha sido convencido pelo olhar leitoso da irmã Silenciosa, quer pelo comando da Rainha Vermelha, Snorri ver Snagason abaixou a cabeça e falou sobre os mortos.

"No Planalto Jarlson, os mortos congelados vagueiam. Tribos de cadáveres, escurecidas pelo gelo, cambaleiam em bando, perdidas no redemoinho glacial. Dizem que mamutes caminham com eles, as feras mortas libertadas dos penhascos de gelo que as prenderam lá no extremo norte, em uma época antes de Odin conceder aos homens a maldição da fala. Não se sabe quantos eles são, mas são muitos."

"Quando os portões de Niflheim se abrem para libertar o inverno e o sopro dos gigantes gélidos se espalha por todo o norte", prosseguiu Snorri, "os mortos vêm junto, levando todos que encontrarem para unir-se às suas tropas. Às vezes, comerciantes solitários ou pescadores que foram trazidos pelas ondas a praias estranhas. Às vezes, eles cruzam um fiorde em pontes de gelo e levam vilas inteiras."

Vovó se levantou de seu trono e um monte de mãos protegidas com manoplas apertou os cabos de suas espadas. Ela lançou um olhar ácido a seus descendentes. "E como você veio parar acorrentado à minha frente, Snorri ver Snagason?"

"Nós achávamos que a ameaça vinha do norte: do Planalto e do Gelo Mortal." Ele balançou a cabeça. "Quando os navios vieram pelo Uulisk na calada da noite, com velas negras e em silêncio, estávamos dormindo, nossas sentinelas vigiando o norte para os mortos congelados. Piratas haviam cruzado o Mar Calmo e rumado contra os undoreth. Homens das Ilhas Submersas surgiram no meio de nós. Alguns vivos, outros cadáveres preservados do apodrecimento, e outras criaturas mais – homens pela metade dos pântanos de Brettan, comedores de cadáveres, mortos-vivos com dardos venenosos que tiram a força de um homem e deixam-no indefeso como um bebê."

"Sven Quebra-Remo guiava os navios deles", contava o nórdico. "Sven e outros de Hardassa. Sem a traição deles, os afogados jamais teriam conseguido navegar pelo Uulisk à noite. Mesmo de dia, eles teriam perdido navios." As mãos de Snorri se fecharam em enormes punhos e os músculos se amontoaram em seus ombros, contorcendo-se de vontade de quebrar algo. "O Quebra-Remo levou vinte guerreiros acorrentados como parte de seu pagamento. Ele nos vendeu no fiorde de Hardanger. O negociante, um comerciante dos Reinos Portuários, tinha a intenção de nos vender de novo em Afrique, depois que remássemos com sua carga para o sul. Seu agente me comprou em Kordoba, no porto de Albus.

Vovó devia estar caçando essas histórias a torto e a direito – Marcha Vermelha não tinha tradição de escravidão e eu sabia que ela não aprovava o tráfico.

"E os outros?", perguntou ela, passando pelo viking, fora do alcance, aparentemente vindo na minha direção. "Os que não foram pegos por seu conterrâneo?"

Snorri olhou para o trono vazio e depois diretamente para a mulher do olho cego. Ele falou com os dentes cerrados. "Muitos foram mortos. Eu estava caído, envenenado, e vi mortos-vivos voarem para cima de minha esposa. Eu vi os afogados perseguirem meus filhos e não conseguia virar a cabeça para vê-los fugir. Os ilhéus voltaram a seus navios com as espadas vermelhas. Prisioneiros foram levados." Ele parou, franziu o rosto e balançou a cabeça. "Sven Quebra-Remo me contou... histórias. A verdade faria a língua do Quebra-Remo se retorcer, mas ele disse que os ilhéus planejavam escavar o Gelo Mortal. O exército de Olaaf Rikeson está lá. O Quebra-Remo disse que os ilhéus foram enviados para libertá-los."

"Um exército?" Vovó estava quase ao alcance de um toque agora. Um monstro de mulher, mais alta que eu – e eu tinha mais de um metro e oitenta –, e provavelmente forte o bastante para me partir ao meio com o joelho. "Quem é esse Rikeson?"

O nórdico levantou uma sobrancelha ao ouvir aquilo, como se cada monarca devesse saber a história escalafobética de seu deserto de gelo. "Olaaf Rikeson marchou para o norte durante o primeiro verão do reinado do Imperador Orrin III. Reza a lenda que ele planejava expulsar os gigantes de Jotenheim e levava consigo a chave dos portões deles. Relatos mais sérios dizem que seu objetivo talvez fosse apenas trazer os inowen para o Império. Seja qual for a verdade, os registros concordam que ele levou mais de mil consigo, talvez dez mil." Snorri deu de ombros e virou-se da Irmã Silenciosa para encarar vovó. Era mais corajoso que eu, apesar de isso não ser grande coisa – eu não daria as costas para aquela criatura. "Rikeson achava que estava marchando com a bênção de Odin, mas o sopro dos gigantes desceu mesmo assim e, em um dia de verão, todos os guerreiros de seu exército ficaram congelados onde estavam e a neve os soterrou. O Quebra-Remo diz que os que foram pegos em Uuliskind estão escavando os mortos. Libertando-os do gelo."

Vovó passeou à frente do nosso grupo. Martus, euzinho, Darin, primo Roland com sua barba idiota, Rotus, magro e azedo, solteiro aos trinta, mais sem graça que água parada, obcecado por leitura – e por história, além de tudo! Ela parou perto de Rotus, outro favorito seu e terceiro na fila de sucessão por direito – embora ainda parecesse que ela daria seu trono à prima Serah antes dele. "E por quê,

Snagason? Quem foi que mandou essas forças numa incumbência dessas?" Ela olhou nos olhos de Rotus como se ele, de todos nós, fosse apreciar a resposta.

O gigante fez uma pausa. É difícil para um nórdico ficar pálido, mas juro que ele ficou. "O Rei Morto, senhora."

Um guarda fez que ia golpeá-lo, embora eu não soubesse se era por causa do protocolo inadequado ou por fazer troça com histórias malucas. Vovó paralisou o homem com um dedo erguido. "O Rei Morto." Ela repetiu lentamente as palavras, como se, de alguma maneira, selassem sua opinião. Talvez ela o tenha mencionado antes, quando eu não estava prestando atenção.

Eu ouvira histórias, é lógico. As crianças começavam a contá-las para se assustarem na Noite de Todos os Santos. O Rei Morto virá atrás de você! Uuuu, uuuu, uuuu. Só sendo criança para ficar com medo mesmo. Qualquer um com a menor noção da distância das Ilhas Submersas, e de quantos reinos existiam entre nós, não se importaria. Mesmo se as histórias tivessem um fundo de verdade, eu não conseguia ver nenhum cavalheiro sério ficando demasiadamente agitado por causa de um bando de necromantes pagãos que brincavam com cadáveres velhos em um morro úmido qualquer que ainda restasse aos Senhores das Ilhas. E daí que eles realmente tivessem erguido cem mortos de seus caixões, contorcendo-se e espalhando pedaços de carne morta e podre a cada passo? Dez da cavalaria pesada os pisoteariam em meia hora sem esforço e seria bem feito para eles.

Eu estava cansado e de mau-humor, rabugento por ter de ficar de pé a manhã toda ouvindo aquele festival de asneiras. Se eu também estivesse bêbado talvez desse voz aos meus pensamentos. Ainda bem que eu não estava – a Rainha Vermelha podia me deixar sóbrio só com o olhar.

Vovó se virou e apontou para o nórdico. "Muito bem, Snorri ver Snagason. Deixe seu machado guiar você." Eu pisquei ao ouvir aquilo. Devia ser algum tipo de ditado do norte, supus eu. "Levem-no", disse ela, e os guardas o conduziram para fora, com as correntes balançando.

A GUERRA DA RAINHA VERMELHA

Meus colegas príncipes começaram a murmurar e eu a bocejar. Observei o enorme nórdico sair e esperei ser liberado logo. Apesar de a cama estar me chamando, eu tinha planos importantes para Snorri ver Snagason e precisava pôr as mãos nele rapidamente.

Vovó voltou para o trono e ficou em silêncio até as portas se fecharem atrás do último prisioneiro a sair.

"Vocês sabiam que há uma porta para a morte?" A Rainha Vermelha não levantou a voz e, no entanto, o som atravessou o falatório dos príncipes. "Uma porta de verdade, em que dá para pôr as mãos. Atrás dela, todas as terras da morte." Seus olhos passaram por nós. "Há uma pergunta importante que devem me fazer agora."

Ninguém falou – eu não fazia ideia, mas fiquei tentado a responder só para apressar as coisas. Decidi ficar quieto e o silêncio se estendeu até que Rotus finalmente pigarreou e perguntou:

"Onde?"

"Errado." Vovó ergueu a cabeça. "A pergunta é 'Por quê?'. Por que há uma porta para a morte? A resposta é tão importante quanto tudo que ouviram hoje." Seu olhar recaiu sobre mim e eu rapidamente devotei minha atenção ao estado das minhas unhas. "Há uma porta para a morte porque vivemos em uma era de mitos. Nossos ancestrais viviam em um mundo de leis imutáveis. Os tempos mudaram. Há uma porta porque há histórias sobre a porta, porque mitos e lendas sobre ela cresceram ao longo dos séculos, porque está escrita em livros sagrados e porque as histórias sobre essa porta são contadas e recontadas. Há uma porta porque, de alguma maneira, nós a queremos, ou esperamos, ou as duas coisas. É por isso. E é por isso que vocês devem acreditar nas histórias que foram contadas aqui hoje. O mundo está mudando, movendo-se sob nossos pés. Nós estamos em guerra, crianças de Marcha Vermelha, embora ainda não estejam vendo, não estejam sentindo. Estamos em guerra contra tudo que vocês possam imaginar e armados apenas com nosso desejo de resistir."

Bobagem, é claro. A única guerra recente de Marcha Vermelha foi contra Scorron e até isso havia acabado em uma trégua desconfortável no ano passado... Vovó devia ter percebido que estava perdendo até o mais crédulo de sua plateia e mudou de tática.

"Rotus perguntou sobre sua localização, mas eu sei onde a porta está. E eu sei que ela não pode ser aberta." Ela se levantou do trono novamente. "E do que uma porta precisa?"

"De uma chave?", disse Serah, sempre querendo agradar.

"Sim. Uma chave." Um sorriso para sua protegida. "Uma chave assim seria procurada por muita gente. Uma coisa perigosa, mas é melhor que tenhamos posse dela do que nossos inimigos. Terei tarefas para todos vocês em breve, missões para uns, perguntas para outros e novas lições para o restante. Comprometam-se com esses novos trabalhos como jamais fizeram antes. Nisto vocês servirão a mim, servirão a si mesmos e o mais importante – servirão ao Império."

Trocas de olhares, cochichos, "Onde ficava Marcha Vermelha no meio de tudo aquilo?", alguém – acho que Martus – perguntou.

"Basta!" Vovó bateu palmas, liberando-nos. "Saiam. Voltem logo para seus luxos vazios e aproveitem enquanto podem. Ou – se meu sangue corre quente em vocês – pensem nessas palavras e ajam de acordo com elas. Estes são os dias finais. As nossas vidas se aproximam de um único lugar e momento, não muito longe nem a muitos anos desta sala. Um ponto na história em que o imperador vai nos salvar ou nos condenar. Tudo que podemos fazer é dar a ele o tempo necessário – e o preço será pago com sangue."

Até que enfim! Saí apressado junto dos outros, aproximando-me de Serah. "Bom, agora não tem mais jeito! A velha pirou. O imperador!" Eu ri e lhe ofereci meu sorriso da cavalaria. "Nem vovó é velha o suficiente para ter visto o último imperador."

Serah me encarou com uma expressão de repugnância. "Você prestou atenção em *alguma coisa* que ela disse?" E lá se foi ela, me deixando ali parado, empurrado por Martus e Darin ao passarem.

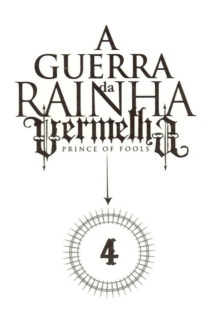

4

Da sala do trono, passei correndo pelo grande corredor, virando para a esquerda onde toda a minha família virou para a direita. Armaduras, estátuas, retratos, mostruários espalhados de espadas, tudo isso passou num piscar de olhos. Minhas botas diurnas pisotearam cem metros de tapetes espantosamente caros, feitos de sedas luxuosas estampadas com o estilo dos indus. Eu virei a curva do outro lado, à beira do equilíbrio, desviei de duas empregadas e corri à toda pelo corredor central da área de hóspedes, onde vários quartos ficavam prontos para o caso de uma visita da nobreza.

"Sai da frente, *porra*!" Um criado velho apareceu cambaleando por uma porta no meio do caminho. Era do meu pai – Robbin, um velho aleijado que sempre mancava por aí entrando no caminho. Eu me desviei dele, sabe lá Deus por que mantemos esses encostados, e acelerei pelo corredor abaixo.

Por duas vezes, guardas se assustaram em suas alcovas e um deles até chegou a me lançar um desafio, até decidir que eu era mais idiota do que assassino. A duas portas do fim do corredor eu parei e entrei no Quarto Verde, apostando que estaria desocupado. O quarto, decorado em estilo rústico com uma cama com dossel, esculpida como carvalhos espalhados, estava vazia e coberta com lençóis brancos. Dei a volta na cama, onde tive várias noites agradáveis na companhia de uma condessa morena dos confins mais ao sul de Roma, e abri as venezianas. Atravessei a janela até a sacada, subi na balaustrada e caí no telhado pontiagudo dos estábulos reais, um edifício que botava qualquer mansão da Via dos Reis no chinelo.

Eu sei bem como cair, mas a queda do teto dos estábulos mataria um acrobata chini; portanto, a velocidade com que eu corri pela calha de pedra foi um meio-termo entre meu desejo de não cair para a morte e meu desejo de não ser apunhalado até a morte por Maeres Allus ou por um de seus capangas. O gigante nórdico podia me tirar totalmente das dívidas a cacetadas, se eu conseguisse adquirir seus serviços e fazer as apostas certas. Caramba, se as pessoas vissem o que vi nele e não me dessem muitas vantagens, eu poderia simplesmente lhe dar um pouco de erva-osso e apostar contra ele.

Do outro lado do salão dos estábulos, duas colunas coríntias apoiavam trepadeiras antigas, ou vice-versa. De um jeito ou de outro, um bom escalador, ou um tipo desesperado, poderia chegar ao chão por elas. Deslizei pelos últimos três metros, machuquei o calcanhar, mordi a língua e saí correndo na direção do Portão de Batalha cuspindo sangue.

Cheguei lá sem ar e tive de me curvar, com as palmas nas coxas, enchendo os pulmões de ar antes que pudesse avaliar a situação.

Dois guardas me observaram sem disfarçar a curiosidade. Um antigo beberrão vulgarmente conhecido como Dobro e um jovem que não reconheci.

"Dobro!" Eu me endireitei e levantei a mão em saudação. "Para qual calabouço os prisioneiros da rainha estão sendo levados?" Provavelmente seriam as celas de guerra na fortaleza de Marsail. Eles podiam ser escravos, mas não dava para botar o nórdico com os presos comuns. Perguntei assim mesmo. É sempre bom começar com uma pergunta fácil para deixar seus homens à vontade.

"Não tem cela pra esse bando, não." Dobro fez que ia cuspir, depois pensou melhor e engoliu, fazendo barulho.

"Co...?" Não era possível que ela iria mandar matá-los! Seria um desperdício criminoso.

"Vão soltar eles. Foi isso qu'eu ouvi." Dobro balançou a cabeça com o estado das coisas, sacudindo as papadas. "Contaph tá vindo aí pra fazer os procedimentos." Ele acenou para o outro lado do pátio e lá estava Contaph, vestido com sua farda oficial e vindo apressado em nossa direção com o tipo de arrogância que só os funcionários menores conseguem ter. Das janelas altas de treliça acima do Portão de Batalha, pude ouvir o tilintar distante das correntes se aproximando.

"Droga." Olhei da porta para o subcamareiro e para a porta novamente. "Segure-os aqui, Dobro", eu lhe disse. "Não conte nada a eles. Nem uma palavra. Vou te recompensar. Seu amigo também." E, com isso, saí apressado para deter Ameral Contaph da Casa Mecer.

Nós nos encontramos no meio do pátio onde um antigo relógio de sol dizia as horas com as sombras da manhã. O calçamento já estava começando a esquentar e a promessa do dia já fervilhava acima dos telhados. "Ameral!" Abri bem os braços, como se ele fosse um velho amigo.

"Príncipe Jalan." Ele abaixou a cabeça como se quisesse me tirar de vista. Eu o perdoava por suas suspeitas, pois quando criança eu costumava esconder escorpiões em seus bolsos.

"Aqueles escravos que fizeram o entretenimento da manhã na sala do trono... o que vai acontecer a eles, Ameral?" Eu me mexi para detê-lo enquanto ele tentava me circundar, segurando seu pergaminho de ordem bem firme em um dos punhos rechonchudos.

"Vou colocá-los em uma caravana para porto de Ismuth com documentos desfazendo qualquer vínculo." Ele parou de tentar passar por mim e suspirou. "O que você quer, Príncipe Jalan?"

"Só o nórdico." Eu lhe dei um sorriso e uma piscadela. "Ele é perigoso demais para simplesmente o deixarmos livre por aí. Isso devia ser óbvio para todo mundo. Em todo caso, vovó me mandou para me encarregar dele."

Contaph levantou a cabeça, com os olhos estreitos de desconfiança. "Não recebi nenhuma instrução desse tipo."

Preciso confessar que tenho um rosto muito sincero, que já foi chamado de franco e corajoso. É fácil me confundir com um herói, e com um pouco de esforço posso convencer até o estranho mais cínico da minha sinceridade. Com pessoas que me conhecem, o truque fica mais difícil. Bem mais difícil.

"Caminhe comigo." Eu pus a mão no ombro dele e o conduzi para o Portão de Batalha. É bom conduzir um homem na direção que ele estava tomando. Isso dificulta a distinção entre o que ele quer e o que você quer.

"Na verdade, a Rainha Vermelha me deu um pergaminho com a ordem. Um rabisco feito às pressas em um pedaço de papel, de fato. E para minha vergonha deixei-o cair na pressa de chegar aqui." Eu tirei a mão do ombro dele e abri a corrente de ouro em volta de meu pulso, com elos pesados e um pequeno rubi em ambos os fechos. "Seria profundamente constrangedor ter de retornar e admitir a perda para minha avó. Um amigo entenderia uma coisa dessas." Voltei a conduzi-lo como se meu único desejo fosse que ele chegasse ao seu destino em segurança. Eu balancei a corrente na frente dele. "Você é meu amigo, não é, Ameral?" Em vez de soltar a corrente dentro de um bolso de sua túnica e arriscar fazê-lo se lembrar dos escorpiões, eu a apertei no meio daquela palma suada e arrisquei que ele percebesse que era vidro vermelho e ouro chapeado sobre chumbo, e bem fino, por sinal. Qualquer coisa de real valor eu já havia penhorado fazia muito tempo, por conta dos juros de minhas dívidas.

"Você vai reconstituir seus passos e encontrar esse documento?", perguntou Contaph, fazendo uma pausa para olhar a corrente em sua mão. "E traga-o para ser arquivado antes do pôr do sol."

"Com certeza." Eu falei com tanta sinceridade que quase transbordei.

"Ele é perigoso, esse nórdico." Contaph assentiu como se quisesse se persuadir. "Um pagão com falsos deuses. Fiquei surpreso, devo admitir, em ver que foi posto em liberdade."

"Um descuido", assenti. "Agora corrigido." À nossa frente, Dobro parecia estar envolvido em uma conversa animada através da grade da porta inferior do Portão de Batalha. "Pode liberar a saída dos prisioneiros", eu gritei para ele. "Já estamos prontos para eles agora!"

"Você está parecendo especialmente satisfeito consigo mesmo." Darin entrou no Salão Alto, uma sala de jantar cujo nome era mais por sua elevação do que pela altura de seu teto. Gosto de comer lá pela vista que tem, tanto para o outro lado do palácio quanto através de janelas de fendas, pelo grande hall de entrada da casa de meu pai.

"Faisão, truta em conserva, ovos de galinha." Eu fiz um gesto para as bandejas de prata diante de mim no comprido cavalete. "Dá para não ficar satisfeito? Fique à vontade." Darin se acha superior e é curioso demais com o que eu faço, mas não é o enorme pé no saco que Martus é. Então, pelo fato de não ser Martus, ele carrega o título de "irmão favorito".

"O domo contou que pratos estão desaparecendo das cozinhas, ultimamente." Darin pegou um ovo e se sentou na outra ponta da mesa.

"Que curioso." Isso devia ser Jula, nossa observadora cozinheira-chefe, contando histórias para o domo da casa, mas como essas fofocas vieram parar nos ouvidos de Darin... "Eu mandaria dar uma surra em alguns ajudantes de cozinha. Logo, logo isso teria fim."

"Com que provas?" Ele salgou o ovo e deu uma bela mordida.

"Que se danem as provas! Tire um pouco de sangue dos subalternos, para deixar todos eles com medo. Isso vai acabar com o problema. É o que vovó faria. Dedos leves acabam se quebrando, diria ela." Eu recorri a uma ofensa sincera, usando meu próprio desconforto para colorir minhas reações. Nada mais de vender a prataria da família, então... Essa linha de crédito havia chegado ao fim. Ainda assim, eu estava com o nórdico guardado em segurança na fortaleza de Marsail. Dava para ver a torre de onde eu estava sentado, uma construção curvada de pedra, mais antiga que qualquer parte do palácio, marcada e desfigurada, mas resistindo teimosamente aos planos de uma dúzia de reis anteriores para derrubá-la. Um círculo de pequenas janelas com pesadas barras corria ao seu redor como um cinto. Snorri ver Snagason estaria olhando para uma delas, do chão de sua cela. Eu disse a eles para lhe darem carne vermelha, malpassada e sangrenta. Lutadores prosperam com sangue.

Durante muito tempo, fiquei olhando pela janela, observando a fortaleza e a enorme paisagem dos céus atrás dela, um céu branco e azul, tudo se movendo de maneira que era a fortaleza que parecia estar em movimento, e as nuvens que pareciam estar paradas, transformando toda aquela pedra em um navio navegando pelas ondas brancas.

"O que você achou de toda aquela bobagem de manhã?" Fiz a pergunta sem esperar uma resposta, certo de que Darin iria embora.

"Acho que, se vovó está preocupada, deveríamos estar também", disse Darin.

"Uma porta para a morte? Cadáveres? Necromancia?" Eu chupei e a carne saiu facilmente do osso do faisão. "É para termos medo disso?" Bati com o osso na mesa, desviei o olhar da janela e sorri para ele. "Será que isso vai vir atrás de mim para se vingar?" Eu fiz o osso andar.

"Você ouviu aqueles homens..."

"*Você* já viu alguma vez um morto andar? Esqueça os desertos distantes e as geleiras. Aqui em Marcha Vermelha *alguma pessoa* já viu algo assim?"

Darin deu de ombros. "Vovó diz que pelo menos um natimorto já entrou na cidade. Isso é algo para se levar a sério."

"Um o quê?"

"Jesu! Você realmente não prestou atenção em nada que ela disse? Ela é a rainha, sabia? Seria bom prestar atenção de vez em quando."

"Um natimorto?" Eu não tinha nenhum tipo de lembrança daquilo. Nem de longe.

"Algo que nasce para a morte em vez de para a vida, lembra?" Darin sacudiu a cabeça ao ver minha expressão vazia. "Deixe isso para lá! Ouça agora, então. Papai está esperando você nessa ópera dele hoje à noite. Nada de aparecer tarde ou bêbado, nem as duas coisas. Nada de fingir que ninguém o avisou."

A GUERRA DA RAINHA VERMELHA

"Ópera? Inferno, por quê?" Aquilo era a última coisa que eu precisava. Um bando de idiotas gordos e maquiados uivando para mim em cima de um palco durante várias horas.

"Apenas vá. Espera-se que um cardeal patrocine projetos assim de tempos em tempos. E, quando isso acontece, é melhor que a família dele apareça, senão as classes fofoqueiras vão querer saber por quê."

Eu abri a boca para protestar quando me ocorreu que as irmãs De-Veer estariam fazendo parte das tais classes fofoqueiras. Phenella Maitus também, a recém-chegada e supostamente deslumbrante filha de Ortus Maitus, cujos bolsos eram tão cheios que talvez valesse até a pena assinar um contrato de casamento para ter acesso a eles. E é claro que, se conseguisse fazer a estreia de Snorri nos fossos antes de o espetáculo começar, eu provavelmente teria uma infinidade de bolsas aristocráticas e mercantis se abrindo nos intervalos da ópera para apostar nesse sangue novo e emocionante. Se existe alguma coisa boa para dizer sobre ópera é que ela faz um homem apreciar muito mais as outras formas de entretenimento. Fechei a boca e assenti. Darin saiu, ainda mastigando seu ovo.

Eu havia perdido o apetite. Empurrei o prato. Os dedos ociosos descobriram meu velho medalhão por baixo das dobras de minha capa e eu o peguei, batucando com ele na mesa. Um troço bastante barato de chapa e vidro, ele se abriu com um clique e exibiu o retrato de mamãe. Eu voltei a fechá-lo. Ela me viu pela última vez quando eu tinha sete anos: uma epidemia a levou. Eles chamam de epidemia. É só uma caganeira, na verdade. Você fica fraco, com muita febre e morre fedendo. Não é como uma princesa deveria morrer, nem uma mãe. Eu guardei o medalhão fechado. Melhor que ela se lembre de mim aos sete anos e não me veja agora.

Antes de deixar o palácio, peguei minha escolta, os dois guardas idosos incumbidos, por generosidade de meu pai, da tarefa de proteger minha nobre pele. Com a dupla a tiracolo, passei pelo Salão Vermelho e peguei alguns de meus comparsas habituais. Roust e Lon Greyjar, primos do Príncipe de Arrow, enviados para "estreitar relações", o que parecia implicar em comer todas as nossas melhores comidas e perseguir as arrumadeiras. Também Omar, sétimo filho do Califa de Liba e um ótimo sujeito para jogar. Eu o conheci durante minha breve e inglória passagem pela Mathema e ele persuadiu o califa a mandá-lo para o continente a fim de ampliar seus estudos! Com Omar e os irmãos Greyjar, fui até a área de hóspedes, aquela ala do Palácio Interno onde os dignitários mais importantes ficam alojados e onde o pai de Barras Jon, o embaixador de Vyene na corte, mantinha um conjunto de quartos. Nós mandamos um criado buscar Barras e ele chegou bem na hora, com Hollan, seu acompanhante e guarda-costas, logo atrás.

"Que noite perfeita para ficar bêbado!", saudou Barras enquanto descia as escadas. Ele sempre dizia que era uma noite perfeita para ficar bêbado.

"Para isso nós precisamos de vinho!" Eu abri os braços.

Barras deu um passo para o lado e revelou Hollan carregando uma grande garrafa. "Grandes acontecimentos na corte hoje."

"Uma reunião do clã", falei. Barras nunca parava de buscar notícias da corte. Eu tinha a impressão de que metade da mesada dele dependia de levar fofocas a seu pai.

"A Dama Azul está fazendo seus jogos outra vez?" Ele jogou o braço sobre meus ombros e me guiou na direção do Portão Comum. Para Barras, tudo era uma trama de nação contra nação ou algo pior, uma conspiração para acabar com a pouca paz que ainda restava no Império Destruído.

"Sei lá." Agora que ele comentou, realmente havia se falado na Dama Azul. Barras sempre insistia que minha avó e essa suposta feiticeira estavam travando sua própria guerra particular e isso já durava décadas – se era verdade, então, a meu ver, era um pobre arremedo de guerra, pois jamais vira qualquer sinal dela. Histórias sobre a Dama Azul pareciam tão duvidosas quanto aquelas sobre o bando de supostos mágicos que pareciam assombrar as cortes do oeste. Kelem, Corion e meia dúzia de outros: um bando de charlatões. Só a existência da Irmã Silenciosa de vovó dava alguma credibilidade aos boatos... "A última que soube é que nossa amiga de azul estava voando de uma corte teutônica para outra. Provavelmente já foi enforcada como bruxa, a essa altura."

Barras grunhiu. "Espero que sim. Espero que ela não esteja de volta a Scorron, provocando aquela guerrinha de novo."

Com isso eu podia concordar. O pai de Barras negociou a paz e a tratava como um segundo filho. Eu preferia que um parente próximo fosse prejudicado àquele acordo de paz em especial. Nada me faria voltar às montanhas para lutar com os Scorron.

Nós saímos do palácio pelo Portão da Vitória bem animados, passando nossa garrafa de tinto de Wennith uns para os outros enquanto eu explicava as virtudes de cortejar irmãs.

Quando entramos na Praça dos Heróis, o vinho virou vinagre em minha boca. Quase engasguei e deixei a garrafa cair.

"Ali! Estão vendo?" Tossindo, enxugando lágrimas de meu rosto, esqueci da minha própria regra e apontei para a mulher do olho cego. Ela estava parada ao pé de uma grande estátua, O Último Comissário, melancólico em seu pequeno trono.

"Seguindo em frente!" Roust me bateu entre os ombros.

"Vendo quem?", perguntou Omar, olhando para onde eu apontei. Vestida com farrapos, ela poderia ser, olhando novamente, simplesmente uns trapos pendurados em um arbusto. Talvez tenha sido isso que Omar viu.

"Quase perdi isso!" Barras pegou a garrafa, a salvo em seu revestimento de junco. "Vem pro papai! Eu vou tomar conta de você agora, filhinha!" E ele a embalou como um bebê.

Nenhum deles a viu. Ela observou por mais um momento, com o olho cego me queimando, depois se virou e foi embora pela multidão que ia na direção do Mercado de Trento. Pressionado pelos outros, continuei a caminhar, assombrado por velhos medos.

Nós nos aproximamos dos Fossos Sangrentos no começo da tarde, eu suando e nervoso, não só por causa do calor fora de época ou pelo fato de o meu futuro financeiro estar na dependência de dois ombros bem largos. A Irmã Silenciosa sempre me perturbava e eu já a havia visto além da conta hoje. Fiquei olhando em volta, meio que esperando avistá-la novamente pelas ruas movimentadas.

"Vamos ver esse seu monstro!" Lon Greyjar deu um tapa em meu ombro me fazendo sair de minhas lembranças e me alertando para o fato de que havíamos chegado aos Fossos Sangrentos. Eu sorri para ele e prometi a mim mesmo que iria arrancar até a última coroa do filho da puta. Ele tinha um jeito irritante, Lon, íntimo demais, sempre querendo pôr as mãos em você e sempre cortando qualquer coisa que você dissesse como se duvidasse de tudo, até das botas que você usava. É verdade que eu minto muito, mas isso não significa que os primos de algum principezinho inferior possam tomar liberdades.

Parei antes de chegar às portas e dei um passo para trás, olhando para as paredes do lado de fora. Aquele lugar havia sido um abatedouro no passado, um bem imponente, como se o rei daquela época quisesse que até seu gado fosse morto em prédios que humilhassem as casas de seus rivais de coroa de cobre.

Na única outra ocasião que eu vira a mulher do olho cego fora da sala do trono, ela estava na Rua dos Pregos perto de uma das maiores mansões no final do lado oeste. Eu havia saído do salão de baile de um embaixador qualquer com uma jovem atraente, levei um tapa na cara por meus esforços e estava me refrescando, observando a rua antes de voltar para dentro. Estava mexendo em um dos meus dentes para verificar se a maldita garota não o havia deslocado, quando vi a Irmã Silenciosa do outro lado da rua. Ela estava lá, bem nítida, com um balde em uma das mãos brancas e uma escova de cavalo na outra, pintando símbolos nas paredes da mansão. Não nos muros do jardim que davam para a rua, mas nas próprias paredes da casa, sem ser notada por um vigia ou mesmo por um cachorro. Eu a observei, ficando cada vez mais com frio, como se uma fenda tivesse se aberto no meio da noite, deixando todo o calor se esvair. Ela não dava sinais de estar com pressa, pintando um símbolo e passando para o outro. À luz do luar, parecia que estava pintando com sangue, em pinceladas largas e escuras, cada uma escorrendo com muitas gotas e formando símbolos que pareciam retorcer a noite à sua volta. Ela estava rodeando a casa, passando um laço pintado ao redor dela, paciente, lenta e implacavelmente. Eu corri para dentro

A GUERRA DA RAINHA VERMELHA

naquele momento, com muito mais medo daquela velha e seu balde de sangue do que da jovem Condessa Loren, sua mão rápida e os possíveis irmãos que ela mandaria para cima de mim para defender sua honra. A alegria da noite havia se perdido, porém, e eu fui logo para casa.

Um dia depois, ouvi relatos de um incêndio terrível na Rua dos Pregos. Uma casa havia se transformado em cinzas, sem um único sobrevivente. Até hoje, o local está vazio e ninguém tem coragem de construir lá novamente.

As paredes dos Fossos Sangrentos eram abençoadamente livres de qualquer decoração, a não ser talvez pelos nomes arranhados de amantes temporários aqui e acolá, onde uma pilastra pudesse proteger um trabalho desses. Eu praguejei contra mim mesmo por ser um tolo e passei pelas portas.

Os irmãos Terrif, que organizavam os Fossos Sangrentos, haviam mandado uma carroça buscar Snorri na fortaleza de Marsail mais cedo. Fui bastante específico na mensagem que mandei, alertando-os para tomarem cuidado especial com o homem e exigindo garantias de mil coroas de ouro se eles não assegurassem a presença dele no Fosso Carmim para a primeira luta.

Flanqueado por minha comitiva, entrei nos Fossos Sangrentos, envolvido imediatamente pelo suor, pela fumaça, pelo fedor e pelo barulho do lugar. Nossa, como eu gostava dali. Nobres trajando sedas passeavam pelo andar das lutas, cada um deles como uma ilha de cor e sofisticação, sempre com seus acompanhantes, e depois um círculo esfarrapado de aproveitadores, vendedores ambulantes, cervejeiros, drogados e descarados. Na periferia, moleques prontos para correr de um cavalheiro para o outro levando mensagens orais ou escritas. Os anotadores de apostas, todos eles sancionados e aprovados pelos Terrif, ficavam em suas cabines na beira do salão, com as probabilidades anotadas com giz e meninos à disposição para recolher ou pagar no final.

Os quatro fossos principais ficavam nos vértices de um grande losango, marcado com ladrilhos avermelhados no chão. Escarlate, Telha, Ocre e Carmim. Todos parecidos, com seis metros de profundidade e seis metros de diâmetro, mas com o Carmim em primeiro lugar. A nobreza fica entre esses e os fossos menores, olhando para baixo, conversando sobre os lutadores apresentados, sobre as chances oferecidas. Um grosso parapeito de madeira rodeava cada fosso, formando uma proteção sobreposta à construção de pedra, que descia a um metro do buraco. Eu abri caminho até o Carmim e me inclinei, com o parapeito duro contra meu umbigo. Snorri ver Snagason me olhou furiosamente lá de baixo.

"Carne nova aqui!" Eu levantei a mão, ainda olhando lá para baixo, para o meu vale-refeição. "Quem vai querer um pedaço?"

Duas pequenas mãos morenas deslizaram pelo parapeito ao meu lado. "Acho que *eu* vou querer. Creio que me deve um pedaço ou dois, Príncipe Jalan."

Ah, droga. "Maeres, que bom ver você." Em minha própria defesa, disfarcei o pavor na resposta e não me borrei. Maeres Allus tinha a voz calma e sensata que um escriba ou um professor deveria ter. O fato de ele gostar de assistir quando seus cobradores cortavam os lábios de um homem transformava aquele tom de sensatez em horror.

"É um sujeito grandão", disse Maeres.

"Sim." Eu olhei em volta desesperado, procurando meus amigos. Todos eles, inclusive os dois velhos veteranos escolhidos especialmente por meu pai para me proteger, haviam saído de fininho para o Telha sem dizer nada e deixaram Maeres Allus aparecer do meu lado sem avisar. Só Omar teve a decência de parecer culpado.

"Como você acha que ele se sairia contra Norras, o homem de Lorde Gren?", perguntou Maeres.

Norras era um pugilista habilidoso, mas eu achava que Snorri iria fazer picadinho dele. Eu podia ver o lutador de Gren agora, de pé atrás do portão fechado, em frente ao qual Snorri havia passado.

"Não devemos anunciar a briga? Determinar as probabilidades?" Eu olhei para Barras Jon e gritei para ele: "Norras contra minha carne nova? Quais são os números?"

Maeres pôs a mão suavemente em meu braço. "Vai haver tempo suficiente para apostar depois que o homem for testado, não?"

"M-mas ele pode se machucar", eu disse, afobado. "Tenho planos de fazer um bom dinheiro aqui, Maeres, e pagar o que lhe devo com juros." Meu dedo doeu. Aquele que Maeres quebrou quando fiquei devendo dois meses atrás.

"Permita-me", disse ele. "Serão meus juros. Eu cubro qualquer perda. Um homem como esse... pode valer trezentas coroas."

Foi aí que percebi o jogo dele. Trezentas coroas era apenas metade do que eu lhe devia. O desgraçado queria ver Snorri morrer e manter um príncipe real em sua coleira. Parecia não haver saída, contudo. Não dá para discutir com Maeres Allus, certamente não no salão de luta dos primos dele e lhe devendo quase mil em ouro. Maeres sabia o quanto podia me pressionar, mesmo sendo um principezinho inferior. Ele percebera o que havia por trás de minha fanfarrice. Não se chega ao topo de uma organização como a de Maeres sem conhecer bem os homens.

"Trezentas coroas se ele não estiver apto a lutar com apostas nesta noite?" Eu poderia voltar depois da ópera ridícula de papai e comprar as lutas sérias. O exercício da tarde só tinha a intenção de aguçar os apetites e atiçar os interesses.

Maeres não respondeu, apenas bateu suas mãos suavemente e mandou os guardas do fosso elevarem o portão oposto. Ao som do ferro raspando na pedra e das correntes passando em suas engrenagens, as multidões foram até o parapeito, atraídas pela força do fosso.

"Ele é enorme!"

"Um homem considerável!"

"Norras vai acabar com ele."

"Sabe das coisas, esse Norras."

O teutão musculoso saiu da passagem, balançando sua cabeça careca sobre o pescoço grosso.

"Punhos apenas, nórdico", gritou Maeres para baixo. "A única saída desse fosso é seguindo as regras."

Norras ergueu as duas mãos e cerrou os punhos, como se quisesse instruir o pagão. Ele diminuiu a distância entre eles, com os pés ágeis, sacudindo a cabeça em espasmos acentuados para enganar a vista e provocar um golpe imprudente. Ele se parecia mais com uma galinha na minha opinião, balançando a cabeça daquele jeito, com os punhos na frente do rosto e os cotovelos para fora como asinhas. Uma grande galinha musculosa.

Snorri claramente estava ao alcance dele, então Norras rapidamente partiu para cima. Ele abaixa a cabeça e leva um soco no crânio. Era isso que eu ia dizer. Já vi homens machucarem as mãos na cabeça dura e ossuda do teutão antes. Não tive tempo de dizer as palavras. Norras deu um soco e Snorri pegou o punho do homem bem na palma da mão, fechando os dedos para prendê-lo. Ele puxou Norras para a frente, dando um soco com o outro braço e empurrando o golpe brutal de esquerda do teutão com o cotovelo. O enorme punho do nórdico bateu com tudo no rosto de Norras, com os nós dos dedos atingindo-o do queixo até o nariz. O homem voou para trás um metro ou mais, batendo no chão com um baque seco, sangue espirrado em seu rosto revirado, misturado a dentes e gosma de seu focinho achatado.

Um momento de silêncio e, em seguida, um estrondo que machucou meus ouvidos. Meio delírio, meio ultraje. Papéis de apostas voaram, moedas trocaram de mãos, todas as transações informais feitas na hora.

"Um espécime impressionante", disse Maeres sem entusiasmo. Ele observou dois fosseiros arrastarem Norras pela válvula de saída da câmara dupla. Snorri os deixou fazer seu trabalho. Dava para ver que ele havia calculado suas chances de fugir e viu que eram nulas. O segundo portão de ferro só podia ser erguido pelo lado de fora, e mesmo assim só depois que o primeiro fosse abaixado.

"Mandem Ootana entrar." Maeres nunca levantava a voz, mas era sempre ouvido em meio à barulheira. Ele me sorriu de leve.

"Não!" Eu contive a afronta ao me lembrar que já vira homens sem lábios até mesmo no palácio. O poder de Maeres Allus chegava longe. "Maeres, meu amigo, você não pode estar falando sério." Ootana era um especialista, experimentado em inúmeros combates com faca. Ele já havia aberto meia dúzia de bons lutadores com faca só neste ano. "Pelo menos deixe meu lutador treinar com a faca-gancho por algumas semanas!

Ele vem lá da terra do gelo. Eles não entendem o que não for machado."
Eu tentei usar o humor, mas Ootana já estava esperando atrás do portão,
um demônio flexível dos litorais mais distantes de Afrique.

"Lutem." Maeres ergueu a mão.

"Mas..." Snorri nem havia recebido uma arma. Era um assassinato,
pura e simplesmente. Uma lição pública para pôr um príncipe firmemente em seu lugar. O público não precisava gostar, no entanto. Vaias ecoaram quando Ootana entrou no fosso, com sua lâmina curva segurada
displicentemente de lado. Os nobres gritavam como se estivessem as-
sistindo a atores na praça. Eles poderiam gritar novamente hoje à noite
com o mesmo ardor se a ópera de papai tivesse um vilão parecido.

Snorri olhou para cima na nossa direção. Eu juro que ele estava
sorrindo. "Sem regras agora?"

Ootana começou a avançar lentamente, passando sua faca de uma
mão para a outra. Snorri abriu os braços, não totalmente, mas o suficiente para tornar um homem grande ainda maior naquele espaço
confinado e, com um rugido que abafou as muitas vozes acima, ele
atacou. Ootana saltou para o lado, na intenção de cortar e depois desviar, mas o nórdico partiu rápido demais, desviou-se para compensar
e estendeu os braços, tão compridos quanto os do homem de Afrique.
Por fim, Ootana não podia fazer nada além de tentar um golpe fatal,
nada mais o salvaria das garras de Snorri. A luta se perdeu na colisão.
Snorri foi com tudo para cima do homem, empurrando-o um metro
para trás e batendo-o contra a parede do fosso. Ele segurou ali por um
instante, talvez uma troca de palavras, e em seguida se afastou. Ootana deslizou todo amassado para a base da parede, com fragmentos
brancos de osso aparecendo na nuca através da pele escura.

Snorri virou-se para nós, lançou um olhar indecifrável na minha
direção e depois olhou para baixo a fim de inspecionar a faca-gancho
enterrada em sua mão, com o cabo até a palma. O sacrifício que ele
fizera para manter a lâmina longe de seu pescoço.

"O urso." Maeres falou mais baixo que nunca em meio à algazarra que irrompia da multidão. Eu nunca o tinha visto nervoso, poucos

homens tinham, mas agora dava para ver pela finura de seus lábios e a palidez de sua pele.

"Urso?" Por que não simplesmente atirar nele com balestras do parapeito e acabar logo com isso? Eu já havia visto um urso nos Fossos Sangrentos uma vez, uma fera negra das florestas do oeste. Eles o puseram contra um homem de Conaught com lança e rede. O urso não era maior que ele, mas a lança o deixou nervoso e, ao se aproximar, tudo acabou. Não importa quantos músculos um homem tenha, a força de um urso é um troço diferente e faz qualquer guerreiro parecer fraco feito uma criança.

Eles demoraram um pouco para arrumar um urso. Aquilo claramente não fazia parte de plano que incluiu Norras e Ootana. Snorri simplesmente ficou onde estava, segurando sua mão ferida bem acima da cabeça e apertando o pulso com a outra mão. Ele deixou a faca-gancho onde estava, enterrada em sua palma.

A fúria que os espectadores demonstraram com a entrada de Ootana chegou a novos patamares quando o animal se aproximou do portão, mas a risada estrondosa de Snorri os calou.

"Chamam isso de urso?" Ele abaixou os braços e bateu no peito. "Eu sou dos undoreth, os Filhos do Martelo. O sangue de Odin corre em nossas veias. Nascidos na tempestade somos!" Ele apontou para Maeres lá em cima com a mão transfixada, pingando sangue, sabendo quem era seu atormentador. "Eu sou Snorri, Filho do Machado. Eu lutei com trolls! Vocês têm um urso maior. Eu o vi nas celas. Mandem aquele."

"Urso maior!", gritou Roust Greyjar atrás de mim, e seu irmão idiota puxou o coro. "Urso maior!" Em instantes, todos estavam berrando aquilo e o antigo abatedouro pulsava com o pedido.

Maeres não disse nada, apenas assentiu.

"Urso maior!" A multidão bradou repetidamente até que enfim o urso maior chegou e os calou de medo.

Onde Maeres havia conseguido aquela fera eu não sabia, mas deve ter lhe custado uma fortuna. O bicho era simplesmente o maior que eu já vira. Muito maior que os ursos negros das florestas teutônicas, ultrapassando até os ursos pardos do outro lado das terras eslavas. Até mesmo curvado atrás do portão, com seus pelos esbranquiçados, ele tinha mais de dois metros e meio de altura, cheio de músculos por baixo da pele e da gordura. A multidão tomou fôlego e urrou seu delírio e seu horror, extasiada com a possibilidade de morte e sangue, ultrajada com a injustiça da matança a seguir.

Enquanto o portão era levantado, e o urso rosnou e ficou sobre as quatro patas atrás dele, Snorri pegou a faca-gancho e a puxou, fazendo aquela curiosa virada da lâmina no último instante, a fim de impedir que a ferida ficasse ainda maior. Ele fechou a mão machucada em um punho vermelho e apertou o cabo da faca com a outra.

O urso, claramente alguma espécie do ártico, entrou sem pressa sobre as quatro patas, balançando a cabeça de um lado para o outro em movimentos amplos, inspirando o fedor de homens e de sangue. Snorri atacou, batendo seus grandes pés, os braços abertos, urrando aquela provocação ensurdecedora dele. Ele parou antes, mas foi o suficiente para fazer o urso recuar, devolvendo a provocação com um rosnado que quase me fez mijar, mesmo atrás da segurança do parapeito. O urso tinha três metros com as patas dianteiras erguidas, com as garras escuras maiores que dedos. A faca de Snorri, vermelha com seu próprio sangue, parecia uma coisinha de dar pena. Ela mal penetraria a gordura do urso. Seria preciso uma espada longa para atingir seus órgãos vitais.

O nórdico gritou alguma praga em sua língua pagã e estendeu sua mão ferida, segurando-a bem aberta, espirrando sangue sobre o peito do urso com um desenho vermelho sobre o branco. "Que maluquice!" Até eu sabia que não se mostrava a um bicho selvagem que você estava ferido.

O urso, mais curioso do que enraivecido, se curvou, dobrando-se para farejar e lamber seu pelo ensanguentado. Naquele instante, Snorri atacou. Por um momento, eu me perguntei se ele poderia realmente matar o animal. Se, por algum milagre de guerra, poderia enterrar sua lâmina exatamente na espinha, enquanto a fera estava de cabeça baixa. Todos nós tivemos um sobressalto. Snorri saltou. Ele pôs a mão machucada espalmada no topo da cabeça do urso e, como um acrobata da corte, subiu nos ombros dele, agachando-se. Ensandecido, o urso rugiu e ficou ereto, tentando alcançar aquele incômodo, chegando à sua altura total, como se Snorri fosse uma criança e ele o pai carregando-o nas costas. Quando o urso se endireitou, Snorri se endireitou também, saltando para cima com o impulso dobrado e esticando bastante a mão da faca. Ele enterrou a lâmina na borda de madeira do parapeito, uns seis metros acima do chão do fosso. Ele se ergueu, alcançou o parapeito, se virou e, num segundo, estava entre nós.

Snorri ver Snagason atravessou a multidão bem-nascida, passando por cima de homens adultos. Em algum ponto daqueles primeiros passos, encontrou uma nova faca. Ele deixou um rastro de cidadãos esmagados e ensanguentados, usando sua lâmina apenas três vezes, quando membros da equipe do fosso dos Terrif tentaram detê-lo mais a sério. Estes, ele deixou estripados, um deles com a cabeça quase arrancada. Snorri já estava lá fora, na rua, antes que metade do público sequer soubesse o que havia acontecido.

Eu me inclinei sobre o parapeito. O salão estava um caos, em toda parte homens recobravam sua coragem e começavam a perseguição, agora que sua presa já estava longe. O urso havia voltado a farejar o chão do fosso, lambendo sangue das pedras, com a marca vermelha da mão de Snorri bem nítida em sua nuca.

Maeres havia desaparecido. Ele tinha um dom de aparecer e sumir. Eu dei de ombros. O nórdico era evidentemente perigoso demais para ser mantido. Ele teria sido a minha morte, de um jeito ou de outro. Pelo menos assim eu havia diminuído trezentas coroas de minha dívida com Maeres Allus. Ele sairia do meu pé por pelo menos uns três meses, talvez seis. E muita coisa pode acontecer em seis meses. Seis meses é uma eternidade.

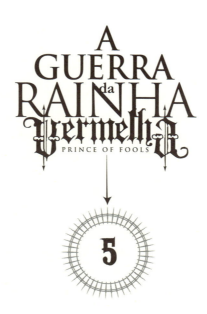

Ópera! Não há nada parecido com ópera! Exceto javalis no cio.

   A única coisa boa sobre a peça interminável de papai era o espaço, um belo prédio abobadado na região leste de Vermillion, onde uma preponderância de banqueiros florentinos e comerciantes milaneses davam à cidade um sabor bem diferente. Durante a primeira hora, fiquei olhando para as ninfas brincando nuas sobre a cúpula, pintadas de certa maneira que a superfície curva as exibia sem distorção. Por mais que eu admirasse a atenção do artista aos detalhes, vi que a cena era frequentemente interrompida por lampejos de imagens dos Fossos Sangrentos. Snorri derrubando Norras com o que deve ter sido um soco fatal. Ootana caindo para a frente da parede do fosso, com a nuca quebrada e aberta. Aquele salto. Aquele salto espetacular, impossível, insano! No palco, uma soprano cantava uma ária enquanto eu relembrava o nórdico se atirando para a liberdade.

   Durante o intervalo, procurei rostos familiares. Eu havia chegado atrasado para o espetáculo e me atrapalhei para encontrar meu assento, fazendo barulho e bloqueando a visão de todos. Sob a luz

MARK LAWRENCE

fraca e separado de minhas companhias mais pontuais, tive de me contentar com sentar no meio de estranhos. Agora, sob as luzes do salão de intervalo e pegando taças de vinho de cada bandeja que passava, percebi que, apesar das terríveis advertências de meu irmão Darin, a noite de estreia estava surpreendentemente pouco frequentada. Aparentemente, meu próprio pai não havia chegado. Ficou de cama, de acordo com as fofocas. Ele nunca foi um amante de música, mas os cofres do Vaticano haviam financiado essa bobagem de anjos e demônios uivando uns para os outros, homens gordos sufocando debaixo de asas feitas de cera e penas enquanto berravam o estribilho. O mínimo que seu maior representante local poderia fazer era ir também e sofrer com o restante de nós. Maldição, eu não estava conseguindo avistar Martus nem o desgraçado do Darin.

Fui passar e esbarrei em um homem com uma máscara branca brilhosa, como se o sujeito estivesse participando de um baile de máscaras, em vez de uma ópera. Ou pelo menos eu tentei passar, fracassei e bati nele como se ele fosse feito de ferro. Eu me virei, esfregando o ombro. Alguma coisa nos olhos que observavam por aquelas fendas levou embora, em uma onda gelada de medo, qualquer vontade que eu ainda pudesse ter de reclamar. Deixei a multidão nos separar. Será que aquilo ao menos era um homem? Os olhos me assombraram. A íris era branca, a parte branca era cinza. Meu ombro doía como se uma infecção roesse o osso.... Natimorto. Darin dissera alguma coisa sobre um natimorto na cidade.

"Príncipe Jalan!" Ameral Contaph me chamou com uma familiaridade irritante, todo enfatiotado com uma roupa ridícula, certamente comprada só para a ocasião. Eles deviam estar desesperados para lotar os assentos, se bajuladores da laia de Contaph foram convidados para a estreia. "Príncipe Jalan!" O fluxo da multidão de alguma maneira nos afastou ainda mais e fingi não tê-lo visto. O sujeito provavelmente só estava atrás de mim por causa da papelada fictícia a respeito de Snorri. Pior ainda, talvez ele até já tivesse ouvido que o nórdico estava correndo solto pelas ruas de Vermillion... Ou talvez tenha riscado o ouro folheado do meu presente. De qualquer modo, nenhum dos motivos que ele tivesse para querer falar comigo parecia uma razão para eu querer falar com ele! Eu me virei bruscamente para o outro lado e me vi cara a cara com Alain DeVeer, ostentando uma atadura pouco lisonjeira em volta da cabeça e ladeado por dois homens grandes e feios com capas de ópera mal-ajambradas.

"Jalan!" Alain estendeu os braços para mim, pondo as mãos apenas em minha capa primorosamente bem cortada. Eu a soltei de meus ombros e deixei que ele ficasse com ela enquanto disparei na direção das escadas, costurando um caminho perigoso entre viúvas ostentando diamantes no cabelo e velhos lordes impacientes engolindo seus vinhos com a determinação austera de homens que querem entorpecer os sentidos.

Eu tenho os pés rápidos, mas foi provavelmente meu total desprezo pela segurança das outras pessoas que me permitiu abrir uma vantagem considerável com tanta rapidez.

Há banheiros coletivos nos fundos do teatro. Para os homens, uma dúzia de privadas abertas em cima de canais com água corrente que escoam para o beco lá atrás. A água sai de um grande tanque no telhado. Um pequeno bando de moleques passa o dia inteiro enchendo-o com baldes – uma atividade que tive a oportunidade de observar quando usei um dos vestiários do elenco para um encontro com a Duquesa Sansera na temporada anterior. Eu estava lá fazendo meu trabalho diligentemente, como qualquer homem faz com uma mulher de idade em decadência e fortuna em ascensão, quando espera conseguir um empréstimo. Mas toda vez que eu estava quase chegando perto, um garoto passava pela porta, com os baldes pesados derramando água. Aquilo me desconcentrava muito. E a vaca velha não me emprestou nem uma moedinha de prata.

Aquela tarde com a Duquesa Baldes de Ouro não foi um desperdício total, no entanto. Depois que permiti que ela me acompanhasse até a porta, com um beijo molhado e um apertão na minha bunda, persegui a maior quantidade daquelas crianças maltrapilhas que pude e dei-lhes uma lição. É verdade que meus inimigos eram mais numerosos, mas eu sou o herói da Passagem Aral, afinal, e, às vezes, quando a ira do Príncipe Jalan Kendeth é despertada, é melhor fugir, não importa quantos sejam. Especialmente, se tiverem oito anos.

Eu havia encontrado três dos bastardinhos escondidos na minúscula despensa onde os baldes são guardados junto com vassouras e esfregões variados. E esta foi a recompensa: outro esconderijo para acrescentar à minha lista.

Andando rápido pelo mesmo corredor agora, com Alain e amigos uma ou duas curvas atrás de mim, parei com tudo, abri a porta do armário e mergulhei lá dentro. O truque de fechar portas atrás de você é fechar rápido, mas sem fazer barulho. Isso foi um desafio enquanto eu tentava me desvencilhar de vários cabos de vassoura no escuro sem que as torres cambaleantes de baldes caíssem ao meu redor. Segundos mais tarde, quando Alain e seus guarda-costas fortões atravessaram o corredor, o herói da Passagem Aral estava agachado entre os esfregões, com as mãos na boca para abafar um espirro.

Eu consegui prender o espirro quase por tempo suficiente, mas homem nenhum consegue ter controle absoluto sobre seu corpo e, às vezes, não há como impedir uma coisa dessas – como eu disse à Duquesa Sansera quando ela expressou sua decepção.

"Atchim!"

Os passos, que já haviam diminuído até quase não serem ouvidos, pararam.

"O que foi isso?" A voz de Alain, distante, mas não distante o suficiente.

Os covardes se dividem em dois grandes grupos. Os paralisados pelo medo e os estimulados por ele. Felizmente, pertenço ao segundo grupo e saí daquele armário como um... bem, como um príncipe devasso tentando escapar de uma surra.

Eu sempre estudava janelas atentamente e as mais acessíveis do teatro lírico ficavam nos banheiros coletivos citados anteriormente, pois eram necessárias por motivos óbvios. Apressei-me pelo

A GUERRA DA RAINHA VERMELHA

corredor, desviei, me abaixei e entrei com tudo na escuridão fétida do banheiro masculino. Um senhor velho havia se estabelecido ali com uma jarra de vinho, claramente achando que respirar o fedor de esgoto era preferível a um assento mais perto do palco. Eu passei direto, correndo, subi na privada dos fundos e tentei enfiar minha cabeça entre as venezianas. Normalmente, elas ficavam entreabertas para dar ventilação suficiente e impedir que o lugar explodisse, caso mais um fidalgo que tenha comido demais soltasse um peido. Hoje, como tudo mais desde que acordei, elas pareciam estar contra mim e estavam firmemente fechadas. Eu as sacudi com força. Nunca eram trancadas e não fazia sentido que não cedessem. O medo deu forças a meu braço e, quando aqueles troços não abriram, arranquei as ripas antes de conseguir passar a cabeça.

Durante meio segundo, fiquei ali com aquele ar fresco, ligeiramente menos fétido, no meu rosto. Salvação! Há algo quase orgástico em escapar de um monte de problemas, ganhar a liberdade e dar uma banana para eles. Amanhã talvez aquele mesmo problema esteja esperando você na esquina, mas hoje, neste exato momento, ele foi derrotado, comendo poeira. Nós, os covardes, sobrecarregados de imaginação que somos, usamos a maior parte de nossa atenção com o futuro, preocupados com o que virá em seguida. Então, quando a rara oportunidade de viver no momento chega, eu a agarro com quantas mãos puder.

Na outra metade do segundo, percebi que estávamos no segundo andar e a queda até a rua parecia que me machucaria mais gravemente do que Alain e seus amigos ousariam. Talvez eu devesse estufar o peito, enfrentá-lo e lembrar a Alain ao pai de quem aquela ópera pertencia e de quem era a avó que por acaso aquecia o trono. Nenhuma parte de mim queria confiar que o bom senso de Alain fosse maior que sua raiva, mas uma queda de quebrar os tornozelos até o beco onde jogavam a merda... isso também não me atraía.

E foi então que eu a vi. Uma figura esfarrapada no beco, curvada sobre alguma coisa. Um balde? Por um instante ridículo, achei que fosse um daqueles meninos pegando água para o tanque. Uma mão pálida ergueu um pincel e o luar brilhou o que pingou dele.

"Jalan Kendeth, se escondendo no banheiro. Que apropriado." Era Alain DeVeer batendo na porta atrás de mim. Eu não virei a cabeça nem um centímetro. Se não tivesse resolvido essa questão no começo do intervalo, teria enchido rapidamente a privada sobre a qual eu estava, através das duas pernas da calça. O vulto no beco olhou para cima e um olho refletiu os raios da lua, brilhando como uma pérola na escuridão. Meu ombro doeu na lembrança repentina do mascarado com o qual eu havia trombado. A convicção me pegou pelo pescoço. Aquilo não era um homem. Não havia nada de humano naquele olhar. Lá fora, a mulher do olho cego pintava suas runas fatais. Ali dentro, entre lordes e damas, o inferno caminhava conosco.

Eu teria corrido de cabeça para uma dúzia de Alains DeVeers para escapar da Irmã Silenciosa. Diabos, eu teria passado por cima de Maeres Allus para abrir espaço entre mim e aquela bruxa velha. Teria metido o pé na virilha dele e lhe dito para colocar na conta. Teria partido para cima de Alain e seus dois amigos, se não fosse a lembrança do incêndio da Rua dos Pregos. *As próprias paredes haviam queimado.* Não restou nada a não ser cinzas finas. Ninguém saiu. Nem uma pessoa. E houve mais quatro incêndios como aquele na cidade. Quatro em cinco anos.

"Oh, Jalan!" Alain esticava o "a", fazendo uma provocação cantada, Jaaaalaan. Ele realmente não aceitou muito bem aquele vaso quebrado em sua cabeça.

Eu me enfiei ainda mais pela veneziana quebrada, metendo os dois ombros no buraco e estilhaçando mais ripas. Uma espécie de teia se estendeu pelo meu rosto. *Por que agora eu precisava de uma aranha grande na cabeça?* Mais uma vez, os deuses do destino estavam cagando em mim lá do alto. Eu olhei para a esquerda. Símbolos pretos cobriam a parede, cada um deles parecendo um inseto horripilante e retorcido, preso à beira da morte. À direita, mais símbolos, subindo pelas paredes até onde a mulher do olho cego voltara a seu trabalho.

A GUERRA DA RAINHA VERMELHA

Eles pareciam ter crescido pelas laterais do prédio, como trepadeiras, ou rastejado para cima. Não tinha como ela alcançar tão alto. Ela plantava suas terríveis sementes enquanto circundava o prédio, pintando um laço de símbolos e, de cada um deles, outros cresciam, e mais outros, subindo até o laço se transformar em uma rede.

"Ei!", disse Alain, com seu orgulho transformando-se em irritação por ser ignorado.

"Precisamos sair daqui." Eu saí do buraco e me virei para os três homens parados na porta e o velho agarrado a seu vinho olhando, confuso. "Não há tempo..."

"Tirem-no dali", Alain balançou a cabeça, com desgosto.

A queda até a rua havia sido retirada do topo da lista das coisas mais aterrorizantes de hoje, ficando logo acima de Alain e amigos. A pintura na parede ali fora varreu todas as outras coisas da lista e as jogou na privada. Enfiei os dois braços pelo buraco que havia feito e me atirei. Saí uns sessenta centímetros e parei com o peito entalado na moldura da janela. Algo escuro e muito gelado se esticou sobre meu rosto novamente, parecendo-se demais com uma teia feita pela aranha mais forte do mundo. Os fios dela fecharam meu olho esquerdo e resistiam a qualquer avanço.

"Rápido!"

"Peguem-no!"

Pés bateram no chão enquanto Alain liderava o ataque. Quando se trata de escapar das coisas eu sou excelente, mas minha situação atual não me dava muita escolha. Segurei a soleira da janela com as duas mãos e tentei tomar impulso para a frente, conseguindo avançar alguns centímetros e rasgar o paletó. O troço preto no meu rosto fez ainda mais pressão, empurrando minha cabeça para trás e ameaçando me jogar de volta ao banheiro se eu afrouxasse as mãos um pouquinho que fosse.

A natureza pode até ter me presenteado com um físico bastante decente, mas eu tento evitar qualquer atividade extenuante, pelo menos vestido, e não posso alegar que tenho uma grande força.

MARK LAWRENCE

O terror em estado bruto, no entanto, tem um efeito assustador sobre mim e já consegui jogar para o lado coisas extraordinariamente pesadas se elas estivessem no caminho para uma fuga rápida.

Pensar na chegada da mão de Alain DeVeer em minha canela fujona provocou o nível exato de pavor. Não era a ideia de ser arrastado para dentro e levar uns bons chutes que me preocupava – embora normalmente isso me preocupasse... muito. Era a noção de que, enquanto eles estivessem me chutando, e enquanto o pobre Jalan estivesse rolando no chão corajosamente desviando-se dos chutes e gritando por misericórdia, a Irmã Silenciosa completaria seu laço, o fogo se acenderia e cada um de nós seria queimado.

O que quer que estivesse esticado em meu rosto havia parado de se esticar e estava impedindo que eu conseguisse avançar, usando toda a sua elasticidade. Aquilo se parecia mais com um pedaço de fio agora, passando por cima de minha testa e meu rosto. Sem nada que meus pés pudessem encontrar para servir de apoio, fiquei pendurado, um terço para fora e dois terços para dentro, debatendo-me impotentemente e bradando todo tipo de ameaças e promessas. Suspeito que Alain e seus amigos tenham feito uma pausa para rir à minha custa, porque demorou mais do que eu esperava até alguém pôr as mãos em mim.

Eles deveriam ter levado a questão mais a sério. Pernas se debatendo são um negócio perigoso. Estimulado pelo desespero, eu estiquei a perna e encontrei um alvo, batendo com o salto da bota em algo que se parecia com um nariz. Alguém fez um barulho bem semelhante ao que Alain fizera naquela manhã, quando eu quebrei um vaso em sua cabeça.

O impulso adicional foi suficiente. A obstrução parecida com um fio se aprofundou um pouco mais, como uma faca gelada me cortando, e depois alguma coisa cedeu. Pareceu mais que eu havia cedido, em vez de a obstrução, como se eu tivesse me partido e ela me atravessado, mas, de um jeito ou de outro, ganhei a liberdade e caí do lado de fora inteiro.

Em matéria de vitória, esta foi bastante pírrica, com meu prêmio sendo a liberdade de me atirar de cabeça, com uma queda de dois

A GUERRA DA RAINHA VERMELHA

andares entre mim e o calçamento. Quando seu grito termina durante uma queda, você sabe que caiu de uma altura grande demais. Alto demais e geralmente rápido demais para haver qualquer possibilidade razoável de conseguir se levantar de novo. Alguma coisa me puxou, no entanto, reduzindo um pouco minha velocidade, um som horrível de algo se rasgando por cima do meu grito enquanto caía. Mesmo assim, bati no chão com força mais que suficiente para me matar, se não fosse a grande pilha de bosta semissólida acumulada embaixo da saída das privadas. Bati com um barulho de esguicho.

Eu me levantei, trôpego, cuspindo um bocado de sujeira, gritei um xingamento, escorreguei e caí imediatamente lá dentro de novo. Risadas de deboche lá de cima confirmavam que eu tinha plateia. Minha segunda tentativa me deixou estatelado de costas, limpando bosta dos olhos. Ao olhar para cima, vi toda a lateral do teatro coberta de símbolos interligados, com uma exceção: a janela da qual eu havia caído estava descoberta, com um homem espiando pelo buraco que eu deixara. Nos outros lugares, as extremidades negras da caligrafia da Irmã Silenciosa amarravam as venezianas fechadas, mas sobre a veneziana quebrada do banheiro não havia nem sinal. E abaixo dela descia uma rachadura, que chegava até a alvenaria, seguindo o trajeto de minha queda. Uma estranha luz dourada saía da rachadura, piscando com sombras por toda a sua extensão, iluminando tanto o beco quanto o prédio.

Com mais velocidade do que pressa, fiquei de pé e olhei em volta, procurando a Irmã Silenciosa. Ela virara a esquina, bem possivelmente antes de eu cair. Não conseguia ver quanto faltava para ela completar seu laço. Recuei até o meio do beco, fora da pilha de bosta, e limpei a imundície de minhas roupas sem muito sucesso. Alguma coisa agarrou em meus dedos e vi que estava segurando algo que parecia uma fita preta, mas era mais como a perna retorcida de algum inseto vindo de um pesadelo. Eu a arranquei de mim com um grito e vi um dos símbolos da bruxa pendurado em minha mão, quase encostando no chão e balançando-se com uma brisa que não existia – como se estivesse tentando se enrolar novamente em mim. Eu o sacudi para baixo com nojo, sentindo que aquilo era mais imundo do que qualquer coisa que estivesse me revestindo.

Uma réplica mordaz me fez olhar de novo para o prédio. Enquanto olhava, a rachadura se alargou, disparando mais uns cinco metros para baixo, quase chegando ao chão. O grito que saiu de mim foi mais afeminado do que eu gostaria. Sem hesitar, eu me virei e fugi. Mais risadas lá de cima. Parei no final do beco, querendo pensar em alguma coisa inteligente para gritar de volta a Alain. Mas qualquer graça que eu pudesse ter feito desapareceu quando, por toda a parede ao meu lado, os símbolos começaram a se iluminar. Cada um deles se abriu, brilhante, como fissuras para um mundo de fogo que esperava por todos nós abaixo da superfície de pedra. Percebi naquele instante que a Irmã Silenciosa havia completado seu trabalho e que Alain, seus amigos, o velho com o vinho e todas as outras pessoas lá dentro estavam prestes a arder para a morte. Juro que, naquele momento, senti pena até dos cantores da ópera.

"Pulem, seus idiotas!", gritei por cima do ombro, já correndo.

Eu virei a esquina rapidamente e escorreguei, com os sapatos ainda cheios de sujeira. Espatifado sobre as pedras, olhei para o beco lá atrás, agora aceso com uma incandescência ofuscante permeada de sombras pulsantes. Cada símbolo ardia. Do outro lado, uma sombra específica permanecia constante: a Irmã Silenciosa, esfarrapada e imóvel, pouco mais que uma mancha na vista, apesar do brilho da parede ao lado dela.

Fiquei de pé ao som de gritos horríveis. O velho salão ecoou notas que nunca haviam sido emitidas por nenhuma boca ali dentro em seus longos anos de história. Então corri, com os pés deslizando no chão – e alguma coisa saiu do brilho daquele beco. Uma linha reluzente e irregular ziguezagueou pelo meu caminho como se quisesse me recuperar, me pegar e me incendiar para que eu também tivesse o destino contra o qual lutara tanto para escapar.

Dizem que é melhor guardar o fôlego para correr, mas acho que gritar muitas vezes ajuda. A rua na qual eu virara depois do beco passava pelos fundos do teatro e era movimentada mesmo àquela hora da noite, embora não tão cheia quanto a Rua das Tintas, que passa pela entrada

A GUERRA DA RAINHA VERMELHA

principal e leva os fregueses até a porta. Meus... gritos másculos... serviram para abrir o caminho de algum modo, e quando as pessoas eram lentas demais, eu me desviava de diversas maneiras – ou então, se fossem pequenas ou frágeis o suficiente, eu passava por cima. A rachadura surgiu pela rua atrás de mim, avançando em passos rápidos e destacados, cada um acompanhado de um barulho como algo caro se quebrando.

Ao me virar de lado para entrar no meio de dois patrulheiros fazendo sua ronda, consegui olhar para trás e vi a rachadura se projetar para a esquerda, descendo a rua, afastando-se do teatro e na direção que eu havia tomado. As pessoas na estrada mal notaram, paralisadas pelo brilho do prédio à frente, com as paredes agora envoltas em uma chama lilás. A própria rachadura parecia mais do que aparentava a princípio e, na verdade, eram duas rachaduras bem próximas, cruzando-se e recruzando-se, uma irradiando uma luz quente e dourada e a outra revelando uma escuridão devoradora que parecia engolir toda a luz que entrava em seu caminho. Em cada ponto que elas se cruzavam, fagulhas douradas ferviam na escuridão e as pedras se estilhaçavam.

Eu entrei no meio dos patrulheiros, com o impacto me fazendo rodopiar, saltando em um dos pés para manter o equilíbrio. A rachadura passou debaixo de um velho que eu derrubara em minha fuga. Mais que isso, ela passou através dele e, onde a escuridão cruzou a luz, algo se quebrou. Fissuras menores se espalhavam de cada ponto de cruzamento, envolvendo o homem por um instante antes que ele literalmente explodisse. Pedaços vermelhos dele foram atirados para o alto, queimando enquanto caíam, consumidos com tal ferocidade que poucos chegaram ao chão.

O que quer que digam sobre correr, o principal é levantar os pés o mais rápido possível – como se o chão tivesse desenvolvido um grande desejo de machucar você. O que era meio verdade. Disparei com tal velocidade que a pessoa que correu dos cachorros ainda naquela manhã teria parado para verificar se suas pernas ainda estavam se mexendo. Mais pessoas explodiram atrás de mim conforme a rachadura as atravessou. Pulei uma carroça, que imediatamente explodiu atrás de mim, com pedaços de madeira salpicando a parede, e mergulhei através de uma janela aberta.

Rolei para ficar de pé dentro do que parecia ser – e certamente tinha o cheiro de – um bordel de nível tão baixo que eu nem sabia de sua existência. Vultos se contorciam na escuridão de um lado enquanto me atirei para o outro lado do quarto, derrubando um abajur, uma mesa de vime, uma penteadeira e um homem baixinho de peruca, antes de pulverizar as venezianas da janela traseira ao sair.

O quarto se acendeu atrás de mim. Caí do outro lado da passagem, deixei a parede oposta absorver meu impacto e saí à toda. A janela pela qual passei rachou, com soleira e tudo, e a casa inteira rachou também. As fendas gêmeas, clara e escura, tramavam seu caminho atrás de mim, pegando ainda mais velocidade. Eu pulei sobre um viciado em ópio no corredor e continuei a correr. Pelo som, a fissura curou seu vício definitivamente um instante depois.

Olhar em frente é a segunda regra para correr, logo depois daquela sobre levantar os pés. Mas, às vezes, não dá para obedecer a todas as regras. Alguma coisa naquela rachadura exigia minha atenção e dei outra olhada para trás.

Blam! Primeiro pensei que havia batido em uma parede. Ao tomar fôlego para gritar mais e correr mais, eu me afastei e descobri que a parede estava me segurando. Dois punhos enormes, um deles enfaixado e ensanguentado, segurava meu casaco pela frente. Eu olhei para cima, e depois mais um pouco para cima, e me vi olhando nos olhos claros de Snorri Snagason.

"O que..." Ele não teve tempo de dizer mais nada. A rachadura nos atravessou. Eu vi uma fratura preta passar pelo nórdico, em linhas irregulares sobre seu rosto, irradiando escuridão. No mesmo momento, algo quente e insuportavelmente brilhante me atravessou, enchendo-me de luz e fazendo o mundo desaparecer.

Minha visão clareou a tempo de ver a testa de Snorri caindo. Ouvi uma rachadura de um tipo totalmente diferente. Meu nariz se quebrando. E o mundo sumiu novamente.

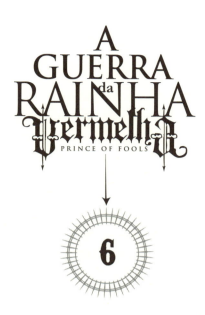

6

Primeiro verifico onde minha bolsa de dinheiro está e procuro meu medalhão. É um hábito que desenvolvi. Quando você acorda nos lugares que costumo acordar e em companhia muitas vezes paga... bem, é melhor deixar seu dinheiro por perto. A cama era mais dura e rústica do que me habituei a gostar. Tão dura e rústica quanto pedra, na verdade. E fedia a merda. Aquele glorioso momento de segurança entre estar dormindo e estar acordado havia terminado. Rolei para o lado, apertando o nariz. Ou eu não ficara inconsciente por muito tempo, ou o fedor afugentara até mesmo os mendigos. Isso e a agitação pela estrada abaixo, o rastro de cidadãos explodidos, o teatro de ópera em chamas, a rachadura ardente. A rachadura! Eu fiquei de pé ao me lembrar daquilo, esperando ver o caminho tortuoso saindo do beco e apontando bem na minha direção. Nada. Pelo menos nada que se visse à luz das estrelas e da lua crescente.

"Merda." Meu nariz doía mais do que parecia razoável. Eu me lembrei de olhos ferozes embaixo da testa protuberante... e depois daquela testa protuberante batendo em meu rosto. "Snorri..."

MARK LAWRENCE

O nórdico se fora. Eu não sabia por que pedacinhos carbonizados de nós dois não estavam decorando as paredes. Eu me lembrei de como aquelas duas fissuras corriam lado a lado, cruzando-se e recruzando-se, e, em cada junção, uma explosão. A rachadura escura havia atravessado Snorri – eu a vi em seu rosto. A clara...

Passei as mãos em meu corpo procurando freneticamente algum ferimento. A clara havia me atravessado. Ao puxar para cima as pernas de minhas calças, vi canelas sujas sem o menor sinal de luz dourada brilhando de rachadura nenhuma. Mas a rua também não demonstrava nenhum sinal da fissura. Não restou nada, a não ser os estragos que foram causados.

Afastei os pensamentos daquela luz dourada e ofuscante da cabeça. Eu havia sobrevivido! Os gritos do teatro voltaram a mim. Quantos haviam morrido? Quantos amigos meus? Meus parentes? Será que as irmãs de Alain estavam lá? Espero por Deus que Maeres Allus estivesse. Que tenha sido uma daquelas noites em que ele fingia ser um comerciante e usava seu dinheiro para entrar em círculos sociais bem acima de sua posição. Por enquanto, porém, eu precisava me distanciar mais do local do incêndio. Mas aonde ir? A magia da Irmã Silenciosa havia me perseguido. Será que ela estaria aguardando no palácio para terminar o serviço?

Na dúvida, fuja.

Saí correndo outra vez, pelas ruas escuras, perdido, mas sabendo que em algum momento eu chegaria ao rio e encontraria meu rumo novamente. Correr às cegas pode acabar lhe dando um nariz quebrado; portanto, como eu já tinha isso e não estava a fim de saber o que vinha depois, mantive o ritmo mais para prudente do que alucinado. Diante de um problema, em geral correr e deixar alguns quilômetros para trás tornam as coisas bem melhores. Mas, enquanto eu corria, respirando pela boca e apalpando um músculo no flanco que ficou retesado, eu me sentia cada vez pior. Um desconforto geral crescia a cada minuto e se transformou em ansiedade generalizada e incapacitante. Eu me perguntei se era assim a sensação de consciência. Não que alguma coisa daquilo tivesse sido culpa minha. Eu não poderia ter salvo ninguém, nem se tentasse.

Parei e me apoiei em um muro, recuperando o fôlego e tentando me livrar do que estava me atormentando, fosse o que fosse. Meu coração continuava a disparar por trás das costelas como se eu tivesse começado a correr loucamente, em vez de ter parado. Cada parte de mim parecia frágil, quebradiça de alguma forma. Minhas mãos pareciam erradas, brancas demais, claras demais. Comecei a correr de novo, acelerando, deixando a fadiga para trás. Uma energia de reserva fervilhou em minha pele, atravessou meu corpo, fez meus dentes tremerem no lugar, meu cabelo pareceu flutuar em volta da cabeça. Alguma coisa estava errada comigo, quebrada, eu não conseguia reduzir nem se quisesse.

Adiante, a rua se bifurcava, e a luz das estrelas mostrava apenas o contorno da construção que dividia o caminho. Eu fui de um lado da rua ao outro, sem saber qual caminho tomar. Ir para a esquerda me deixava pior, minha velocidade aumentava, disparava, com minhas mãos quase brilhando conforme pulsavam, a cabeça doendo, prestes a rachar, com uma luz cegante cortando minha visão. Ir para a direita restabelecia um pouco de normalidade. Peguei a bifurcação da direita, então. De repente eu conhecia o caminho. Alguma coisa estava me puxando desde que me levantei das pedras. Agora, como se uma lâmpada tivesse se acendido, eu conhecia a direção de sua força. Se eu me afastasse dela, qualquer mal que me afligisse piorava. Se fosse na direção dela, os sintomas melhoravam. Eu tinha um sentido.

Qual o meu destino, eu não saberia dizer.

Parecia ser meu dia para correr pelas ruas de Vermillion. Meu caminho agora seguia a suave ladeira na direção do Seleen, onde ele facilitava sua lenta passagem pela cidade. Comecei a passar pelos mercados e porões de carga, atrás dos grandes galpões que ficavam na frente das docas do rio. Mesmo a essa hora, homens passavam para lá e para cá, tirando caixotes de carroças levadas por mulas, carregando caminhões, trabalhando à luz fraca de lampiões para levar o comércio pelas veias estreitas de Vermillion.

Meu caminho me levou até um mercado deserto que cheirava a peixe e me colocou em frente a uma extensa parede, uma das construções mais antigas da cidade, que agora funcionava como depósito das docas. O negócio se estendia mais de cem metros tanto para a direita quanto para a esquerda, e eu não tinha interesse em nenhum dos lados. Em frente. Minha rota seguia adiante. De lá é que vinha a força. Uma larga porta de tábuas estava semiaberta a alguns metros dali e sem pensar eu cheguei lá e a abri, passando pelo subalterno desnorteado, ainda tentando empurrá-la. Um corredor seguia em frente, na minha direção, e fui adiante. Ouvi gritos na minha retaguarda enquanto os homens entravam em ação e tentavam me pegar. Globos dos Construtores estavam acesos ali, lançando a fria luz branca de antigamente. Eu não havia percebido que a estrutura era tão velha. Continuei avançando assim mesmo, passando por arco após arco, cada um abrindo-se para galerias iluminadas pelos Construtores, todas cheias de bancos cobertos de verde e com paredes ocupadas por estantes e mais estantes de plantas folhosas. Quando, na metade do percurso do galpão, uma porta de madeira rapidamente se escancarou no meu caminho, tudo em que tive tempo de pensar antes de apagar foi que bater em Snorri Snagason doera mais.

Recuperei a consciência deitado na horizontal outra vez e com dores em tantos lugares que pulei o estágio da ignorância feliz e fui direto para o de fazer perguntas idiotas.

"Onde estou?", perguntei, anasalado e hesitante.

A luz forte, porém bruxuleante, e o leve ruído artificial ajudaram a me lembrar. Eu estava em algum lugar com globos dos Construtores. Fui me levantar e vi que estava amarrado a uma mesa. "Socorro!" Um pouco mais alto. Em pânico, testei minha força contra as cordas e percebi que não cediam. "Socorro!"

"É melhor poupar o fôlego!" A voz veio das sombras perto da porta. Apertei os olhos. Um rufião atarracado apoiado à parede, olhando para mim.

"Eu sou o Príncipe Jalan! Vou mandar cortar a porra da sua cabeça por isso! Desamarre estas cordas."

"Tá, isso não vai acontecer." Ele se inclinou para a frente, mastigando alguma coisa, com a luz bruxuleante refletindo em sua careca.

"Eu sou o Príncipe Jalan! Não está me reconhecendo?"

"Como se eu soubesse como os príncipes são. Não conheço nem os nomes dos príncipes! Até onde sei, você é um riquinho que ficou animado e resolveu nadar no esgoto. Só deu azar de acabar aqui. Mas o Horácio parecia te conhecer de algum lugar. Me falou para prender você aqui e saiu. 'Fica de olho nesse aí, Daveet', disse ele. 'Fica de olho.' Você deve ser alguém importante, senão já estaria flutuando no rio com o pescoço cortado."

"Se me matar, minha avó vai destruir este lugar." Uma mentira descarada, mas dita com convicção, que fez eu me sentir melhor. "Sou um homem rico. Deixe-me ir e garanto que terá uma boa condição pelo resto da vida." Devo admitir que tenho um dom para mentir. Sou menos convincente quando digo a verdade.

"Dinheiro é legal e tal", disse o homem. Ele se afastou da parede e deixou a luz iluminar a brutalidade de seu rosto. "Mas, se eu deixar você fugir sem a ordem do Horácio, não vou ter dedos para contar toda a grana. E se, no fim das contas, você for realmente um príncipe e soltarmos você sem a ordem do chefe, tanto eu quanto o Horácio vamos achar que a parte fácil seria ter os dedos arrancados." Ele mostrou os dentes para mim, mais buracos do que dentes, verdade seja dita, e voltou para a sombra.

Eu fiquei deitado, gemendo de tempos em tempos, e fazendo perguntas que ele ignorava. Pelo menos a estranha compulsão que me fez correr para tudo isso agora havia sumido. Eu ainda tinha aquela sensação de direção, mas a necessidade de ir atrás dela havia diminuído e me senti mais parecido com meu antigo eu. O que, neste momento, significava apavorado. Mesmo com meu medo, no entanto, percebi que a direção que me puxava estava mudando, girando, e a vontade de persegui-la ficando menor a cada minuto.

MARK LAWRENCE

Respirei fundo e fiz um balanço do meu entorno. Uma sala pequena, não uma daquelas longas galerias. Eles estavam cultivando plantas ali? Aquilo não fazia o menor sentido. Não havia plantas aqui, contudo. A luz fraca provavelmente indicava que não seria adequado. Apenas uma mesa e eu amarrado a ela.

"Por que eu..." A porta se abriu e interrompeu minha décima nona pergunta.

"Mas como isso aqui fede!" Uma voz calma e deprimentemente familiar. "Ponha nosso hóspede de pé, sim, e veja se não consegue limpar um pouco dessa imundície dele."

Homens apareceram dos dois lados, com mãos fortes segurando a mesa, e o mundo se virou em um ângulo reto, deixando a mesa de pé e a mim também, ainda amarrado a ela. Um balde de água fria tirou meu fôlego e minha visão antes que eu tivesse a chance de olhar em volta. Outro balde se seguiu rapidamente. Eu fiquei ali, ofegante, tentando respirar – uma tarefa nada fácil com um nariz entupido de sangue e de água – enquanto uma poça marrom e olorosa começou a se espalhar aos meus pés.

"Ora, vejam só. Parece que há um príncipe escondido por baixo de toda essa nojeira. Um diamante no estrume, como se diz. Embora um de baixo quilate."

Sacudi o cabelo molhado de meus olhos e lá estava ele, Maeres Allus, vestido com sua melhor roupa, como se fosse se encontrar com a alta sociedade... talvez para uma ópera?

"Ah, Maeres! Estava esperando encontrá-lo. Tenho algo a lhe dar para o nosso acordo." Eu nunca chamava de minha dívida. Nosso acordo soava melhor. Era mais como se fosse um problema de nós dois, não somente meu.

"Estava, é?" Apenas um pequeno sorriso de escárnio no canto de sua boca. Ele dera o mesmo sorriso quando um de seus capangas quebrou meu dedo indicador. A dor ainda me incomodava em manhãs frias, quando eu ia pegar a jarra de cerveja fraca que colocavam ao lado da minha cama. Ela atravessou o mesmo dedo agora, preso ao meu lado.

A GUERRA DA RAINHA VERMELHA

"Sim." Eu nem gaguejei. "Estava comigo durante a ópera." Pelos meus cálculos, o negócio com Snorri havia me garantido algo próximo a seis meses de prazo, mas é sempre bom parecer disposto. Além do mais, o mais importante quando se está amarrado a uma mesa por criminosos é lembrá-los de que você é muito mais valioso quando não está amarado a uma mesa. O ouro estava no meu bolso. Devo ter perdido no meio da confusão."

"Que tragédia." Maeres levantou a mão, curvou os dedos e um homem saiu das sombras para ficar ao seu lado. Um barulho seco acompanhou seus passos, e parou quando ele parou. Não gostei nem um pouco daquele ali. Ele parecia feliz demais em me ver. Mais um incêndio sem sobreviventes."

"Bem..." Eu não queria contradizer Maeres. Meus olhos se voltaram para o homem ao lado dele. Maeres é um sujeito franzino, comum, do tipo que se encontra curvado sobre os livros contábeis de algum comerciante. Cabelos castanhos arrumados, olhos que não são nem gentis, nem cruéis. Na verdade, notavelmente semelhantes aos de meu pai, em idade e aparência. O acompanhante de Maeres, porém, parecia o tipo de homem que afogava gatinhos por recreação. Seu rosto me lembrava os crânios das catacumbas do palácio. Se puser pele sobre um deles e enfiar uns olhos claros esbugalhados, seria este homem, com o sorriso largo demais, os dentes longos e brancos demais.

Maeres estalou os dedos, trazendo minha atenção de volta a ele. "Este é John Cortador. Eu estava dizendo a ele quando entramos o quanto é lamentável que você tenha visto minha operação aqui."

"O-o-operação?", gaguejei ao fazer a pergunta. Agora eu já consideraria uma vitória não borrar as calças. John Cortador era um nome que todo mundo conhecia, mas poucos alegavam tê-lo visto. John Cortador entrava em cena quando Maeres queria machucar as pessoas de maneira mais criativa. Quando um dedo quebrado, uma amputação ou uma boa surra não bastava, quando Maeres queria estampar sua autoridade, imprimir sua marca registrada em uma pobre alma, John Cortador era o homem que fazia o serviço. Alguns chamavam de talento artístico.

MARK LAWRENCE

"As papoulas."

"Eu não vi nenhuma papoula." Fileiras e mais fileiras de coisas verdes crescendo sob as luzes dos Construtores. Meu tio Hertert – o herdeiro não aparente, como papai gostava de chamá-lo – fizera inúmeras iniciativas para diminuir a oferta de ópio. Ele mandou patrulheiros de barco averiguarem sabe lá Deus quantos quilômetros do Seleen, convencido de que o contrabando vinha do alto do rio, do porto de Marsail. Mas Maeres tinha seu próprio cultivo. Bem aqui. Debaixo do nariz de Hertert e pronto para entrar nos narizes de todo mundo. "Eu não vi nada, Maeres. Só bati em uma porta, caramba. Estava cego de tão bêbado."

"Você ficou sóbrio com muita facilidade." Ele ergueu um frasco dourado com sais aromáticos até o nariz, como se o meu fedor o ofendesse. O que provavelmente era verdade. "Em todo caso, é um risco que não posso correr e, já que temos de nos separar, é melhor que seja uma ocasião memorável, não?" Ele inclinou a cabeça para John Cortador.

Aquilo foi suficiente para soltar minha bexiga. Não que alguém fosse notar, ensopado e fedido como estava. "E-espere aí, Maeres, você só pode estar brincando? Eu lhe devo dinheiro. Quem vai pagar se... se eu não pagar?" Ele precisava de mim.

"Bem, Jalan, o negócio é que eu não acredito que você *possa* pagar. Se um homem me deve mil coroas, ele está em apuros. Se ele me deve cem mil, então eu é que estou em apuros. E você, Jalan, me deve oitocentas e seis coroas, menos alguma pequena quantia pelo seu nórdico divertido. Tudo isso faz de você um peixe pequeno que não pode nem me engolir, nem me alimentar."

"Mas... eu posso pagar. Eu sou neto da Rainha Vermelha. Eu tenho meios para pagar a dívida!"

"Um de muitos, Jalan. Qualquer coisa em excesso diminui seu valor. Eu diria que 'príncipe' é uma mercadoria supervalorizada em Marcha Vermelha atualmente."

A GUERRA DA RAINHA VERMELHA

"Mas..." Eu sempre soube que Maeres Allus era um homem de negócios. Era cruel e implacável, com certeza, mas sensato. Agora parecia que a loucura estava se desenrolando por trás daqueles olhinhos escuros. Havia sangue demais na água para o tubarão que havia dentro dele ficar quieto por mais tempo. "Mas... de que vai adiantar me matar?" Ele não poderia contar a ninguém. Minha morte não lhe serviria.

"Você morreu no incêndio, Príncipe Jalan. Todo mundo sabe disso. Eu não fiz nada. E se algum leve rumor flutuar pelas conversas de Vermillion, um boato de que você pode ter morrido em outro lugar, em circunstâncias ainda menos agradáveis, por causa de uma dívida... Bem, então a que ponto vão chegar os esforços de meus clientes para não me decepcionarem no futuro? Será que damas de má reputação reconhecerão o mais novo bracelete do Cortador e espalharão a notícia enquanto abrem as pernas?" Ele olhou para John Cortador, que levantou o braço direito. Faixas secas de cartilagem clara envolviam o braço, farfalhando umas nas outras, dúzias delas, começando no punho e subindo além do cotovelo.

"Q-quê?" Não entendi o que estava vendo ou talvez alguma parte de meu cérebro estava sensatamente me impedindo de entender.

John Cortador fez um círculo sobre os próprios lábios com o dedo. Os troféus ao longo de seu braço sussurraram juntos com o movimento. "Abra bem." Sua voz escorregou como se ele fosse algo não humano.

"Você não devia ter vindo aqui, Jalan", disse Maeres no silêncio do meu horror. "É uma pena que não possa desver minhas papoulas, mas o mundo é cheio de infortúnios." Ele deu um passo para trás e ficou ao lado de Daveet perto da porta, com as luzes tremeluzentes sobre seu rosto produzindo a única vivacidade, uma sombra de sorriso que aparecia e sumia, aparecia e sumia.

"Não!" Pela primeira vez na vida eu queria que Maeres Allus não fosse embora. Qualquer coisa era melhor que ser abandonado ao John Cortador. "Não! Não vou contar! Não vou. Nunca." Eu injetei um pouco de raiva – quem acreditaria em uma promessa de força aos prantos? "Não vou dizer nada!" Puxei minhas cordas, sacudindo a mesa para trás novamente. "Nem que tirem minhas unhas. Não vou contar. Nem alicates quentes irão arrancar isso de mim."

"E os frios?" John Cortador ergueu o alicate de ferro de cabo curto que estava segurando o tempo todo com a outra mão.

Urrei para eles nesse instante, debatendo-me, impotente naquelas cordas. Se um dos homens de Maeres não estivesse de pé sobre os pés da mesa, ela teria tombado para a frente e eu teria batido de cara no piso, o que, por pior que pareça, teria sido bem menos doloroso do que os planos que John Cortador tinha para mim. Eu ainda estava urrando e gritando, rapidamente começando a soluçar e a implorar, quando algo quente e molhado espirrou em meu rosto. Foi o suficiente para me fazer desapertar os olhos e parar de berrar. Apesar de ter parado de gritar, o barulho não era menos ensurdecedor, só que agora não era eu gritando. Eu havia abafado o estrondo da porta se abrindo, absorto demais em meu horror para perceber. Apenas Daveet estava lá agora, emoldurado pela porta. Ele se virou enquanto eu observava, cortado da clavícula até o quadril, derramando suas tripas enroladas no chão. À esquerda, um vulto grande se moveu no canto da minha visão. Quando virei a cabeça, a ação passou para trás da mesa. Outro grito e um braço pálido cheio de braceletes feitos com lábios humanos caiu no chão, a uns trinta centímetros de onde a cabeça de Daveet bateu na pedra, quando tropeçou em seus intestinos. E em um instante havia silêncio. Nenhum som, a não ser por homens gritando bem longe no corredor lá fora, ecoando na distância. Daveet parecia ter se nocauteado ou morrido pela perda repentina de sangue. Se John Cortador estivesse sentido falta de seu braço, ele não estava reclamando. Eu podia ver mais um dos homens de Maeres caído morto. Os outros podiam estar mortos atrás de mim ou fazendo o que eu faria, correndo para as colinas. Se eu não estivesse amarrado àquela maldita mesa, eu mesmo estaria ultrapassando-os a caminho das supracitadas colinas.

Snorri Snagason apareceu. "Você!", disse ele.

A GUERRA DA RAINHA VERMELHA

O manto com capuz que ele estava vestindo quando o encontrei estava meio rasgado e caindo de seus ombros, havia sangue espirrado em seu peito e braços, e a espada ensanguentada em seu punho pingava. Mais sangue escorria em seu rosto, de um corte superficial na testa. Não seria difícil confundi-lo com um demônio saído do inferno. Na verdade, à luz bruxuleante, coberto de sangue e com fúria nos olhos, seria bem difícil não confundi-lo.

"Você?" A eloquência que Snorri demonstrara na sala do trono de vovó o havia abandonado por completo.

Ele estendeu o braço para mim e me encolhi, mas não muito, porque aquela porra de mesa estava me atrapalhando. Conforme aquela mão grande se aproximava, senti um formigamento em minhas bochechas, meus lábios, testa, como alfinetes e agulhas, um tipo de pressão crescente. Ele sentia também – vi seus olhos se arregalarem. A direção que havia me conduzido, o destino que havia me atraído... era ele. A mesma força que trouxera Snorri aqui e o colocara entre os homens de Maeres. Nós dois a reconhecíamos agora.

O nórdico parou a mão, com os dedos a um ou dois centímetros do meu pescoço. A pele ali zumbia, quase estalava com... alguma coisa. Ele parou, sem querer descobrir o que aconteceria se ele tocasse a minha pele com a dele. A mão recuou e voltou com uma faca, e antes que eu pudesse ganir, ele começou a cortar minhas amarras.

"Você vem comigo. Nós podemos resolver isso em outro lugar."

Abandonando-me entre voltas de corda cortada, Snorri voltou à porta, parando apenas para pisar no pescoço de alguém. Não o de Maeres, infelizmente. Ele abaixou a cabeça para atravessar e voltou imediatamente, com uma rápida sacudida. Alguma coisa passou chiando pela entrada, várias coisas.

"Balestras." Snorri cuspiu no corpo de Daveet. "Odeio balestreiros." Ele olhou de novo para mim. "Pegue uma espada."

"Uma espada?" O homem claramente pensava que ainda estava na natureza, em meio ao povo excessivamente peludo do norte. Dei uma olhada na carnificina, olhei atrás da mesa. John Cortador estava esparramado, com o toco de seu braço mal pulsando e uma ferida feia na testa. Nem sinal de Maeres. Não conseguia imaginar como ele escapara.

Nenhum deles tinha uma arma mais ofensiva do que uma faca de quinze centímetros. Carregar qualquer coisa maior dentro do perímetro da cidade não compensava a encrenca com a polícia. Eu peguei a faca e chutei John Cortador algumas vezes na cabeça. Meus dedos do pé doeram muito, mas achei que era um preço que valia a pena pagar.

Manquei de volta para o outro lado da mesa segurando minha nova arma e recebi um olhar fulminante do nórdico. Ele arrancou a porta. "Pegue." Eu não consegui muito bem. Enquanto eu pulava de um pé só, com a mão no rosto e xingando pelo nariz, Snorri rapidamente cortou os pés da mesa e, segurando-a como um enorme escudo, avançou na direção do corredor. "Fique atrás de mim!"

O medo de ser deixado para trás e de me ver nas garras de Maeres Allus novamente me estimulou a entrar em ação. Com certo esforço, peguei a porta e, juntos, nós propelimos nossos escudos até o corredor antes de ficarmos entre eles. Na mesma hora, setas de balestras bateram em ambos, com as pontas de ferro fincadas parcialmente.

"Para que lad..." Snorri já estava longe demais para me ouvir, mesmo que não estivesse dando seu grito de batalha. Ele havia saído com tudo pelo corredor atrás de mim. Acompanhei o melhor que pude, tentando segurar a porta sobre as costas enquanto corria atrás dele, mantendo a cabeça baixa, com as mãos sobre os ombros para segurar a porta no lugar. Gritos à frente indicavam que Snorri havia se encontrado com seus odiados balestreiros, mas, quando cheguei lá, só havia sangue e pedaços. A maior dificuldade estava em não escorregar naquela gosma. Várias outras setas bateram nas tábuas às minhas costas com baques poderosos e uma escapou entre meus tornozelos, informando-me que eu deixara uma brecha. Felizmente, só faltavam dez metros até a saída. Com a porta arrastando no chão atrás de mim e só as pontas dos dedos expostas, saí para o ar da noite. Meu tradicional momento de triunfo por ter escapado mais uma vez foi reduzido por um braço musculoso que surgiu da escuridão e me puxou para o lado.

"Eu tenho um barco", Snorri rosnou. Normalmente, quando se diz que alguém rosnou alguma coisa, é só força de expressão, mas Snorri realmente botava algo feroz em suas palavras.

"O quê?" Eu soltei meu braço, ou ele o largou, ou foi algo mútuo, já que nenhum de nós gostava da sensação de ardência quando seus dedos me tocavam.

"Tenho um barco."

"Claro que tem, você é um viking." Tudo parecia bastante surreal. Talvez eu tenha apanhado muito na cabeça desde que Alain fora atrás de mim na ópera, apenas uma ou duas horas antes.

Snorri balançou a cabeça. "Siga. Rápido!"

Ele saiu noite afora. Os sons de homens se aproximando pelo corredor do galpão me convenceram a segui-lo. Nós cruzamos um amplo espaço com pilhas de barris e caixotes, passamos por dúzias de redes penduradas, as pontas das velas dos barcos aparecendo acima da parede do rio ao nosso lado. À luz da lua, nós atravessamos um cais e descemos os degraus de pedra até a água, onde um barco a remo estava amarrado a um dos grandes aros de ferro presos à parede.

"Você tem um barco", falei.

"Eu estava a um quilômetro e meio rio abaixo, livre e solto." Snorri jogou sua espada lá dentro, entrou em seguida e pegou um remo. "Alguma coisa aconteceu comigo." Ele parou, olhando por um momento para sua mão, embora não houvesse nada nela. "Algo... eu estava passando mal." Ele se sentou e pegou os dois remos. "Eu sabia que tinha de voltar – sabia a direção. E aí encontrei você."

Fiquei parado no degrau. A magia da Irmã Silenciosa havia feito aquilo. Eu sabia. A rachadura nos atravessou; a clara, através de mim, e a escura, através dele, e quando Snorri e eu nos separamos, alguma força arcana tentou reunir aquelas duas linhas, a clara e a escura. Nós havíamos nos afastado, o rio estava carregando Snorri para o oeste e aquelas fissuras ocultas começaram a se abrir outra vez, começaram a nos dilacerar novamente para que pudessem se libertar e correr juntas de novo. Eu me lembrei do que acontecia quando elas se uniam. Não era bonito.

"Não fique aí parado feito um idiota. Solte a corda e entre."

"Eu, hã..." O barco a remo se mexeu quando a corrente tentou tirá-lo de seu ancoradouro. "Não parece muito estável." Eu sempre via barcos como uma fina prancha entre mim e o afogamento. Sendo um homem sensato, nunca confiara minha segurança a um barco antes e de perto eles pareciam ainda mais perigosos. O rio escuro sorveu os remos como se estivesse faminto.

Snorri acenou com a cabeça para a escada, na direção em que os degraus subiam até a abertura na parede do rio. "Logo, logo um homem com uma balestra vai estar parado ali e te convencer de que foi um erro esperar."

Entrei rapidinho depois de ouvir isso e Snorri usou seu peso para evitar que eu virasse o barco antes de conseguir me sentar.

"A corda", disse ele. Gritos ecoaram acima de nós, chegando mais perto.

Saquei minha faca, comecei a cortar a corda, quase perdi a lâmina no rio, tentei de novo e enfim voltei a cortá-la até ela ceder e conseguirmos sair. A corrente nos levou e a parede desapareceu na escuridão, junto com qualquer visão de terra.

7

"Você vai vomitar *outra vez*?"

"O rio já parou de correr?", perguntei.

Snorri bufou.

"Então, sim, vou vomitar." E demonstrei, acrescentando outra faixa de cor às águas escuras do Seleen. "Se Deus quisesse que os homens ficassem na água, Ele teria lhes dado..." – eu me sentia enjoado demais para dizer algo inteligente e fiquei prostrado sobre a lateral do barco, fazendo careta para o amanhecer cinzento que surgia atrás de nós – "...dado seja lá o que fosse preciso para este tipo de coisa."

"Um messias que andou sobre as águas para mostrar a vocês todos que era exatamente onde Deus queria que os homens ficassem?" Snorri balançou aquela grande cabeça esculpida dele. "Meu povo tem conhecimentos mais antigos do que os que o Cristo Branco trouxe. Aegir é dono do mar e não quer que nós o percorramos. Mas nós o fazemos assim mesmo." Ele cantou um trecho de uma cantiga. "*Undoreth, nós. Nascidos na batalha. Ergam martelo, ergam machado, com nosso grito de guerra tremem os deuses.*" Ele continuou a remar, cantarolando suas músicas sem melodia.

Meu nariz doía pra cacete, eu sentia frio, a maior parte de mim estava dolorida e, quando conseguia cheirar com meu nariz duplamente quebrado, percebia que ainda fedia só um pouco menos do que aquela pilha de bosta que salvou minha vida.

"Meu..." Eu fiquei em silêncio. Minha pronúncia soava cômica; "meu nariz" teria saído "beu dariz". E, apesar de ter todo direito de reclamar, aquilo poderia enervar o nórdico, e não vale a pena enervar o tipo de homem que consegue pular em um urso para escapar de um fosso de luta. Principalmente se foi você quem o pôs naquele fosso, em primeiro lugar. Como diria meu pai: "Errar é humano, perdoar é divino... mas eu sou apenas um cardeal e cardeais são humanos, então, em vez de perdoá-lo, vou errar e bater em você com este cajado". Snorri também não parecia o tipo que perdoava. Eu me conformei com outro gemido.

"Que foi?" Ele levantou o olhar de seus remos. Lembrei-me do número impressionante de corpos que ele deixou para trás ao entrar e sair da quinta das papoulas de Maeres para me buscar. Tudo isso com a mão direita gravemente ferida.

"Nada."

Nós seguimos remando pelas áreas ajardinadas de Marcha Vermelha. Bem, Snorri seguiu remando e eu fiquei deitado, gemendo. Na verdade, ele guiava, principalmente, e o Seleen fazia o resto. Onde sua mão direita segurava o remo ficou uma mancha de sangue.

Paisagens passavam, verdes e monótonas, e eu caído de lado, murmurando reclamações e vomitando esporadicamente. Também me perguntei como havia passado de acordar ao lado da delícia nua de Lisa DeVeer a compartilhar uma porcaria de barco a remo com um enorme maníaco nórdico, tudo isso no espaço entre duas manhãs.

"Vamos ter problemas?"

A GUERRA DA RAINHA VERMELHA

"Hã?" Eu levantei a cabeça de meu sofrimento.

Snorri inclinou a cabeça rio abaixo, onde vários atracadouros frágeis de madeira saíam para o rio, com uma série de barcos de pesca atrelados a eles. Homens passavam lá e cá pela margem verificando armadilhas de peixes, remendando redes.

"Por que deveríamos..." Eu me lembrei de que Snorri estava muito longe de casa, em terras que ele provavelmente só havia vislumbrado pela traseira de um carroção de escravos. "Não", falei.

Ele grunhiu e pôs um remo em um ângulo para nos levar às águas mais profundas, onde a correnteza era mais rápida. Nos fiordes do norte gelado, talvez qualquer estranho que passasse pudesse ser caçado e você se tornava um estranho a dez metros da sua porta. Marcha Vermelha apreciava modos um pouco mais civilizados. Devido, em grande parte, ao fato de que minha avó mandaria qualquer um que infringisse as leis maiores ser preso a uma árvore.

Nós continuamos passando por vários vilarejos e cidadezinhas que provavelmente tinham nomes, mas não continham distrações suficientes para fazer eu me importar em saber quais eram. De vez em quando, um trabalhador do campo apoiava os dedos na enxada, o queixo na mão e nos observava passar com a mesma ociosidade das vacas. Moleques nos perseguiam de tempos em tempos, seguindo pelas margens por cem metros, alguns atirando pedras, outros expondo seus traseiros sujos em ameaças de brincadeira. Lavadeiras batendo as roupas de baixo dos maridos em pedras chatas levantavam as cabeças e assoviavam, em apreciação ao nórdico flexionando os braços nos remos. E, finalmente, em um trecho solitário do rio onde o Seleen explorava sua planície de inundação, com o sol quente e alto, Snorri nos desviou para baixo das amplas franjas de um salgueiro. A árvore se inclinava sobre as águas preguiçosas da ponta de um longo meandro e nos envolveu sob sua copa.

"Então", disse ele, e a proa bateu no tronco do salgueiro. O cabo de sua espada escorregou do banco e caiu sobre as tábuas, com a lâmina escura de sangue ressecado.

"Bem, sabe... sobre as lutas do fosso... eu..." Boa parte da manhã de minha viagem inaugural havia sido gasta planejando as suaves negações que agora se recusavam a sair de minha boca. Entre os vômitos e as reclamações, ensaiei minhas mentiras, mas, sob o olhar concentrado de um homem que parecia mais do que disposto a cair matando em qualquer situação, fiquei sem a saliva necessária para falsidades. Por um momento, eu o vi olhando para Maeres lá de baixo do fosso. "Traga um urso maior?", perguntei. Eu me lembrei do sorriso que ele deu. Uma gargalhada escapou de mim e, caralho, como doeu. "Quem diz uma coisa dessas?"

Snorri sorriu. "O primeiro era pequeno demais."

"E o último era do tamanho certo?" Balancei a cabeça, tentando não rir outra vez. "Você ganhou da Cachinhos de Ouro por um urso."

Ele franziu o rosto. "Cachinhos de Ouro?"

"Deixa pra lá. Deixa pra lá. E John Cortador!" Eu respirei bem fundo e me rendi à satisfação da lembrança de escapar daquele demônio esbugalhado e de suas facas. A alegria borbulhava em mim. Eu me curvei, ofegando com uma gargalhada histérica, batendo na lateral do barco para me conter. "Ah, Jesu! Você arrancou o braço do desgraçado."

Snorri deu de ombros, contendo outro sorriso. "Deve ter entrado no meu caminho. Quando sua Rainha Vermelha mudou de ideia sobre me soltar, ela pôs sua cidade em guerra comigo."

"A Rainha Verm..." Naquele momento eu me contive. Eu lhe havia contado que era ordem da rainha mandá-lo para os fossos. Ele não tinha motivo para não acreditar em mim. Lembrar-se dos principais pontos de qualquer teia de mentiras faz parte dos princípios básicos da prática de enganar. Normalmente, sou do melhor nível nisso. Culpei as circunstâncias extenuantes por minha falha. Eu havia, afinal, escapado da frigideira de Alain DeVeer para o incêndio da ópera, apenas para cair em algo ainda pior. "Sim. Aquilo foi... duro da parte dela. Mas minha avó é conhecida por ser um pouco tirana."

"Sua avó?" Snorri ergueu as sobrancelhas.

"Hum." Merda. Ele nem havia me notado na sala do trono e agora sabia que eu era um príncipe, um refém premiado. "Sou um neto muito distante. Quase não somos parentes, na verdade." Eu pus a mão no nariz. Todas aquelas risadas deixaram-no latejando de dor.

"Respire." Snorri inclinou-se para a frente.

"Quê?

Ele estendeu o braço, pegando minha cabeça por trás, com os dedos feito barras de ferro. Por um segundo, achei que ele fosse simplesmente esmagar meu crânio, mas, em seguida, sua outra mão bloqueou minha visão e o mundo explodiu com uma dor branca. Apertando a ponte do meu nariz com o indicador e o polegar, ele puxou e girou. Alguma coisa raspou e, se tivesse mais alguma coisa para vomitar, teria enchido o barco com aquilo.

"Pronto." Ele me soltou. "Consertado."

Eu gritei de dor e de surpresa ao mesmo tempo, voltando à coerência no final: "...Jesu me fode com uma cruz!" As palavras saíram claras, sem o tom anasalado. Porém, não consegui dizer obrigado, apenas "ai".

Snorri inclinou-se para trás, descansando os braços nas laterais do barco. "Você estava na sala do trono, então? Deve ter ouvido a história que nos levaram para contar."

"Bem, sim..." Certamente partes dela.

"Então sabe para onde estou indo", disse Snorri.

"Para o sul?", arrisquei.

Ele pareceu confuso com aquilo. "Eu ficaria mais à vontade indo pelo mar, mas isso pode ser difícil de conseguir. Talvez eu precise viajar para o norte, através de Rhone, Renar, Ancrath e Conaught."

"É claro..." Eu não fazia ideia do que ele estava falando. Se houvesse uma palavra verdadeira naquela história, ele não iria querer voltar. E o itinerário dele parecia a viagem dos infernos. Rhone, nosso grosseiro vizinho ao norte, sempre foi um lugar a ser evitado. Nunca havia conhecido um rhonense em quem eu mijaria se ele estivesse em chamas. Renar, eu nunca tinha ouvido falar. Ancrath era um reino escuro à beira de um pântano e cheio de assassinos consanguíneos e Conaught ficava tão distante que devia ter algo errado com o lugar. "Desejo-lhe sorte na viagem, Snagason, aonde quer que esteja indo." Estendi a mão para um aperto viril, um prelúdio à separação de nossos caminhos.

"Estou indo para o norte. Para casa, resgatar minha esposa, minha família..." Ele parou por um momento, apertando bem os lábios, depois livrou-se da emoção. "E acabou mal a primeira vez que deixei você para trás", disse Snorri. Ele olhou para minha mão estendida com certa desconfiança e estendeu a dele cautelosamente. "Você não sentiu isso agora há pouco?" Ele tocou seu próprio nariz com a outra mão.

"Claro que senti, porra!" Foi provavelmente a coisa mais dolorosa que já havia sentido – isso vindo de alguém que aprendeu na marra a não saltar em uma sela da janela do quarto.

Ele aproximou sua mão da minha e uma pressão surgiu em minha pele, como alfinetes e fogo. Mais perto ainda, e mais lentamente, minha mão começou a ficar pálida, quase brilhando por dentro, enquanto a dele escureceu. Com dois centímetros entre nossas palmas estendidas, parecia que um fogo frio corria em minhas veias, minha mão mais clara que o dia e a dele como se tivesse sido mergulhada em águas escuras, manchada com a tinta mais preta que se acumulava em cada dobra e preenchia cada poro. As veias dele corriam pretas, enquanto as minhas ardiam. A escuridão sangrava da pele dele como uma névoa e uma pequena chama clara deslizava sobre os nós dos meus dedos. Snorri me olhou nos olhos, com os dentes cerrados, sentindo uma dor que espelhava a minha. Os olhos, que antes eram azuis, agora eram buracos para alguma noite interior.

Eu dei um daqueles ganidos que sempre espero que passem despercebidos e puxei a mão para trás. "Maldição!" Eu a sacudi, tentando aliviar a dor, e a vi voltar à coloração normal. "Aquela bruxa maldita! Entendi. Não vamos apertar as mãos." Eu apontei para uma praia de cascalhos na borda externa do meandro. "Pode me deixar ali. Eu encontro meu caminho de volta."

Snorri balançou a cabeça, os olhos voltando ao azul. "Ficou pior quando nos distanciamos demais. Você não notou?"

"Eu estava bem distraído", respondi. "Mas sim, estou me lembrando de alguns problemas."

"Que bruxa?"

"Quê?"

"Você falou 'bruxa maldita'. Que bruxa?"

"Ah, nada, eu..." Eu me lembrei das lutas do fosso. Mentir para esse cara sobre isso provavelmente seria um erro. Eu estava mentindo por hábito, em todo caso. Melhor contar. Talvez seus modos pagãos possam levar a algum tipo de solução. "Você a conheceu. Bem, você a viu na sala do trono da Rainha Vermelha."

"A velha völva?", perguntou Snorri.

"A velha o quê?"

"A anciã ao lado da Rainha Vermelha. Ela é a tal bruxa de quem está falando?"

"Sim. A Irmã Silenciosa, como todos a chamam. A maioria das pessoas não a vê, no entanto."

Snorri cuspiu na água. A corrente levou embora em uma série de redemoinhos indolentes. "Eu conheço esse nome, Irmã Silenciosa. As völvas do norte falam nele, mas em voz baixa."

"Bom, agora você a viu." Eu ainda estava surpreso com aquilo. Talvez o fato de nós dois podermos vê-la tivesse algo a ver com a magia dela não nos destruir. "Ela fez um feitiço para matar todo mundo na ópera em que fui ontem à noite."

"Ópera?", perguntou ele.

"Melhor não saber. De qualquer maneira, escapei do feitiço, mas quando forcei o caminho para atravessar, algo se rompeu, uma rachadura veio atrás de mim. Duas rachaduras, entrelaçadas, uma escura, outra clara. Quando você me segurou, a rachadura alcançou e atravessou nós dois. E de algum modo parou."

"E quando nos separamos?"

"A fissura escura passou através de você, a clara através de mim. Quando nós as separamos, parece que as rachaduras tentam se libertar, se reunir."

"E quando elas se juntam?", perguntou Snorri.

Eu dei de ombros. "É ruim. Pior que ópera." Por mais despreocupadas que minhas palavras pudessem ser, porém, e apesar do calor do dia, meu sangue correu mais frio que o rio.

Snorri pôs o queixo daquele jeito que eu passara a reconhecer como ponderação. Suas mãos estrangularam os remos silenciosamente. "Então sua avó me sentencia ao fosso de luta e depois você joga a maldição da bruxa dela em mim?"

"Eu não procurei você!" A indiferença que eu almejava não saiu da boca seca. "Você me parou igual a um morto na rua, lembra?" Eu me arrependi de ter usado a palavra "morto" imediatamente.

"Você é um homem de honra", disse ele a ninguém em particular. Procurei pelo sorriso e não vi nada além de sinceridade. Se ele estava atuando, então eu precisava de aulas no mesmo lugar onde ele aprendeu. Concluí que ele estava lembrando a si mesmo de seus deveres, o que parecia estranho em um viking cujos deveres tradicionalmente consistiam em pilhar antes de estuprar, ou o inverso. "Você é um homem de honra." Falou mais alto, desta vez, olhando bem para mim. De onde ele tirara aquela ideia, eu não fazia noção.

"Sim", menti.

"Nós devemos resolver isso como homens." Absolutamente as últimas palavras que eu queria ouvir.

"O negócio é o seguinte, Snorri." Examinei as várias opções de fuga abertas a mim. Eu podia pular na água. Como mencionei, sempre considerei os barcos uma fina prancha entre mim e o afogamento, e, infelizmente, e nadar era a mesma coisa, só que sem a prancha. A árvore era a segunda melhor opção, mas as frondes dos salgueiros não são escaláveis, a não ser que você seja um esquilo. Eu escolhi a última opção. "O que é aquilo ali?" Apontei para um ponto na margem do rio atrás do nórdico. Ele nem sequer virou a cabeça. *Merda.*

A GUERRA DA RAINHA VERMELHA

"Ah, desculpe." E lá estava eu, sem opções. "Como eu estava dizendo. O negócio é o seguinte. O negócio. Bem, sinceramente." O negócio tinha de ser alguma coisa. "Hum. Receio que, quando eu matar você, a rachadura sairá de você assim como faria se nos afastássemos demais. E aí, bum, uma fração de segundo depois, eu estaria longe demais. Por mais tentador que seja pôr minhas habilidades principescas de luta contra as de um... qual é sua posição? Eu nunca soube."

"Hauldr. Sou dono de minha terra, quatro hectares da costa do Uulisk até o alto da serra."

"Portanto, por mais tentador que seja quebrar as regras sociais e pôr o braço de um príncipe de Marcha Vermelha contra um... um hauldr, receio que eu não sobreviveria à sua morte." Pela expressão dele, pude ver que era um risco que ele estava disposto a correr, se nenhuma alternativa melhor fosse oferecida. Então, para prevenir, acrescentei: "Mas, por acaso, sempre tive um desejo enorme de visitar o norte e ver pessoalmente como as pilhagens são feitas. Além do mais, minha avó está tão preocupada com esses mortos fantasmas de vocês. Ela ficaria mais tranquila em resolver esse assunto. Então é melhor que eu vá com você."

"Pretendo viajar rápido." Snorri franziu ainda mais o rosto. "Eu já fiquei tempo demais longe e a distância é grande. E esteja avisado: será um troço sangrento quando eu chegar lá. Se me atrasar... se bem que você estava indo bem rápido quando bateu em mim." Sua testa se desenrugou, as nuvens carregadas se abriram e aquele sorriso o iluminou, meio selvagem, meio amistoso, e totalmente perigoso. "Pensando bem, você conhece mais o terreno do que eu. Fale sobre os homens de Rhone."

E, simples assim, nós nos tornamos companheiros de viagem. Eu me comprometi com a busca do nórdico por resgate e vingança em uma terra distante. Espero que não leve muito tempo. Snorri poderia salvar sua família e depois abater seus inimigos até o último homem, necromante e monstro-cadáver, e pronto. Eu sou bom em autoengano, mas não conseguia fazer o plano parecer nada mais que um pesadelo suicida. Ainda assim, o norte gelado ainda estava bem longe – muitas oportunidades de quebrar o encanto que nos unia e fugir para casa.

Snorri pegou os remos novamente, parou e depois disse: "Fique de pé um instante".

"Sério?"

Ele assentiu. Tenho bom equilíbrio em um cavalo, mas nenhum na água. Mesmo assim, sem querer brigar com o homem momentos após nosso novo acordo, fiquei de pé, com os braços abertos para me equilibrar. Ele virou o barco, um movimento brusco e deliberado, e fui arremessado ao rio, tentando desesperadamente me agarrar aos galhos do salgueiro, como um homem prestes a se afogar se agarra a qualquer coisa.

Acima da água espirrando, ouvi Snorri rindo sozinho. Ele estava dizendo alguma coisa também, "...limpo... juntos...". Mas eu só consegui pescar algumas palavras, pois afogar-se é um troço barulhento. No fim, quando eu havia desistido de me salvar, engolindo toda a água, e afundado pela terceira e última vez, ele agarrou meu colete e me puxou de volta com uma facilidade perturbadora. Fiquei caído no fundo me debatendo como um peixe e cuspindo água quase suficiente para inundar o barco.

"Desgraçado!" Minha primeira palavra coerente antes que me lembrasse do quanto ele era grande e violento.

"Não dava para levar você até o norte fedendo daquele jeito!" Snorri riu e nos conduziu novamente à corrente, com o salgueiro arrastando os dedos acima de nós com arrependimento. "E como é que um homem pode não saber nadar? Coisa de maluco!"

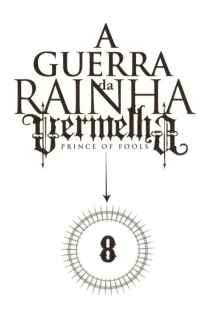

O rio nos levou até o mar. Uma viagem de dois dias. Nós dormimos às margens, afastados o suficiente para escapar da maior parte dos mosquitos. Snorri riu de minhas reclamações. "No verão do norte, os pernilongos são tantos no ar que fazem uma sombra."

"Deve ser por isso que vocês são tão brancos", falei. "Falta de bronzeamento e perda de sangue."

Eu descobri que dormir era difícil. O chão duro não contribuía, nem a coceira de qualquer coisa que eu usasse para amaciá-lo. A coisa toda me lembrava do sofrimento que fora a Campanha de Scorron dois verões atrás. É verdade que eu não fiquei lá mais que três semanas até voltar para ser festejado como o herói da Passagem Aral e para cuidar da minha perna, torcida em combate, ou pelo menos em correr inadvertidamente de um combate para outro. De qualquer maneira, eu fiquei deitado no chão duro demais e áspero demais olhando para as estrelas, com o rio sussurrando no escuro e os arbustos cheios de coisas que chiavam e farfalhavam e rangiam. Eu pensei em Lisa DeVeer e suspeitei que poucas noites se passariam, entre agora e o meu retorno ao palácio, em que eu não encontrasse uma ocasião de me perguntar como fui acabar em tão maus lençóis. E de madrugada, sentindo uma profunda pena de mim mesmo, até tive tempo de pensar novamente se Lisa e suas irmãs haviam sobrevivido à ópera. Talvez Alain tenha convencido seu pai de deixá-las em casa como castigo pelas companhias que andavam tendo.

"Por que não dorme, Marcha Vermelha?", disse Snorri na escuridão.

"Estamos em Marcha Vermelha, nórdico. Só faz sentido chamar alguém pelo lugar de origem quando se está muito longe dele. Já falamos sobre isso."

"E o sono?"

"Mulheres no pensamento."

"Ah." Silêncio suficiente para eu achar que ele havia dormido, e depois: "Alguma em particular?"

"Principalmente todas, e na ausência delas da margem deste rio."

"Melhor pensar em uma só", disse ele.

Durante muito tempo, observei as estrelas. As pessoas dizem que elas giram, mas eu não consegui perceber isso. "Por que você está acordado?"

"Minha mão está doendo."

"Um arranhão desse? E você esse grande viking?"

"Somos feitos de carne como qualquer outro homem. Isso precisa de limpeza, de sutura. Se for bem-feita, eu não perco o braço. Vamos deixar o barco quando o rio se alargar, depois beirar a orla. Encontrarei alguém em Rhone."

Ele sabia que haveria um porto na foz do rio, mas se ele estava marcado para morrer pela Rainha Vermelha seria loucura ir até lá à procura de tratamento. Os fatos de vovó ter mandado soltá-lo e de o porto de Marsail ser um renomado centro de medicina, com uma escola que havia produzido os melhores médicos da região por quase trezentos anos, guardei para mim mesmo. Contar a ele deslindaria minhas mentiras e me colocaria como o arquiteto de seu destino.

Eu não me sentia bem com isso, mas me sentiria pior se ele decidisse me cortar com sua espada.

Retornei às minhas fantasias com Lisa e suas irmãs, mas na parte mais profunda da noite foi aquele fogo que iluminou meus sonhos, pintando-os de violeta, e eu vi, através das chamas, não as agonias dos que morriam, mas dois olhos inumanos na fenda escura de uma máscara. De alguma maneira, eu quebrara o feitiço da Irmã Silenciosa, escapara do incêndio e arrebatara comigo parte da magia... Mas o que mais pode ter escapado e onde isso poderia estar agora? De repente, cada barulho no escuro era o passo lento daquele monstro, farejando por mim na noite escura. Apesar do calor, meu suor estava frio.

A manhã chegou com a promessa de um cálido dia de verão. Mais uma ameaça do que uma promessa. Quando você fica observando à sombra de uma varanda, bebendo vinho gelado enquanto o verão de Marcha Vermelha pinta limões nos galhos do jardim – isto é promessa. Quando você precisa dar duro o dia inteiro na poeira para percorrer a distância de um dedão no mapa – isto é ameaça. Snorri fez uma careta para o leste, fazendo o desjejum com os últimos pedaços do pão velho que roubara na cidade. Ele falou pouco e comeu com a mão esquerda; a direita estava inchada e vermelha, com a pele cheia de bolhas como aquelas em seus ombros, mas não queimadas pelo sol.

O rio tinha um ar salobro, com suas margens se dividindo e se rendendo a um lodaçal. Nós ficamos perto de nosso barco e a água agora estava a cinquenta metros de distância, sugada pelo fluxo da maré.

"Marsail." Apontei para uma névoa no horizonte, uma mancha escura no azul enrugado, onde o mar distante se aglomerava sob o céu.

"Grande." Snorri balançou a cabeça. Ele foi até o barco a remo e fez uma pequena mesura, murmurando. Certamente alguma maldita oração pagã, como se aquele troço precisasse de agradecimento por não nos afogar. Quando finalmente terminou, ele se virou e fez sinal para eu liderar o caminho. "Rhone. E por estradas rápidas."

"Elas seriam mais rápidas se tivéssemos cavalos."

Snorri bufou como se tivesse se ofendido com a ideia. E esperou. E esperou mais um pouco.

"Ah", disse eu, e saí, embora na verdade meus conhecimentos se resumissem a saber que Rhone ficava ao norte e um pouco para o oeste. Eu não tinha a menor noção das estradas locais. Na verdade, depois de Marsail, eu teria dificuldade para saber os nomes de qualquer uma das principais cidades da região. Sem dúvida, prima Serah saberia citá-las de cabeça, enquanto seus peitos desafiavam a gravidade, e primo Rotus provavelmente conseguiria matar de tédio um bibliotecário informando-lhe a população, a produção e a política de cada povoado até o último vilarejo. Minhas atenções, no entanto, sempre estiveram voltadas mais para perto de casa e em ocupações menos dignas.

Saímos da larga faixa de várzea cultivada e escalamos uma série de morros até uma região mais seca. Snorri estava molhado de suor quando o terreno se nivelou. Ele parecia estar se esforçando: talvez estivesse com febre por causa de seu ferimento. Não demorou muito para o sol se tornar um estorvo. Após uns cinco quilômetros percorrendo vales pedregosos e matagais ásperos, e já com os pés doloridos e as botas apertadas demais, voltei ao assunto dos cavalos.

"Sabe o que seria bom? Cavalos. Isso sim."

"Nórdicos velejam. Nós não montamos." Snorri pareceu envergonhado ou talvez fosse a pele avermelhada pelo sol forte.

"Não montam ou não sabem montar?"

Ele deu de ombros. "Qual é a dificuldade? Você segura as rédeas e vai em frente. Se encontrar cavalos, nós montaremos." Sua expressão se fechou. "Preciso voltar lá. Eu até durmo na sela se um cavalo me levar ao norte antes que Sven Quebra-Remo termine seu trabalho no Gelo Mortal."

Foi aí que me ocorreu que o nórdico realmente esperava que sua família ainda pudesse estar viva. Ele pensava estar em uma missão de resgate, em vez de apenas tratar de uma questão de vingança. Isso tornou tudo ainda pior. Vingança é uma questão de cálculo, servida fria. Resgate tem mais sacrifício, perigos suicidas e todo tipo de loucuras que deveriam me fazer correr no sentido oposto. Quebrar o feitiço que nos unia se tornava uma prioridade ainda maior. Pela aparência da mão dele, piorando a cada hora, com a expansão da infecção agora marcada por um escurecimento das veias, qualquer quebra de feitiço teria de ser feita logo. Caso contrário, ele poderia morrer e minhas terríveis previsões acerca da consequência para um de nós, se o outro morresse, logo seriam postas à prova. A afirmação que fiz era mentira, mas parecia verdadeira quando falei.

Nós seguimos marchando no calor do dia, abrindo caminho por uma floresta conífera seca e abafada. Horas depois, as árvores nos deixaram, arranhados e pegajosos de seiva e suor. Por sorte, nós saímos das margens da floresta direto para uma ampla pista pontuada com resquícios de calçamento antigo.

"Bom." Snorri assentiu, passando pela vala lateral com um passo. "Achei que tivesse se perdido lá atrás."

"Perdido?" Eu simulei uma ofensa. "Todo príncipe deve conhecer seu reino como as costas de... de..." Uma lembrança das costas de Lisa DeVeer me veio à mente, o desenho das sardas, as saliências de sua espinha dorsal fazendo sombras à luz do lampião quando ela se inclinava para empreender alguma doce tarefa. "De algo familiar."

A estrada serpenteava até uma planície onde inúmeras nascentes saíam das colinas do leste ao longo de leitos pedregosos e a terra voltava ao cultivo. Olivais, tabaco, milharais. Aqui e ali uma casa de fazenda solitária ou uma série de cabanas de pedra com telhados de ardósia amontoadas por proteção.

Nosso primeiro encontro foi com um idoso conduzindo um jegue ainda mais velho com estalos de seu chicote. Dois enormes alforjes do que pareciam ser gravetos quase engoliam o bicho.

"Cavalo?" Snorri murmurou conforme nos aproximamos.

"Até parece."

"Tem quatro patas. É melhor que duas."

"Encontraremos algo mais resistente. E nada de cavalo de arado também. Algo adequado."

"E rápido", disse Snorri. O jumento nos ignorou e o velho também não deu muita atenção, como se encontrasse vikings gigantes e príncipes esfarrapados todo dia. "Eia." E ele passou.

Snorri apertou os lábios rachados e continuou a andar, até que algo uns cem metros à frente na estrada o fez parar. "Aquilo", disse ele, olhando para baixo, "é o maior monte de bosta que já vi na vida."

"Ah, não sei", disse eu. "Já vi maiores." Na verdade, eu já havia caído em um monte maior, mas como aquele parecia ter saído do rabo de um único animal, tinha de concordar que era realmente impressionante. Dava para encher um jogo de jantar com aquilo, caso alguém tivesse essa intenção. "É grande, mas já vi coisa parecida antes. Na verdade, é bem possível que tenhamos algo em comum em breve."

"É?"

"É bem possível, meu amigo, que nós dois tenhamos a vida salva por uma grande pilha de merda." Eu me virei na direção do velho que se afastava. "Ei!", gritei pela estrada atrás dele. "Onde está o circo?"

O ancião não parou, mas simplesmente estendeu o braço ossudo na direção de uma encosta ao sul, cheia de oliveiras.

"Circo?", perguntou Snorri, ainda hipnotizado pelo monte de bosta.

"Você está prestes a ver um elefante, meu amigo!"

"E esse *efelante* vai curar minha mão envenenada?" Ele a estendeu para inspeção, fazendo uma careta.

"É o melhor lugar para cuidar de ferimentos, fora de um hospital de batalha! Essas pessoas jogam machados e ferros em brasa umas sobre as outras. Eles saltam de trapézios e andam sobre cordas. Não há um único circo no Império Destruído que não tenha meia dúzia de pessoas com conhecimento suficiente para suturar qualquer tipo de ferida e, com sorte, um herborista para outras doenças."

Uma pista lateral saía da estrada uns quatrocentos metros depois e ia na direção da encosta. Apresentava vestígios de tráfego recente,

A GUERRA DA RAINHA VERMELHA

um tráfego pesado – o solo endurecido marcado por sulcos de rodas, as árvores pendentes ostentando galhos recém-quebrados. Ao chegar no alto da encosta, dava para ver um acampamento adiante: três grandes círculos de vagões e barracas espalhadas. Não era um circo montado para entreter, mas um em trânsito que parou para descansar. Um muro de pedras circundava o campo onde os viajantes haviam acampado.

Muros assim, comuns na região, eram uma forma de conter os rebanhos ou de delimitar terrenos e o local era tão favorável que o solo chegava a ceder. Um anão grisalho de expressão azeda estava sentado, guardando o portão de três barras na entrada do acampamento.

"Já temos um homem forte." Ele olhou para Snorri apertando os olhos míopes e cuspiu uma quantidade impressionante de catarro na poeira. O anão era do tipo que se parecia com um homem comum no tamanho da cabeça e das mãos, mas cujo tronco fora comprimido em um espaço pequeno demais e suas pernas ficaram finas e arqueadas. Ele estava sentado no muro limpando as unhas com uma faca e sua expressão anunciava que ficaria mais do que contente em espetar estranhos com ela.

"Espere aí! Assim você ofende a Sally!", protestei. "Se vocês já têm uma mulher barbada, eu duvido que ela seja tão graciosa quanto esta jovem moçoila."

Aquilo fez o anão se interessar. "Ah, olá, Sally! Gretcho Marlinki ao seu dispor!"

Eu senti Snorri vindo atrás de mim de um jeito que indicava que minha cabeça poderia ser arrancada em pouco tempo. O sujeitinho pulou do muro, olhou de soslaio para Snorri e abriu o portão.

"Entre. Barraca azul dentro do círculo à esquerda. Pergunte por Raiz-Mestra."

Fui na frente. Ainda bem que Gretcho era baixo demais para beliscar o traseiro de Snorri, senão estaríamos devendo a esse Raiz-Mestra um novo anão.

"Sally?", resmungou o nórdico atrás de mim.

MARK LAWRENCE

"Colabore comigo", eu disse.

"Não."

A maior parte do pessoal do circo provavelmente estava descansando do calor do meio-dia, mas uma boa quantidade trabalhava em várias tarefas ao redor dos vagões. Consertando rodas e alinhamentos, cuidando dos animais, costurando lona, uma garota bonita praticando piruetas, uma mulher em estado avançado de gravidez tatuando as costas de um homem sem camisa, o inevitável malabarista jogando coisas para o alto e pegando-as.

"Maior perda de tempo." Eu acenei para o malabarista.

"Eu adoro malabaristas!" O sorriso de Snorri mostrou os dentes brancos na pretura recortada de sua barba.

"Nossa! Você provavelmente é do tipo que gosta de palhaços!"

O sorriso se alargou como se a simples menção a palhaços fosse hilária. Eu abaixei a cabeça. "Venha."

Nós passamos por um poço de pedras bem depois de onde ficavam algumas lápides espalhadas, afastadas da encosta. Estava claro que aquele local era usado para fazer uma pausa em suas viagens há gerações – e alguns nunca foram embora.

A barraca azul, embora quase desbotada para cinza, foi fácil de avistar. Maior, mais limpa e mais alta que as demais, ela ficava no centro e ostentava uma surrada placa pintada pendurada em dois postes do lado de fora.

"O famoso circo do doutor Raiz-Mestra
Leões, ~~tigres~~, ursos, minha nossa!
Recomendado pela Corte Imperial de Vyene"

Já que é difícil bater em tendas, eu me inclinei na direção da abertura da entrada e tossi.

"...não dá para pintar umas listras no leão?"

"..."

"Bem, não... mas daria para limpá-las de novo antes disso?"

A GUERRA DA RAINHA VERMELHA

"..."

"Não, já faz um tempo que dei banho em um leão, mas..."

Minha segunda tossida, mais teatral, enfim chamou atenção.

"Entre!"

Então eu me abaixei, Snorri se abaixou mais ainda e nós entramos.

Demorou um pouco para meus olhos se ajustarem à penumbra azulada dentro da tenda. Eu supus que o doutor Raiz-Mestra fosse o sujeito magro sentado atrás de uma mesa, e o de formas mais substanciais inclinado diante dele, com as mãos firmemente plantadas nos papéis entre eles, devia ser o sujeito que se opunha a dar banho em leões.

"Ah!", disse o sujeito sentado. "Príncipe Jalan Kendeth e Snorri ver Snagason! Bem-vindos à minha morada. Bem-vindos!"

"Como é que..." Eu me contive. Foi bom que ele me reconhecesse. Eu estava imaginando como convenceria alguém de que eu era um príncipe.

"Ah, sou o doutor Raiz-Mestra e sei tudo, meu príncipe. Observem-me!"

Snorri passou por mim e puxou uma cadeira. "As notícias correm. Especialmente sobre príncipes." Ele parecia menos impressionado do que eu.

"Observem-me!" Raiz-Mestra meneou a cabeça, como um pássaro, uma cabeça de feições afiladas sobre o pescoço fino. "Mensageiros pela Estrada do Léxico levam fofocas, além de seus pergaminhos selados. E que história! Você realmente montou em um urso do ártico, senhor Snagason? Acha que poderia montar em um dos nossos? O pagamento é bom. Ah, mas você machucou a mão. Uma faca-gancho, pelo que ouvi? Observem-me!" A conversa de Raiz-Mestra começou tão rápido e passava tão depressa que, sem sua total atenção, aquele fluxo era capaz de hipnotizar.

"Sim, a mão." Eu me ative àquilo. "Você tem um cirurgião? Estamos sem muitos recursos..." – Snorri fez uma careta nesse momento – "...mas eu tenho crédito. Os cofres reais garantem meus gastos."

O doutor Raiz-Mestra deu um sorriso de bom conhecedor. "Suas dívidas são lendárias, meu príncipe." Ele levantou as mãos enquanto falou, como se quisesse emoldurar a enormidade delas. "Mas não se preocupe, sou um homem civilizado. Nós do circo não deixamos um viajante ferido ficar sem cuidados! Vou mandar nossa doce Varga cuidar pessoalmente desse assunto. Uma bebida, talvez?" Ele virou-se para a gaveta da escrivaninha. "Pode ir, Walldecker." Ele enxotou o homem da cicatriz no rosto, que ficara com uma desaprovação silenciosa durante nossa conversa. "Listras! Observe-me! Das boas. Serra tem tinta preta. Vá ver Serra." Voltando suas atenções a mim, ele pegou uma garrafa de vidro escuro, pequena o suficiente para conter veneno. "Tenho um pouco de rum. Coisa antiga do naufrágio do *Lua Caçadora*, dragado pelos pescadores de vieiras no litoral andorano. Experimente." Ele magicamente fez surgir três minúsculas taças de prata. "Sempre gosto de me sentar para conversar. É a minha sina. Observem-me. A fofoca corre nas minhas veias e eu preciso alimentar meu vício. Diga, meu príncipe, sua avó está bem? Como está o coração dela?"

"Bem, acho que ela tem um." Eu não gostei da impertinência do homem. E o rum dele cheirava como o negócio que os herboristas passavam na geladura. Agora que eu tinha uma cadeira sob meu traseiro, uma tenda ao meu redor e meu nome e posição reconhecidos, comecei a me sentir um pouco mais como meu antigo eu. Tomei um gole do rum dele e o praguejei por isso. "Não sei como ele ainda está batendo, no entanto." A ideia de minha avó sofrendo qualquer fragilidade da carne me parecia de outro mundo. Ela havia sido feita de pedra e duraria mais que todos nós. Foi isso que meu pai disse.

"E seus irmãos mais velhos, Martus, não é, e Darin? Martus já deve estar fazendo vinte e sete agora? Sim, em duas semanas?"

"Hum." Até parece que eu sabia o aniversário deles. "Estão bem. Martus sente falta da cavalaria, é claro, mas pelo menos ele teve uma maldita chance."

"Claro, claro." As mãos de Raiz-Mestra nunca paravam, mexendo no ar como se colhesse fragmentos de informação dali.

"E seu tio-avô? Ele nunca esteve muito bem de saúde."

"Garyus?" Ninguém sabia sobre aquele velho. Nem eu sabia que ele era um parente nos primeiros anos em que comecei a visitá-lo, na torre onde o mantinham. Eu pulava pela janela para que ninguém me visse entrar e sair. Foi meu tio-avô Garyus que me deu a foto de mamãe num medalhão. Eu devia ter cinco ou seis anos. Sim, pouco depois de a Irmã Silenciosa me tocar. A mulher do olho cego, como eu a chamava naquela época. Me deu uma convulsão. Ataques e tremedeiras por um mês. Eu encontrei o velho Garyus por acidente quando era pequeno, entrando antes de perceber que o quarto não estava vazio. Ele me assustou, curvado em sua cama, torcido de maneiras que uma pessoa não deveria se torcer. Não era maligno, mas era errado. Tive medo de pegar aquilo, para dizer a verdade. E ele sabia disso. Sabia bem o que se passava na cabeça de um homem, Garyus, e na de um menino também.

"Eu nasci assim", disse ele. Não de maneira grosseira, apesar de eu ter olhado fixamente como se ele fosse um pecado. Seu crânio era inchado como se estivesse cheio demais, disforme, como uma batata.

Ele ficava escorado na cama, com um jarro e uma taça na mesa perto da mão, iluminado pela luz empoeirada do sol. Ninguém ia até ele naquela torre alta, apenas uma enfermeira para limpá-lo e às vezes um garotinho que entrava pela janela.

"Nasci quebrado." Cada frase era ofegante entre as respirações. "Eu tinha uma irmã gêmea e quando nascemos eles tiveram de nos separar. Os primeiros gêmeos siameses que não eram dois meninos ou duas meninas, pelo que dizem. Eles nos separaram. Mas não ficamos iguais. E eu fiquei... assim." Ele levantou o braço retorcido como se aquilo fosse uma tarefa hercúlea.

Ele estendeu a mão de seus lençóis – uma mortalha, é isso que aqueles lençóis me faziam pensar –, estendeu a mão e me deu aquele medalhão, um troço bem barato, mas com o retrato de minha mãe lá dentro, tão bem-feito e real que dava para jurar que ela estava olhando bem para você.

"Garyus", concordou Raiz-Mestra, quebrando o silêncio que eu não havia percebido.

Eu espantei a lembrança. "Ele está bem." Não é da sua maldita conta, eu quis dizer, mas, quando se está longe de casa e mais pobre que rato de igreja, é melhor refrear o orgulho. Garyus era o único deles para quem eu realmente tinha tempo. Ele não podia sair do quarto. A não ser que alguém o carregasse. Então eu o visitava. Possivelmente aquela era a única tarefa que eu consegui manter. "Bastante bem."

"Que bom, que bom." Raiz-Mestra torceu as mãos, esticando para fora sua aprovação, uma luta pálida dos dedos longos demais. "E Hauldr Snagason, como anda o norte?"

"Frio e muito longe." Snorri repousou a taça vazia, lambendo os seus dentes.

"E Uuliskind? Continua bela? Cabras vermelhas leiteiras nas encostas da Scraa, e pretas para lã nos cumes da Nfflr?"

Snorri semicerrou os olhos para o mestre do circo, talvez imaginando se o homem estava lendo sua mente. "Você já... *foi* a Uuliskind? Os undoreth se lembrariam de um circo, mas eu nunca tinha ouvido falar de um efelante até hoje. O que me faz lembrar que preciso ver esse bicho."

Raiz-Mestra sorriu, estreito, com os dentes uniformes por trás dos lábios finos. Ele tirou novamente a rolha do rum, movendo-se para reabastecer nossas taças. "Perdão, mas estão vendo como eu sou. Eu me intrometo. Questiono. Devoro as histórias dos viajantes. Armazeno cada pedacinho de informação." Ele tamborilou a testa. "Aqui. Observem-me!"

Snorri pegou a pequena taça diante dele com a mão boa. "É. Cabras vermelhas na Scraa, pretas na Nfflr. Embora não haja ninguém para cuidar delas, provavelmente. Os navios negros vieram. Coisas mortas das Ilhas Submersas. Sven Quebra-Remo trouxe essa desgraça para nós."

"Ah." Raiz-Mestra assentiu, cruzou os dedos, franziu os lábios. "O tal de Hardassa. Um homem difícil. Receio que não seja boa coisa." As mãos pálidas moldaram sua opinião. "Talvez as cabras, as pretas e as vermelhas, tenham novos pastores agora. Meninos de Hardassa."

Snorri bebeu seu rum. Ele pôs a mão envenenada sobre a mesa. O ferimento da faca era uma fenda lívida e ensanguentada entre os tendões. "Se me consertar, terá de mudar essa história, mestre do circo."

"Com certeza." Um rápido sorriso iluminou o rosto de Raiz-Mestra. "Mate ou cure, é o nosso lema. Observem-me." Suas mãos se moveram em volta do nórdico, nunca tocando, mas emoldurando, seguindo a linha da incisão.

"Procure o vagão de Varga. O menor, com um círculo vermelho do lado. No agrupamento perto do portão. Varga sabe limpar um ferimento, enfaixar, costurar. Os melhores cataplasmas já vistos. Observem-me! Até uma ferida podre pode melhorar com eles."

Snorri se levantou e eu fiquei de pé para ir com ele. Havia se tornado um hábito.

"Você pode ficar, Príncipe Jalan?" Raiz-Mestra não levantou a cabeça, mas algo em seu tom de voz me segurou ali.

"Encontro você mais tarde", eu disse a Snorri. "Poupo você da vergonha de chorar na minha frente quando essa Varga começar a trabalhar. E cuidado com aquele efelante. Eles são verdes e adoram o gosto de vikings."

Snorri respondeu com um bufo e saiu para a claridade ofuscante do dia.

"Um homem feroz. Observe-me!" Raiz-Mestra olhou para a aba da tenda, balançando atrás de Snorri. "Diga-me, príncipe. Como estão viajando juntos? Não imaginei que você gostasse das agruras da estrada. Como o nórdico não o matou por causa dos fossos e você não fugiu para o conforto de seu lar?"

"Fique sabendo que eu aprendi bem mais sobre agruras nas montanhas de Scorron do que..." Algo na maneira como Raiz-Mestra balançou a cabeça, lenta e desapontadamente, levou minha fanfarrice embora. Eu temi que, se mencionasse meu heroísmo na Passagem Aral, ele fosse rir de mim. É esse o problema com homens que sabem demais. Eu deixei escapar um suspiro. "Na real? Estamos unidos por algum encanto. Um bem inconveniente. Você não teria por acaso um..."

"Um feiticeiro jurado pela mente? Uma mão oculta que pode separá-los? Observe-me! Se eu tivesse isso, este circo seria uma mina de ouro e eu seria o homem mais rico de todos."

Eu esperava que ele risse de minhas afirmações de encanto, então foi um alívio ser levado a sério, embora saber da dificuldade de desfazer a magia tenha sido menos agradável.

Raiz-Mestra terminou sua bebida e pôs a pequena garrafa de volta na gaveta. "Por falar em homens ricos, talvez você queira saber sobre um certo Maeres Allus."

"Você conhece..." Claro que ele conhecia. Raiz-Mestra sabia do irmão secreto da Rainha Vermelha, doente demais para o trono. Ele sabia sobre cabras pastando nas encostas de fiordes distantes. Seria muito difícil ele não saber a respeito do maior líder criminoso de Vermillion.

"Observe-me." Raiz-Mestra pôs um dedo delgado ao lado do nariz delgado. "Maeres tem segredos que até *eu* não sei. E ele não está muito satisfeito com você."

"Talvez uma viagem para o norte seja boa para minha saúde, então", disse eu.

"Verdade." E Raiz-Mestra acenou para eu sair, sacudindo as mãos como se eu fosse um mero acrobata que fora pedir mais serragem para o picadeiro, não um príncipe de Marcha Vermelha. Eu deixei que fizesse também, pois quando um homem que sabe demais acha melhor não desperdiçar boas maneiras com você é melhor ir saindo.

A mulher grávida, que por ora terminara sua tatuagem, me levou até o vagão de Varga. Ela gingava na minha frente parecendo prestes a explodir a cada passo, embora tenha dito que ainda faltavam algumas semanas.

"Daisy", ela me disse. Seu nome ou talvez como planejava chamar sua cria, caso fosse menina. Eu não estava prestando muita atenção. Nós passamos por um vagão onde uma mulher de meias apertadas estava sentada com os tornozelos cruzados atrás da cabeça e minha concentração vagueou.

"Daisy? Um belo nome." Para uma vaca.

Eu avistei o elefante, encurralado por uma cerca que ele poderia facilmente destruir, amarrado a um poste grosso por uma corrente. Vários homens do circo, exibindo corpos magros e musculosos, relaxavam em volta de um bar feito com dois barris e uma tábua, observando o paquiderme e o que mais passasse. Atrás deles, um farto vagão de cerveja fornecia sombra. Os circos sempre vinham amplamente abastecidos com cerveja para a plateia. Acho que deve ser mais fácil impressionar uma multidão bêbada.

Mais adiante, passamos por uma tenda puída costurada com lua, estrelas e símbolos do horóscopo pontilhados nos céus desbotados. Uma pessoa velha, com os dentes tortos e manchas senis, estava sentada do lado de fora em um banquinho de três pernas.

"Molhe minha mão, forasteiro." Eu não sabia se a criatura era homem ou mulher.

"Não dê corda a ela." Daisy aumentou a velocidade de seu gingado. "É maluca, essa aí. Tudo é desgraça e tristeza. Espanta os fregueses."

"Você é a presa." A velha gritou atrás de nós, depois tossiu como se um pulmão tivesse explodido. "Presa." Eu não sabia para qual de nós ela havia falado.

"Guarde isso para os camponeses", gritei de volta, mas aquilo me deixou arrepiado. Sempre deixa. Acho que é por isso que profecias vendem.

Continuamos andando até a tosse seca sumir lá atrás. Eu ri, mas, na verdade, eu *estava* me sentindo caçado desde que deixamos a cidade. Embora não soubesse pelo quê. Mais do que a Irmã Silenciosa, mais até do que os terrores de Maeres, eram os olhos atrás daquela máscara de laca que me vigiavam em meus momentos de tranquilidade. Apenas um vislumbre na ópera, apenas uma troca de olhares – e, no entanto, aquilo me assombrava.

"Varga." Daisy apontou para um vagão bem como Raiz-Mestra descrevera. Ela respirou fundo e começou a gingar de volta pelo caminho que viemos. Eu nem agradeci, distraído agora pelo pequeno grupo de jovens mulheres com pouca roupa em volta da abertura do vagão de Varga. Dançarinas, pela flexibilidade delas e pelos retalhos de meias que usavam.

"Senhoritas." Eu me aproximei, abrindo meu melhor sorriso. Parecia, porém, que um príncipe alto e loiro de Marcha Vermelha era menos interessante que um enorme nórdico moreno cheio de músculos, como se seus braços e pernas estivessem repletos de pedregulhos. As meninas apontavam para a penumbra embaixo do toldo, dando risadinhas por trás das mãos, trocando cochichos de admiração. Eu dei a volta e subi na carroça.

"Não precisava tirar a camisa dele", eu disse. "É a mão dele que precisa ser removida."

Snorri me deu um olhar sombrio do assento inclinado em que o instalaram. Ele realmente tinha uma topologia alarmante, com o abdômen trincado e dividido por músculos, o peito e os braços estourando de energia, veias se contorcendo para alimentar os motores de sua força, tudo contraído agora por causa da dor que as investidas de Varga estavam lhe causando.

"Está bloqueando minha luz." Varga se virou do trabalho sujo em andamento. Era uma mulher de meia-idade, quase grisalha, com um rosto singelo, do tipo que comporta compaixão e desaprovação em medidas iguais.

"Ele vai viver?", perguntei, com interesse genuíno, embora por motivos próprios.

"É uma ferida bem feia. Os tendões não foram danificados, mas um dos ossinhos da mão foi quebrado, outros deslocados. Vai curar, mas lentamente, e somente se a infecção for controlada."

"Um sim, então?"

"Provavelmente."

"Boas notícias!" Eu me virei para as meninas lá fora. "Isso merece uma comemoração. Deixem-me pagar uma bebida para essas belas senhoritas e assim damos ao meu companheiro um pouco de privacidade." Eu desci até elas. Tinham cheiro de maquiagem, perfume barato e suor. Só coisa boa. "Sou Jalan, mas podem me chamar de Príncipe Jal."

Finalmente, meu velho encanto começou a dar certo. Até o esplendor esculpido de Snorri ver Snagason tinha dificuldade de competir com a palavra mágica "príncipe".

"Cherri. Prazer em conhecer, alteza." Uma hesitação em sua voz, mas dava para perceber que ela queria acreditar que seu príncipe chegara.

Eu tomei a mão dela. "Encantado." E ela sorriu para mim, suficientemente bonita com um nariz arrebitado e olhos pecaminosos, cabelos claros, enrolados, rajados de loiro.

"Lula", disse a amiga dela, uma moça pequena com cabelos pretos curtos, de pele clara, apesar do verão, e esculpida para satisfazer os sonhos de um colegial.

Com Cherri em um braço, Lula no outro e um bando de dançarinas vindo atrás, eu abri o caminho até o vagão de cerveja. Snorri soltou um suspiro agudo debaixo do toldo de Varga. E a vida estava boa.

A tarde passou numa névoa agradável e me separou de minhas últimas coroas de prata. Os homens do circo se mostraram extremamente tolerantes por eu pôr as mãos em suas mulheres, assim como as mulheres do circo, e nós nos esparramamos em almofadas em frente ao vagão de cerveja, bebendo vinho em ânforas e ficando cada vez mais barulhentos conforme as sombras se alongavam.

Irritantemente, as dançarinas ficavam perguntando a respeito de Snorri, como se o herói da Aral entre elas não fosse o suficiente para prender suas atenções.

"Ele é o chefe?", perguntou Lula.

"Ele é tão grande", disse uma belezinha ruiva chamada Florence.

"Qual o nome dele?", quis saber uma nubana alta com argolas de cobre nas orelhas e uma boca feita para beijar. "Como ele se chama?"

"Snorri", respondi. "Significa 'espancador de mulheres'."

"O quê? Não", disse Cherri, toda alarmada.

"Sim!" Eu fingi tristeza. "Temperamento terrível – se uma mulher o aborrecer, ele corta o rosto dela." Desenhei uma linha sobre minha bochecha com o dedo.

"Como é lá no norte?" A garota nubana não se dobrava tão facilmente.

Eu levei a ânfora até a boca, engolindo o vinho enquanto segurava a mão em um ângulo bem íngreme. "Assim." Enxuguei os lábios. "Só que congelado. Todos os nórdicos deslizam para o litoral onde se congregam em vilas sofríveis fedendo a peixe. Fica muito cheio.

De tempos em tempos, mais um bocado vem deslizando de bunda pelas montanhas, e o único lugar para os que estão mais próximos da orla é em um barco. E eles saem velejando." Eu fiz a mímica de um barco passando sobre as ondas. Dei a minha ânfora para Lula. "Aqueles chifres nos capacetes deles?" Fiz dois chifres em mim, com uma mão de cada lado da cabeça. "Chifres de corno. Os recém-chegados pulam na cama com as esposas deixadas para trás. Um lugar horrível. Jamais queiram ir lá."

Uma menina e um menino pequenos vieram cantar para nós, uma dupla impressionante com vozes límpidas e agudas, e até o elefante se aproximou para ouvir. Eu tive de pedir para Cherri ficar quieta, para poder ouvir sem interrupções as crianças cantando "Voa, John", mas a deixei soltar risadinhas durante a interpretação de "Dança do Clarim". De repente, as vozes deles se elevaram em uma ária que me levou de volta à ópera de papai. Elas cantaram mais doce e com mais sentimento, mas, ainda assim, o mundo pareceu se fechar ao meu redor e eu ouvi aqueles gritos no incêndio. E, por baixo daqueles gritos, minha memória reproduziu um som mais grave, algo que eu ouvi mas não havia entendido na hora, uma espécie diferente de grito. Um rugido de algo raivoso, em vez de assustado.

"Chega." Atirei uma almofada neles. Eu errei e o elefante a pegou do chão. "Sumam!" Os lábios da garotinha tremeram por um instante e os dois saíram.

"...'dê a eles o que eles querem, queridas.' É só isso que ele diz. Com Raiz-Mestra é só bunda e peitos. Para ele não há arte nenhuma nisso." Lula olhou para mim por cima de seu cálice de barro, buscando apoio.

"Bem, para ser justo, Lula, você é, na maior parte, bunda e peitos", disse eu, com a pronúncia levemente enrolada agora.

Elas riram daquilo. Quando se combina um título importante e vinho correndo solto, as pessoas riem de qualquer coisa que você diga e eu nunca na vida reclamei disso. Um xingamento alto ecoou lá do vagão de Varga. Pus um braço em volta de Cherri, outro em volta de Lula e as puxei para perto. Aproveite o mundo enquanto puder, é o que eu digo. É uma filosofia bastante rasa para a vida, mas raso é o que eu tenho. Além do mais, o profundo pode acabar te afogando.

As primeiras estrelas da noite me viram ser levado para uma visita guiada ao vagão das dançarinas, amparado dos dois lados por Cherri e Lula, embora fosse difícil dizer quem estava amparando mais. Nós entramos aos tropeços e é estranho dizer que, no escuro, quase tudo que queríamos fazer exigia três pares de mãos.

Na calada da noite, uma comoção interrompeu os procedimentos dentro do vagão das dançarinas. A princípio, nós ignoramos. Cherri realizava sua própria comoção e eu estava fazendo o possível para ajudar. Nós a ignoramos até o sacolejo do vagão parar de repente, fazendo Cherri tomar fôlego. Até aquele ponto, eu havia ouvido muito pouco acima das exclamações dela e dos rangidos de eixos e suportes.

"Jalan!" A voz de Snorri.

Pus a cabeça para fora pelas aberturas, longe de estar satisfeito. Snorri estava com um dos braços grossos segurando o vagão, prendendo seu movimento. "Venha."

Não tive fôlego para lhe dizer que eu estava tentando gozar. Então saí, amarrando o que precisava ser amarrado. "Sim?", respondi, sem conseguir conter o temperamento em minha voz.

"Venha." Ele saiu na frente entre os vagões mais próximos. Eu podia ouvir um choro agora. Gemidos.

Snorri seguiu a inclinação do campo, deixando que ele nos afastasse um pouco dos vagões e carroças que rodeavam a tenda de Raiz-Mestra. Aqui, várias dúzias de gente do circo se amontoavam diante de uma grande fogueira.

"Uma criança morreu." Snorri pôs a mão no meu ombro como se oferecesse consolo. "Antes de nascer."

"A mulher grávida?" Uma coisa idiota de se dizer – claro que tinha de ser uma mulher grávida. Daisy. Eu me lembrei de seu nome.

"O bebê foi enterrado." Ele acenou para um pequeno monte na terra depois da fogueira, aconchegado entre duas velhas lápides. "Devemos dar os pêsames."

Suspirei. Nada mais de diversão para Jal esta noite. Eu lamentava pela mulher, claro, mas os problemas de pessoas que não conheço nunca me afetavam muito. Meu pai, em um de seus raros momentos de coerência, declarou que era sintoma da juventude. Da minha juventude, pelo menos. Ele pediu a Deus que me punisse com compaixão, como um fardo a ser carregado no futuro. Fiquei apenas impressionado que ele houvesse prestado atenção em mim ou em meu jeito naquela ocasião, e claro que sempre é bom um cardeal se lembrar de invocar Deus de vez em quando.

Nós nos sentamos um pouco afastados do grupo principal, mas perto o bastante para sentir o calor da fogueira.

"Como está a mão?", perguntei.

"Com mais dor, mas a sensação está melhor." Ele estendeu a mão e a flexionou de leve, fazendo uma careta. "Ela removeu boa parte da infecção."

Felizmente, Snorri omitiu maiores detalhes. Algumas pessoas procuram te entreter com os detalhes mais sórdidos de suas doenças. Meu irmão Martus teria pintado cada gota brilhante de pus em um de seus monólogos ai-de-mim para os quais o único remédio é ir embora rapidamente.

A noite estava suficientemente abafada, em conjunto com a fogueira e meu exercício recente, para me deixar agradavelmente sonolento. Eu me deitei no chão, sem reclamar da dureza nem da terra em meu cabelo. Por um momento ou dois, observei as estrelas e escutei os gemidos suaves. Eu bocejei uma vez e o sono me levou.

Sonhos estranhos me assolaram naquela noite. Eu vagava por um circo vazio, assombrado pela lembrança dos olhos por trás daquela máscara de porcelana, mas encontrava apenas as dançarinas, cada uma soluçando em sua cama e se partindo em fragmentos brilhantes quando eu ia tocá-las. Cherri estava lá, Lula também e ambas se partiram juntas, dizendo uma única palavra. *Presa*. A noite se rompeu, com rachaduras passando através de tendas, rodas e galões; um elefante barriu sem ser visto na escuridão. Minha cabeça se encheu de luz até que finalmente abri os olhos para não me cegar.

Nada! Apenas a figura de Snorri sentada ao meu lado, com os joelhos dobrados. O fogo havia se reduzido a brasas vermelhas. O pessoal do circo fora para suas camas levando consigo sua dor. Não havia som, além do zumbido dos insetos. A palpitação do meu coração diminuiu. Minha cabeça continuou a doer como se estivesse rachada, mas a culpa disso era um litro de vinho engolido no calor do dia.

"É uma coisa para fazer o mundo chorar, a perda de um bebê", disse Snorri, num murmúrio quase grave demais para fazer sentido. "Em Asgard, Odin o vê e pisca o olho que não pisca."

Achei melhor não dizer que, tecnicamente, um deus caolho só podia dar piscadelas. "Todas as mortes são tristes." Pareceu algo bom para se dizer.

"A maior parte do que um homem é já foi escrita quando sua barba começa a crescer. Um bebê é feito de possibilidades. Há poucos crimes piores do que o fim de algo antes do tempo."

Mais uma vez mordi a língua e não reclamei que isso foi exatamente o que ele fez no vagão das dançarinas mais cedo. Não foi tanto o discernimento que me deixou em silêncio, mas o desejo de não ter o nariz quebrado outra vez. "Suponho que algumas dores só podem tocar verdadeiramente um pai e uma mãe." Eu ouvira isso em algum lugar. Acho que talvez prima Serah tenha dito isso no enterro de seu irmãozinho. Eu me lembro de todas aquelas cabeças grisalhas assentindo e trocando palavras à sua volta. Ela provavelmente tirou aquilo de um livro. Até mesmo aos catorze anos, ela maquinava a aprovação de vovó. E o trono dela.

"Virar pai muda você", disse Snorri virado para o brilho do fogo. "Você vê o mundo de maneiras novas. Os que não mudam não eram devidamente homens, para começar."

Eu me perguntei se ele estava bêbado. É assim que eu tenho tendência a dizer coisas profundas à noite. Então me lembrei que Snorri era pai. Eu não conseguia imaginar. Pequerruchos balançando em seu joelho. Mãozinhas puxando suas tranças de batalha. Mesmo assim, entendia melhor seu humor agora que podia adivinhar o que ele estava vendo entre as brasas. Não essa criança desnascida, mas seus próprios filhos, fugindo dos horrores pela neve. A coisa que o atraía ao norte, contrariando todo o bom senso.

"Por que você ainda está aqui?", eu lhe perguntei.

"Por que você está?"

"Eu apaguei." Uma leve irritação coloriu minha voz. "Não estou de vigília! Na verdade, agora que estou acordado, vou encontrar um lugar melhor para dormir." Talvez um com curvas mais interessantes e um nariz arrebitado. Eu me levantei, com dores no flanco, e bati os pés para minhas pernas voltarem à vida.

"Você não está sentindo?", disse ele quando me virei para sair.

"Não." Mas eu estava. Algo errado. Uma sensação de rompimento. "Não, não estou." Mesmo assim, não me afastei.

De repente, os insetos cessaram sua cantilena. Um barulho profundo me atingiu, retumbando pelas solas de meus pés, ainda descalços. "Ah, inferno." Minhas mãos tremiam, pelo medo costumeiro do desconhecido, mas também por algo novo, como se elas estivessem cheias de luz fragmentada.

"Inferno parece certo." Snorri se levantou também. Ele estava com sua espada roubada em punho. Será que estava com ela o tempo todo ou foi buscá-la enquanto eu dormia? Ele apontou a lâmina na direção da cova do bebê. O barulho havia saído dali. Um cavoucar, um raspar, um estranho ruído de raízes percorrendo caminhos cegos pelo solo. A lápide da esquerda se inclinou quando o terreno afundou sob ela. A da direita tombou para a frente, parando com um baque abafado. Ao redor do montinho da criança o solo estalou e se agitou.

"Nós deveríamos correr", disse eu, sem fazer a menor ideia de por que já não estava correndo. A palavra "presa" se repetia sem parar por trás de meus olhos. "O que está acontecendo ali?" Talvez uma fascinação doentia me mantivesse no lugar ou a imobilidade do coelho debaixo das garras do falcão.

"Algo está sendo construído", disse Snorri. "Quando os natimortos retornam, eles levam o que precisarem."

"Retornam?" Às vezes, eu pergunto até quando não quero realmente ouvir a resposta. Péssimo hábito.

"É difícil para os natimortos voltarem. Eles não são como os mortos que se erguem das mortes humanas." Snorri começou a balançar sua espada com a mão esquerda, passando-a ao redor de si com reflexos do brilho do fogo, fazendo o ar suspirar. "Eles são coisas incomuns. O mundo precisa estar aberto para recebê-los e sua força é insuperável. O Rei Morto deve estar realmente nos querendo muito."

Com isso, comecei a correr. Enquanto o chão se agitava e alguma coisa sombria se ergueu, derrubando pedaços secos de terra e soltando lápides, corri cinco passos inteiros antes de tropeçar em um jarro abandonado de vinho – possivelmente um que havia trazido comigo – e me esparramar de cara no chão.

Eu rolei e vi, contornado pelo brilho das estrelas e pela fraca luz das brasas, um horror ainda enterrado até os joelhos e já maior do que o nórdico, uma coisa magra de ossos velhos, panos esfarrapados, braços abrangentes com garras feitas de incontáveis ossos de dedos. E, em volta desses restos secos e crepitantes, alguma coisa úmida e reluzente, algum frescor vital percorrendo um monstro feito com detritos de sepulturas, costurando isso com aquilo, dando vivacidade à criação.

Snorri berrou seu grito de alerta sem palavras, mas ficou onde estava: nada de atacar este inimigo. Ele era mais de um metro maior. A coisa morta estendeu o braço, com as garras indo em busca de Snorri, e depois puxou a mão para trás. Um crânio cinza, cheio de umidade nova, esticou-se para baixo sobre um pescoço que no passado fora a coluna inteira de um homem. E ele falava! Embora não tivesse pulmões para soltar ar, nem língua para formar as palavras, ele falava.

A voz do natimorto rangia como dente contra dente, raspava como osso contra osso, e de alguma maneira, aquilo tinha significado.

"Rainha Vermelha", disse ele.

Snorri deu um passo para trás, espada em riste. O crânio girou e aqueles buracos horríveis e molhados que serviam de olhos me encontraram, descalço, desarmado e fazendo me arrastar no chão.

"Rainha Vermelha."

"Não sou eu! Nunca ouvi falar dela." A força desapareceu de minhas pernas e parei de tentar fugir, embora fosse a única coisa que eu queria fazer.

"Você possui o propósito dela", disse a coisa. "E a magia da irmã dela." Ele virou a cabeça na direção de Snorri e pude respirar novamente. "Ou você", disse ele. "E você?" O natimorto voltou seu olhar para mim, que agora estava de pé. Sob aquela inspeção, comecei a morrer outra vez. "Escondido?" O crânio inclinou-se com a indagação. "Como está escondido?"

Snorri atacou. Enquanto a atenção do natimorto estava voltada para mim, ele saltou para a frente, de espada na mão esquerda, e cortou sua estreita cintura de osso, pele seca e cartilagem velha. A coisa cambaleou de maneira alarmante, recuperou-se e o estapeou displicentemente com as costas da mão, levantando o nórdico do chão e fazendo-o se estatelar, com sua espada voando por mim e se perdendo na noite.

Vencer batalhas é uma questão de estratégia e as estratégias giram em torno de prioridades. Já que minhas prioridades eram Príncipe Jalan, Príncipe Jalan e Príncipe Jalan, com "boa aparência" em um quarto lugar distante, aproveitei a oportunidade para retomar minha fuga. Acho que a principal coisa do sucesso é a habilidade de agir no momento. Um herói ataca no momento, um bom covarde corre nele. O resto do mundo espera o momento seguinte e acaba como comida de corvo.

Percorri dez metros antes de quase cortar meu pé fora na espada de Snorri, que havia terminado sua trajetória com a ponta para cima. Vinte centímetros da lâmina estavam enterrados na terra dura e o restante estava apontando para cima, perigosamente. Mesmo em meu pânico, reconheci o valor de quase um metro de aço frio e parei para tirá-la dali. A ação me fez girar e vi o natimorto agigantando-se sobre Snorri, fantasmagórico à luz das estrelas. Desarmado, ele se recusou a correr e segurou o que parecia uma lápide acima dele, como um escudo. A pedra se espatifou embaixo do punho descendente do natimorto. Uma mão fina de muitos ossos envolveu a cintura do viking – em mais um instante, ele seria estripado ou teria a cabeça arrancada.

Algo enorme, sombrio e gritando como uma banshee[1] veio na minha direção, saído do acampamento. Em vez de ser achatado por seu tamanho de tremer o chão, corri, escolhendo a direção na qual estava apontando. Eu precisava de toda a minha velocidade para me manter longe dos enormes pés que pisavam duro em meu encalço e, aos gritos, fui diretamente na direção do natimorto, tentando desesperadamente encontrar forças para desviar para o lado.

No último momento, com uma pressa de molhar as calças, mergulhei para a esquerda, por pouco não batendo em Snorri, e rolei, rolei de novo e, de alguma maneira, consegui evitar de me espetar na espada. Eu me levantei e vi com espanto Cherri passar sacolejando em cima de um elefante enfurecido. O natimorto desabou com o barulho de uma centena de varas estalando se partindo, moído em pedaços debaixo de pés brutos do tamanho de broquéis. O animal saiu estrondeando pela noite, ainda carregando a garota e barrindo tão alto que acordaria os mortos, se é que ainda havia algum dormindo.

Snorri caiu ali perto com um baque que me fez tremer. Ele ficou imóvel durante cinco batidas do meu coração e depois se levantou com os braços grossos. Eu estendi a espada para ele, que a apanhou.

"Obrigado."

"É o mínimo que podia fazer."

---

1 Ser fantástico da mitologia celta, conhecido como Bean Nighe na mitologia escocesa. [NT]

"Nem todo homem sairia correndo para recuperar a arma de um camarada e depois atacaria um natimorto sozinho." Ele ficou de pé com um gemido e contemplou a noite. "Elefante, né?"

"É."

"E uma mulher." Ele foi até a fogueira e começou a chutar as brasas para cima dos restos do natimorto.

"É."

O pessoal do circo agora estava vindo na nossa direção, vultos escuros na noite.

"Acha que ela vai ficar bem?"

Ponderei a respeito, já que eu mesmo havia passado algum tempo entre as pernas dela. "Estou mais preocupado com o elefante."

Quando amanheceu, o acampamento do circo já estava quase todo guardado. Nenhum deles tinha a menor vontade de ficar, e imaginei que o doutor Raiz-Mestra teria de encontrar uma nova parada, da próxima vez que passassem por ali.

Cherri voltou com o elefante enquanto eu esperava por Snorri perto do portão do campo. O anão havia voltado a seu posto e nós dois estávamos tentando trapacear no jogo de cartas. Eu me levantei e acenei. Cherri deve ter precisado esperar amanhecer para encontrar o caminho de volta. Ela parecia cansada, com a maquiagem borrada e faixas escuras sob os olhos. Um cavalheiro finge não perceber essas coisas e corri para pegá-la quando desceu das costas do bicho. A sensação dela em meus braços era boa o bastante para me fazer lamentar a necessidade de partir.

"Obrigado, senhorita." Eu a pus no chão e me afastei da tromba agitada do elefante. O bicho me deixava nervoso de sete maneiras diferentes e fedia a fazendas, ainda por cima. "Bom menino!" Eu dei tapinhas em suas ancas enrugadas e escapei para o portão outra vez.

MARK LAWRENCE

"É uma menina", disse Cherri. "Nelly."

"Ah. Qual outro nome poderia ter?" Salvo por uma dançarina em uma elefanta. Eu não iria acrescentar isso à história do herói da Passagem Aral.

Cherri pegou o cabresto da elefanta e a conduziu para o acampamento, lançando-me um último olhar safado que me fez desejar outra noite, no mínimo.

Snorri chegou instantes depois. "Troços danados." Ele balançou a cabeça. "Elefantes!"

"Você podia levar um para casa", sugeri.

"Nós temos mamutes! Ainda maiores, mas de casaco de pele. Nunca vi um, mas agora quero ver." Ele olhou para o acampamento atrás. "Dei os pêsames à mãe. Não há nada a dizer numa hora dessas, mas mesmo assim é melhor dizer alguma coisa do que nada." Ele pôs uma mão no meu ombro, de maneira familiar demais. "Precisamos ir, Jal, nossa estadia terminou. A não ser que queira negociar cavalos."

"Com o quê?" Eu puxei os bolsos para fora. "Elas me deixaram sem nada."

Snorri deu de ombros. "Aquele medalhão em que você está sempre mexendo compraria uns dez cavalos. Dos bons."

"Eu quase nunca encosto nele." Pisquei para Snorri, dizendo a mim mesmo para me lembrar de seus olhos penetrantes. Não me lembrava de olhar para o medalhão nem uma vez desde que nos conhecemos. "E ele não tem valor." Eu duvidava que o velho da estrada trocasse seu jegue pelo medalhão e uma coroa de prata.

O nórdico deu de ombros e fez que ia sair. Eu cutuquei o braço dele ao passar. "Raiz-Mestra veio se despedir de nós."

Doutor Raiz-Mestra se aproximou. Ele parecia desconfortável ao ar livre, fora de sua escrivaninha. Dois homens o ladeavam, levando seus cavalos, um castrado claro e uma égua parda. O primeiro era o domador de leões que conhecemos no interior azul da tenda de Raiz-Mestra, o segundo um homem imenso que obviamente estava ocupando o cargo de homem forte ao qual acharam que Snorri queria se candidatar inicialmente. Eu me perguntei se o bom doutor estava esperando algum tipo de problema.

"Raiz-Mestra." Snorri inclinou a cabeça. A espada roubada estava pendurada em sua cintura agora, presa com corda e faixas de couro.

"Arrá! Os viajantes!" Raiz-Mestra olhou para seu homem forte como se o comparasse com Snorri. "Indo para o norte agora. Observem-me!"

Nenhum de nós tinha uma resposta para aquilo. Raiz-Mestra continuou. "Perseguidos por má sorte, talvez? O tipo de infortúnio que enche e esvazia covas. Observem-me!" Suas mãos se mexiam como se desempenhassem cada tarefa enquanto ele a descrevia. "Isso teria sido uma informação valiosa. Ao meio-dia de ontem, essa informação teria sido importante." A tristeza em suas feições compridas parecia quase perfeita demais, quase uma caricatura. O que me preocupava é que não dava para saber se a morte do bebê significou alguma coisa para ele ou não. "Em todo caso, o leite foi derramado." Ele parou e se virou para sair, mas se conteve e girou novamente para nos encarar. "Natimortos!", ele quase gritava agora. "Você traz natimortos para o mundo? Como..." Ele recuperou o controle e prosseguiu, com o tom de conversa de antes. "Isso não foi bom. Não foi nada bom. Vocês devem ir para longe daqui. E rápido." Ele apontou para os dois cavalos e seus companheiros deram um passo à frente, segurando as rédeas para nós. Eu peguei o castrado. "Vinte coroas na conta de suas dívidas, meu príncipe." Raiz-Mestra inclinou minimamente a cabeça. "Sei que você vai pagar."

Olhei para meu corcel, passei a mão em seu pescoço, senti a carne sobre suas costelas. Um cavalo bastante decente. Snorri ficou paralisado ao lado da égua parda, como se estivesse preocupado que ela fosse mordê-lo.

"Obrigado", falei, e subi na sela. Vinte em ouro era um preço razoavelmente justo. Um pouco salgado, mas justo, devido às circunstâncias. Eu me sentia melhor montado. Deus nos deu cavalos para que pudéssemos fugir mais rápido.

"Melhor tomar seu rumo logo – você está no centro de uma tempestade, jovem príncipe, não se iluda." Raiz-Mestra assentiu como se fosse eu que estivesse falando e ele concordando. "Há uma grande quantidade de mãos neste assunto, muitos dedos na panela. Todos mexendo. Uma mão cinza atrás de você, uma mão preta em seu caminho. Se raspar um pouco mais fundo, porém, talvez encontre azul por baixo do preto, vermelho por trás do cinza. E mais fundo ainda? Será que vai mais fundo? Quem sabe? Não este velho mestre de circo. Talvez tudo vá mais fundo, talvez o fundo não tenha fim. Mas sou velho, minha vista escurece, e só posso ver até certo ponto."

"Hum." Parecia a única resposta sensata para aquela efusão de bobagens. Agora eu percebia quem treinou a vidente do circo.

Raiz-Mestra concordou com minha sabedoria. "Vamos nos despedir como amigos, Príncipe Jalan. Os Kendeth têm sido uma força do bem em Marcha Vermelha." Ele estendeu a mão fina e eu a tomei rapidamente, pois achei que lhe doía deixá-la parada por tanto tempo. "Pronto!", disse ele. "Fiquei triste de saber da morte de sua mãe, meu príncipe." Eu soltei a mão dele. "Jovem demais, jovem demais para a lâmina do assassino."

Pisquei para ele, assenti e guiei meu cavalo para descer a ruela. "Venha, Snorri", disse, por cima dos ombros. "É como remar um barco."

"Vou andar um pouco primeiro", respondeu o nórdico, e prosseguiu, levando a égua pelas rédeas.

Admito certo pesar em deixar o circo para trás. Eu gostei das pessoas, do clima do lugar, mesmo viajando. E, claro, das dançarinas. Apesar disso, eu estava com um pequeno sorriso nos lábios. Foi bom saber que até o vasto arsenal de informações de Raiz-Mestra falhava de vez em quando. Minha mãe morreu de epidemia. Eu toquei o ressalto que o medalhão fazia sob o meu casaco, com o retrato de mamãe lá dentro. Uma epidemia. O contato me deixou apreensivo de repente, e meu sorriso desapareceu.

Nós chegamos à estrada principal e voltamos para o caminho que tomamos inicialmente, guiados pelas instruções do anão trapaceiro do portão. Nenhum de nós falou até chegarmos ao monte de bosta de elefante que me alertou para a proximidade do circo.

"Então você não sabe montar?"

"Nunca tentei", disse ele.

"Você nunca nem se sentou sobre o lombo de um cavalo?" Parecia difícil de acreditar.

"Já comi muitos", disse ele.

"Isso não adianta."

"Qual pode ser a dificuldade?", perguntou ele, sem fazer esforço para descobrir.

"Menos difícil que pular em ursos e depois saltar, suspeito eu. Por sorte, sou o melhor cavaleiro de Marcha Vermelha e um ótimo professor." Apontei para o estribo. "Ponha o pé aí. Não o pé que você pensou primeiro – o outro. Suba e não caia."

A lição continuou lentamente e, a seu favor, Snagason não caiu. Fiquei preocupado que ele pudesse afundar as costelas do cavalo com aquelas pernas tão musculosas dele, mas, no fim das contas, Snorri e o cavalo chegaram a uma trégua desconfortável na qual ambos adotaram um sorriso forçado e seguiram em frente.

Quando o sol havia passado de seu auge, percebi que o nórdico estava sofrendo.

"Como está a mão?"

"Menos dolorida do que as coxas", gemeu ele.

"Talvez se você afrouxasse um pouco as pernas e deixasse o pobre cavalo respirar..."

"Conte-me sobre Rhone", disse ele.

Dei de ombros. Nós não chegaríamos à fronteira antes da noite seguinte e os últimos dois quilômetros seriam suficientes para lhe contar alguma coisa sobre o lugar que valesse a pena, mas parecia que ele precisava de distração para suas dores.

"Não há muito que contar. Lugar horrível. A comida é ruim, os homens grosseiros e ignorantes, as mulheres vesgas. E são ladrões. Se você apertar a mão de um rhonense, conte os dedos depois."

"Você nunca foi lá, foi?" Ele estreitou o olhar na minha direção e depois balançou o corpo para se ajeitar na sela.

"Você não ouviu o que falei? Por que eu iria a algum lugar como esse?"

"Não consigo entender." Ele arriscou outro olhar para trás. "Reis rhonenses fundaram Marcha Vermelha, não foi? Não foram os rhonenses que salvaram vocês da invasão de Scorron? Duas vezes?"

"Custa-me crer!" Agora que ele falou, no entanto, isso me fez lembrar vagamente dos dias quentes demais no Salão Cinza com o tutor Marcle. "Suponho que um príncipe de Marcha Vermelha saiba um pouco mais sobre a história local do que um... hauldr saído das encostas congeladas de um fiorde." Admito que dormia durante a maioria das lições de história de Marcle, mas eu provavelmente teria percebido algo assim. "De qualquer maneira, eles são más pessoas."

Para mudar o assunto da conversa, e porque toda vez que eu olhava para trás minha imaginação escondia monstros nas sombras, puxei o assunto de perseguição.

"Quando encontrei com você, a fissura, a rachadura que estava me perseguindo... ela vinha do feitiço da Irmã Silenciosa."

"Você me contou isso. O feitiço que ela fez para matar todo mundo nessa sua ópera."

"Bem... teria matado todo mundo, mas não acho que esse tenha sido o motivo pelo qual ela amaldiçoou o lugar. Talvez ela não estivesse querendo destruir todos – talvez tivesse um alvo e o restante de nós estivesse apenas no caminho. Será que o que ela queria poderia ter nos perseguido até o circo?"

Snorri levantou as sobrancelhas, depois as franziu, e, em seguida, sacudiu a cabeça. "Aquele natimorto era recém-formado, do filho de Daisy. Ele não nos seguiu até lá."

Aquilo parecia um pouco mais esperançoso. "Mas... aquilo não aconteceu por acaso, certamente. Essas coisas não deveriam ser muito raras? Alguém fez aquilo acontecer. Alguém está tentando nos matar."

"Sua Rainha Vermelha estava reunindo histórias dos mortos. Ela sabe que Ragnarök se aproxima – a última batalha está chegando.

A GUERRA DA RAINHA VERMELHA

Ela está fazendo seus planos contra o Rei Morto e ele provavelmente está fazendo seus planos contra ela. Pode ser que o Rei Morto saiba a nosso respeito, pode ser que ele saiba que estamos indo para o norte, levando a magia da bruxa conosco. Pode ser que ele saiba que estamos indo para o Gelo Mortal, onde os mortos dele estão se reunindo. Talvez ele queira nos impedir."

Apesar de eu ter desviado com sucesso a conversa de Rhone, Snorri não me disse absolutamente nada para tranquilizar minha mente. Remoí tudo o que ele disse durante os quilômetros seguintes e o sabor era muito amargo. Estávamos sendo perseguidos, eu sabia com toda certeza. Aquela coisa da ópera estava atrás de nós e, ao fugir dela, estávamos entrando de cabeça no que quer que o Rei Morto pusesse em nosso caminho.

Um dia depois, encontramos os primeiros exemplos do tipo de rhonense sobre os quais eu alertara Snorri. Um posto de guarda com cinco soldados rhonenses anexado a uma estalagem relativamente grande que ficava em cima da fronteira. O posto de guarda de Marcha Vermelha, de quatro homens, ficava do outro lado da estalagem e os dois grupos jantavam juntos quase todas as noites em lados opostos de uma longa mesa, através da qual a fronteira passava, marcada sobre as tábuas por uma linha de cabeças de pregos polidos.

Eu me apresentei como um nobre miserável, já que nenhum deles reconheceria um príncipe de Marcha Vermelha e, achando que estavam sendo zombados, ficariam ofendidos. Suponho que poderia ter mostrado uma moeda de ouro com o rosto de vovó nela e argumentado sobre a semelhança familiar, mas não tinha nenhuma. Nem mesmo uma coroa de prata. E as de cobre tinham, em sua maior parte, a torre lax nelas ou Rei Gholloth, que reinou antes de vovó e não se parecia nada com sua filha ou comigo.

Snorri falou pouco na estalagem, claramente tenso, preocupado que pudessem ter mandado proteger as fronteiras contra ele. Nós gastamos meus cobres remanescentes em uma pequena refeição de sopa de repolho e carne misteriosa antes de prosseguir para Rhone que, apesar de minhas desconfianças, parecia-se bastante com Marcha Vermelha, só que as pessoas tinham tendência a enrolar os erres de maneira irritante.

A primeira cidade rhonense a que chegamos coincidiu com nossa primeira noite. Um lugar de tamanho considerável com o nome sem graça, porém digno, de Moinho. Cavalgamos em ritmo suave pela lamacenta rua principal, uma via lotada de comerciantes, viajantes e habitantes da cidade. Snorri freou perto de uma ferraria aberta para a rua e com barulho de martelos.

"Precisamos arrumar uma espada para você, Jal." Ele passara a me chamar de Jal, não de "meu príncipe", nem "Príncipe Jalan", ou mesmo "Jalan", mas "Jal". Eu não avisei que aquilo me irritava porque ele faria exatamente a mesma quantidade de vezes, mas com um sorriso maior. "Como é que você se sai com uma espada?"

"Melhor do que você com um cavalo", falei.

Snorri bufou e sua égua também. Ele a chamara de Sleipnir em homenagem a algum cavalo pagão e os dois pareciam estar se dando bem, apesar de Snorri montar como uma grande tora presa em uma sela e pesar quase o mesmo que sua montaria. Ele desmontou e o efeito não foi diferente da supracitada tora caindo do alto.

"Mostre para mim." Ele sacou sua espada e me entregou com o cabo primeiro.

Olhei em volta. "Não se pode simplesmente balançar espadas na rua principal. Alguém vai perder um olho! E isso se os patrulheiros não te pegarem primeiro."

Snorri pareceu confuso, como se nas encostas cobertas de gelo do norte aquilo fosse a coisa mais natural do mundo. "É uma ferraria." Ele acenou para as ferragens expostas ao nosso lado. "O ferreiro faz espadas. As pessoas devem experimentá-las aqui fora o tempo todo." O cabo da espada veio na minha direção novamente.

"Duvido." Mãos firmes nas rédeas. Acenei para as mesas de exposição – lâminas de foice, ganchos, pregos e outros produtos domésticos eram tudo que estava à minha frente. "Uma cidade deste tamanho deve ter um armeiro em algum lugar. Mas não é este aqui."

"Rá!" Snorri apontou para uma espada pendurada lá na escuridão sob os toldos. "Ferreiro!"

O ferreiro apareceu com o estrondo de Snorri, um homem baixo, todo suado, os braços grossos, claro, mas com um surpreendente ar de estudioso. "Boa noite."

"Quero testar aquela espada." Snorri apontou para a arma pendurada.

"Tô consertando aquela ali para Garson Host", disse o ferreiro. "Tirando os amassados, afiando direitinho. Não tá à venda."

"Não dê confiança a ele." Acenei minha aprovação para o homem.

O ferreiro mordeu o lábio. Eu havia me esquecido que os homens rhonenses estão sempre procurando uma chance de derrubar um homem de Marcha Vermelha e que o que os homens comuns mais gostam é de ver seus superiores agredidos. Eu teria sido mais esperto se tivesse ficado quieto. Snorri podia ser estrangeiro, mas pelo menos ele não havia cometido o pecado capital de ser o estrangeiro do país vizinho.

"Acho que Garson não vai ligar se forem dois ou três amassados que eu tirei da lâmina." O ferreiro voltou e se esticou para pegar a espada.

Resignado, desmontei e peguei o cabo que o nórdico estava me entregando outra vez. Acontece que eu não sou um espadachim tão ruim quando minha vida não corre perigo. No pátio de treinamento, com lâminas cegas e acolchoamento suficiente, eu sempre me defendia bastante bem. Mais que bem. Mas todas aquelas lições foram por água abaixo no único dia em que eu precisei balançar uma espada para valer. Ao me chocar com aqueles soldados de Scorron lá na Passagem Aral, o medo levou embora todo o meu treinamento em um instante. Aqueles eram grandes homens raivosos com espadas afiadas, querendo mesmo cortar pedaços de mim. Só depois que você vê uma ferida vermelha aberta e todos os pedacinhos complexos dentro de um homem, tudo destruído e cortado, e percebe que eles jamais vão se colar de novo, e vomita suas duas últimas refeições em cima das pedras... só depois disso é que dá para entender direito esse negócio de espada e, se você for uma pessoa sensata, vai jurar nunca mais querer nada com isso. Eu não me lembro de nada da batalha na Passagem Aral, mas de momentos congelados e misturados – aço brilhando, arcos carmins, rostos horrorizados, um homem engasgando com sangue enquanto se afastava de mim... e os gritos, claro. Eu ainda os ouço até hoje. Tudo mais sobre a batalha é um branco.

Snorri pegou sua nova espada com a mão boa e a estocou na minha direção. Eu a afastei com um golpe. Ele sorriu e me atacou mais uma vez. Nós trocamos golpes e desvios por alguns momentos, com o barulho do aço fazendo boa parte da rua parar, as cabeças viradas para nós. Força, apesar de importante, geralmente não é o fator primordial na luta com espadas, mesmo com o tipo de lâmina mais pesada que estávamos usando. O espadim tem tudo a ver com rapidez, mas até a espada longa tem mais a ver com rapidez, se você tiver como empunhá-la, do que com força excessiva. Com treinamento adequado, um espadachim se beneficiará mais com um pequeno aumento de habilidade e velocidade do que com um grande aumento de força. A espada é, afinal, uma alavanca. Com Snorri, no entanto, força *era* um fator. Ele usou movimentos bastante básicos, mas bloqueá-los fazia minha mão doer e o primeiro golpe no qual ele realmente pôs um esforço de verdade quase arrancou a espada de mim. Mesmo assim, ficou bem claro desde o começo que eu tinha mais habilidade com a espada na minha mão direita do que o nórdico em sua esquerda.

"Bom!" Snorri abaixou sua arma. "Você é muito bom."

Tentei não me afetar com o elogio. "Vovó exige que toda a família seja bem treinada na arte da guerra." Quer eles queiram, quer não... Eu me lembrei de treinamentos intermináveis quando pequeno, segurando uma espada de madeira até ficar com bolhas, e de apanhar impiedosamente de Martus e Darin, que viam aquilo como parte de suas obrigações como irmãos mais velhos.

"Fique com a espada", disse Snorri para mim. "Você vai fazer melhor uso dela do que eu."

Eu franzi os lábios. Contanto que ficar com a espada não significasse ter de usá-la, por mim tudo bem. Certamente faria mais bravata com uma espada longa pendurada na cintura. Eu inclinei a lâmina e deixei a luz passar por ela. Em um ponto, o metal estava com uma mancha escura. Talvez onde tivesse batido no natimorto quando Snorri o atacou. Eu afastei a lembrança.

"E você?", perguntei, preocupado com a minha segurança e não com a dele.

"Vou comprar uma substituta." Ele se virou para o ferreiro, que não fez o menor esforço de esconder sua decepção por não ter visto o viking gigante acabar comigo.

"Você não tem dinheiro para comprar outra espada!" Ele não podia comprar nada, pois havia sido prisioneiro durante meses até sua fuga recente. Não é a mais lucrativa das ocupações.

"Tem razão." Snorri devolveu a espada ao ferreiro. "Não está à venda, de qualquer maneira." Ele acenou para a forja. "Você tem algum bom machado? Um machado de guerra, não um para cortar lenha."

Quando o ferreiro entrou para procurar em seu estoque, Snorri tirou um saquinho de um cordão em volta do pescoço. Eu cheguei perto para ver o que ele tinha. Prata! Pelo menos cinco pratas.

"Quem você matou por essas?" Franzi o rosto, mais por pensar que Snorri era mais rico que eu do que pelo roubo violento.

"Não sou ladrão." Snorri baixou as sobrancelhas.

"Tudo bem, nós chamamos de pilhagem", disse eu.

Snorri deu de ombros. "As terras vikings são pobres, o solo é escasso, os invernos cruéis. Então alguns realmente tiram dos fracos. É verdade. No entanto, nós, os undoreth, preferimos tirar dos fortes – eles têm coisas melhores. Para cada escaler lançado para costas distantes, há dez lançados para assaltar vizinhos próximos. As nações vikings desperdiçam sua maior força umas com as outras, sempre foi assim."

"Você ainda não me respondeu."

"Eu tirei de um homem forte!" Snorri sorriu e estendeu a mão para pegar o machado que o ferreiro lhe trouxe. "Daquele homem grande com Raiz-Mestra, quando partimos, o 'incrível Ronaldo'! O homem forte do circo." Não era um machado nórdico, mas um machado de soldado aproveitável, com uma única lâmina triangular, o cabo de ferro bandado e escurecido pelo tempo. O machado sempre foi arma de plebeu, mas pelo menos o do nórdico fora feito para um plebeu a serviço de um lorde. Snorri o girou, chegando perigosamente perto das mesas de exposição, de mim e do ferreiro. "O incrível Ronaldo fez uma aposta comigo relacionada a uma proeza de força. Ele não ganhou. Aquele anão disse que agora vão chamá-lo de o 'impressionado Ronaldo'!" Snorri levantou o machado e segurou a lâmina perto da orelha, como se a escutasse. "Vou levar."

"Três." O ferreiro mostrou o número apropriado de dedos como se Snorri não estivesse falando a língua do Império.

"Ele está te roubando! Três pratas por um troço que é basicamente uma ferramenta de fazenda?"

Mas Snorri pagou mesmo assim. "Nunca pechinche o preço de uma arma. Compre ou não compre. Guarde os argumentos para quando for dono dela!"

"Precisamos arrumar uma espada para você", eu disse. "Quando os recursos permitirem."

Snorri balançou a cabeça. "Machado para mim. Espadas enganam você, fazendo pensar que pode se defender. Com um machado, tudo que você pode fazer é atacar. Foi assim que meu pai me batizou. Snorri. Significa 'ataque'." Ele levantou o machado acima da cabeça. "As pessoas acham que podem se defender de mim – mas, quando eu bato, elas cedem."

"O que diabos os natimortos *são*?" Demorou três dias para eu fazer a pergunta. Nós chegamos, montados, à cidade de Pentacost, percorrendo cerca de cento e sessenta quilômetros a partir da fronteira. Snorri ainda cavalgava como uma tora, mas felizmente ele também resistia

A GUERRA DA RAINHA VERMELHA

como uma tora e não havia dito uma palavra para reclamar. A chuva nos encontrou na estrada e desabou em nossas cabeças pelos últimos quinze quilômetros, então saímos pingando dos estábulos e agora estávamos sentados no centro de nossos próprios laguinhos, fumegando de leve em frente a uma lareira vazia na taberna Rei de Rhone.

"Você não sabe?" Snorri ergueu as sobrancelhas molhadas e tirou os cabelos da testa, sacudindo o excesso de água dos dedos.

"Não." Eu geralmente sou assim. Tenho o mau hábito de apagar coisas desagradáveis da mente – algo que faço desde criança. A surpresa genuína é de grande ajuda quando confrontada com uma tarefa indesejável. Claro que, quando você se esquece de pagar as dívidas, isso pode levar a dedos quebrados. Ou coisa pior. Acho que é uma forma de mentir – mentir para si mesmo. E eu sou muito bom com mentiras. Dizem que os melhores mentirosos quase acreditam em suas mentiras – o que me torna o melhor de todos, porque se eu repetir uma mentira muitas vezes, acabo acreditando totalmente nela, nada de meios-termos envolvidos! "Não, não sei."

Durante nossas viagens, passando por pistas sem graça e enlameadas, na maioria, e por inúmeras fazendolas horríveis, eu ficava muito tempo relembrando os encantos de Cherri e o agradável senso de exploração de Lula, mas dos incidentes nas sepulturas... nada, apenas uma leve lembrança de Cherri montada para o resgate. Uma dúzia de vezes eu imaginara seus seios balançando enquanto ela passava trovejando. Foi preciso um toró de três horas ao final de uma viagem de três dias para que o natimorto finalmente viesse à tona, com uma insistência irritante que acabou me fazendo perguntar. A verdade dificilmente seria pior do que minha imaginação havia começado a sugerir. Assim eu esperava.

"Como pode não saber?", indagou Snorri. Apesar de não ter se movido, eu sabia que ele queria bater na mesa.

Snorri se mostrou a companhia de viagem ideal para um homem como eu, que não queria remoer erros do passado e afins. Para ele, todos os seus objetivos, ambições, amores e perigos estavam por vir

– tudo em nosso rastro, Marcha Vermelha e todas as suas pessoas, vovó e sua Irmã Silenciosa, os natimortos, todas essas coisas do sul deveriam ser deixadas para trás, ultrapassadas, e não tinham mais importância.

"Como pode não saber?", repetiu ele.

"Como você pode não saber quanto é onze vezes doze?"

"Cento e trinta e dois."

Droga. "Eu simplesmente me interesso mais pelas coisas belas da vida, Snorri. Se você não pode cavalgá-la – de um jeito ou de outro – e ela não joga dados, cartas, nem sai de uma garrafa de vinho, então eu realmente não me importo tanto. Principalmente se for estrangeira. Ou pagã. Ou ambas. Mas essa... coisa... disse algo que me preocupou."

"Presa." Snorri assentiu. "Ele foi enviado atrás de nós."

"Por quem? Outro dia você falou que talvez fosse o Rei Morto, mas não pode ser outra pessoa?" Eu queria que fosse outra pessoa. "Algum necromante ou..."

"O Rei Morto é o único que pode mandar os natimortos a algum lugar. Eles riem de necromantes."

"Então. Esse Rei Morto. Já ouvi falar dele."

Snorri abriu os braços, incentivando meus conhecimentos sobre o assunto.

"Um lorde brettan. Um ilhéu ateu das Ilhas Submersas." Eu bebi meu vinho. Um tinto rhonense. Negócio horrível, como vinagre e pimenta. Outros países não seriam tão ruins se não fossem cheios de estrangeiros e todas as coisas deles. Esse Rei Morto era um exemplo disso.

"Só isso? É isso o que sabe sobre o Rei Morto? 'Ele é das Ilhas Submersas'." Parecia que o vapor estava saindo de Snorri mais rapidamente agora.

Eu dei de ombros. "Então por que um brettan mandaria um monstro atrás de nós? Como é que ele iria saber? Aposto que foi Maeres Allus que o pôs nisso. Tenho quase certeza. Maeres Allus!"

"Rá!" Snorri virou sua cerveja, enxugou a espuma de seu bigode e fez que ia pedir outra, até se lembrar da nossa pobreza. "Isso, Jal, seria como um peixinho dando ordens a uma baleia. Esse Allus aí não

A GUERRA DA RAINHA VERMELHA

é nada. Saia quinze quilômetros das muralhas de sua cidade e ninguém sabe quem ele é."

Príncipe Jalan, caramba! Quinze quilômetros fora da minha cidade e ninguém sabe que eu sou um príncipe. "Então por que mandar o monstro?"

"O Rei Morto e essa Irmã Silenciosa, eles são mãos ocultas, que fazem um jogo com o Império, eles e mais outros, empurrando reis e lordes em seu tabuleiro. Quem sabe o que eles querem no final? Talvez refazer o Império e dar a ele um imperador com amarras, para que possam fazê-lo dançar, ou talvez limpar o tabuleiro e começar o jogo de novo. De qualquer maneira, o natimorto disse que nós carregávamos o propósito da Rainha Vermelha e depois disse que carregávamos magia. O que é verdade." Ele cutucou meu ombro com o dedo e aquela energia crepitante desagradável se acumulou na mesma hora, permanecendo até ele afastar o dígito agressor.

"Mas isso foi uma espécie de acidente! Não somos o propósito de ninguém! Certamente não o da minha avó." A não ser que o olho cego da Irmã Silenciosa previsse o futuro e escolhera uma chance improvável. Um pensamento perturbador. Ela estava lutando com os mortos, afinal de contas, e Snorri estava arrastando tanto a mim quanto a magia da bruxa até o norte, onde seus inimigos trabalhavam ao lado de homens-cadáveres trazidos pelos navios negros das Ilhas Submersas. "É só coincidência!"

"Então talvez o natimorto esteja errado, o Rei Morto também. Talvez eles, a Irmã Silenciosa e até o seu delator Allus estejam em nosso encalço. Que venham. Vamos ver qual é o poder de permanência deles! É um longo caminho até o norte."

"Então", disse eu, voltando ao meu tema, "o que diabos é um natimorto?" Eu tinha uma vaga lembrança do nome, de antes do pesadelo da viagem começar. Acho que, na primeira vez que ouvi, pensei serem apenas cadáveres renascidos, algo com que, devido ao tamanho deles, seria fácil de lidar. Não que eu tenha interesse em pisotear bebês, mortos ou não, mas seria bem menos perigoso do que o que aconteceu no circo. "E como diabos um 'natimorto' é um horror tão grande que precisa ser derrubado pelo ataque de um elefante?"

"Potencial, é isso que os natimortos são. Potencial." Snorri pegou sua caneca, viu que estava vazia e a pôs de volta. "Aquele que enfrentamos não era tão perigoso, pois só estava morto fazia algumas horas. Todo o potencial de crescimento e mudança que uma criança tem – tudo isso vai para as terras mortas se a criança morre desnascida. Ela se torna pervertida lá. Azedada. O tempo passa diferente lá, nada permanece jovem. O potencial da criança desnascida é infectado com propósitos mais antigos. Há coisas que sempre foram mortas, coisas que habitam a Terra Além-Morte, e são esses males ancestrais que dominam o potencial natimorto, que o possuem e o assombram, desejando nascer no mundo de vida. Quanto mais o natimorto ficar nas terras mortas, mais força ele vai tirar daquele lugar; mas, quanto menos ele mudar, mais difícil será retornar. Nenhum necromante comum pode evocar um natimorto. Mesmo o Rei Morto conseguiu trazer apenas alguns e ainda assim raramente em um local de sua escolha. Servem como seus agentes, seus espiões, capazes de assumir novas formas, disfarçar-se, andar entre as pessoas sem que se veja o que eles são."

"Os novos não são tão perigosos?" Eu me agarrei àquilo e repeti para mim mesmo, incrédulo, enquanto o resto do que ele disse tomava conta de mim. "Ele teria cortado você ao meio se não fosse um elefante! Vamos esperar que você jamais encontre outro, porque elefantes estão em falta por aqui, caso não tenha percebido. Puta merda!"

Snorri deu de ombros. "Foi você que perguntou."

"Bem, preferia não ter perguntado. Lembre-me de não perguntar no futuro." Tomei um longo trago do meu vinho, lamentando não termos os meios necessários para comprar o suficiente e ficar extremamente bêbado, levando toda a questão de volta a uma conveniente amnésia.

"Havia *alguma coisa* lá na ópera naquela noite." Eu não queria falar daquilo, mas as coisas dificilmente podiam ficar piores.

"Esse demônio seu?"

Assenti. "Eu quebrei o feitiço." Rompi-o. "De todo modo, havia *alguma coisa* lá dentro conosco. Um demônio. Parecia um homem. O corpo parecia – eu nunca vi o rosto. Mas havia algo errado. Eu sei disso. Vi com a mesma clareza que vejo a Irmã Silenciosa quando todos olham além dela."

"Um natimorto, você acha?" Snorri franziu o rosto. "E agora você diz que está nos seguindo?" Ele deu de ombros. "Não está se saindo muito bem em nos alcançar. Eu me preocuparia mais com o que está à frente do que atrás."

"Hmmm." Parar de me preocupar com a frigideira porque o fogo é mais quente? Eu dei de ombros, mas não conseguia tirar aqueles olhos da minha imaginação. "Mas e se ele nos alcançasse?"

"Isso seria ruim." Snorri analisou seu caneco vazio outra vez.

Olhei para a chuva lá fora, para o céu que escurecia com uma tempestade se formando e para a noite se aproximando. Não importava o que Snorri dissesse, lá fora algo que não nos amava estava seguindo nosso rastro. *Presa*, foi como nos chamou. Eu peguei minha capa molhada do chão, ainda pingando. "Nós precisamos continuar até a próxima cidade. Não faz sentido perder tempo." Por melhor que uma noite sob um bom teto fosse, era hora de partir.

Fique parado e seus problemas o encontram. Eu podia não saber muito sobre os natimortos, mas eu com certeza sabia sobre fugir!

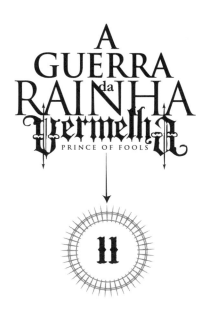

"Não está chovendo!" Eu nem percebera de início. Meu corpo ainda se encolhia como se estivesse debaixo do aguaceiro, mas nesta noite, ao lado da trilha lamacenta e perto de nossa fogueira, quente o bastante para fazer minhas roupas fumegarem, não havia uma gota de chuva da qual se esconder.

"Estrelas!" Snorri apontou o dedo para o céu azul-escuro.

"Eu me lembro delas." Não faz muito tempo eu as estava observando em uma noite abafada, inclinado na sacada de Lisa DeVeer e mentindo. "Aquelas ali são as amantes", eu dissera a ela, apontando para algum pedaço aleatório do céu. "Roma e Julit. Só um especialista consegue vê-las."

"E significa boa sorte quando elas brilham sobre nós?", perguntou Lisa, meio disfarçando um sorriso que me fez pensar que ela talvez soubesse mais sobre astrologia do que eu imaginava.

"Vamos descobrir", disse eu, estendendo a mão para ela. E acabou que elas trouxeram sorte naquela noite. Mesmo assim, eu suspeitava ser uma vítima da insistência de vovó para que todos tivessem

MARK LAWRENCE

educação. É difícil para um cara quando as mulheres que ele deseja impressionar têm mais instrução que ele. Desconfio que minha prima Serah soubesse dizer cada constelação do céu ao mesmo tempo que escrevia um soneto.

"Eu não fui capturado nas encostas do Uulisk", disse Snorri.

Franzi o rosto para as estrelas, tentando entender o sentido daquilo. "O quê?"

"O que contei a sua rainha a levaria a crer que eu fora."

"Fora o quê?" Eu ainda estava tentando entender o que isso tinha a ver com as estrelas.

"Eu disse que Quebra-Remo subiu o Uulisk. Que eles caíram sobre nós lá, que os undoreth foram subjugados, meus filhos separados. Eu disse que ele me levou a seu navio acorrentado."

"Sim", respondi, tentando me lembrar de alguma coisa. Eu lembrei que a sala do trono estava abafada, que minhas pernas doíam de tanto ficar em pé, que eu havia perdido uma noite de sono e encontrado uma ressaca. Os detalhes da história de Snorri, nem tanto, exceto que eu achava que ele estava mentindo até os chifres de seu chapéu de viking e agora parecia estar me dizendo que realmente mentira.

"Quando a primavera chega ao Uulisk, ela vem de supetão, pronta para a guerra!", disse Snorri, e ele contou sua história com o fogo crepitando às nossas costas e nossos olhos nas inúmeras estrelas. Ele contou a história para a escuridão, formando imagens com sua voz, claras demais, vívidas demais para desviar o olhar.

Ele havia acordado naquela manhã com o gemido do gelo. Durante dias, a água negra brilhara no centro do fiorde. Hoje, porém, o degelo viria para valer e, com o primeiro toque do sol, descendo pelas altas montanhas de Uuliskind, o gelo da costa gemeu em protesto.

"Levante-se! Levante-se, seu touro grande!" Freja puxou as peles da cama, deixando o ar frio beliscar sua pele. Snorri gemeu como o gelo gemera. Não se pode resistir a algumas forças da natureza. Lá fora, o gelo resmungou e se rendeu à autoridade do degelo da primavera; lá dentro, um marido abriu caminho para uma mãe pronta para varrer a sujeira de um inverno inteiro e abrir as janelas. Não se devia resistir a nenhum dos dois.

Ele apanhou suas roupas, bocejando tanto que podia partir o maxilar. Freja trabalhou em volta de Snorri, girando para o lado com facilidade quando as mãos dele procuraram seus quadris.

"Você se comporte, Snorri ver Snagason." Ela começou a levantar as peles das camas e tirar o aquecedor de baixo. "Tem aqueles currais que precisam de conserto na encosta Pel. A primavera vai fazer os bodes xeretarem as cabras."

"Esse bode aqui quer a cabra dele", bufou Snorri, mas se levantou e foi para a porta. Freja estava certa, como sempre. As cercas não iriam manter nem os cabritos dentro nem os lobos fora. Não como estavam. Não como o inverno as deixara. Ele pegou seu serrote de ferro na parede. "Ver Magson deve ter tábuas. Vou lhe prometer um barril de merluza salgada."

"Vai prometer meio barril e verificar a madeira primeiro", disse Freja.

Snorri deu de ombros e ficou de boca fechada, formando um sorriso. Ele pegou um rolo de pele de foca, sua faca de aço e uma pedra de amolar. "Onde estão as crianças?"

"Karl está pescando com linha com o menino de Magson. Emy saiu para procurar sua boneca de madeira e Egil..." – Freja encostou o pé em um monte de peles enroladas contra a parede – "...Egil ainda está dormindo e precisa acordar!" Sua voz se ergueu em um comando e o monte se mexeu, resmungando alguma coisa, e um tufo de cabelos ruivos agora era visível do outro lado das peles.

Snorri calçou suas botas, tirou sua pele de carneiro do cabide, pegou seu machado de guerra preso acima do batente e abriu a porta. O frio o açoitou de uma vez só, mas não tinha a força do inverno – este era um frio úmido e, muito em breve, a primavera o transformaria em algo mais brando.

A encosta pedregosa saía da entrada de sua casa, passando por meia dúzia de outras cabanas feitas de pedra, até a margem congelada do Uulisk. Os barcos de pesca estavam em seus ancoradouros de inverno, carregados de lenha por cima da maior parte da neve. Eram oito cais sobre o gelo, apoiados em pernas de pinho, com as tábuas empenadas por muitas estações severas. A cidade havia sido batizada por causa deles, Oito Cais, numa época em que oito era um número do qual se gabar. Einhaur, a seis quilômetros em direção ao mar, tinha mais de vinte, mas Einhaur era apenas gelo e pedra quando o tataravô de Snorri se estabeleceu na costa de Oito Cais.

Um pequeno vulto estava passando pelo cais mais longo enquanto Snorri observava.

"Emy!" O grito de Snorri fez cabeças se virarem das portas, peles das janelas se erguerem. A garotinha quase caiu do longo cais em choque, o que era exatamente a ameaça que o fez gritar a princípio. Mas ela se segurou após tropeçar para a frente e ficou pendurada em posição vertical, com os dedinhos apertando a madeira gelada, os cabelos brancos caindo em seu rosto, na direção das águas escuras alguns centímetros abaixo. Um escorregão e o fiorde a engoliria, e o frio lhe tiraria tanto o fôlego quanto a força.

Snorri soltou seu equipamento e saiu correndo pelo longo cais, com os passos firmes, pisando onde seu peso aguentaria e sem perder tempo com as escolhas. Ele havia corrido no cais longo a vida inteira.

"Garota idiota! Você sabe que não deve..." O medo deixou sua voz bruta enquanto ele ficou de joelhos e pegou Emy nos braços. Ele conteve a raiva. "Você poderia ter caído, Einmyria!" Uma criança criada pelos undoreth deveria ter mais senso, mesmo aos cinco anos. Ele a segurou bem firme contra o peito, ainda com cuidado para não esmagá-la, com o coração a mil. Emy era bebê no peito da mãe quando Jarl Torsteff liderou os undoreth contra Hoddof dos Picos de Ferro. Em nenhum momento daquela batalha – nem avançando com os escudos, nem molhado com o sangue de Edric ver Magson, nem preso pela paliçada com dois homens dos Picos de Ferro se aproximando – Snorri sentiu tanto medo quanto o que tomou conta dele ao ver sua própria filha pendurada sobre águas escuras.

Ele segurou Emy afastada dele. "O que estava fazendo?", perguntou suavemente, agora quase suplicando.

Emy mordeu o lábio, esforçando-se para conter as lágrimas que enchiam seus olhos, do mesmo tom de azul dos da mãe. "Peggy está na água."

"Peggy?" Snorri tentou se lembrar de uma criança com aquele nome. Ele conhecia todas as crianças de vista, claro, mas... ele se lembrou e uma onda de alívio apagou qualquer exasperação. "Sua boneca? Você está aqui procurando uma boneca de madeira que perdeu antes das neves?"

Emy assentiu, ainda prestes a chorar. "Você encontra ela! Encontra ela, papai."

"Eu não... Ela se perdeu, Einmyria."

"Você pode achá-la. Você pode."

"Algumas coisas podem ser encontradas de novo, outras não." Ele interrompeu sua explicação, vendo nos olhos de sua filha o momento exato em que uma criança compreende pela primeira vez que há limites para o que seus pais podem fazer, em vez de apenas limites para o que decidem fazer. Ele se ajoelhou diante dela em um momento de silêncio, de alguma maneira inferior ao que fora apenas segundos antes, e Emy um pouco mais perto da mulher que um dia se tornaria.

"Venha." Ele se levantou, erguendo-a. "De volta à sua mãe." E ele andou de volta, com cuidado agora, de olho nas tábuas, dando cada passo com precisão. Ao carregar Emy para cima da encosta, Snorri repercutiu uma velha dor, a dor de cada pai separado de um filho, seja por um deslize repentino para águas profundas e famintas, seja por passos lentos ao longo de caminhos divergentes em direção ao futuro.

Eles chegaram naquela noite.

Snorri frequentemente dizia que Freja salvou sua vida. Ela tirou dele a fúria que forjara sua habilidade com machado e lança, pondo novas paixões em seu lugar. Disse que ela lhe dera propósito quando tudo que tinha antes era confusão, que ele escondia, como a maioria dos homens jovens, atrás de uma ilusão de ação. Talvez ela tenha salvado sua vida outra vez naquela noite, em que um aviso murmurado em sonho lhe tirou o sono.

Snorri não sabia o que o acordou. Ele ficou deitado no escuro e no calor de suas cobertas, com Freja ao alcance do toque, mas não tocando. Por longos instantes, ouviu apenas o som da respiração dela e os estalos do gelo se reformando. Ele não tinha a menor preocupação com ataques – por ora, os jarls já haviam resolvido suas piores disputas. De qualquer modo, apenas um tolo arriscaria uma invasão com a estação mal começando a mudar.

Snorri pôs a mão na anca macia de Freja. Ela murmurou alguma rejeição sonolenta. Ele se retraiu.

"Urso?", perguntou ela. Às vezes, um urso branco bisbilhotava por ali, pegava uma cabra. A melhor coisa a fazer era deixá-lo em paz. Seu pai aconselhara a "nunca comer o fígado de um urso branco". Quando garoto, Snorri perguntou por quê. Eles eram venenosos? "Sim", dissera o pai, "mas o motivo principal é que, se você tentar, o urso estará ocupado comendo o seu, e ele tem dentes maiores."

"Pode ser." *Não é um urso*. Snorri não sabia de onde sua certeza vinha.

Ele saiu debaixo das peles e o frio o pegou. Coberto apenas com sua pele, ele pegou seu machado, Hel. Seu pai lhe dera a arma, de uma única lâmina larga, formando uma meia-lua. "Esta arma é o começo de uma jornada", dissera seu pai. "Ela já mandou muitos homens para o inferno e vai levar mais almas antes de seu tempo terminar." Com o machado em punho, o nórdico se sentia vestido e o frio não ousou encostar-lhe o dedo por medo de que Snorri o cortasse fora.

Alguém tropeçou lá fora, perto da cabana, mas não tão perto que não deixasse dúvidas. "É você, Haggerson? Está mijando no terreno errado?" Às vezes, Haggerson bebia com Magson e Anulf, o Navio, e depois saía cambaleando à procura de casa, perdido, mesmo que só tivesse quarenta cabanas para escolher.

Um grito baixo porém penetrante surgiu, quase o pio de uma mobelha, mas não exatamente, e em todo caso os pássaros ficavam em silêncio antes de o gelo derreter. Snorri deslizou o trinco, pôs a ponta do pé na madeira e chutou a porta para abrir com o máximo de força possível. Alguém gritou de dor e cambaleou para trás. Snorri foi em frente, em uma noite sem lua, transpassada pela luz do lampião, com mais lampiões sendo acesos a cada momento. A neve estava espessa no chão. Ela caía em flocos grandes e pesados: neve da primavera, não os minúsculos cristais do inverno. Os pés descalços de Snorri quase escorregaram debaixo dele, mas ele manteve o equilíbrio, girou e mergulhou seu machado na coluna do homem que ainda segurava o rosto após beijar a porta. Um puxão violento arrancou a lâmina das costas do homem, que desabou.

"Invasão!", Snorri berrou. "Às armas!"

Mais abaixo da encosta, um fogo se esforçava para continuar queimando no telhado de grama de uma cabana próxima da orla. Vultos escuros passavam apressados em meio a rajadas brancas, que capturavam o brilho por um instante e depois eram engolidas pela noite outra vez. Então eram estrangeiros: vikings podiam atear fogo em telhados quando invadiam climas mais quentes, mas nenhum deles perderia tempo com isso no norte.

Vultos convergiram na direção de Snorri, três rodeando a cabana, quase correndo, um deles tropeçando na pilha de lenha. Outros subiam a encosta. Figuras menores, magricelas, que não faziam sentido aos olhos. Snorri lançou-se sobre o trio mais próximo. A escuridão, o fogo e as sombras davam pouca chance de distinguir o brilho de armas e de se defender. Snorri nem tentou, confiando na lógica que diz que, se você matar seu inimigo imediatamente, não há necessidade de escudo ou armadura, de se esquivar ou de se evadir. Ele golpeou, com as duas mãos, os braços estendidos, o corpo girando com o movimento. Hel decepou a cabeça do primeiro homem, atingiu o segundo no ombro, enterrando-se tão fundo que deixou o braço dele pendurado. Snorri reverteu seu giro, sentindo mas não vendo o jato quente de sangue sobre seus ombros ao se virar. A rotação o nivelou com o terceiro homem, que se levantava com um xingamento entre a lenha espalhada. A canela de Snorri bateu no rosto do homem, seu impulso libertou Hel e ele desceu o machado, por cima da cabeça, como fizera tantas vezes naquele mesmo local – um machado diferente, cortando lenha para a lareira. O resultado foi praticamente o mesmo.

Algo passou chiando por seu ouvido. Gritos e gemidos ecoavam por Oito Cais agora, alguns aterrorizados, outros estertores, sons sinistros que os homens fazem quando estão feridos irremediavelmente. Ele ouviu Freja gritando com as crianças dentro da cabana, mandando-as ficar atrás dela perto da lareira de pedra. Alguma coisa afiada o atingiu entre os ombros, não com força, mas de maneira penetrante. Ele se virou, avistando vultos em cima da cabana de Hender, montados no telhado, empurrando a neve para cair em pequenas avalanches, com algum tipo de bastão nas mãos.... Um dardo o atingiu no ombro, do tamanho de seu dedo. Ele o puxou, correndo para a entrada da casa de Hender, onde ficaria fora da vista do telhado. O dardo resistiu, com as farpas enganchadas bem fundo em sua pele, mas não havia dor, só dormência. Snorri arrancou a coisa, sem se importar com o estrago.

A porta de Hender pendia de uma dobradiça de couro, homens em trapos pretos se amontoavam sobre alguma coisa do outro lado do aposento principal, insinuada pelo brilho de um fogo se apagando. O lugar fedia à podridão, tanto que fez os olhos de Snorri arderem, carne podre e um fedor acre de pântano. Pegadas escuras marcavam o chão em volta de uma poça de sangue diante da lareira.

Um urro às suas costas fez Snorri se voltar para a cena lá fora. À frente da cabana de Magson, Olaaf Magson caiu perto dele com a espada que seu pai ganhara de um príncipe de Conaught. Seu filho, Alrick, estava ao lado dele com uma tocha acesa em uma mão e uma machadinha na outra. Homens esfarrapados avançavam por todos os lados, desarmados, com o corpo afundado, a pele com machas escuras, os cabelos feitos cordas pretas. Eles se aproximaram, mesmo sem mãos, mesmo com a machadinha de Alrick enfiada na junção entre pescoço e ombro. Uma enorme figura passou pelo tumulto, com peles de lobo penduradas em seus ombros, um machado de guerra de duas cabeças em uma das mãos e um pequeno broquel de ferro na outra. Dois vikings estavam ao seu lado.

"Quebra-Remo." Snorri sussurrou o nome, apertando-se contra a parede de toras. Poucos homens superavam Snorri e apenas um era renegado e traidor o suficiente para o trabalho desta noite. Apesar de que, se alguém tivesse acusado Quebra-Remo de navegar com necromantes, Snorri teria rido da ideia. Até agora.

Pequenos dardos emergiam do pescoço de Olaaf Magson. Snorri os viu à luz da tocha quando Alrick caiu, agarrado por seus agressores. Magson tentou levantar sua espada, com os braços tremendo, e, em seguida, desapareceu debaixo de seus inimigos. Snorri pôs a mão entre seus ombros e puxou o dardo dali. Ele havia pressionado ainda mais fundo contra a parede e nem sentira. Agora mesmo uma fraqueza o atravessava.

Homens mortos foram na direção da porta da cabana de Snorri, pisando com os pés congelados na neve. Entre as cabanas dos ver Luten cem metros acima, Quebra-Remo e um punhado de seus homens estavam de tochas erguidas. Em volta deles, monstros do lodo encontraram os telhados, com as zarabatanas a postos.

Do litoral, vozes gritavam ordens com sotaques estranhos, como o dos homens de brettan. As Ilhas Submersas, portanto, um ataque das Ilhas Submersas, comandando por Sven Quebra-Remo. Não fazia o menor sentido.

O primeiro homem morto pôs suas mãos escuras na porta de Snorri. Quando o nórdico vira Emy naquela manhã andando pelo cais, na maior inocência, ele sentiu um medo sem igual. Sua filha estivera, naquele momento, fora do alcance, sozinha com seu perigo. Não foi o que o deixou abatido, mas sua incapacidade de ficar entre o perigo e Emy.

"Thor. Proteja-me." Snorri nunca teve muito tempo de invocar deuses. Ele podia erguer uma caneca para Odin em dia de festa, ou

MARK LAWRENCE

jurar por Hel quando costuravam suas feridas, mas, em geral, ele os via como um ideal, um código pelo qual viver, não um ouvido para resmungar e reclamar. Agora, no entanto, ele rezou. E se atirou para a multidão de cadáveres diante de sua porta.

Ao sair de seu abrigo, Snorri não ouvi nada além de seu próprio grito de guerra: nem as expirações fortes dos monstros nem o voo sibilante de seus dardos. Até as picadas que perfuraram seu ombro, braço e pescoço ele mal percebeu. O nórdico arrancou a cabeça do mais próximo dos homens mortos, depois o braço que se estendeu para ele, a mão e outra cabeça. Durante todo o tempo, Hel parecia mais pesado em suas mãos, como se o machado fosse de pedra. Até seus braços ficaram pesados, com os músculos quase incapazes de aguentar o peso dos ossos que envolviam. Um punho negro o atingiu, com as falanges congeladas martelando suas têmporas. Mãos se apertaram em volta de seus joelhos, algum adversário caído que ainda não conseguira morrer, apesar dos ferimentos graves. Snorri começou a cair, tombando de lado. Com seu último lampejo de força, ele se atirou para soltar a mão em suas pernas, rolando de ponta-cabeça pelas margens geladas de sua cabana. Os invasores continuaram a avançar na direção da porta da cabana em um grupo amontoado, deixando apenas os pedaços de corpo decepados pelo machado dele e um cadáver quase partido na coluna, mas arrastando-se na direção dele com as mãos.

Uma dormência tomou conta de Snorri, tão profunda quanto a que o frio deixa em um homem. Ele não conseguia sentir seus membros, embora visse seus braços diante de si, brancos feito um cadáver e lambuzados com o sangue negro que ficava parado nas veias dos mortos. Nenhuma parte de seu corpo se movia, apesar de comandá-lo com todas as suas forças. Apenas o som das tábuas das portas se estilhaçando fez seu corpo se chocar e se levantar. Uma avalanche o atirou de volta ao chão. Algo no telhado de sua cabana – monstros, removendo a neve enquanto se posicionavam rapidamente

– desabou, em um único bloco, pressionando-o para baixo com uma mão macia, porém implacável.

Snorri ficou imobilizado, sem mais nenhuma força, seu corpo nu sepultado na neve, aguardando a morte, esperando o estrangulamento de mãos mortas ou os dentes dos monstros ou o machado de um dos saqueadores de Quebra-Remo. Não importa quanto estivessem pagando a Quebra-Remo, ele não iria querer testemunhas da vergonha desta noite.

Um guincho agudo o alcançou, mesmo através de seu casulo de neve. Emy! Em seguida, os gritos de Freja, seu grito de guerra, a fúria de uma mãe, o brado de Karl, seu primogênito, enquanto atacava. Cada pedaço de sua mente urrava para ele se mover, cada gota de determinação tentava forçar seus braços a se esticarem, suas pernas a chutarem... mas nenhuma parte dele se movia. Toda aquela raiva e desespero e, no entanto, apenas um suspiro escapou de seus lábios dormentes, babando na brancura ofuscante à sua volta.

Aquela batida incessante o acordou. O bate-bate-bate da chuva. Chuva jorrando dos telhados, levando a neve embora, tirando o gelo de suas pálpebras para que ele pudesse abri-las para o dia. Ele virou a cabeça e a água escorreu de seus olhos. O restante da pilha de neve ficou em volta dele, levemente mais branca que o mármore de sua pele.

A neve faz uma cama macia, mas da qual nenhum homem acorda. Essa era a sabedoria do norte. Snorri já vira muitos bêbados congelados enquanto dormiam para saber que era verdade. Um gemido lhe escapou. Era a morte. Seu corpo morto bambolearia atrás das legiões de cadáveres, com sua mente aprisionada dentro dele. Ele nunca pensara que bons homens pudessem assistir impotentes, por trás de olhos mortos, escravizados por necromantes.

A água ainda jorrava sobre ele, saindo de trás das calhas, caindo em uma cortina cinzenta ao longo de toda a borda do telhado. Ela batia em seu ouvido, corria por seu peito, quase morna, apesar da formação de gelo nos beirais, desafiando o degelo. Ele rolou para se afastar sobre o chão semicongelado. O movimento o pegou de surpresa, sem saber se era seu mesmo ou não.

A invasão! Como se a mente de Snorri também estivesse descongelando, a memória começou a gotejar por trás de seus olhos. Em um instante, ele se levantou, com a chuva começando a limpar a lama ao seu lado. Ele ficou de pé, instável, com um tremor atravessando-o, o frio atingindo-o pela primeira vez. "Deuses, não!" Ele tropeçou para a frente, estendendo os braços para se apoiar na parede, embora suas mãos não estivessem sentindo mais que seus pés.

A porta estava caída, arrancada de suas dobradiças de couro, o interior totalmente revirado com peles das camas, panelas quebradas, milho espalhado. Snorri entrou cambaleando, tomado por um tremor fora do controle, jogando a roupa de cama para o lado, temendo não encontrar nada, temendo encontrar alguma coisa.

Por fim, ele descobriu apenas uma poça de sangue na lareira, escura, pegajosa e borrada por pés. Na brancura de seus dedos, o sangue recuperou sua vitalidade carmim. Sangue de quem? Quando foi derramado? Não restou nada de sua mulher, de seus filhos, além de sangue? Na porta, um tufo de cabelo ruivo chamou sua atenção, preso em uma fenda na base, dançando com o vento. "Egil." Snorri pegou o cabelo de seu filho com as mãos manchadas de sangue. Convulsões tomaram conta dele e caiu para trás, debatendo-se e tremendo entre as peles de lobo cinzento e urso negro.

Snorri não poderia dizer quantas horas levou para o veneno dos monstros sair dele. O veneno que o preservara na neve, desacelerando seu coração e retraindo a vida ao menor núcleo, agora restabelecia todas as sensações conforme abandonava seu organismo. Aquilo deixou cada sentido à flor da pele, aumentando a dor da circulação que voltava, transformando o frio em sofrimento, apesar de estar enrolado em muitas peles, e até colocando novas farpas em uma aflição que já parecia insuportável. Ele se enfureceu e tremeu, e aos poucos tanto o calor quanto a força retornaram a seus membros. Ele se vestiu, amarrando laços com os dedos ainda dormentes em um arroubo atrapalhado, calçou suas botas, enfiou os últimos estoques do inverno em sua bolsa de viagem, merluza seca e biscoito preto, sal enrolado em pele de foca, gordura em um pote de barro. Ele pegou suas peles de viagem, duas camadas de foca com interior de penas de gaivota. Por cima, usou pele de lobo, uma fera cinzenta que, assim como o urso escuro, viaja ao norte no verão e se retira antes das neves. Aquilo seria suficiente. A primavera havia ganhado sua guerra e, como o lobo do verão, Snorri atacaria o norte e pegaria o que fosse preciso.

"Eu encontrarei vocês", prometeu à sala vazia, prometeu à lacuna na cama onde sua esposa dormira, prometeu ao telhado acima dele, ao céu ainda mais acima, aos deuses no firmamento.

E, abaixando-se sob o batente, Snorri ver Snagason deixou sua casa e encontrou seu machado em meio ao degelo.

"E você encontrou?", perguntei, imaginando o machado do pai dele caído lá na neve derretida e Snorri pegando-o com um propósito terrível.

"A princípio, não." A voz do nórdico incutiu tanto desespero em apenas três palavras que não consegui pedir-lhe para contar mais e fiquei quieto, mas, um instante depois, ele continuou a falar espontaneamente.

"Encontrei Emy primeiro. Descartada em uma pilha de esterco, inerte e esfarrapada, como uma boneca perdida." Nenhum som, a não ser o crepitar da fogueira ao nosso lado. Eu queria que ele ficasse em silêncio, que não dissesse mais nada. "Os monstros haviam comido a maior parte do rosto dela. Ela ainda tinha olhos, no entanto."

"Sinto muito." E eu sentia mesmo. A magia de Snorri tomou conta de mim outra vez e me tornou corajoso. Naquele momento, eu queria estar entre a criança e seus agressores. Mantê-la a salvo. Caso fracassasse, caçá-los até o fim do mundo. "A morte deve ter sido um alívio."

"Ela não estava morta." Nenhuma emoção em sua voz agora. Nenhuma. E a noite parecia espessa à nossa volta, a escuridão se tornando uma cegueira, engolindo as estrelas. "Eu tirei dois dardos dela e ela começou a gritar." Ele se deitou, e o fogo diminuiu como se engasgasse em sua própria fumaça, apesar de ter queimado bastante limpo quando foi aceso. "A morte foi um alívio." Ele respirou fundo. "Mas pai nenhum devia ter que dar um alívio desses a um filho."

Eu me deitei também, sem me importar com o chão duro, a capa úmida, o estômago vazio. Uma lágrima rolou ao lado de meu nariz. A magia de Snorri me abandonara. Meu único desejo estava no sul, de volta aos confortos do palácio da Rainha Vermelha. Um eco da tristeza dele repercutiu em mim e se confundiu com a minha. Aquela lágrima pode ter sido por Emy ou pode ter sido por mim – provavelmente era por mim, mas direi a mim mesmo que foi por nós dois e talvez algum dia eu acredite nisso.

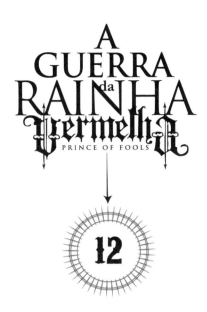

Na manhã seguinte do conto de terror de Snorri no norte, nenhum de nós falou sobre aquilo. Ele fez seu desjejum em um estado melancólico, mas, quando chegou a hora de prosseguir viagem, seu bom humor havia retornado. A maior parte daquele homem era um mistério para mim, mas isso eu entendia bem. Todos nós praticamos o autoengano até certo ponto: homem nenhum consegue suportar a sinceridade total sem se ferir a cada momento. Não há espaço suficiente para a sanidade na cabeça de um homem ao lado de cada sofrimento, cada preocupação, cada medo que ele possua. Estou bastante acostumado a enterrar essas coisas em um porão escuro e seguir em frente. Os demônios de Snorri podem ter escapado em um momento tranquilo na noite anterior, enquanto observávamos as estrelas, mas agora ele os enfiou de volta em algum porão pessoal e trancou a porta outra vez. Há lágrimas suficientes no mundo para se afogar, mas Snorri e eu sabíamos que a ação exige uma mente organizada. Nós sabíamos como deixar essas coisas de lado e prosseguir.

MARK LAWRENCE

É claro que ele queria prosseguir para fazer seu resgate e sua vingança sangrenta no norte, enquanto eu queria prosseguir para as doces mulheres e a vida tranquila no sul.

Outro dia de viagem úmido, lamacento, céus cinzentos e vento forte. Outro acampamento ao lado da estrada com comida de menos e chuva demais. Acordei na manhã seguinte ao amanhecer, decepcionado por me encontrar sob o mesmo arbusto gotejante e abrigado pela capa molhada sob a qual me encolhi para dormir na noite anterior. Meus sonhos foram cheios de estranhezas. Primeiro o horror costumeiro do demônio da ópera nos perseguindo pela noite escura e chuvosa. Depois, porém, meu pesadelo ficou cheio de luz e parecia que uma voz se dirigia a mim a uma enorme distância no centro de todo aquele brilho. Eu estava quase distinguindo as palavras... E, finalmente, ao abrir os olhos para os primeiros raios cinzentos do dia, tive a impressão de ver, pela fenda embaçada e cheia de cílios dos meus olhos, um anjo, de asas abertas, contornado por um brilho rosado, e por fim uma palavra veio a mim. *Baraqel.*

Mais três dias cavalgando pelo aguaceiro constante que se passava pelo verão rhonense, e eu estava mais do que pronto para galopar de volta ao sul, na direção da miríade de prazeres de casa. Apenas o medo me mantinha no percurso. Medo do que ficou para trás e medo do que aconteceria se eu me afastasse muito de Snorri. Será que as rachaduras me atravessariam da cabeça aos pés, despejando luz e calor até que eu torrasse? Também sentia medo da perseguição dele. Ele saberia que direção tomei e, embora eu confiasse em minhas habilidades de montaria para me manter à frente da perseguição com segurança, eu tinha menos fé nas muralhas da cidade, nos guardas e na segurança do palácio para manter o nórdico do lado de fora quando eu parasse de fugir.

Duas vezes nos três dias seguintes, vi uma figura, meio imaginada através de quilômetros de chuva, em montanhas distantes, escura contra o céu claro. O bom senso dizia que era um pastor seguindo seu rebanho ou algum caçador perseguindo sua caça. Cada nervo que eu tinha me dizia que era o natimorto, fugido do feitiço da Irmã e vindo em nosso encalço. Nas duas vezes, fiz o cavalo castrado trotar e mantive Snorri sacolejando atrás de mim até superar a maior parte do pavor frio que a visão me metia.

Com recursos cada vez mais escassos, comemos refeições pobres em pequenas porções, feitas por camponeses nos quais eu não confiaria para alimentar meu cavalo. Passamos mais duas noites sem dormir, amontoados debaixo de abrigos improvisados com galhos e folhas que Snorri construiu, apoiados nas cercas vivas. Ele alegou que aquilo era tudo que um homem precisava para dormir e pôs-se a roncar a noite toda. Snorri proclamou o aguaceiro "um ótimo clima úmido".

"Ao norte de Hardanger, as crianças correriam peladas em chuvas tépidas como essas. Nós não colocamos nossas peles de urso até o mar começar a congelar", disse Snorri.

Quase bati nele.

Dormi melhor na sela do que havia dormido no abrigo que Snorri preparou, mas toda vez que o sono me encontrava os sonhos também vinham. Sempre o mesmo tema – alguma escuridão interior, um lugar de paz e isolamento, violado pela luz. Primeiro vazando por uma fratura no alto da testa, depois clareando conforme a rachadura se bifurca e se divide e, além das paredes finas e quebradiças do meu santuário, algum brilho ofuscante demais para olhar... e uma voz chamando meu nome.

"Jal... Jal?... Jal!"

"Q-quê?" Acordei com um sobressalto e me vi com frio e ensopado na sela.

"Jal." Snorri acenou para a frente. "Uma cidade."

Na sexta noite após termos saído de Pentacost, atravessamos os portões de uma pequena cidade murada chamada Chamy-Nix. O lugar parecia vagamente promissor, mas acabou se mostrando uma grande decepção. Era apenas mais uma cidade rhonense úmida, tão rígida e respeitável quanto todas as outras. Pior ainda, era um daqueles lugares execráveis onde os moradores fingem não falar a língua do Império. Eles falam, claro, mas se escondem atrás de um idioma antigo qualquer como se se orgulhassem de ser tão primitivos. O truque é repetir o que está dizendo cada vez mais alto até a mensagem ser captada. Isso provavelmente é a única coisa para a qual meu treinamento militar serviu. Sou ótimo em gritar. Não chego a produzir o estrondo que Snorri alcança, mas modulo um clangor preciso que é muito útil para repreender criados indisciplinados, oficiais subalternos insubordinados e, claro, como último recurso para intimidar homens que poderiam me atravessar com uma espada. Parte da arte da sobrevivência como covarde é não deixar as coisas chegarem ao ponto em que a covardia seja exposta. Se puder se desvencilhar de situações perigosas fazendo barulho, tanto melhor, e uma bela voz para gritar ajuda imensamente.

Snorri nos levou a um antro pavoroso, uma taberna subterrânea, de teto baixo, com o forte fedor de corpos molhados, cerveja derramada e fumaça de madeira queimada.

"É um pouco mais quente e levemente menos úmido que lá fora, isso eu admito." Passei pela multidão no bar às cotoveladas. Homens da região, de cabelos escuros, morenos, com menos dentes do que deveriam ter ou ostentando cicatrizes de facadas, amontoados em volta de pequenas mesas ao fundo, em uma névoa de fumaça de cachimbo.

"Pelo menos a cerveja vai ser barata." Snorri bateu o que devia ser nossa única moeda de cobre no balcão molhado de cerveja.

"*Qu'est-ce que vous voulez boire?*", perguntou o taberneiro, ainda limpando o cuspe de alguém da caneca na qual pretendia servir.

"Quesque o quê?" Eu me inclinei sobre o balcão, com a cautela natural apagada por seis dias de chuva e o péssimo humor que a torrente havia revelado. "Duas canecas de cervejas. Da melhor que você tiver!"

O homem me lançou o olhar mais vago possível. Eu tomei fôlego para me repetir bem mais alto.

A GUERRA DA RAINHA VERMELHA

"*Deux biéres s'il vous plaît et que vous vendez repas?*", respondeu Snorri, empurrando a moeda para a frente.

"Eita, diabo." Eu olhei para ele com surpresa, falando por cima da resposta do taberneiro. "Como... quer dizer..."

"Eu não cresci falando sua língua, sabia?" Snorri balançou a cabeça como se eu fosse um idiota e pegou a primeira caneca cheia. "Quando você precisa aprender uma língua nova, acaba desenvolvendo interesse por outras."

Eu peguei a caneca dele e olhei para a cerveja com desconfiança. Parecia estrangeira. O colarinho formava uma ilha que me fez pensar em algum lugar esquisito onde ninguém ouvira falar de Marcha Vermelha nem dava colher de chá a príncipes. Aquilo pôs um gosto amargo em minha boca antes mesmo de dar um gole.

"Nós do norte somos grandes comerciantes, sabia?", continuou Snorri, embora eu não fizesse ideia de qual indício eu dera de estar interessado. "Em nossos portos, chegam bem mais coisas em navios de carga nórdicos do que nos porões dos barcos que voltam dos ataques. Muitos nórdicos sabem três, quatro, até cinco línguas. Bom, eu mesmo..."

Dei-lhe as costas e levei minha cerveja ruim na direção das mesas, deixando Snorri para negociar a comida no idioma desfigurado necessário.

Encontrar um espaço foi problemático. O primeiro plebeu corpulento que abordei se recusou a sair, apesar de minha posição evidente, curvando-se sobre sua enorme tigela do que parecia ser sopa de merda, mas tinha cheiro infinitamente pior, e me ignorando. Ele resmungou algo como *mertre* quando eu saí. O restante dos caipiras grosseirões ficou em seus assentos e, no fim, tive de me espremer ao lado de uma mulher quase esférica que bebia gim em um copo de barro. O homem da sopa depois começou a me olhar de maneira maldosa enquanto mexia em sua faca de aparência cruel – uma ferramenta geralmente desnecessária para o consumo de sopa – até Snorri chegar com sua cerveja e dois pratos de miúdos fumegantes.

"Chega pra lá", ordenou ele, e a fileira inteira de pessoas se mexeu, com a mulher ao meu lado balançando feito gelatina ao ondular para a esquerda, deixando espaço suficiente para o novo ocupante.

Olhei para o prato à minha frente. "Isso é o que qualquer açougueiro decente retira da... do que eu generosamente presumo que seja uma vaca... antes de mandá-la para as cozinhas."

Snorri começou a se empanturrar. "E o que sobra vira a refeição de alguém que está com muita fome. Come aí, Jal."

Jal de novo! Eu precisava esclarecer isso com ele em breve.

Snorri limpou o prato praticamente no mesmo tempo que eu levei para decidir qual parte do meu parecia menos perigosa. Ele tirou um pedaço de pão velho do bolso e começou a raspar o molho. "Aquele camarada com a faca parece que está querendo espetar você, Jal."

"O que se pode esperar deste tipo de estabelecimento?" Tentei fazer um rosnado viril. "Você recebe o que paga e logo nós não conseguiremos pagar nem por isso."

Snorri deu de ombros. "A escolha é sua. Se quiser luxo, venda seu medalhão."

Eu me contive para não rir da ignorância do bárbaro – ainda mais intrigante por se pensar que um homem acostumado a saques e pilhagens teria um olho melhor para avaliar quais objetos de valor levar. "Qual o seu problema com o meu medalhão?"

"Você é um homem corajoso, Jal", disse Snorri, do nada. Ele enfiou o último pedaço de pão entre os lábios e começou a mastigar, com as bochechas estufadas.

Eu franzi o rosto, tentando entender por que ele dissera aquilo – seria um tipo de ameaça? Eu também tentei entender o que era aquela coisa pendurada na ponta de minha faca. Eu a pus na boca. Melhor não saber.

Finalmente, Snorri conseguiu engolir seu enorme pedaço de pão e se explicou. "Você deixou Maeres Allus quebrar seu dedo em vez de pagar suas dívidas. E, no entanto, poderia ter quitado a dívida com ele a qualquer momento com essa sua bugiganga aí. Você escolheu não fazer isso. Você escolheu manter o objeto e honrar a memória de sua mãe, acima de sua própria segurança. Isso é lealdade à família. É honra."

"Que absurdo!" A raiva tomou conta de mim. Foi um dia péssimo. Uma semana péssima. A pior de todas. Puxei o medalhão de seu esconderijo em um pequeno bolso debaixo do meu braço. O bom senso me alertou para não fazer aquilo. O mau senso também, mas Snorri havia desgastado os dois. Snorri e a chuva. "Isto", eu disse, "é um simples pedaço de prata e nunca fui corajoso na minha..."

Snorri deu um tapa em minha mão e o medalhão saiu voando, formando um arco claro e cintilante e caindo no prato de sopa do homem, espirrando-o com uma quantidade generosa de líquido marrom. "Se aquilo não vale nada e você não é corajoso, então não vai precisar ir até lá para pegá-lo de volta."

Para meu espanto, eu já estava na metade do caminho antes que Snorri dissesse a terceira palavra. O homem da sopa se levantou gritando alguma ameaça naquela língua incompreensível: *mertre* apareceu de novo. Sua faca parecia ainda mais desagradável de perto e, em uma tentativa desesperada de impedir que ele a enfiasse em mim, segurei seu punho ao mesmo tempo que dei um soco em sua garganta com o máximo de força que pude. Infelizmente, o queixo dele entrou na frente, mas eu o derrubei para trás e, como bônus, o sujeito bateu a cabeça na parede.

Nós ficamos ali, eu paralisado de medo, ele cuspindo sangue e sopa através dos buracos dos dentes que faltavam. Segurei o pulso dele com toda a força até notar que não estava fazendo nenhum esforço para me apunhalar. Naquele momento, percebi que a minha faca de jantar ainda estava na mão que eu meti no queixo dele. Uma informação que ele já havia registrado. Olhei com expectativa para a faca em sua mão e ele obedeceu, abrindo-a e deixando a arma cair. Soltei o pulso dele e peguei a corrente de meu medalhão na borda da tigela, tirando o badulaque de dentro da sopa, pingando.

"Se tiver algum problema, plebeu, resolva com o homem que o jogou." Minha voz e minha mão tremiam com o que eu esperava que

MARK LAWRENCE

fosse considerado raiva máscula reprimida, mas, na verdade, era puro terror. Acenei na direção de Snorri.

Ao chutar a faca do homem para baixo da mesa, retirei a minha de sob o queixo dele e voltei para me sentar ao lado do nórdico, assegurando-me de que estava de costas para a parede.

"Seu desgraçado", falei.

Snorri inclinou a cabeça. "Achei que um homem que voltou com minha espada para enfrentar um natimorto não teria medo de um operário com um talher. Mesmo assim, se não tivesse valor algum, você teria parado para pensar antes de ir recuperá-lo."

Eu enxuguei o medalhão com o que havia saído de Vermillion como um lenço e agora era pouco mais que um trapo cinza. "É o retrato de minha mãe, seu ignorante..." A sopa saiu e revelou a platina coberta com joias embaixo. "Ah." Devo admitir que, visto por uma cobertura de sujeira e com os olhos marejados, era difícil julgar o valor do objeto, mas Snorri não estava errado. Eu me recordei do dia em que meu tio-avô Garyus pôs o medalhão em minha mão. Ele brilhava, capturando a luz dentro dos diamantes lapidados e devolvendo-a em faíscas. A platina cintilava com aquele fogo prateado que faz os homens valorizarem-na mais que ouro. Eu me lembrei agora, como não fazia em muitos anos. Sou um bom mentiroso. Sou ótimo. E para ser um ótimo mentiroso é preciso viver suas mentiras, acreditar nelas, de modo que, quando você as repete muitas vezes para si mesmo, até o que está bem diante de seus olhos se dobrará à mentira. Diariamente, ano após ano, eu pegava aquele medalhão, girava-o na mão e só via prata barata e vidro. Cada vez que minhas dívidas cresciam, eu dizia a mim mesmo que o medalhão valia um pouco menos. Eu dizia a mim mesmo que não valia a pena vendê-lo e inventei essa mentira porque havia prometido a Garyus, lá naquela cama em sua torre solitária, aleijado e retorcido como ele era, que eu o guardaria. E porque tinha o retrato de minha mãe e eu não queria um motivo para vendê-lo. Dia após dia, aos poucos, imperceptivelmente, a mentira se tornou real e a verdade ficou tão esquecida, tão longínqua, que eu fui lá e desmenti Maeres Allus – a mentira se tornou tão real que, nem mesmo quando o desgraçado mandou o cara quebrar meu dedo, nenhum suspiro da verdade me alcançou e me permitiu trair aquela confiança para salvar minha pele.

"Ignorante o quê?", perguntou Snorri sem rancor.

"Hã?" Eu levantei a cabeça enquanto limpava o medalhão. Um dos diamantes se soltara, talvez ao bater na tigela. Ele se soltou em meus dedos e eu o ergui. "Vamos comprar comida de verdade." Mamãe não ficaria chateada. E assim começou.

O brilho do negócio já estava atraindo atenção. Um homem observava atentamente do bar, um homem de cabelos curtos e cinzentos, exceto por uma curiosa faixa larga no topo, mais escura que a asa de uma graúna, como se o tempo tivesse esquecido aquela parte. Eu escondi o medalhão rapidamente e ele sorriu, mas continuou olhando como se eu fosse o objeto de seu interesse desde o início. Por um momento, senti um arrepio de reconhecimento, embora jurasse que jamais conhecera aquele homem. O déjà vu passou quando meus dedos largaram o medalhão e eu me ocupei com minha cerveja.

Snorri gastou o resto de seu dinheiro em uma tigela maior de lavagem, mais cerveja e alguns metros quadrados de espaço no chão do dormitório comunitário da taberna. O dormitório parecia servir como método de evitar a perda de bêbados que pudessem sair vagando à procura de um lugar para dormir e acordar mais perto de alguma taberna concorrente. Quando estávamos prontos para nos recolher, os fregueses remanescentes estavam ocupados berrando canções em rhonense antigo.

"Mijador de beco, o beco de Jonty é mais mijado!", troou Snorri, levantando-se de seu assento.

"Que bela voz você tem para cantar." Isso veio de um homem ali perto, bebendo de um copo de metal transbordando com uma bebida escura. Eu levantei a cabeça e vi que era o sujeito da faixa preta-azulada no cabelo grisalho. "Sou Edris Dean. Também estou viajando.

Você vai seguir para o norte pela manhã?" Ele se afastou do bar e se inclinou para ser ouvido acima da cantoria.

"Sul", disse Snorri, sem humor.

"Sul. É mesmo?" Edris assentiu e deu um gole em sua bebida. Ele tinha uma expressão séria por baixo do sorriso. Um sorriso que não chegava apenas a seus olhos, mas os enchia de bom humor – o que é um truque difícil de fazer se não for verdade. Mesmo assim, alguma coisa nas cicatrizes finas em seus braços, pálidos sob a sujeira, me deixou nervoso. Isso e o porte ágil, porém sólido, do corpo envolto no gibão de couro surrado e as facas em cada lado do quadril – e não eram utensílios para comer, eram mais para abrir um urso da barriga até a garganta. Ele tinha uma grossa cicatriz em sua bochecha também, antiga, passando ao longo do osso. Aquela ali chamou minha atenção e me fez odiá-lo, apesar de não saber por quê.

Edris estalou os lábios e gritou para dois homens com quem estava no bar. "Ele disse sul!"

Os dois homens uniram-se a nós. "Meus companheiros. Darab Voir e Meegan." Darab parecia ter um toque de Afrique em sua mistura, de pele escura e grandalhão, maior do que eu uns dois ou três centímetros, com os olhos pretíssimos e desenhos de cicatrizes em seu pescoço que desapareciam por baixo de sua túnica. Meegan era o que mais me metia medo, no entanto, o menor dos três, mas com longos braços pegajosos e olhos claros e fixos que me fizeram lembrar de John Cortador. Por trás do pretexto do interesse casual, todos eles me analisavam com uma intensidade que me fez ranger os dentes. Eles marcaram Snorri também e me peguei desejando que ele não tivesse guardado seu machado com os cavalos.

"Fiquem. Tomem outra cerveja. Esse bando só está se aquecendo." Edris acenou para as mesas onde a cantoria havia chegado a um novo patamar.

"Não." Snorri não sorriu. Snorri havia sorrido para o urso – agora ele estava sério. "Vamos dormir bastante bem, com ou sem música." E assim ele virou as costas largas para o trio e saiu. Consegui dar um sorriso de desculpas, abri os braços e recuei na direção dele, pois o instinto não me permitiu exibir o espaço entre minhas omoplatas para eles.

Na penumbra do salão ao lado, foi fácil encontrar Snorri – ele formava o maior monte.

"O que foi aquilo?", sussurrei para ele.

"Problemas", disse ele. "Mercenários. Eles nos observaram metade da noite."

"Isso é por causa do medalhão?", perguntei.

"Espero que sim."

Ele estava certo. Quaisquer alternativas que eu pudesse imaginar eram piores que roubo. "Mas para que dar a entender? Por que ser tão óbvio?" Aquilo não fazia o menor sentido para mim.

"Porque eles não querem agir agora. Talvez esperem nos assustar para nos forçar a alguma atitude impensada, mas, caso isso não aconteça, é só para nos deixar uma ou duas noites sem dormir – para esgotar nossos ânimos.

Eu me instalei ali perto, chutando para o lado o braço esticado de um monte humano bastante fedido e as pernas de outro. No dia seguinte eu venderia aquele diamante e acabaria com o sofrimento noturno de escolher entre fedor e piolhos ou frio e chuva. Fiz um travesseiro com minha capa e apoiei a cabeça. "Bom", falei, "se eles queriam nos assustar, está dando certo." Mantive os olhos na passagem que dava para o bar e nas silhuetas que passavam para lá e para cá. "Até parece que vou conseguir dormir. Eu nã..."

Um ronco estrondoso e familiar me interrompeu.

"Snorri? Snorri?"

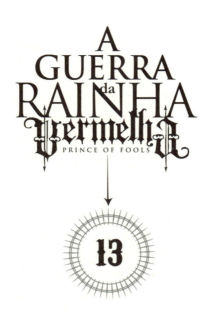

13

Por nunca ter sido incomodado por uma consciência antes, eu estava longe de saber o que esperar dela. Então, quando uma voz começou a sussurrar todos os dias, por um minuto ou dois, para eu ser um homem melhor, decidi que o choque dos acontecimentos recentes havia finalmente despertado a minha consciência. Ela tinha nome – Baraqel.
Eu não gostava muito dele.

Desde o momento em que acordei com um sobressalto naquela manhã, subitamente apavorado por ter caído no sono com Edris e seus assassinos à espreita ali perto, até o momento que deixamos a cidade sob o céu clareando, fiquei olhando sobre os ombros.

"Você não vai deixar de vê-los", disse Snorri.

"Não?" Não havia parte alguma de Rhone da qual eu sentiria falta. Embora talvez agora, com minha bolsa cheia e tilintando outra vez, a nação pudesse me abrir os braços e se dignar a divertir um príncipe visitante.

"Eles serão muitos para conseguirem se esconder." A voz de Snorri oscilou com o ritmo de sua montaria, sacudindo para cima e para baixo quando a égua acelerou o passo.

"Como sabe disso?" Havia um toque de irritação em minha pergunta. Eu não gostei da lembrança exposta de nossos problemas. Com Snorri, os problemas eram sempre postos em primeiro lugar e resolvidos. Meu estilo era mais de varrê-los para baixo do tapete, até que o chão ficasse impossível de transitar, e depois disso mudar de casa.

"Ele estava confiante demais, aquele Edris. Haverá pelo menos uma dúzia deles."

"Merda." Uma dúzia! Apertei meu cavalo para ir um pouco mais rápido. Eu o batizara de Ron, em homenagem ao "incrível Ronaldo", cuja aposta imprudente com Snorri havia financiado a parte inicial da viagem.

Nós nos chacoalhamos ao subir o vale em um ritmo decente, rápido o bastante para assustar as ovelhas nos sucessivos campos em ondas de pânico e lã. Era preciso dizer que, por mais desinteressante que Chamy-Nix fosse, os arredores vistos com a manhã vermelha e rosa surgindo por trás deles eram bem impressionantes. Rhone fica cheia de colinas ao norte. As colinas se tornam montanhas, as montanhas se tornam picos e de Chamy-Nix dá para ver os cumes brancos dos Aups, montanhas tão altas e tão grandes que dividem o Império com mais precisão que uma lâmina. De certo modo, o Império sempre foi dividido e os Aups eram a espada que o dividia.

Uma hora depois, ganhando altura e com nosso caminho de volta a Chamy-Nix projetado atrás de nós, avistei a perseguição. "Diabos, parece bem mais do que uma dúzia!" E uma dúzia era bem mais do que podíamos controlar. Na verdade, se fossem só Edris, Darab e Meegan já teria sido demais. Meu estômago se dobrou sobre si mesmo e deu um nó frio. Eu me lembrei da Passagem Aral. Não é possível que uma pessoa sensata veja a possibilidade de outra pessoa tentando abri-la com uma ponta afiada como algo diferente de apavorante. Eu me peguei olhando para as pedras maiores na esperança de conseguir me esconder embaixo de alguma delas.

"Vinte. Quase acertei." Snorri olhou para a pista atrás e cutucou Sleipnir para prosseguir. Ele havia me dito que o portador original do nome, em suas histórias pagãs, tinha oito patas. É possível que, montado em uma fera superdotada dessas, até Snorri pudesse ter esperança de correr mais que o bando em nosso encalço. Em uma montaria comum, porém, isso nunca aconteceria.

"Talvez se simplesmente deixássemos o medalhão aqui..." Levou cerca de três segundos para minha decisão perder força. Eu podia abandonar Snorri e submeter Edris a uma prova mais dura. Em tese, eu venceria, mas Ron estava longe de ser o melhor cavalo e em terrenos montanhosos assim é fácil aleijar um animal se forçá-lo demais. Isso me faria enfrentar o bando sozinho – se, é claro, eu conseguisse sobreviver à morte de Snorri, por causa da magia que nos une. Abandonar o medalhão para eles parecia o caminho mais fácil.

Snorri apenas riu como se eu tivesse contado uma piada. "Nós devemos manter um deles vivo", disse ele. "Quero saber quem os botou atrás de nós."

"Ah, tá." Um louco. Eu estava viajando com um louco. "Tentarei guardar um pequeno para mais tarde." Snorri, ao que parecia, era tão capaz de se iludir a respeito de futuras batalhas quanto eu era sobre o valor de meu medalhão. Talvez a coragem fosse apenas isso – uma forma de delírio. Certamente, ficava muito mais fácil de entender, se fosse esse o caso.

"Precisamos de um bom local para tomar nossa posição." Snorri olhou em volta como se aquele pudesse ser o tal local. Eu poderia lhe dizer com certa confiança que aquele local não existia, em lugar algum. Em vez disso, tentei uma tática diferente.

"Precisamos subir mais." Apontei para as encostas áridas acima de nós onde a grama baixa desaparecia e a rocha exposta abria um caminho na direção do céu. "Teremos de abandonar nossos cavalos, mas eles também terão, e aí o fato de você cavalgar feito uma tora não vai mais ter importância." E se aquilo desse certo, nós perderíamos o grupo de Edris no meio da confusão de cumes e desfiladeiros e depois estaríamos livres para comprar cavalos melhores em outro lugar.

Snorri esfregou sua barba curta, apertou os lábios, olhou para o bando distante lá atrás e assentiu. "É melhor se todos estiverem a pé."

Fui na frente, induzindo Ron a sair da pista e subir em direção aos cumes muito acima de nós. Depois daqueles cumes surgiam picos, brancos de neve e brilhantes à luz do sol. Uma brisa fresca nos seguiu ao subir pela lateral do vale, oferecendo um impulso útil, e, por um instante, senti a esperança cravar suas garras cruéis em mim.

A grama dura da montanha deu lugar a pedras e cascalho. Os cascos de Sleipnir escorregaram e ela caiu, agitando as patas, parecendo por um momento ter realmente oito delas. Snorri grunhiu ao bater no chão, soltando-se enquanto Sleipnir tentava se endireitar.

"Isso doeu." Ele esfregou a coxa que o peso do cavalo havia pressionado e, em seguida, usou os dedos para soltar os pedregulhos enfiados em sua pele. "A partir daqui prefiro ir andando."

Permaneci na sela por mais uns cinco ou dez minutos, enquanto Snorri foi mancando sem reclamar. Por fim, porém, mesmo com minha excelente condução, o caminho ficou íngreme demais para Ron. Em vez de esperar pela inevitável queda, o que provavelmente faria nós dois rolarmos encosta abaixo até onde Snorri levou seu tombo, eu desmontei.

"Pode ir, Ronaldo." A subida à nossa frente poria à prova uma cabra da montanha. Dei um tapa sonoro em seu flanco e fui em frente, sobrecarregado mais uma vez por minhas poucas posses. A espada que Snorri me dera era a minha carga mais pesada e ficava tentando me fazer tropeçar. Eu ainda estava com ela essencialmente para agradar ao nórdico, embora meu plano fosse jogá-la fora e implorar por misericórdia, caso fosse encurralado.

O vento ficou menos amigável ao ganharmos altitude, mais frio e inconstante, parecendo nos pressionar contra as rochas em um instante e, no instante seguinte, tentando nos puxar para que rolássemos de volta por onde viemos. Eu parava frequentemente para verificar o progresso de nossos perseguidores. Eles haviam cavalgado mais que nós e abandonado seus cavalos mais tarde. Um mau sinal. Eram homens determinados. À minha frente, Snorri chegou ao cume que pretendíamos durante a longa subida. Ele ainda estava mancando, mas seu ferimento não parecia pior do que estava no começo.

"Droga." A Passagem Aral ficava entre duas montanhas enormes da cordilheira Auger, na fronteira de Scorron. Sempre achei que montanhas não podiam ser maiores que aquelas – as pedras da base certamente não aguentariam o peso. Eu estava errado. Os Aups acima de Chamy-Nix enganam a vista. Só depois que se está entre elas é que você entende o quanto são ridiculamente grandes. Uma cidade inteira seria pouco mais que uma mancha na lateral da mais alta delas. Atrás do cume ao qual estávamos agarrados agora, desafiando um vento assassino, subia uma segunda crista, e uma terceira, uma quarta, cada uma separada por desfiladeiros profundos, com encostas letais entre eles, cobertas de cascalho ou impossivelmente íngremes. E todos os caminhos abertos a nós estavam divididos por desfiladeiros menores e entulhados de pedras do tamanho de prédios, cada uma preparada para rolar.

Snorri começou a descer, grunhindo uma vez quando seu pé tentou deslizar debaixo dele. Sabia que se ele começasse a me atrasar eu o deixaria para trás. Eu não gostaria de fazer isso, e não gostaria de mim mesmo por fazê-lo, mas nada iria me obrigar a enfrentar vinte mercenários. Soava melhor assim. Mais razoável. Vinte mercenários. A verdade é que nada me obrigaria a enfrentar um único mercenário, mas vinte soavam como uma desculpa melhor para deixar um amigo na mão. Um amigo? Refleti sobre aquilo no caminho de descida. Um conhecido soava melhor.

Quando precisamos começar a subir de novo, havia poucas partes de mim que não doíam. Desenvolvi um bom nível de resistência quando se trata de cavalgar. Andar, nem tanto. Escalar, nem um pouco. "E-espere um minuto", falei, ofegante, tentando roubar um fôlego do vento – menos feroz no vale, mas ainda insistente. O ar parecia mais fino, relutante em reabastecer meus pulmões. Snorri parecia não notar e sua respiração era pouco mais difícil agora do que quando começamos a escalada.

"Venha", disse ele com um sorriso, apesar de ter ficado mais sério conforme prosseguimos. "É bom tomarmos posição em um lugar alto. Bom para a batalha. Bom para a alma. Vamos acabar com isso." Ele olhou para trás, para a crista que descemos. "Tive sonhos sombrios noite passada. Ultimamente, todos os meus sonhos têm sido sombrios. Mas não há nada sombrio em guerreiros se encontrando para a batalha em uma montanha embaixo do céu imenso. Isso, meu amigo, é uma coisa lendária. Valhalla está à espera!" Ele bateu em meu ombro e se virou para subir. "Meus filhos perdoarão o pai se eu morrer lutando para ficar com eles."

Esfregando meu ombro e a pontada na lateral, fui atrás. Aquela bobagem de "guerreiros se encontrando sob o céu imenso" era tenebrosa na minha opinião, mas, contanto que estivéssemos fazendo o possível para não nos encontrarmos com os mercenários em lugar algum, estávamos de acordo.

Tivemos de nos arrastar em alguns pontos, tão inclinados para a frente que quase beijávamos a montanha, tentando alcançar fendas na rocha para nos puxar para cima. Minha respiração estava irregular e o ar frio enchia meus pulmões como facas. Eu observei Snorri abrindo caminho, seguro, constante, sem fadiga, mas favorecendo sua perna ilesa. Ele havia mencionado seus sonhos, mas nem precisava. Eu dormi ao lado dele, ouvi seus murmúrios, como se discutisse a noite inteira com um visitante qualquer. Ao acordar no chão da taberna naquela manhã, seus olhos, que geralmente eram de um azul nórdico, claros como o céu, estavam pretos feito carvão. Quando ele se levantou para tomar o desjejum, não restava nenhum resquício da mudança e eu podia fingir que era um truque de sombras em um recinto iluminado apenas por luz indireta. Mas sabia que não havia imaginado aquilo.

Avistei o primeiro perseguidor no topo da montanha atrás de nós enquanto percorríamos os últimos cem metros da montanha acima. Perdê-los de vista enquanto descíamos o próximo desfiladeiro me deu certo consolo. Os problemas já são problemáticos o suficiente sem que tenhamos de olhar para eles o tempo todo. Esperava que achassem o trajeto tão difícil quanto eu achei e que pelo menos alguns dos desgraçados levassem o último tombo de suas vidas.

As sombras começaram a se estender, estriando as encostas. Meu corpo me dizia que estávamos escalando havia um mês, no mínimo, mas minha mente se surpreendeu ao descobrir que o dia estava quase no fim. A noite pelo menos nos traria a chance de parar e conseguir descansar um pouco. Ninguém podia navegar tais encostas no escuro.

Montanhas são bonitas de longe, mas meu conselho é nunca deixar que elas sejam mais do que paisagem. Se você precisar esticar o pescoço para olhar para alguma coisa, está perto demais. Quando estávamos nos aproximando do terceiro cume, eu já estava praticamente engatinhando. Qualquer pensamento desleal sobre abandonar Snorri com sua perna machucada foi deixado de lado lá embaixo. Eu o promovera a melhor amigo e a homem com maior probabilidade de me carregar. Em alguns pontos, não era a inclinação que me fazia rastejar, mas o puro cansaço, com meus pulmões incapazes de pegar fôlego suficiente para movimentar minhas pernas. Nós atravessamos uma série de amplos ressaltos cheios de pedras que iam do tamanho de um homem até maiores que elefantes, procurando em cada saliência um acesso escalável para a próxima.

"Venha. É fácil." Snorri olhou para mim do nível acima, estendendo a mão. Eu havia chegado a um impasse faltando um terço da subida, preso em uma área íngreme de pedras soltas, partidas pelo gelo e apoiadas em rocha sólida embaixo. Dei um passo na direção dele, tentando pegar a mão oferecida.

MARK LAWRENCE

"C..." Eu comecei a dizer "caralho", mas, conforme minha bota continuava a escorregar, a palavra virou um uivo que se transformou em um grito e terminou com um "Uuffff!" e comigo caído de bunda.

"Tente novamente." Snorri. Sempre prestativo.

"Não consigo." Eu disse isso entredentes. Meu tornozelo se encheu de uma dor quente, líquida. Senti a junta se flexionar além do ângulo que qualquer tornozelo devia formar. Pode ter havido um estalo sob meu grito, ou talvez apenas um rasgo, mas de uma forma ou de outra, eu não podia cogitar a ideia de pôr meu peso sobre ele.

"Levante-se!", rugiu Snorri para mim como se eu fosse um soldado comum em um desfile. Ele teria sido um bom sargento, porque fiquei de pé antes que o bom senso pudesse me impedir. Tropecei para a frente e desabei aos gritos, aumentando a respiração para soltá-la em acessos cada vez mais altos.

Quando fiquei em silêncio, ouvi um deslizamento de pedras e, um segundo depois, Snorri estava em cima de mim, bloqueando a luz do dia.

"Eu não abandono companheiros", disse ele. "Venha, vou ajudar você."

Eu não sou um homem que sente prazer com outros homens, mas, naquele momento, o abraço musculoso e suado de Snorri foi mil vezes mais bem-vindo do que qualquer um que pudesse ganhar de Cherri ou Lisa. Ele me levantou sobre um ombro e começou a andar. A proximidade fez com que aquela estranha energia crepitante começasse a aumentar entre nós, mas eu estava preparado para correr o risco de ela ser menos fatal do que Edris e seus assassinos.

"Obrigado", balbuciei, meio delirante de dor. "Sabia que você não me deixaria. Eu sabia..." Snorri parou e me pôs de costas para uma pedra, apoiado em um pé só. "Que foi?"

"Está tudo bem." Snorri olhou em volta, analisando a disposição das pedras, a largura do penhasco. "Aqui está bom. Não vou embora."

"Eu *quero* que vá embora!" Eu sussurrei as palavras com os dentes cerrados. "Vá em frente, seu grande palerma." *Apenas me leve com você!* Eu guardei essa última parte para mim. Não porque Snorri pudesse pensar mal de mim, mas simplesmente porque achei que aquilo não o faria mudar de ideia. Claro que, se ele realmente começasse a sair, eu imediatamente abordaria a questão de ser carregado junto. Por ora, fingir ser o herói pelo menos o deixaria feliz e mais propenso a se esforçar para me defender em meu estado de incapacidade.

Snorri soltou seu machado. Ele teria ficado contente com a grande lâmina de um machado nórdico, mais apropriado para o corte de membros. A arma que ele estava carregando possuía uma pesada lâmina em formato de cunha, feita para fazer buracos em armaduras. Se os mercenários tivessem alguma armadura significativa e ainda assim tivessem conseguido escalar até onde estávamos, então era melhor desistirmos, pois eles com certeza seriam super-homens.

Um pequeno caminho atrás do penhasco se estreitava e uma enorme pedra isolava quase tudo, exceto uns sessenta ou oitenta centímetros, deixando uma faixa angustiante onde tivemos de passar pela beirada da pedra, ao lado de uma queda de dez metros até a saliência de baixo. Snorri se agachou para ficar fora da vista dos homens que chegavam por aquele caminho aberto e estreito.

"É esse o plano? Surpreender o primeiro e depois lidar apenas com os outros dezenove?"

"Sim." Ele deu de ombros. "Eu só estava fugindo porque sabia que ficaria comigo e não queria sua morte nas minhas mãos, Jal. Agora nós estamos nisso juntos, como os deuses provavelmente queriam desde o princípio." O sorriso que ele deu me fez querer muito lhe dar um soco.

"Estamos fora da vista. Podíamos nos esconder. Eles passam, se espalham, perdem a gente e desistem. Eles não podem nos rastrear na pedra!" Eu não mencionei que ele teria de me carregar.

Snorri balançou a cabeça. "Eles podem esperar por nós. Se tentarmos sair dos penhascos, eles vão nos ver nas encostas mais expostas. É melhor assim."

"Mas..." *Há vinte deles, seu idiota do caralho!*

"Eles estão espalhados, Jal. Um líder de verdade os teria mantido unidos, mas estão confiantes demais, ansiosos para matar. Os quatro ou cinco da frente estão quase quatrocentos metros à frente do último homem." Ele cuspiu como se mostrasse seu desprezo pelas péssimas táticas deles. Eu teria cuspido também, mas minha boca estava seca demais.

"Calma lá, vamos pensar nisso com cuidado..."

Snorri me interrompeu com um chiado e a mão levantada. Um barulho de pedras batendo na saliência de baixo. Um xingamento. Eu não havia percebido o quanto estava atrasando o nórdico: nossos perseguidores estavam a apenas minutos de distância. Eu me recostei à pedra fria. Talvez meu último local de descanso. Provavelmente morreria a um metro dali. Na altura em que estávamos, a montanha não tinha nada em comum com o mundo que eu conhecia, era apenas pedra rachada, exposta demais e alta demais para ter líquen ou musgo, nem um galho, raminho de grama ou qualquer verde para repousar os olhos. O lugar mais solitário que já vira. Mais perto de Deus, talvez, mas esquecido por Ele.

A oeste, o sol caía na direção dos picos altos e cobertos de neve, com o céu carmim em torno deles.

Snorri sorriu para mim, com os olhos claros e azuis outra vez, o vento jogando os cabelos pretos em volta de seu pescoço e em cima de seus ombros. Ele via a morte como uma libertação. Eu podia ver isso agora. Muita coisa havia sido tirada dele. Ele jamais se renderia, mas apreciava a impossibilidade da disputa. Sorri-lhe de volta – parecia a única coisa a fazer; era isso ou começar a sair rastejando.

O vento trouxe leves sons de homens subindo agora. Pedras deslizando sob botas, armas sacudindo, xingamentos de uns para outros e para o mundo em geral. Testei meu tornozelo e quase mordi a língua fora, mas apenas quase – então estava torcido em vez de quebrado. Pisei muito rapidamente com ele e me vi de novo contra a pedra, apagando por um instante. Talvez pudesse saltitar e continuar um pouco mais, impulsionado pelo medo, mas eu logo seria pego e sem Snorri para me proteger. Assim que ele fosse derrubado, no entanto, seria meu fim, com ou sem esperança.

Encontre um lugar feliz, Jalan. Saltitei em volta de minha pedra, tentando me lembrar dos últimos momentos com Lisa DeVeer. Passos ecoaram pelo caminho estreito entre o penhasco e a pedra. A queda era a menor das preocupações deles, embora não soubessem disso. Agachado e contendo a dor, espiei em volta da minha pedra para ver a chegada deles. Eu teria me mijado de medo, mas o ar da montanha desidrata muito.

O primeiro homem a aparecer foi Darab Voir, exatamente como eu me lembrava dele na taberna, um brutamontes careca, com cicatrizes desenhadas nas tradições de algumas tribos de Afrique, suor brilhando em sua pele morena. Ele nem chegou a ver Snorri. O machado do nórdico desceu formando um arco, paralelo à lateral da rocha, quando Darab surgiu. Eu sempre considerei a cabeça um objeto sólido, mas tive de repensar isso quando o machado de Snorri atravessou a do mercenário. A ponta da lâmina dele entrou no crânio de Darab por trás, perto do topo, e saiu embaixo do queixo. O rosto do homem literalmente se abaulou, as laterais da cabeça pareceram se curvar para fora e, quando ele caiu no penhasco, sem grito ou protesto, as rochas estavam encharcadas com seu sangue.

Foi nesse momento que Snorri rugiu. A ferocidade daquilo teria feito o elefante de Raiz-Mestra recuar, mas não era aí que estava o perigo. O horror estava na alegria pura e descarada do ato. Ele não esperou mais ninguém aparecer. Em vez disso, virou a curva balançando seu machado, enterrando-o na cabeça do próximo homem e esmagando-o contra a parede de pedra. Ele correu em seguida, literalmente correu por eles, dando golpes curtos e rápidos, como se seu machado fosse uma rapieira, leve como um pedaço de lã. Dois, três, quatro homens atirados de várias maneiras ao espaço vazio ou chocando-se contra a rocha, todos eles com um buraco grande o suficiente para caber um punho.

Em algum lugar fora da vista, Snorri fez uma pausa e começou a declamar, não uma cantiga de batalha nórdica, mas um antigo verso dos "Cantos Populares da Roma Antiga".

MARK LAWRENCE

Assim falou o valente Horácio,
o Capitão do Portão:
"Para cada homem sobre a terra
a Morte virá mais cedo ou mais tarde."

Outro grunhido de esforço, um baque do metal na rocha. O estrondo de corpos caindo.

E como o homem pode morrer melhor
do que enfrentar as probabilidades terríveis,
Pelas cinzas de seus pais,
E pelos os templos de seus deuses?

Maldito bárbaro. Ele estava gostando daquela loucura! Ele se achava Horácio na ponte estreita diante dos portões de Roma, contendo a força do exército etrusco! Comecei a me afastar rastejando. É a vergonha que acaba nos matando. A vergonha é a âncora, o fardo mais pesado a carregar do campo de batalha. Felizmente, vergonha era um sofrimento que nunca me afligira. Mas eu me perguntei, ao ouvir Snorri passar para o próximo verso de sua epopeia, se ele não conseguiria resistir ali indefinidamente. Contanto que eles não tivessem arcos... É claro que, se aquele Edris fosse de fato uma espécie de líder, ele mandaria seus homens para ladear o inimigo. Nenhum homem sozinho consegue enfrentar muitos quando eles atacam pelos lados. Eu teria flanqueado...

"Olá. O que temos aqui?"

Olhei para os olhos claros e fixos de Meegan – o segundo companheiro de Edris da noite anterior. O sol poente o emoldurava com uma luz sangrenta. Lá na taberna, pensei que ele era um dos últimos homens do planeta que eu gostaria de encontrar em um beco escuro. Assim como John Cortador, ele parecia um homem que mantinha distância do mundo, como se visse todos nós por trás da tela do confessionário. Homens assim são bons torturadores.

A GUERRA DA RAINHA VERMELHA

Ao lado de Meegan estava um guerreiro durão quase grisalho, com uma espada a postos em sua mão. Mais homens enviados para nos cercar provavelmente se aproximavam pelo penhasco, enquanto Meegan e eu nos encarávamos, eu engatinhando e ele inclinado para a frente como se estivesse confuso.

O que quer que você faça em situações perigosas, o mais importante é ser rápido. Sempre falei que o simples fato de ser covarde não significa que não se possa almejar fazer as coisas direito. Meu pai costumava me admoestar para que eu me sobressaísse em todas as coisas. A excelência na covardia é sair rapidamente do alvo. Se quiser fugir rápido, a primeira coisa a fazer é sair na direção em que estiver virado.

"Uuuf" foi o único comentário que Meegan teve oportunidade de fazer quando passei por ele – e essa expressão foi escolhida porque muito ar precisou deixar seus pulmões rapidamente. Eu me atirei para a frente com meu tornozelo bom e meti o ombro no baixinho desgraçado. Ser um desgraçado alto ajuda nessas horas. O homem atrás dele cambaleou para trás, tropeçando.

Uma coisa boa de levar um tombo em uma montanha – pelo menos quando acontece com outras pessoas – é que é quase garantido que você vai bater a cabeça em uma pedra. Meegan não deu sinal de querer levantar de novo. O outro homem conseguiu cair de bunda, contudo, e se levantou rapidamente, praguejando. Nós dois acabamos nos pegando olhando para a extensão brilhante de minha espada entre nós, de um lado segurada pela minha mão no cabo e do outro pelas costelas que estavam envolvendo a lâmina. Eu não tinha a menor lembrança de sacá-la, muito menos de apontá-la para ele.

"Desculpe." Não me pergunte por que eu pedi desculpas. No calor do momento, as reclamações de meu tornozelo foram ignoradas e passei rapidamente pelo mercenário, retirando minha espada do corpo dele com um som repugnante e molhado de algo se rasgando e a lâmina se raspando no osso. Eu vi mais vultos transpondo o penhasco cheio de pedras à minha frente e executei uma rápida virada sobre meu tornozelo bom, antes de mancar velozmente de volta ao ponto de emboscada onde vira Snorri da última vez.

Eu o encontrei vindo na direção contrária. Ou, mais precisamente, eu me atirei no chão quando ele virou a curva com tudo, ensopado de sangue, segurando o machado com a lâmina perto da orelha, a empunhadura contra o peito. A determinação silenciosa dele era aterrorizante – em seguida, ele rugiu seu grito de batalha e de repente o silêncio de sua determinação não era tão ruim. Um momento depois, entendi o que ele estava gritando: "Atrás de você!"

Quatro homens estavam praticamente ao alcance de apunhalar meus calcanhares. Snorri irrompeu entre eles com total desprezo pela segurança de todos, inclusive a minha e a dele. A cabeça de seu machado se enterrou no plexo solar de um homem, com um arco ascendente que dividiu seu esterno. Ele atacou outro homem com o ombro, um cara pesado, erguendo-o do chão e esmagando-o contra uma ponta afiada da pedra. Um terceiro homem deu uma estocada na direção de Snorri, mas o gigante se virou e conseguiu não ficar no caminho – a ponta da espada do mercenário lancetou entre o cotovelo e o peito do nórdico. O giro contínuo de Snorri aprisionou a lâmina e arrancou a arma da mão de seu agressor. O último dos quatro pegou o bárbaro desprevenido. Com o machado enfiado em um inimigo e enroscado com outro, ele estava aberto à estocada da lança do homem.

"Snorri!" Não sei por que gritei um aviso inútil. Snorri podia muito bem ver o problema. O lanceiro hesitou por uma fração de segundo. Não creio que meu grito o tenha distraído. Provavelmente ele ficou intimidado pelo gigante encharcado de sangue à sua frente, com aquela máscara escarlate de batalha dividida por um sorriso largo e feroz. Uma fração de segundo não deveria ter sido suficiente, mas, com um rugido, Snorri impulsionou seu machado impossivelmente pelo peito de sua vítima, espalhando as entranhas do homem no processo, e cortou a ponta da lança pouco antes de ela atingir seu pescoço. O movimento abriu o rosto do lanceiro com o lado cego da lâmina. E eu juro que o ferro deixou um rastro de escuridão ao cortar o ar. Redemoinhos da noite saíam de trás dele, sumindo como fumaça. O último homem, agora sem espada, virou-se para o outro lado e saiu correndo. Snorri fitou-me, com os olhos totalmente pretos, ofegante, rosnando, sem enxergar.

Eu rolei para ficar sobre os pés – bem, só um pé –, com a espada pendurada em minha mão, e por um momento nós nos encaramos. Por cima do ombro esquerdo de Snorri, a última centelha do sol caiu por trás das montanhas.

"Você está com um pouquinho de..." Fiz a mímica com a mão, arranhando o queixo. "Hum... alguma coisa na sua barba. Acho que é pulmão."

Ele levantou a mão em um movimento lento, com os olhos clareando enquanto isso. "Pode ser." Ele jogou longe o pedaço de carne. Um sorriso. Era Snorri outra vez.

"Há outros vindo?", perguntei.

"Há outros", disse ele. "Se estão vindo ou não ainda será decidido. Acho que restaram oito." Ele enxugou o rosto, espalhando o carmim. Onde a pele limpa ficou à mostra ela estava pálida demais – mesmo para um nórdico. A natureza escura e fluida da sujeira embaixo de suas costelas do lado esquerdo insinuavam que nem todo o sangue pertencia aos nossos inimigos.

"Edris?", perguntei.

Snorri balançou negativamente a cabeça. "Ele eu me lembraria de tê-lo abatido. Deve estar na retaguarda, certificando-se de que nenhum de seus retardatários decida que a montanha é íngreme demais." Ele se inclinou contra a rocha, com o machado pendurado em sua mão, a pele branca por baixo do vermelho agora e as veias curiosamente escuras.

"Devemos dar a eles algo em que pensar", falei. Eu conhecia o poder do medo mais que a maioria dos homens e Snorri havia deixado uma bagunça assustadora. Segurei o homem de quem Snorri arrancou o machado para se salvar da estocada da lança. Sua bota esquerda era a parte menos escorregadia dele e o puxei na direção da queda, onde nosso penhasco caía para o próximo. Eu o havia arrastado por uns quinze centímetros quando descobri que, embora o pavor seja um grande anestésico momentâneo, quando o perigo imediato passa, o efeito acaba rapidamente. Caí para trás, segurando meu tornozelo e inventando novos xingamentos que pudessem expressar minha dor de maneira mais eficaz. "Caralhufas!"

"Jogar os corpos para baixo?", perguntou Snorri.

"Talvez isso os faça pensar duas vezes." Aquilo me faria pensar só uma vez e o pensamento seria "volto depois".

Snorri assentiu, pegou dois homens pelo tornozelo e os jogou pela beira. Eles aterrissaram com um barulho ao mesmo tempo molhado e crocante, e meu estômago se revirou. Seria o caminho que a retaguarda dos mercenários provavelmente tomaria – o caminho que havíamos seguido. Meegan e seus companheiros ficaram ainda mais inspirados pelos barulhos da batalha a subir por um caminho alternativo e mais difícil. O desejo sensato de flanquear Snorri, em vez de enfrentá-lo um por vez no estreito ponto de defesa que ele escolhera, os fez pegar uma via mais perigosa.

Ainda sentado sobre meu traseiro, peguei outro homem pelo pulso, apoiei minha perna boa em uma ponta de pedra e comecei a puxá-lo aos poucos na direção do penhasco. Eu o movi cerca de um metro no tempo que Snorri levou para atirar todos, menos um, no local.

"Este aqui ainda está vivo." Snorri inclinou-se sobre Meegan e o chutou nas costelas. "Está inconsciente, no entanto." Ele me olhou com um sorriso de agradecimento. "Você guardou um para ser interrogado, como prometeu."

"Tudo parte do plano", resmunguei, puxando meu cadáver mais alguns centímetros. Ele era o lanceiro. Felizmente, estava com a cabeça para baixo. Sua passagem sobre as rochas deixara uma mancha vermelha por onde o arrastei. Eu o segurei abaixo da mão, sem querer encostar em seus dedos quentes e mortos.

"Vou pegar os outros." E Snorri saiu para lidar com os abatidos em seu ataque inicial, que ainda não haviam caído longe o bastante.

"Não, estou bem. Não se preocupe." Não obtive resposta – com Snorri já fora do alcance e o restante de minha plateia morta ou inconsciente, meu sarcasmo foi desperdiçado. "Puxe!" e eu puxei outra vez. O cadáver escorregou mais sete centímetros para a frente. Os dedos se moveram sobre minha pele, uma convulsão como patas de aranha se contraindo, apertando as veias e tendões de meu pulso. Quase consegui me desvencilhar rápido o bastante, mas a mão me agarrou quando eu a soltei, o morto levantou a cabeça, seu rosto arruinado me abriu um sorriso carmim, com o crânio branco visível sob a carne solta. O medo dá força a um homem, mas estar morto também, aparentemente. Puxei com tanta força que o lanceiro foi arrastado mais um metro, mas aquilo não me libertou, apenas o trouxe perto o bastante para agarrar meu pescoço. Consegui dar meio grito antes que os dedos mortos, ainda quentes, o interrompessem com garras de ferro.

Só depois de ser realmente estrangulado é que você percebe o quanto isso é terrível. Não é preciso uma força enorme para tirar completamente seu ar – e a força do morto *era* enorme. Quando lhe negam a respiração, respirar passa a ser a única coisa que lhe interessa. Arranhei o pulso sob meu queixo, puxei os dedos, mas se um rosto consegue beijar o machado de Snorri e ainda continua a sorrir, então as unhas não significam grande coisa. Meti o pé no ombro do morto e empurrei com toda a força. Parecia que minha garganta seria arrancada de meu pescoço, mas as mãos não se soltaram. Pontos escuros começaram a crescer em minha visão, unindo-se nos cantos e formando uma parede escura. Rachaduras ofuscantes atravessavam a escuridão, meu coração martelava atrás de sua jaula de costelas e o fedor de carne queimada encheu minhas narinas, apesar de não conseguir fazer o ar passar por elas.

E então, tão repentinamente quanto a mão que me agarrou, tudo acabou. Snorri apareceu em cima de mim, me pegou embaixo das axilas e me puxou para longe. Se meu pescoço não estivesse tão bem lubrificado com suor de pavor, suspeito que ele ainda estaria preso nos dedos do homem morto, vermelho e pingando.

Snorri apanhou seu machado enquanto eu puxava o ar pelo canudo que me restou após ser estrangulado. O homem morto se levantou, ainda sorrindo em meio aos restos esquartejados de seu rosto, e ergueu as mãos na nossa direção, com os pulsos e braços estranhamente queimados, com nuvens de fumaça ainda saindo deles. O bárbaro foi avançar, mas dois vultos o atacaram por trás. Ele cambaleou, desesperado para manter o equilíbrio. Duas de suas vítimas se agarraram a ele, com sangue ainda escorrendo das feridas mortais que o machado do nórdico havia aberto.

Ofegante e fraco, me afastei do lanceiro, ainda me arrastando de bunda entre as pedras, recuando diante de seu ataque sem pressa. Snorri parecia em apuros também, com uma daquelas coisas agarrada às suas costas e a outra envolvendo sua cintura com os dois braços e tentando abrir sua barriga a mordidas.

"Socorro." Eu só consegui emitir um sussurro. Acho que Snorri não percebeu. Ele havia acabado de se atirar de costas contra a parede de pedra do penhasco próximo, imprensando o cadáver em suas costas entre a largura de seus ombros e a rocha. *Ele* podia até não ter ouvido meu grito de socorro, mas *eu* escutei o estalo resultante de costelas e vértebras em alto e bom som.

"Mffgl." O lanceiro morto tentou falar pouco antes de cair em cima de mim. A carne dilacerada e a mandíbula quebrada o deixaram incompreensível.

"Socorro!" Consegui um pouco mais de volume e desta vez, esperando ser estrangulado novamente, peguei os dois pulsos da criatura. A força daquela coisa era tremenda, e a carne queimada deslizou e se rasgou embaixo das minhas mãos.

Do outro lado, logo atrás da cabeça de meu agressor, eu vi Snorri destroçar o cadáver que esmagara, não dividindo sua cabeça, mas pulverizando seu pescoço com dois golpes rápidos do machado. Com o segundo golpe, uma mudança horripilante aconteceu com meu adversário. Sua força se multiplicou e, se antes ele estava inexoravelmente pressionando meus braços para trás, agora ele afastou qualquer tentativa de defesa e lacrou as duas mãos envolta de meu pescoço machucado outra vez.

O rosto arruinado chegou perto do meu, pingando, com a língua se retorcendo sobre os dentes estraçalhados e uma inteligência terrível em seus olhos. Metros atrás, Snorri pegou a cabeça de seu último adversário com as duas mãos e, praguejando, empurrou-a para longe dele. Foi preciso toda a sua força, como se seu inimigo também tivesse aumentado de poder, e a boca escarlate que ele arrancou de seu quadril puxou pele e pedaços de carne de suas mandíbulas. Snorri meteu o joelho bem na cara da coisa, chutou-a para longe e depois prosseguiu, erguendo uma grande pedra e transformando sua cabeça em polpa.

Mais uma vez, como se uma vitalidade necromântica fosse compartilhada entre os cadáveres e agora tivesse fluído do cadáver destruído para o último veículo disponível, a força de meu inimigo redobrou. Ele se levantou, erguendo-me como se eu não fosse nada. Em tese, ele deveria ter partido meu pescoço, mas embora a força de seus braços tivesse crescido o aperto da criatura na verdade enfraqueceu.

Olhei para baixo e, onde minhas mãos se prenderam sobre a pele morta, uma luz ofuscante queimava. O calor branco de um sol desértico escorreu entre meus dedos e meus ossos eram apenas sombras em uma névoa rosada de sangue bombeado e carne viva. O morto se encrespou onde eu o toquei. Gordura borbulhou, carne se queimou, expondo tendões que arderam e depois se enrugaram.

Eu quase o larguei, com o choque.

Snorri veio correndo, com o machado recuperado e a postos. Ele o girou em um golpe na direção da cabeça daquela monstruosidade, mas de alguma maneira, ele tirou uma mão do meu pescoço e reteve a arma sob a lâmina. A empunhadura bateu em sua palma com um baque abafado. Snorri se esforçou para puxar seu machado, mas apesar de ter arrastado o morto por vários metros, e a mim também,

MARK LAWRENCE

ainda preso naqueles dedos asfixiantes, ele não conseguiu derrotar a força da coisa.

O nórdico parou, deslizou uma das mãos até o fim do cabo do machado e a outra para cima, e usou a arma como uma alavanca para torcer o pulso do lanceiro. Ossos se estalaram com muito barulho, tendões se romperam, pele se rasgou. Ao deixar o machado na mão quebrada, Snorri derrubou seu inimigo no chão e começou a esmagar o rosto sorridente com um grande pedaço de pedra.

Libertado, rolei para longe, lutando para respirar. A mão que havia me segurado agora repousava sobre dois ossos escurecidos que se projetavam do antebraço do morto. Até agora minha respiração não havia voltado. Fiquei inconsciente, refletindo de maneira bastante distraída sobre nunca ter sabido que havia dois ossos no antebraço de um homem.

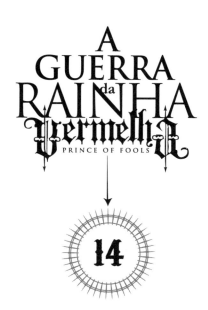

14

"Acorde."

Não quero.

"Acorde." Um tapa, desta vez. Talvez tenha havido um da primeira vez também.

Não se ainda estiver naquela maldita montanha. Alguém havia enchido minha garganta de espinheiros e meu peito doía.

"Agora!"

Abri um olho. O céu ainda tinha um eco do dia, apesar de o sol ter se posto. O frio já havia rolado para baixo dos picos. Droga. Ainda na montanha. "Cacete." A palavra saiu em farpas finas. Snorri deixou minha cabeça deslizar de volta para minha trouxa e se afastou. "O que está fazendo?" Não saíram partes suficientes da pergunta para que ele respondesse. Desisti e deixei o ar arquejar de volta a meus pulmões. Uma mão chamuscada se ergueu diante de meu rosto e soltei um ganido, afastando-me dela até perceber que era minha. A estranha sensação de desconexão persistiu quando consegui ficar na posição vertical e comecei a tirar pedaços de pele escurecida da palma da minha mão. Não a minha pele, mas fragmentos daquele troço morto que tentara me matar. Os pedaços de pele, parte encrespados, parte úmidos, caíram entre as pedras, pesados demais para o vento levar. Lembranças do ataque eram igualmente fragmentadas e indesejadas. Tentar não pensar naquilo não adiantava. Eu continuava vendo a luz saindo por baixo da minha mão, ofuscante e sem calor. *Como ele queimou sem calor?* "O que está fazendo?" Talvez Snorri me distraísse. Minha voz saiu mais alta desta vez e ele levantou a cabeça.

"Limpando a ferida. A maldita coisa me mordeu."

Dava para ver marcas de dente na pele acima de sua cintura. "O corte da espada parece pior." Um sulco vermelho atravessava a topografia ondulada de seu abdômen.

"Mordidas são feridas sujas. É melhor ser espetado no braço por uma espada do que mordido na mão por um cachorro." Snorri apertou a pele danificada outra vez, produzindo um esguicho de sangue que escorreu sobre seu cinto. Ele fez uma careta e pegou seu cantil de água, derramando um pouco de nossa última reserva sobre o local do ferimento.

"O que diabos aconteceu?" A maior parte de mim não queria saber, mas, aparentemente, minha boca, sim.

"Necromancia." Snorri pegou agulha e linha em sua bolsa, algo que ele deve ter adquirido no circo. Os dois estavam cobertos com uma pasta laranja. Algum conceito pagão para afastar os humores ruins da ferida, sem dúvida. "Não teve natimorto aqui", disse ele. "Mas uma necromancia poderosa para devolver os mortos tão rápido após a morte." Outro ponto feito. Meu estômago se revirou. "E o necromante nem estava presente!" Ele balançou a cabeça e depois acenou para um ponto atrás de mim. "Espero que nosso amigo saiba mais."

"Puta merda!" Ao virar meu pescoço para olhar, me lembrei que alguém o enchera de vidro quebrado. Girei meu corpo inteiro aos poucos, mantendo a cabeça sempre virada para a frente. Finalmente, Meegan apareceu, com os olhos claros arregalados para mim e com uma mordaça de pano enrolado. Snorri amarrara suas mãos e seus pés e o sentara de costas para uma pedra. Havia saliva pendurada na barba por fazer em seu queixo e seus braços tremiam, por medo ou por frio, ou as duas coisas.

"E como você pretende fazê-lo falar?", perguntei.

"Batendo nele, acho." Snorri levantou a cabeça enquanto costurava. A agulha parecia ridiculamente pequena naquelas enormes mãos que ele tinha e ao mesmo tempo muito maior e mais pontiaguda do que qualquer coisa que eu quisesse enfiar em minha própria pele.

Farejei o ar. O lugar tinha um cheiro fétido de morte e o vento não levava aquilo embora. "Edris!" A lembrança me atingiu como água fria. Fui pegar minha espada e não a encontrei.

"Sumiu." Snorri parecia um pouco decepcionado. "Os corpos que atiramos lá embaixo se levantaram de novo e espantaram o bando dele. Eu os vi indo embora."

"Inferno! Mais coisas daquelas?" Eu preferia Edris a mais um daqueles cadáveres sorridentes que se recusavam a se fingir de morto e tinham tendência a me estrangular.

Snorri assentiu, curvou-se para morder a linha e depois a cuspiu. "Mas não conseguem escalar. Eles já não eram lá muito bons nisso quando estavam vivos. Agora então..." Ele balançou negativamente a cabeça.

Não estava com a menor vontade de olhar pela beira e ver aqueles rostos me encarando, com os dedos esfolados se agarrando às pedras, escalando, escorregando de volta, escalando novamente. Eu me lembrei da expressão naqueles olhos enquanto a coisa me esganava. Subiu bile no fundo da minha garganta. Uma coisa diferente me observou por aqueles olhos, algo muito pior do que o que havia olhado durante anos antes daqueles últimos minutos.

Meegan podia ter me metido medo lá na taberna, analisando-me como se eu fosse um inseto cujas pernas ele teria prazer em arrancar, mas, na montanha, ele se mostrou uma das coisas menos preocupantes para a qual olhar. "Bater nele é capaz de deixá-lo inconsciente de novo. E o que você chama de bater provavelmente mataria um touro."

"Não podemos matá-lo", disse Snorri. "Sabe lá o que teríamos?"

"*Eu* sei disso." Pus a mão na testa, lembrando a mim mesmo o quanto Snorri era maior que eu. "E agora *ele* também sabe. O que não está ajudando nossa situação."

"Ah." Snorri deu outro ponto, juntando duas pontas soltas de sua barriga. "Desculpe."

"Sugiro tirar as botas dele e acender uma pequena fogueira debaixo de seus pés. Ele vai saber que sua única chance de sair desta montanha é andando. E aí ele não vai demorar a soltar a língua."

"Olhe em volta." Snorri gesticulou com a faca que estava usando para cortar uma atadura. "Sem madeira. Sem fogo." Ele franziu o rosto. "O último cadáver que eu atirei, no entanto... os braços estavam queimados. Como fez aquilo?" Os olhos semicerrados se concentraram em minhas mãos, ainda escurecidas.

"Não fui eu." Parecia quase verdade. Não *podia* ter sido eu. "Não sei."

Snorri deu de ombros. "Acalme-se. Não sou um dos seus inquisidores de Roma. Só achei que pudesse ser útil com o Arregalado aí." Ele apontou a faca para Meegan.

Eu olhei para minhas mãos e refleti. Muitas vezes, dizem que os covardes são os melhores torturadores. Covardes têm boa imaginação, uma imaginação que os atormenta com todas as piores coisas dos pesadelos, todos os horrores que poderiam acontecer a eles. Isso fornece um arsenal excelente quando se trata de infligir sofrimento nos outros. E sua qualificação final é que eles entendem os medos de sua vítima melhor que a própria vítima.

Tudo isso podia ser verdade, mas sempre fiquei com muito medo de que, de alguma maneira, uma vítima minha escapasse, virasse o jogo e fizesse os mesmos horrores comigo. Basicamente, os covardes que são bons torturadores são menos covardes que eu. Mesmo assim, Meegan realmente precisava de um encorajamento e eu precisava entender o que havia acontecido com o homem-cadáver. Snorri mencionara os inquisidores de Roma, sem dúvida os torturadores mais talentosos do Império Destruído. Se meu desejo era evitar discutir "minha bruxaria" com aqueles monstros, seria melhor eu mesmo compreendê-la para poder me livrar dela o mais rápido possível e conseguir escondê-la da maneira mais eficaz que pudesse.

Meegan estava com um corte bem feio em seu braço, logo abaixo do ombro. Uma ponta da pedra havia atravessado seu casaco acolchoado e rasgado sua pele. Eu pus a mão ali. Sempre comece com um ponto fraco.

"Meufoufalar! Meufoufalarporra!" Ele mastigou a mordaça tentando dizer as palavras.

Preciso admitir uma pequena emoção por estar com a vantagem, após o que pareciam ser semanas só fugindo, dormindo em trincheiras e ficando apavorado. Finalmente, aqui estava um inimigo que eu podia controlar.

"Ah, vai falar mesmo!" Usei a voz ameaçadora que fazia para assustar meus primos mais novos quando eram pequenos o bastante para serem amedrontados. "Vai falar." E eu bati minha palma na ferida dele, querendo que ardesse!

Os resultados foram... decepcionantes. Primeiro não senti nada além da moleza decididamente desagradável de seu ferimento, enquanto ele se contorcia e se sacudia com meu toque. Tive de pressionar com força para que ele não se contorcesse para longe. Pelo menos aquilo parecia estar doendo, mas acabou sendo mais por antecipação do que qualquer outra coisa e ele logo se aquietou. Eu tentei com mais força. Vai saber como é a sensação da magia funcionando? Nas brincadeiras que costumávamos fazer no palácio, o feiticeiro – sempre Martus, por ser o irmão mais velho – lançava seus feitiços com o rosto tenso, como se estivesse com prisão de ventre, fazendo força para expelir sua magia relutante para o mundo através de um pequeno... bem, dá para entender. Por falta de melhores instruções, pus em prática o que aprendera quando criança. Eu me agachei ali na montanha, com uma das mãos na vítima que eu esperava estar apavorada, e o rosto constipado com o incrível poder que estava me esforçando para soltar.

Quando aconteceu de verdade, ninguém ali ficou mais surpreso do que eu. Minha mão formigou. Estou certo de que toda magia

MARK LAWRENCE

formiga – mas pode ter sido uma comichão – e depois uma sensação estranha e frágil saiu da ponta dos meus dedos, espalhando-se para o pulso. O que achei no início que fosse um empalidecimento da pele se tornou um leve, porém indiscutível, brilho. Começou a vazar luz em volta de meus dedos, como se eu estivesse escondendo algo mais brilhante que o sol dentro da minha mão, e saiu um leve calor debaixo de minha palma. Meegan parou de se debater e me encarou com medo, forçando suas amarras. Eu empurrei com mais força, desejando machucar o desgraçado. Linhas brilhantes de rachadura começaram a se espalhar pelas costas da minha mão.

A luz e o calor pareciam irradiar de mim, fluir de dentro de mim até a única extremidade onde eles ardiam. O dia ficou mais frio, as rochas mais duras, a dor em meu tornozelo e pescoço, aguda e insistente. As rachaduras que se espalhavam me assustavam, muito parecidas com a fissura que me perseguiu quando quebrei o encanto da Irmã Silenciosa.

"Não!" Puxei a mão para trás e o peso do cansaço que se abateu sobre mim quase me pressionou contra as pedras.

Uma sombra se assomou à nossa frente. "Você já o domou?" Snorri se agachou ao meu lado, fazendo uma careta.

Levantei a cabeça. Ela pesava muito mais do que deveria. O corte no casaco de Meegan exibia a pele pálida e ilesa por baixo das manchas escurecidas de sangue, com uma leve cicatriz marcando onde a ferida havia estado. "Merda."

Snorri puxou a mordaça do homem. "Pronto para falar?"

"Estava pronto desde que voltei a mim", disse Meegan, tentando retornar para a posição de sentado. "Estava tentando dizer isso. Não é necessário usar a força. Direi tudo que sei."

"Ah", falei, vagamente decepcionado, apesar de ser exatamente o que eu teria feito no lugar dele. "E nós devemos deixá-lo ir embora depois disso, não é?"

Meegan engoliu seco. "Seria justo da sua parte." Ele estava com um ar nervoso, suando.

"Justo como vinte contra dois?", rosnou Snorri. Ele trouxera seu machado consigo e passou o polegar na lâmina ao falar.

"Hum... Bem", Meegan engoliu novamente, "não era nada pessoal. Foi a quantidade que ela pagou. Era só um negócio para Edris. Ele dividiu o dinheiro dela e reuniu um bando de homens da região, caras que já haviam tido problemas, caras que já haviam lutado uma batalha ou se vendiam para furar alguém, esse tipo de coisa."

"Ela?" Eu conhecia várias mulheres que gostariam de me ver apanhar, e até algumas que poderiam pagar para isso, mas vinte homens era demais; e a maioria delas provavelmente não desejaria que o castigo fosse fatal.

Meegan assentiu, querendo agradar, com cuspe secando em seu queixo, catarro em seu lábio superior. "Edris disse que era uma mulher muito bonita. Mas não falou de maneira educada assim, não senhor."

"Você não a viu?" Snorri se aproximou.

Meegan balançou a cabeça. "Edris fez o acordo. Ele não é da região. Conhece muita gente ruim. Passa por aqui uma, duas vezes por ano."

"Ela deve ser a necromante. Essa mulher tinha nome?", perguntou Snorri.

"Chella." Meegan molhou os lábios. "Assustou Edris. Nunca o vi assustado antes. Eu nem quis conhecer a dona depois disso. Não importa se era gostosa ou não."

"E você saberia onde encontrar essa tal de Chella agora?" As grandes mãos de Snorri se fecharam em volta do cabo do seu machado, como se imaginasse ser o pescoço da necromante.

Meegan sacudiu a cabeça, uma sacudida rápida, como um cachorro espirrando água. "Não é daqui. Ela é do norte, Edris disse. Ele pegou uma garrafa de bebida com ela pra gente brindar a missão. Alguma mistura de Gelleth, pelo que Darab disse. Tinha uma ardência estranha." Ele estalou os lábios. "Muito estranha. Mas fazia você querer mais. É bem capaz de ela ser de Gelleth. Talvez tenha voltado. Talvez esteja nos observando agora mesmo. Alguma coisa levantou os rapazes de novo, depois que vocês derrubaram eles."

"O que devemos fazer?" Eu não gostava da ideia de uma bruxa necromante observando das montanhas, pronta para mandar seus homens mortos atrás de nós. Tudo aquilo havia parecido ridículo lá na corte de vovó. Eu tinha certeza que a maior parte era mentira e as partes que pudessem ser verdade não pareciam tão assustadoras. Velhos cadáveres mofados se sacudindo estupidamente atrás de camponeses amedrontados não pareciam ser uma ameaça a tropas de verdade. Mas a quilômetros da civilização – e civilização rhonense, ainda por cima –, em desvantagem com os mortos e em terreno traiçoeiro, minha visão das coisas havia sofrido uma reviravolta. "Quero dizer, devemos fazer alguma coisa."

"Com ele?" Snorri chutou os pés atados de Meegan.

"A respeito dela", falei.

"Meu objetivo está no norte. Se alguma coisa entrar no meu caminho, eu abro um buraco no meio. Senão, eu deixo para trás."

"Nós apertamos o passo, continuamos rumando para o norte. Gostei." Quando um plano envolve fugir, estou dentro.

"E ele?" Nenhuma das soluções para Meegan parecia boa. Eu não queria soltá-lo, não queria ficar com ele e, apesar de desprezar meus semelhantes a cada esquina, não sou um assassino.

"Deixe que se junte a seus amigos." Snorri enroscou a mão nas cordas em volta dos pulsos de Meegan e o içou para ficar de pé.

"Espere aí, isso não parece muito justo. Ele ia matar..."

Snorri deu três passos, arrastando Meegan para a beira onde a rocha descia em um único e íngreme degrau... e o largou. "Àqueles amigos."

O uivo de desespero de Meegan terminou com um baque molhado e o som de alguma coisa, ou coisas, correndo para o local onde ele bateu. Snorri viu meu olhar de choque. "Eu procuro ser um homem justo, viver com honra, mas venha para cima de mim armado, querendo tirar minha vida, que você não sairá com a sua."

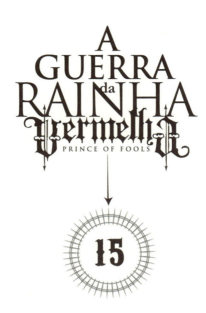

15

Passar noites em montanhas não é recomendável. Noites em que a escuridão está cheia de sons de homens mortos tentando escalar para onde você está tremendo debaixo de cobertores finos, muito menos.

No fim, a manhã chegou. É isso que importa.

"Então você curou aquele homem." Snorri abriu caminho pela face da montanha, procurando uma descida que não fosse acessível para os cadáveres em nosso encalço.

"Não curei, não." Negar tudo era uma política que havia adotado desde criança. "Merda!" Eu me desequilibrei e apoiei o pé com mais força que pretendia. As agulhadas quentes da dor que lancinou em meu tornozelo me avisaram que descer da montanha iria doer.

"Ele tinha um rasgo no braço mais fundo do que o corte que eu tenho na barriga."

"Não. Só o casaco dele. Um buracão no casaco, um arranhãozinho no braço. Ele sangrou muito. Foi isso que provavelmente enganou você. Só limpei um pouco do sangue." Eu percebia onde aquilo ia dar. Snorri queria o mesmo tratamento. Bem, não. O corte no braço

MARK LAWRENCE

de Meegan já havia sugado demais minha energia. Uma noite inteira com as irmãs DeVeer me deixaria com mais força nas pernas. Os ferimentos de Snorri me deixariam rastejando. "Desculpe, mas eu... Ai! Jesu, como isso doeu!" Uma leve pancada do tornozelo na pedra.

"Claro", disse Snorri, "um homem que pudesse apagar um talho daqueles já teria consertado seu próprio tornozelo a esta altura. Devo ter me enganado."

Eu dei mais três passos dolorosos enquanto absorvia aquilo, depois me sentei na pedra adequada mais próxima. "Sabe, está doendo muito. Vou tentar fazer uma massagem para ver se melhora." Tentei ser furtivo a respeito, mas ele simplesmente ficou ali parado olhando, de braços cruzados, como um grande nórdico desconfiado. A ideia de descer com o tornozelo curado era tentação demais. Com os dentes cerrados e o maxilar travado, pus as duas mãos em volta da junta e me retesei. Snorri ergueu a sobrancelha. Busquei aquela magia que ardera em mim e me esforcei ainda mais.

"Eu, hã, posso deixar você sozinho se precisar de um momento de silêncio." A linha fina de seus lábios naquela barba preta não me deu o menor sinal de que ele estava zombando de mim.

"Você está zombando de mim, não está?"

"Sim."

Eu soltei a mão e dei uma balançadinha experimental em meu tornozelo. "Puta que..." As palavras se tornaram um uivo inarticulado.

"Não consertou então?", perguntou Snorri.

Eu me levantei lentamente. Parecia que o que quer que eu tenha feito com Meegan era algo que não dá para fazer a si mesmo, como cócegas. E, no fim das contas, curar Meegan foi uma desperdício total, já que Snorri o empurrou no precipício um ou dois minutos depois. Talvez tenha sido coisa de uma vez só. Assim eu esperava.

"Quer um pouco?" Estendi a mão na direção da cintura de Snorri.

Ele deu um passo acentuado para trás. "Melhor não. Coisas ruins acontecem quando nos tocamos e tenho a sensação de que seria pior do que da última vez."

A GUERRA DA RAINHA VERMELHA

Eu me lembrei de ter estendido a mão para ele quando escorreguei na montanha. Em retrospecto, o dano causado a meu tornozelo talvez fosse o menor dos males. Se eu tivesse me segurado, poderíamos ter entrado em combustão como o homem morto.

"O que está acontecendo?" Levantei as mãos, com as palmas viradas para mim. "Aquele morto fritou onde eu o toquei. Você também." Olhei novamente para Snorri, agora com raiva, com medo e raiva, e, naquele momento, sem me preocupar se ele iria se ofender. "Você! Tem algo errado com você, nórdico. Eu vi aqueles olhos pretos. Eu vi... fumaça – não, caramba, vou chamar pelo nome certo – eu vi uma escuridão rodopiar à sua volta quando matou aqueles homens, como se seu machado estivesse cortando aquele troço no ar." Foi aí que fiz a conexão. Eu devia ter percebido antes. "E é isso que está dentro de você, não é? Olhos escuros, sonhos escuros. Escuridão!"

Snorri suspendeu seu machado, passando o olho especulativamente por sua extensão. Por um momento, achei que pudesse me golpear, mas ele balançou a cabeça e me deu um sorriso triste. "Demorou até agora para você entender? É a maldição que você provocou em mim. Em nós. Sua bruxa, a Irmã Silenciosa. A maldição dela. Aquele feitiço quebrado, aquela rachadura dupla, correndo atrás de você, escura e clara. Fiquei com a escuridão e você com a luz, ambas sussurrando para nós, as duas querendo sair."

"No norte, as mulheres sábias dizem que o mundo é um tecido, tramado com muitos fios e esticado sobre o que é real. O mundo que vemos é fino." Ele ergueu o polegar e o indicador, quase se tocando. "Onde ele se rasga, verdades mais profundas escapam. E nós estamos rasgados, Jal. Estamos carregando feridas que não podemos ver. Estamos carregando-as para o norte e os mortos querem nos impedir."

"Olha, vamos voltar. Minha avó é a Rainha Vermelha, porra. Ela pode consertar isso. Vamos voltar e..."

"Não." Snorri me interrompeu. "Eu tirei o príncipe do palácio, mas o palácio ainda está firmemente enterrado no rabo do príncipe. Você precisa parar de reclamar sobre qualquer dificuldade, parar de perseguir toda mulher que vê e se concentrar em sobreviver. Aqui fora..." Ele acenou o machado para a desolação das montanhas. "Aqui fora você precisa viver os momentos. Observar o mundo. Você é um rapaz jovem, Jal, uma criança que se recusou a crescer. Faça isso agora, senão morrerá jovem. Não importa o que esteja por trás desta perseguição, tudo começou em Vermillion. A guerra que está sendo travada lá está sendo perdida. O Rei Morto está tentando nos matar porque estamos levando a força da Irmã para o norte."

Eu me levantei. "Então vamos parar de ir ao norte! Vamos voltar e consertar isso! É uma loucura, em todo caso. Foi tudo um acidente. Apenas um azar. Ninguém poderia ter planejado isso. É tudo um engano."

"Eu também a vi, Jal. Essa sua Irmã Silenciosa." Snorri pôs a ponta de seu dedo indicador logo acima da bochecha. "Um dos olhos dela era branco."

"Meio cega, sim." Um olho leitoso. Eu a chamei de mulher do olho cego durante anos antes de conhecer o outro nome.

Snorri assentiu. "Ela vê o futuro. Ela enxergou longe demais e isso a cegou. Mas ela ainda tem outro olho com o qual enxergar. Ela olhou através das possibilidades e viu o suficiente para saber que você escaparia, me encontraria e levaria o poder dela ao norte."

"Diabos." Não havia mais nada a dizer.

Nós encontramos uma rota para descer das montanhas que não permitia que os mortos nos seguissem, embora se possa argumentar que ela chegava mais perto de matar nós dois do que eles, talvez. Eu digo "nós", mas Snorri foi na frente. Minhas capacidades de navegação são mais adequadas à cidade, onde posso encontrar um bordel pobre com uma habilidade infalível. Nas montanhas, sou mais como a água. Desço, tropeçando sobre as pedras quando necessário.

Na pressa, os mercenários em retirada não recolheram todas as montarias de seus camaradas abatidos e, melhor ainda, nós encontramos Ron e Sleipnir vagando nas encostas mais baixas. Nenhum dos dois cavalos era nada para se vangloriar, mas eles estavam acostumados conosco e nós os carregamos com os itens mais úteis que conseguimos roubar dos desgarrados antes de espantá-los. Sleipnir continuou mastigando sua grama placidamente enquanto Snorri amontoava sua pilhagem sobre ela, hesitando apenas quando ele subiu a bordo. Para ser justo, parecia que eles deviam se revezar – eu achava o nórdico completamente capaz de carregar sua égua para cima do vale.

"Devemos ficar de olho em Edris e seus amigos", falei. Não que eu tenha parado de fazer isso em algum momento. "Ah, e aquela vadia necromante." A ideia de uma beldade jurada pela morte à espreita entre as pedras era perturbadora. Que ela era capaz de botar medo em Edris apenas com um olhar, reviver os mortos e podia muito bem entrar em nosso acampamento no meio da noite, tudo isso era coisa de pesadelo – não que eu planejasse dormir de novo. Nunca mais. "E Maeres talvez tenha um agente em nosso encalço... e se aqueles cadáveres souberem onde..."

"Que tal ficarmos de olho em problemas, e apenas isso?" E Snorri liderou o caminho para o norte.

Nós passamos outra noite em terreno alto, com as camas tão frias e rochosas quanto as anteriores, as sombras igualmente ameaçadoras. Pior, se é que podia ficar pior: enquanto o sol se punha, Snorri ficou distante e estranho, seus olhos sorvendo a escuridão e ficando ainda mais enegrecidos do que estavam quando massacrou seu inimigo e pintou as encostas de vermelho. A maneira como ele olhou para mim, pouco antes de a última centelha do sol cair atrás da montanha, me fez cogitar ir embora mancando assim que ele dormisse. Mas, minutos depois, ele voltou à sua velha forma e me lembrou de mirar para baixo da encosta quando desse vontade de ir ao banheiro à noite.

Com as montanhas demovidas da paisagem, seguimos a borda, primeiro pela fronteira com Scorron, que logo viraria a fronteira com Gelleth. Snorri manteve os olhos sempre fixos no horizonte, procurando o norte, os meus sempre voltados para o sul, na direção de casa, e para procurar os perigos que pudessem estar em nosso encalço. As terras fronteiriças permitem viajar rapidamente àqueles que não estão querendo cruzá-las, pois o povo dali geralmente está ocupado com seus vizinhos e não tem interesse em questionar viajantes, detê-los ou cobrar impostos deles. Tais terras são, contudo, lugares nocivos para se demorar demais. Muitas de minhas piores experiências ocorreram na fronteira de Marcha Vermelha com Scorron – todas elas, na verdade, até conhecer Snorri.

Na província de Aperleon, o reino de Rhone encontra o ducado de Gelleth e o principado de Scorron. Monumentos aos mortos de uma centena de batalhas se amontoam nas elevações, a maioria em ruínas, mas a terra é produtiva e as pessoas voltam para repovoá-la de tempos em tempos, como de costume. Snorri abriu o caminho que se aproximava da cidade de Compere, famosa por sua cidra e pela qualidade da tapeçaria tramada lá. Onde ele aprendeu essas coisas eu não fazia ideia, mas o nórdico sempre obtinha algum fato novo ou outro até mesmo na conversa mais curta com os passantes.

O verão finalmente nos encontrou e cavalgamos no brilho do sol, suando por baixo de nossos trapos sujos de viagem, lançando sombras escuras e matando moscas. Vimos poucas pessoas, depois menos ainda, todas se desviando em seus caminhos, recuando como se fôssemos contagiosos.

Mais adiante, a terra adquiriu um ar de esquecimento. Ron e Sleipnir se arrastaram placidamente entre arbustos altos, a pele branca de Snorri ficou vermelha no sol, e por um momento comecei a me sentir à vontade, embalado pelo calor e pela paz cultivável. Não durou muito. Logo encontramos campos descuidados e cobertos de mato, fazendas vazias e sem animais. Em um local, terra revirada, um capacete abandonado, uma mão bicada por corvos. Um arrepio me atravessou, apesar do calor do dia.

O castelo de Praga de Rewerd – a sede ancestral da Casa Wainton – fica no alto de uma ribanceira de pedra clara a alguns quilômetros da cidade de Compere. Ele nos observava com olhos vazios, as paredes pretas de fumaça, os penhascos abaixo ainda manchados de uma cor enferrujada, como se o sangue dos últimos defensores tivesse jorrado dos portões e alagado o planalto. O sol havia começado a afundar atrás da fortificação, formando silhuetas dentadas das ameias e jogando sua sombra em nossa direção, como um dedo apontado, longo e escuro.

"Isso é recente." Snorri respirou fundo pelo nariz. "Dá para sentir o cheiro de queimado."

"E de podre." Eu me arrependi de ter respirado tão fundo. "Vamos encontrar outro caminho."

Snorri balançou a cabeça. "Você acha que algum caminho é seguro? O que aconteceu aqui já passou." Ele apontou para uma leve névoa à frente, com rastros indistintos de fumaça subindo para se unirem a ela. "Os incêndios estão praticamente apagados. Você vai encontrar mais paz em ruínas do que em qualquer outro lugar. O resto todo está esperando para ser ruína. Aqui isso já aconteceu."

E assim continuamos a cavalgar e chegamos de noitinha à desolação de Compere.

"Isso foi vingança." As paredes haviam sido derrubadas, sem ultrapassar a altura de três pedras cada, umas sobre as outras. "Punição." Eu pisei nos escombros. O calor ainda emanava do chão. Atrás de uma floresta de vigas escurecidas, um tapete de cinzas marchava ao longe até sumir na fumaça à deriva.

"Assassinato." Snorri surgiu atrás de mim, calmo.

"Eles nunca quiseram possuir este lugar", falei. "Não importa quem sejam 'eles'." Talvez tropas de Gelleth, um ataque de Scorron ou até um exército rhonense reavendo o que havia sido levado. "Nunca vi nada parecido." Eu sabia que as contendas da Centena deixavam estragos assim para trás, mas nunca tinha visto nada desse jeito.

"Eu já." Snorri passou por mim, caminhando sobre os restos do que um dia foi Compere.

Montamos acampamento nas ruínas. Turbilhões de cinzas e brasas arderam nossos olhos e fizeram os cavalos tossir, mas a noite caiu sobre nós e Snorri se mostrou relutante em prosseguir. Pelo menos não tivemos de escolher entre o risco de incêndio e um acampamento frio. Compere já vinha com suas próprias fogueiras. Leitos de morte de brasas, principalmente, mas emitindo um grande calor.

"Já vi pior." Snorri repetiu, empurrando de lado o cozido que preparara. "Em Oito Cais, os ilhéus agiram rápido e seguiram em frente. Em Orlsheim, mais acima do Uulisk, eles demoraram bastante."

E, nas ruínas, Snorri me carregou mais uma vez para o norte, envolvendo a noite com sua história.

Snorri seguiu as pistas dos invasores através do degelo. Seus navios haviam partido, talvez para alguma enseada isolada, para se abrigarem tanto de tempestades quanto de olhos hostis. Ele sabia que estavam planejando um retorno para buscar os necromantes das Ilhas Submersas, suas tropas e seus prisioneiros. Mesmo na primavera, o interior era um lugar inóspito no extremo norte. O Quebra-Remo teria lhes dito isso. Quantos prisioneiros poderiam estar nos navios e quantos com os invasores, Snorri não sabia. Mas os invasores ele poderia seguir, e no fim eles o levariam até seus navios.

Orlsheim ficava cinco quilômetros mais para o interior da margem do Uulisk, onde o fiorde começava a afunilar e florestas de pinheiros chegavam quase à água, em encostas mais suaves que as de Oito Cais. Os brettans deixaram um amplo rastro, sobrecarregados como estavam pelos muitos prisioneiros. Além de Emy, houve apenas alguns mortos: três bebês de colo, moídos e descartados, e Elfred Ganson, sem uma perna e largado para sangrar até morrer. Snorri supôs que quaisquer outros mortos no combate seriam apenas acrescentados às tropas de servos dos necromantes e enviados aos tropeços para Orlsheim. Snorri nem podia imaginar como Elfred perdera a perna, mas pelo menos aquilo o livrara do terror de uma morte em vida.

Enquanto as instalações de Oito Cais eram de pedra, as casas de Orlsheim eram de madeira, sendo algumas construções rústicas de toras e vime, e outras de tábuas sobrepostas como os próprios barcos, desafiando o tempo com a mesma obstinação que os navios vikings ofereciam ao mar. A fumaça havia sinalizado a destruição de Orlsheim até mesmo da entrada da casa de Snorri, mas antes das últimas centenas de metros ele não imaginava que o fogo fosse tão destruidor. Até o grande salão de banquete de Braga Sal virou nada mais que uma pilha de brasas, com cada viga do telhado consumida, seus dezoito pilares, cada um mais grosso que um mastro e esculpido com histórias de sagas, todos devorados pelas chamas.

Snorri foi em frente, deixando as margens do Uulisk quando as pegadas dos invasores se viraram para contornar Wodinswood, uma floresta densa e hostil que se estendia por mais de oitenta quilômetros até o sopé da Jorlsberg a derrotar. As pessoas chamavam Wodinswood de a última floresta. Se olhar bem para o norte, não encontrará mais árvores. O gelo não as admite.

E, às margens daquela floresta, onde ele tantas vezes havia procurado a rena que comia musgos de árvores, Snorri encontrou seu filho mais velho.

"Eu o reconheci assim que o vi", disse Snorri.

"O quê?" Balancei a cabeça, livrando-me do sonho que o nórdico havia tecido. Ele se referiu a mim diretamente, agora exigindo uma resposta, exigindo alguma coisa – talvez apenas minha companhia neste momento de redescoberta.

"Eu o reconheci, meu filho... Karl. Embora estivesse caído lá na frente. Há uma trilha de cervos que sobe ao longo da Wodinswood a partir do Uulisk, transformada em lama pelos invasores, e ele estava estatelado ao lado dela. Eu o reconheci pelo cabelo, branco de tão loiro, como o da mãe. Não Freja; ela me deu Egil e Emy. A mãe de Karl era uma menina que conheci quando eu também não era muito mais que um garoto: Mhaeri, filha de Olaaf. Nós éramos apenas crianças, mas fizemos um filho.

"Quantos anos?", perguntei, sem saber realmente se quis dizer ele ou o menino.

"Devíamos ter catorze verões. Ela morreu trazendo-o ao mundo. Ele morreu acabando de entrar em seu décimo quinto ano." O vento mudou e nos envolveu com uma fumaça mais grossa. Snorri ficou sentado imóvel, de cabeça baixa sobre os joelhos. Quando o ar se desanuviou, ele voltou a falar. "Corri até ele. Eu deveria ter sido cuidadoso. Um necromante podia ter deixado o corpo dele para atocaiar alguém que os estivesse seguindo. Mas pai nenhum tem esse tipo de cautela. E, conforme me aproximei, eu vi a flecha entre os ombros dele."

"Ele escapou então?", perguntei, para deixá-lo pelo menos ter orgulho daquilo.

"Libertou-se." Snorri assentiu. "Um rapaz grande, como eu nesse sentido, mas era um pensador. As pessoas sempre diziam que ele pensava demais, diziam que eu sempre seria um viking melhor, por mais forte que ele ficasse. Eu dizia que ele sempre seria um homem melhor, e isso importava mais, embora nunca tenha dito isso a ele, e agora gostaria de ter dito. Eles haviam prendido todos com grilhões de ferro, mas ele se libertou."

"Ele estava vivo? Ele lhe contou?", perguntei.

"Ainda tinha um último suspiro. Ele não o utilizou para me contar como escapou, mas vi as marcas de ferro nele e suas mãos estavam quebradas. Não é possível escapar de algemas de escravos sem quebrar ossos. Ele só me disse quatro palavras. Quatro palavras e um sorriso. O sorriso primeiro, embora eu o tenha visto através de lágrimas, contendo minhas maldições para que pudesse ouvi-lo. Eu podia ter chegado lá mais rápido, podia ter corrido, encontrado-o horas antes. Em vez disso, peguei meus pertences, minhas armas, como se eu estivesse saindo para uma caçada. Eu devia tê-los atropelado assim que o banco de neve cedeu seu domínio. Eu..." A voz de Snorri havia ficado embargada de emoção e agora falhou. Ele prendeu a palavra e travou a mandíbula, retorcendo o rosto. Snorri abaixou a cabeça, derrotado.

"O que Karl falou?" Não sei dizer em que parte comecei a me importar com a história do nórdico. Importar-me nunca foi meu forte. Talvez fossem as semanas juntos na estrada que haviam provocado aquilo ou mais provavelmente um efeito colateral da maldição que nos acorrentara, mas eu me peguei sofrendo com ele e não gostei nada daquilo.

"Eles querem a chave", disse Snorri para o chão.

"Quê?"

"Foi o que ele disse. Karl usou seu último suspiro para me dizer isso. Fiquei sentado com ele, mas não me disse mais nenhuma palavra. Ele ainda durou mais uma hora, talvez um pouco menos. Esperou por mim e depois morreu."

"Uma chave? Que chave? Isso é loucura – quem faria tudo isso por uma chave?"

Snorri balançou a cabeça e levantou a mão como se pedisse clemência. "Hoje não, Jal."

Apertei os lábios, olhei para ele curvado à minha frente, e engoli todas as perguntas que borbulhavam em minha língua. Snorri me diria ou não. Talvez ele nem soubesse. De qualquer maneira, não tinha muita importância. O norte parecia mais terrível a cada minuto e, apesar de sentir muito pelas perdas de Snorri, eu não tinha a menor intenção de perseguir homens mortos pela neve afora. Sven Quebra-Remo havia levado Freja e Egil para o Gelo Mortal. E Snorri parecia pensar que sua esposa e filho ainda estavam vivos lá neste momento – e talvez até estivessem. Em todo caso, isso era assunto entre Snorri e o Quebra-Remo. Em algum lugar entre nós e o gelo do norte haveria uma maneira de desvencilhar nós dois e nesse lugar eu iria embora antes que o "a" de "adeus" saísse da barba do nórdico.

MARK LAWRENCE

Nós ficamos sentados em silêncio. Ou quase em silêncio, pois parecia que a voz de Baraqel soava logo além do limite da audição, suave e cheia de música. Após um tempo, me deitei e encostei a cabeça em minha bolsa. O sono me levou bem rápido e, ao me dominar, a voz ficou mais clara de modo que, nos momentos antes dos sonhos tomarem conta tanto de mim quanto da voz, quase pude compreender as palavras. Algo sobre honra, sobre ter coragem, sobre ajudar Snorri a encontrar sua paz...

"Que se foda", respondi. Palavras murmuradas quase adormecidas sobre lábios frouxos – mas sinceras mesmo assim.

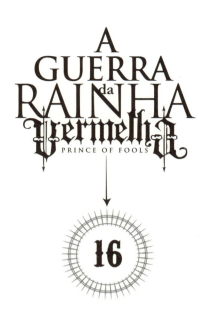

Chegamos a Ancrath pelas estradas fronteiriças entre Rhone e Gelleth. Snorri viajou com uma cautela natural que nos manteve a salvo em várias ocasiões, prendendo-nos em um bosque enquanto tropas esfarrapadas de batalha marchavam ao sul, levando-nos para o milharal quando bandoleiros passaram procurando briga. Eu tinha mais interesse em evitar encontros assim do que Snorri, mas meus sentidos eram mais bem-apurados para detectar o advento de problemas em um salão de banquete lotado ou através das fumaças de um antro de ópio do que montado em cavalos ao ar livre.

Na cidade de Oppen, apenas alguns quilômetros após entrar em Ancrath, comprei roupas de viagem mais apropriadas. Fiz questão de comprar vestimentas de qualidade suficiente para me destacar como um homem distinto, embora eu obviamente não fosse ser visto nem morto usando botas resistentes e vestuário próprio para aguentar um tratamento severo. Eu rejeitara a ideia de deixar um rhonense tirar minhas medidas para uma capa e chapéu, mas decidi que podia sofrer as atenções de um alfaiate de Ancrath. Snorri bufou e pisoteou tanto durante a prova que tive de mandá-lo encontrar um machado mais adequado a seus gostos.

Assim que ele se foi, comecei a sentir um desconforto. Nada a ver com o leve alongamento da magia que nos unia e tudo a ver com a certeza de que a necromante que solicitara nossa morte em Chamy-Nix ainda estaria firme em nosso encalço. Ela ou a criatura que me observou por trás da máscara na ópera. A armadilha da Irmã Silenciosa foi preparada para aquele lá. Eu estava certo disso agora. Ela estava preparada para sacrificar a vida de duzentas pessoas, inclusive algumas das mais finas de Vermillion – *inclusive a minha, caramba* – para queimar aquele monstro. Eu só podia rezar para que a rachadura que abri em seu feitiço ao escapar não o tenha libertado. E é claro que outros criados do Rei Morto podiam estar à espreita em qualquer esquina. Até na loja de um alfaiate!

No fim das contas, deixei Oppen com uma sensação de alívio. Estar em movimento havia se tornado um hábito e eu não sabia se me sentiria totalmente à vontade estabelecido em algum lugar outra vez.

Nós contornamos as Matteracks, cordilheiras sisudas sem um pingo do esplendor dos Aups, e acabamos achando nosso caminho para a Estrada de Roma, que eu argumentei por muito tempo que devíamos ter seguido desde o início. "É mais bem-pavimentada, mais segura, com pousadas e puteiros em intervalos regulares, passa por duas dúzias de cidades dignas de nota..."

"E é facilmente vigiada." Snorri guiou Sleipnir para o calçamento antigo. Ela imediatamente começou a fazer barulho. Eu penso nesse barulho, da ferradura batendo na pedra, como o som da civilização. No interior todos os caminhos são de lama. Prefiro mil vezes o barulho.

"Então por que estamos arriscando agora?"

"Velocidade."

"E vai fazer..." Segurei as palavras. Faria diferença? Para Snorri, sim. Sua esposa e seu filho caçula já deviam ser prisioneiros durante meses a esta altura, mesmo antes de ele ter sido arrastado em correntes para Vermillion. E se eles tivessem resistido esse tempo todo,

A GUERRA DA RAINHA VERMELHA

labutando em alguma tarefa que os necromantes das Ilhas Submersas mandassem, era bem provável que alguns dias não fariam muita diferença na situação deles. Mas eu não podia dizer isso a ele. Principalmente porque gosto dos meus dentes, mas também porque o anjo que ficava sussurrando para mim não aprovaria e não é uma boa ideia aborrecer um anjo que vive dentro de você. Eles são o pior tipo. "Estamos conseguindo um excelente tempo, num ritmo bom para viajar. Por que precisamos viajar mais rápido *agora*, de repente?" Deixei que ele mesmo dissesse. É difícil mentir para si mesmo em voz alta quando se tem plateia. Então que ele mesmo me dissesse que ainda realmente acreditava que sua mulher e filho ainda estavam vivos.

"Você sabe." Ele me lançou um olhar sombrio.

"Diga mesmo assim", falei.

"As vozes. Precisamos acabar logo com isso, tirar a maldição dessa vadia de cima de nós, antes que a voz que estou ouvindo pare de apenas sugerir e comece a mandar."

Aquilo me deixou de boca aberta e sem nada a dizer. Ron trotou por mais vinte metros pela Estrada de Roma antes que eu tivesse a presença de espírito de fechar os lábios.

"Está tentando me dizer que não está escutando uma voz?" Snorri inclinou-se para trás na sela para fazer uma careta para mim. O nórdico conseguia fechar a cara de um jeito que fazia você se lembrar que ele dava nome a seus machados.

Eu mal podia negar. A voz que sussurrara além do limite da audição em Compere ficava mais distinta a cada dia e suas diretivas, mais frequentes. Ela ficava mais alta a cada amanhecer. Primeiro eu imaginei que fosse isso que pessoas como prima Serah queriam dizer quando me instavam a ouvir minha consciência. Achei que o ar fresco demais e a falta de álcool tivessem me predisposto ao monólogo irritante da consciência pela primeira vez na vida. Sermões virtuosos, uma manhã atrás da outra, me fizeram duvidar de minha teoria, no entanto. Com certeza, as pessoas não podiam sair por aí com algum voyeur moral repugnante intimidando-as em todos os momentos de suas vidas. Senão como elas ficariam minimamente sãs? Ou se divertiriam?

"E o que essa voz diz a você?", perguntei, ainda sem admitir nada. Snorri voltou a olhar para a estrada à frente, dando-me os ombros largos. "Sou jurado pela escuridão, Jal. Atravessado por ela. Que tipo de segredos você acha que a noite sussurra?"

"Humm." Aquilo não soou bem, embora francamente eu não me importaria de trocar. Sugestões desagradáveis pululavam da escuridão em minha mente o tempo todo. A maioria eu ignorava tranquilamente. Ser repreendido pelas minhas próprias deficiências morais a cada esquina, no entanto, estava se mostrando muito chato. "Sua voz tem nome?"

"Ela se chama Aslaug."

"Ela? Você ganhou uma mulher?" Eu não consegui esconder a reclamação em minha voz. Nem tentei.

"Loki se deitou com uma jötun, uma beldade com a sombra de uma aranha." Snorri parecia constrangido, sem nenhum indício do contador de histórias agora, hesitando ao repetir detalhes estranhos. "Ela pariu cem filhas nos lugares escuros do mundo e nenhuma delas jamais saiu para a luz. A velha Elida costumava nos contar essa história. Agora uma dessas filhas caminha em minha sombra."

"Então você recebeu uma beldade com a mente suja enquanto eu ganhei um devoto estraga-prazeres. Cadê a justiça aí?"

"Um devoto chamado...?" Snorri olhou novamente para mim.

"Baraqel. Acho que meu pai costumava falar sobre ele no púlpito. Mas até parece que eu ia saber o nome." Tinha certeza de que Baraqel queria muito me onerar com sua linhagem, se eu lhe desse a oportunidade. Ele parecia ser uma voz desencarnada que gostava do som de seus próprios pronunciamentos. Felizmente, suas visitas estavam limitadas a alguns minutos entre o surgimento do sol no horizonte e seu desaparecimento – o resto do tempo eu podia praticamente ignorá-lo. E, por eu ser quase inteiramente feito de pecados que precisavam ser vilipendiados, isso não deixava muito tempo para outros assuntos.

"Bem", disse Snorri, "está bastante claro que precisamos nos apressar, antes que Baraqel faça de você um homem decente. E antes que Aslaug faça de mim um homem mau. Ela não gosta de você, Jal, você precisa saber disso."

"Você devia ouvir o que Baraqel tem a dizer sobre o companheiro pagão de viagem que escolhi." Não foi uma réplica ruim, mas meu anjo irritantemente considerava Snorri uma espécie de modelo durante nossas conversas matinais, então era melhor que o nórdico não ouvisse, no fim das contas.

Viajamos o dia todo e dessa vez o sol estava forte. Parecia que Ancrath estava curtindo o verão que por tanto tempo nos foi negado em nossa trilha. Talvez o clima tenha afetado meu juízo, mas preciso dizer que Ancrath me pareceu uma bela região do Império, livre dos defeitos de Rhone, com terras férteis e bem cuidadas, camponeses agradavelmente humildes e as classes mercantis tão servis quanto você quiser, em busca de dinheiro.

Fiquei de olho em Snorri aquele dia todo, procurando qualquer sinal de maldade, apesar de não ter ideia do que eu faria se tivesse avistado algum. Estar algemado a um viking sedento por batalha, a caminho de uma missão de resgate suicida já era angustiante o suficiente. Agora eu estava algemado a alguém que podia se tornar uma criatura da noite a qualquer momento.

O dia passou bem tranquilo, e Snorri não mostrou nenhuma inclinação às atividades demoníacas tradicionais, embora eu tenha me convencido de que sua sombra fosse mais escura que a de todo mundo e me peguei olhando para ela toda hora, procurando alguma pista de sua nova mestra.

Minha própria bênção da Irmã Silenciosa me acordou no instante do nascer do sol, enquanto os galos estavam pigarreando para o primeiro canto do dia.

"O pagão se tornou um servo da escuridão. Você deve denunciá-lo para algum membro adequado da Inquisição da Igreja." Baraqel falou bem baixo, mas há alguma coisa em uma voz atrás de seu tímpano que é difícil ignorar. Além do mais, seu tom era bastante irritante.

"Qu-quê?

"Mande prendê-lo."

Eu bocejei e me espreguicei. Contente por me ver em uma cama, para variar, embora tristemente desacompanhado. "Achei que Snorri fosse seu menino de ouro. Tudo que eu deveria almejar ser."

"Até um pagão pode ter traços de caráter a serem admirados e bons modelos são difíceis de aparecer na natureza, Príncipe Jalan. Todavia, sua falta de fé verdadeira o deixou aberto à possessão e ele foi maculado além de nossa ajuda. A destruição e o fogo são sua última e melhor chance de diminuir sua sentença no inferno agora."

"Humm." Cocei o saco. Pulgas estranhas eram um pequeno preço a se pagar pelo conforto de uma cama. "Duvido que ele me agradeça pelo favor."

"Os desejos de Snorri não têm importância, Príncipe Jalan. O mal que o possuiu precisa ser queimado. Ela têm de ser jogada no fogo e..."

"Ela? Então você conhece a passageira de Snorri, é? Uma velha amiga sua?"

"Você põe sua alma em perigo toda vez que zomba de mim, Jalan Kendeth. Sou o servo de Deus na terra, descido do paraíso. Por que vo..."

"Por que Deus criou pulgas? Ele alguma vez lhe contou? Ah! Peguei uma, sua desgraçada!" Eu a esmaguei entre duas unhas. "Então, o que vai rolar hoje, Baraqel? Alguma coisa útil que eu deva saber? Vamos ouvir um pouco daquela sabedoria divina." Não que não acreditasse que ele fosse um anjo, eu certamente não estava a fim de contestar a existência deles – meu pescoço ainda tinha marcas dos hematomas onde um homem morto tentou me estrangular –, mas é que eu simplesmente achava que Baraqel devia ser um péssimo exemplo. Afinal, anjos deveriam se erguer acima de você com ouro e penas, carregando espadas flamejantes e desfiando sabedoria em vários idiomas. Eu não esperava que eles se escondessem e me importunassem para eu levantar toda manhã, com uma voz suspeitosamente parecida com a de meu pai.

Baraqel ficou em silêncio por vários momentos, depois um galo soltou um aleluia estridente para a manhã ali perto e decidi que meu anjo havia ido embora.

"Viajantes sombrios na estrada. Nascidos da chama. Um príncipe os enviou. Um príncipe do mal, de trevas e vingança, um príncipe de relâmpago. Um príncipe espinho. Eles são obra dele. Mensageiros da maldição por vir."

O pronunciamento me acordou de novo com um susto. "Esse é o tipo de bobagem que eu poderia ouvir da vidente velha do doutor Raiz-Mestra por meio cobre." Mais bocejos, mais coceiras. "Que príncipe? Que destruição?"

"O príncipe espinho. Aquele cuja linhagem derramará o céu e o inferno e deixará o mundo em pedaços. Seu dom é a morte de anjos, a morte de..." E abençoadamente ele sumiu, com o sol saindo do horizonte em algum lugar lá fora, além dos limites bolorentos do meu quarto.

Eu me espreguicei, bocejei, cocei, contemplei o fim de todas as coisas e voltei a dormir.

Nós deixamos a estalagem após fazermos o desjejum com fígado e batatas fritas, arrematado com cerveja fraca. Até agora, a famosa culinária de Ancrath havia se mostrado o aspecto menos atraente da região, mas andar a cavalo dia após dia durante semanas a fio dá a um homem o tipo de apetite para experimentar qualquer coisa. Até carne de cavalo.

Ao pegar novamente a Estrada de Roma a partir da pista de terra da estalagem, caí em meus devaneios costumeiros, do tipo que acaba matando você se estiver nas florestas, mas é um luxo que a civilização nos permite. Eu percebi simultaneamente que não fazia ideia para que servia um fígado e que também não queria nunca mais comer um, principalmente no desjejum, com alho.

Snorri me impediu de continuar seguindo aquela linha de pensamento ao parar na estrada, bem na minha frente. Um grupo maltrapilho de viajantes estava rumando para o norte, na direção da Cidade de Crath, bloqueando a estrada, alguns puxando carrinhos de mão, outros se esforçando debaixo de seus pertences, outros ainda se agitando pelo caminho nos andrajos que vestiam. Entre eles não aparecia nenhum membro limpo: todos estavam pretos de sujeira de alguma espécie.

"Refugiados", disse Snorri.

Viajantes sombrios. Um eco da profecia de Baraqel percorreu minha mente.

Ao alcançá-los, vi que muitos tinham feridas, ainda em carne viva e abertas, e cada um deles – homem, mulher, criança – estava preto de fuligem, ou de lama seca, ou de ambos. Snorri empurrou Sleipnir para o meio dos refugiados, pedindo desculpas. Eu fui atrás, tentando não deixar nenhum deles tocar em mim.

"O que aconteceu aqui, amigo?" Snorri inclinou-se de sua sela na direção de um sujeito alto, muito magro, com um rasgão feio no topo da cabeça.

O homem o olhou sem expressão. "Saqueadores." Pouco mais que um murmúrio.

"A que distância?", perguntou Snorri, mas o homem havia se afastado.

"Norwood", disse uma mulher, do outro lado, de cabelos grisalhos e mancando. "Eles queimaram tudo. Não há nada para nós agora."

"A tropas do Barão de Ken? Ancrath está em guerra?" Snorri franziu o cenho.

A mulher balançou a cabeça e cuspiu. "Saqueadores. Homens de Renar. Todos os lugares estão queimando. Às vezes, são cavaleiros e soldados; às vezes, é ralé. Escória da estrada." Ela se virou para o outro lado, de cabeça baixa, absorta em seu sofrimento.

"Sinto muito." Snorri não tentou animá-la nem alegar que a situação deles logo melhoraria – mas ele disse algo. Era mais do que eu saberia fazer. Uma sacudida de rédeas e ele seguiu em frente.

Fizemos nossa passagem entre os refugiados, talvez trinta pessoas, e aumentamos a velocidade. Foi um alívio ficar livre daquele fedor. Fui pobre por alguns dias e não gostei nada daquilo. Os sobreviventes de Norwood eram pobres o bastante desde o início e agora não tinham nada além de necessidade.

"Eles estão esperando se atirar à mercê do Rei Olidan", disse Snorri. "Esse é o nível de desespero deles."

Ainda me irritava o quanto o nórdico sabia sobre lugares que ficavam do outro lado do mar da terra dele. Eu ouvira falar de Olidan, claro. Sua reputação havia chegado até meu confortável mundo: vovó reclamava de suas manobras mais do que o suficiente. Mas quem governava Kennick e como estavam as relações entre Ancrath e seu vizinho lamacento eu não fazia ideia. Snorri tinha me repreendido sobre meu vago conhecimento da história do Império, mas falei a ele que história é apenas um monte de notícias velhas, profecias que já passaram da data de validade. Os casos da atualidade eram meu maior interesse. Especialmente os meus casos atuais, e a Cidade de Crath podia melhorá-los à beça. Haveria vinho, mulheres e música, tudo que faltava em nossa longa e triste viagem até agora – mulheres em particular. Além disso, que lugar seria melhor para encontrar algum sábio que cortasse as algemas com que a Irmã Silenciosa me prendeu a Snorri?

A Estrada de Roma nos levou mais rápido do que um rio e avistamos a Cidade de Crath enquanto o sol caía atrás de suas torres, formando uma arquitetura negra de pináculos e vãos. Eu ouvira dizer que a capital de Olidan rivalizava com Vermillion pela imponência de suas construções e a riqueza gasta ali com tijolos e cimento. Martus a visitou em uma missão diplomática dois anos atrás e descreveu o palácio de Ancrath como o toco de uma torre dos Construtores, mas meu irmão sempre contava muita mentira e logo eu poderia julgar por mim mesmo.

"Nós devemos contornar." Snorri havia ficado para trás e, quando me virei, o rosto dele estava à sombra, apenas com as elevações de sua testa e maças do rosto refletindo a vermelhidão do pôr do sol.

"Bobagem. Sou um príncipe de Marcha Vermelha. Temos acordos com os Ancrath e é meu dever fazer uma visita ao rei." O dever não tinha nada a ver com aquilo. A Cidade de Crath era minha melhor chance

MARK LAWRENCE

de quebrar a maldição da Irmã Silenciosa. Com sorte, Rei Olidan podia ser persuadido a ajudar. Ele provavelmente tinha magos a seu serviço. E, mesmo sem a ajuda dele, sempre havia feiticeiros de um tipo ou de outro escondidos em uma cidade tão antiga. Nunca levei muita fé nessas coisas antes. Fumaça, espelhos e ossos velhos, como eu dizia. Mas até um príncipe de Marcha Vermelha precisa rever sua opinião de vez em quando.

"Não." disse Snorri. Eu não conseguia ver seus olhos à meia-luz e, conforme as sombras se esticaram sobre a estrada, me lembrei que esta era a hora que ela falava com o nórdico. Aslaug, seu espírito sombrio, estaria lhe sussurrando seu veneno enquanto o sol se punha pelo mundo.

"Correr despreparado não deu muito certo para você da primeira vez, não é? Quer salvar Freja? O pequeno Egil? Cortar Sven Quebra-Remo em pedaços? É hora de usar a cabeça, de entender o que estamos enfrentando e formular um plano." Eu tinha de tocá-lo de alguma maneira, mesmo que arriscasse provocar o viking dentro dele e sofrer as consequências. "Esta é a Cidade de Crath. Quanto conhecimento do mundo saiu deste mesmo local? Se procurarmos com afinco qualquer coisa que os sábios dizem, vamos encontrar documentos dos cofres do Luve por trás." Parei para respirar, tendo esgotado tudo que meus tutores diziam sobre a Cidade de Crath que conseguia me lembrar. "Esse tempo aqui não seria proveitoso? Conselhos sobre a natureza de seu inimigo? Talvez um antídoto contra veneno de monstro. Ou até uma cura para a maldição sobre nós. Você está arriscando a Estrada de Roma, correndo para o norte a todo vapor, esperando chegar antes que a escuridão o seduza... e a solução pode estar bem atrás dessas paredes. A Irmã Silenciosa não é a única bruxa no Império Destruído, nem de longe. Vamos encontrar uma que possa nos ajudar."

Estávamos nos encarando agora, com os cavalos cara a cara, e eu esperando alguma resposta.

O silêncio se estendeu. "Tem razão", disse Snorri por fim, e pôs Sleipnir em ação em direção à cidade. A sensação de alívio que tomou conta de mim quando ele passou durou pouco. Ocorreu-me que eu não sabia ao certo com quem ele estava falando. Eu ou o demônio dele? Esperei um minuto, dei de ombros e saí cavalgando atrás. Quem realmente se importava? Consegui o que queria. Uma chance. Afinal, isto é tudo que um homem realmente precisa: uma cidade grande cheia de pecado e depravação – e uma chance.

"Aslaug está falando de você", disse Snorri quando eu me aproximei na estrada. "Diz que a luz vai mudá-lo – colocá-lo em meu caminho." Ele pareceu cansado. "Duvido que a filha de Loki possa proferir alguma coisa que não seja metade mentira, mas ela é convincente e até uma meia mentira é meia verdade. Então preste atenção quando eu digo que é um... mau conselho... que levou você a tentar me impedir."

"Rá!" Bati no ombro dele e me arrependi, estacando a mão com magias dolorosas. "Você conhece alguém mais improvável que eu para dar ouvidos a um anjo, Snorri?"

A Cidade de Crath abriu os braços e nos convidou a entrar. Passamos pela margem do rio, desfrutando do calor da noite. Por toda parte da estrada de terra, estalagens iluminavam o caminho do lado direito, com balsas à esquerda atracadas e enfeitadas com lampiões. O povo da cidade bebia em mesas, em cima dos barris, de pé em grupos, deitado na relva ou no convés das balsas. Eles bebiam em copos de barro, canecas de estanho, trinchos de madeira, em jarros, garrafas, barris e cântaros, e o método de distribuição era tão variado quanto as bebidas que escorriam por tantas gargantas.

"Um bando alegre, esses crathianos." Eu já estava começando a me sentir em casa naquele lugar. Qualquer vontade de viajar havia desaparecido no instante em que senti o cheiro de vinho barato e de perfume mais barato ainda.

Um camponês de bochechas coradas tropeçou para trás em nosso caminho, de alguma maneira mantendo sua caneca de cerveja em um ângulo tal que não derramasse nada, apesar de cambalear como se estivesse no mar em noite de tempestade. Snorri sorriu para mim, com o humor sombrio que Aslaug lhe deixara desaparecendo agora.

MARK LAWRENCE

Um grupo de homens na balsa de cerveja mais próxima puxou o refrão de "Lamento do Fazendeiro", uma balada obscena que detalhava em dezessete versos quais diversões alguém pode ou não pode ter com animais de fazenda. Eu a conhecia bem, embora em Marcha Vermelha a música fale de um homem rhonense que não tem paz até agarrar um velo, não um altaneiro.

"Deve ser dia de festival." Snorri respirou fundo: o ar estava carregado com o cheiro de carne assando. Está aí um cheiro que faz seu estômago roncar após um longo dia de viagem. O estômago de Snorri praticamente rugiu. "Não pode ser assim toda noite."

"O príncipe perdido voltou. Você não sabia?", disse uma mulher bêbada, passando e estendendo a mão para apalpar a coxa de Snorri. "Todo mundo sabe disso!" Ela virou a direção e caminhou ao lado de Sleipnir, com a mão ainda explorando a perna do viking. "Minha nossa! Tem muita carne aqui!"

Um marido ou pretendente conseguiu tirar a mão da mulher e puxá-la para longe, fazendo cara feia todo o tempo, mas sem poder culpar Snorri. O que provavelmente foi melhor, considerando tudo. Eu a vi sair. Tentadora como o assado à sua própria maneira, bem alimentada, alguns diriam gorda, mas alegre, com um brilho no olho. Ela até tinha a maioria dos dentes. Suspirei. Eu já havia passado tempo demais na estrada.

"Príncipe perdido?" Baraqel não tinha falado alguma coisa sobre um príncipe?

Snorri deu de ombros. "Você é um príncipe perdido. Parece que eles sempre aparecem de novo. Algum filho pródigo voltou. Se isso põe os moradores de bom humor, então torna a vida mais fácil. Nós entramos, pegamos o que precisarmos e partimos."

"Boa ideia." É claro que não estávamos falando exatamente das mesmas coisas, mas de fato era uma boa ideia.

Nós cruzamos o Sane pela Ponte Real, uma ampla construção sobre grandes estacas que devem ter sobrevivido ao Dia dos Mil Sóis. Cidade de Crath surgia nas docas da margem oposta, espalhando-se sobre colinas suaves e alcançando os muros da Cidade Velha, onde o dinheiro morava, com vista para tudo que lhe pertencia. O Castelo Alto ficava no meio de tudo, muito acima de nós. Eu deixei a inclinação guiar o caminho. Ela nos levou a uma área pouco iluminada, onde os esgotos corriam fétidos e bêbados cambaleavam no meio dos becos, sem confiar nas sombras.

"Encontraremos um lugar aqui embaixo esta noite", falei. "Algum lugar desagradável." Amanhã eu seria príncipe novamente, batendo às portas de Olidan. Hoje queria tirar pleno partido de meu anonimato e aproveitar ao máximo os benefícios da civilização. Os benefícios de uma civilização decadente. Já que Baraqel iria me acordar com as galinhas para um sermão sobre moralidade, eu poderia muito bem fazer valer a pena. Além do mais, se encontrasse uma espelunca bem plebeia e acordasse no meio da quantidade de pecados que eu esperava, era capaz de ele decidir não aparecer.

"Ali?" Snorri apontou para uma rua larga o bastante para abrigar tabernas, com casas de três andares, cada andar com vigas pesadas e maior que o de baixo, de forma que saltavam sobre as ruas conforme subiam. O dedo grosso de Snorri me apontou na direção de uma das várias placas penduradas.

"O Anjo Caído. Parece certo." Eu me perguntei o que Baraqel acharia daquilo.

Com os cavalos entregues a um moço de estrebaria e estabulados, acompanhei Snorri até o bar. Ele teve de se abaixar para não bater nos lampiões sobre a porta da rua e, quando deu um passo para o lado, o lugar se revelou para mim. Era realmente um antro, infestado por uma súcia de homens com a aparência mais perigosa que já vira fora de um fosso de luta... e possivelmente dentro de um também. Meu instinto foi executar uma rápida troca de direção sobre o calcanhar e encontrar um espaço menos intimidador, mas o nórdico já havia conseguido uma mesa e, por tê-lo visto destruir o bando de Edris nas montanhas, achei que seria mais seguro ficar perto dele do que tentar a sorte sozinho lá fora.

O Anjo Caído tinha aquele cheiro no ar: suor, cavalos, cerveja choca e sexo fresco. As garçonetes pareciam aceleradas, os três

MARK LAWRENCE

taberneiros nervosos; até as putas estavam atendo-se às escadas, espiando entre os corrimões como se não tivessem mais certeza da profissão que escolheram. Parecia que a maior parte dos fregueses que lotava o local de uma parede à outra não era de frequentadores habituais. Na verdade, quando deslizei pelo banco para me sentar ao lado do viking, percebi que a clientela da noite parecia tão díspar quanto um nórdico e um nativo de Marcha Vermelha. O nubano perto da lareira era talvez o que tinha viajado mais longe. Um homem de porte poderoso, com cicatrizes tribais e um cauteloso ar de seriedade. Ele me pegou olhando e abriu um sorriso.

"Mercenários", disse Snorri.

Depois que ele disse aquilo, percebi que quase todos os homens no recinto carregavam uma arma – a maioria deles várias armas –, mas não um punhal ou uma rapieira que se espera de homem civilizado, e sim espadas grandes pra cacete, machados, cutelos, facas para eviscerar ursos e a maior balestra que eu já vi. Tudo isso ocupava a maior parte da mesa diante do nubano. Vários homens usavam couraças, sujas e surradas devido ao serviço duro; outros, velhas camisas de cota de malha ou armaduras acolchoadas costuradas com uma ou outra placa de bronze.

"Podemos experimentar aquele lugar descendo a rua, O Dragão Vermelho", sugeri quando Snorri levantou seu braço para pedir cerveja. "Algum lugar um pouco menos cheio e..." – levantei a voz para competir com aplausos da mesa seguinte –"...menos barulhento."

"Eu gostei deste lugar." Snorri levantou mais o braço. "Cerveja, mulher, cerveja! Pelo amor de Odin!"

"Hummm." Eu vi cartas e dados em abundância, mas algo me dizia que ganhar dinheiro de qualquer um desses homens poderia ser um prazer de curta duração. Ao lado de Snorri, um homem velho e banguela bebericava sua cerveja em uma molheira, ainda assim conseguindo derramar a maior parte na barba grisalha em seu queixo. Um rapaz estava sentado ao lado do velho, ainda sem idade para se barbear, magro, franzino, pouco especial, a não ser por uma qualidade em suas feições finas que podiam deixá-lo bonito na luz certa. Ele me deu um sorriso tímido, mas a verdade é que eu não confiava na aparência de nenhum dos dois. Se você anda com bandoleiros tais como os que enchiam o Anjo Caído é porque tem um pouco de dureza dentro de você e provavelmente uma grande parcela de maldade também.

Nossa cerveja chegou, com os copos de barro batendo na mesa e espuma escorrendo pelos lados. Eles eram malfeitos, fabricados às pressas pelo menor custo, o tipo de copo que esperavam se quebrar. Bebi do meu – um troço amargo – e limpei o bigode branco. Do outro lado do salão, através da fumaça e além do vaivém de pessoas, um homem enorme estava me olhando de um jeito maligno. Ele tinha o tipo de rosto contundente como uma marreta – dava para imaginá-lo atravessando uma porta – e era bem mais alto que o homem ao seu lado. À esquerda do gigante estava um homem que parecia gordo demais para ser perigoso, mas, de alguma maneira, conseguia parecer amedrontador mesmo assim, com uma barba falhada descendo sobre as papadas, olhos vorazes avaliando a multidão enquanto mordia a carne de um osso. À direita, estava o único homem de tamanho normal do trio, parecendo de certo modo ridículo à sombra deles, mas mesmo assim eu faria qualquer coisa para evitá-lo. Tudo nele anunciava que era um guerreiro. Ele comia e bebia com uma intensidade que me deixou nervoso e se um homem consegue te deixar nervoso apenas cortando seu bife do outro lado de um salão lotado então você provavelmente não vai querer vê-lo sacar sua arma.

"Sabe, acho mesmo que estaríamos melhor no Dragão Vermelho no fim da rua", falei, apoiando meu copo pela metade. "É óbvio que esta é uma festa privada... Não acho que seja seguro aqui."

"Claro que não é." Snorri me deu o mesmo sorriso preocupante que me dera na montanha. "É por isso que eu gosto." Ele ergueu seu copo, chegando perigosamente perto de espirrar outra pessoa do bando com sua espuma, um camarada de bigode com uma quantidade improvável de facas presas ao corpo. "Carne! Pão! E mais cerveja!" Eu podia imaginá-lo agora no salão de banquete de seu jarl durante a reunião dos clãs, pegando um chifre para beber. Ele parecia mais relaxado do que nunca, desde os Fossos Sangrentos em Vermillion.

Peguei o gigante feio me dando outro olhar mal-encarado. "Já volto." Eu me levantei com dificuldade entre o banco e a mesa, e saí pela entrada para me aliviar. Se meu admirador do outro lado da taberna se levantasse e viesse causar problemas, eu provavelmente teria me mijado, então sair da vista dele para responder ao chamado da natureza parecia uma boa jogada.

O Anjo Caído acabou não sendo totalmente desclassificado. Eles tinham uma parede construída especialmente para mijar e uma pequena calha que ia até a sarjeta da rua para levar embora a cerveja usada, embora o fato de haver alguém caído de cara na sarjeta da rua e pingando sangue dentro dela realmente tenha prejudicado um pouco a agradável cena da vida fluindo pelas artérias menos salubres da Cidade de Crath. Fora ele, bandidos e trabalhadores, esposas com seus maridos, vendedores de comidas no palito, tudo ia e vinha, vislumbres sob a luz de um lampião, perdidos, depois vistos novamente na luz de outro, passando pelas fornecedoras de afeto na esquina e perdidos mais uma vez para nunca mais voltarem.

Terminei e voltei para dentro.

"...pensa isso, mas você se enganaria."

Eu havia saído por dois minutos, três no máximo, mas encontrei Snorri rodeado de mercenários, trocando histórias como velhos amigos. "Não", continuou Snorri, com as costas meio viradas para mim. "Estou lhe dizendo que ele não é. Quero dizer, você até pode pensar isso ao olhar para ele, tudo bem. Mas eu o tirei daquele lugar, eles o amarraram a uma mesa, queriam algumas informações e pegaram as facas. E não estamos falando de uma espetada delicada aqui – eles estavam prestes a arrancar as partes que deixariam saudade." Snorri engoliu o resto de sua cerveja. "Sabe o que ele disse a eles? Rugiu para eles, na verdade. Eu escutei do corredor: 'Nunca vou contar!' Gritou na cara deles. 'Pode pegar os alicates, se quiser. Esquentá-los nas brasas. Não vou falar.' Esse é o tipo de homem que é duro na queda. Pode parecer que não há nada por trás da fanfarronice, mas não dá para confiar na intuição com aquele lá. Homem de coragem. Atacou um natimorto sozinho. O troço devia ter quatro metros de puro horror, me desarmou e lá veio Jal balançando uma espada..." Snorri olhou na minha direção. "Jal! Estava falando de você." Ele gesticulou sobre a mesa. "Abram espaço!" E eles abriram, dois bandidos de olhos cruéis se afastaram para que eu pudesse entrar. "Esses agradáveis companheiros são irmão Sim" – ele apontou para o rapaz franzino – "irmão Elban, irmão Gains" – e apontou para o velho e um valentão loiro. "Bem, eles são todos irmãos. É como uma ordem sagrada da estrada, só que sem nada sagrado." Ele balançou seu osso meio roído fileira abaixo. "Irmãos Grumlow, Emmer, Roddat, Jobe..." O homem da faca, um cara sisudo, de barba feita, e dois homens mais novos, ambos pálidos, um com uma cicatriz na bochecha e o outro todo esburacado. "Mais cerveja!" E ele bateu na mesa com tanta força que tudo que estava sobre ela pulou.

De alguma maneira, o ato espalhafatoso de Snorri quebrou a tensão e o Anjo Caído ganhou vida. Os funcionários relaxaram, as meninas desceram das escadas para oferecer seus serviços e as risadas correram mais soltas. Talvez eu tenha sido o único homem dali que ainda sofria. É da minha natureza me ausentar do perigo sempre que possível e, relaxada ou não, essa irmandade que encontramos transpirava perigo por todos os poros. Além disso, a mágica de Snorri não havia alcançado todos os cantos do salão. Eu ainda sentia o olhar hostil do gigante queimando na minha nuca. Peguei a cerveja disposta à minha frente e tomei tudo, esperando amortecer a sensação.

O alívio veio instantaneamente. Uma maciez convidativa se apertou contra meu pescoço para substituir a sensação de estar sendo observado, cachos tingidos com hena inundaram meu ombro, mãos estreitas massagearam meus braços e o relevo do espartilho de barba de baleia pressionou-se às minhas costas.

"Cadê seu sorriso, meu lindo?" Ela inclinou-se ao meu redor, com o corpete oferecendo sua mercadoria para visualização. Mãos claras correram para baixo de meu peito, sobre minha barriga chapada.

Preciso admitir que semanas de exercício indesejado e privação me destituíram de qualquer enchimento. "Tenho certeza de que posso encontrá-lo." Os dedos dela deslizaram mais para baixo. Anos de experiência em situações como aquela mantiveram minha atenção dividida entre as distrações gêmeas dos seios servidos no corpete e a localização de meus próprios bens preciosos. Ela se inclinou e sussurrou em meu ouvido: "Sally vai tornar tudo melhor."

"Obrigado, mas não." Eu me surpreendi. Ela ainda tinha sua juventude e a boa aparência com a qual fora agraciada. Essas ainda não tinham sido levadas pelo vento cortante da experiência que sopra pelas ruas de lugares como aquele. Mas não fico bem suando frio e com todos os instintos de covarde me dizendo que eu deveria estar correndo para longe. Sob tais circunstâncias, meu ardor fica mais murcho.

"Sério?" Ela se inclinou, seios balançando, murmurando a palavra em meu ouvido.

"Não tenho dinheiro", falei, e em um instante o calor sumiu de sua expressão, seus olhos me dispensaram para procurar outras oportunidades. Snorri chamou atenção dela, claro, mas ele estava bem firme em seu canto, atacando um pedaço de carne com osso com tanta ferocidade que talvez Sally achasse que já tivesse perdido a competição. Numa rodada de saias ela desapareceu. Nervoso ou não, eu ainda me virei para observá-la saindo e me vi sendo analisado por dois veteranos, grisalhos, mas magros e fortes como couro velho, com a mesma especulação fria nos olhos que vi quando John Cortador me avaliou. Eu me virei para o meu prato, sem apetite. Alguém havia chamado aqueles dois irmãos de Mentiroso e Algazarra. Não tinha a menor vontade de descobrir como eles ganharam essas alcunhas. Um rugido de gargalhada de Snorri se sobrepôs a meus medos, embora eu tenha recuado quando ele bateu na mesa com seu machado.

"Não. *Isso* é um machado. O que você tem é mais uma machadinha."

Enquanto Snorri discorria sobre barcos, design de machados e o preço do bacalhau, olhei em volta com o máximo de discrição possível por cima da borda de minha caneca de cerveja. Além do trio (o enorme,

A GUERRA DA RAINHA VERMELHA

o gordo e o mortífero) atrás de mim, outra mesa parecia decidir assuntos mais sérios do que o esvaziamento dos barris. Em um recanto do outo lado do salão, dois homens debatiam em uma mesa. As poucas peças de armadura que ainda estavam usando eram de qualidade bem melhor do que tudo que os irmãos tinham. Ambos eram altos, os dois com cabelos escuros – um liso e o outro cacheado–, o mais velho com possivelmente trinta anos, um rosto generoso que talvez não fosse propenso à expressão de seriedade atual, o outro jovem, muito jovem, talvez nem com dezoito ainda, mas perigoso. Se o restante dos irmãos fez meu alarme disparar, aquele garoto de traços marcantes o fez explodir. Ele me lançou um olhar no instante em que me concentrei nele. Um olhar distante que me dizia para virar para o outro lado.

A cerveja continuou a rolar e meu apetite gradualmente voltou, acompanhado de meu bom humor. A cerveja consegue levar embora os medos de um homem. Decerto ele os encontrará no dia seguinte, encharcados e enrolados em seus tornozelos, com mais alguns medos novos incluídos no meio e uma dor de cabeça de rachar, mas na hora a cerveja é uma bela substituta para coragem, perspicácia e contentamento. Em pouco tempo, eu estava trocando histórias de prostitutas com o taciturno irmão Emmer sentado ao meu lado. Uma troca de um lado só, verdade seja dita, mas eu realmente me empolgo com o assunto depois que solto a língua, como a maioria dos homens jovens e sadios.

Quando a puta seguinte se aproximou, eu estava com uma reposta pronta bem diferente da que dera a Sally. Maria havia reduzido seu conjunto de corpete e saia a apenas o corpete e a combinação daqueles longos cabelos escuros, olhos safados e a grande parte de inconsequência que a cerveja me dera fez eu me levantar. Foi aí que notei que o gigante – os irmãos o chamavam de Rike – estava se aproximando, com o rosto retorcido sobre os ossos, formando uma carranca assustadora. Eu me sentei imediatamente e, de repente, achei o fundo de minha caneca fascinante.

Suspirei de alívio quando a sombra do gigante passou sobre nós e seguiu adiante. O homem era pelo menos um palmo mais alto que

MARK LAWRENCE

Snorri, com os braços sem os músculos definidos do nórdico, mas mais grossos que minhas coxas. Os irmãos saíram de seu caminho conforme ele se aproximou do viking: o jovem Sim literalmente deslizou debaixo de uma mesa para não ser pego entre eles – aquele ali era escorregadio, como eu suspeitava. Maria também desapareceu com uma rapidez louvável. O próprio Snorri parecia indiferente, pondo sua caneca de cerveja sobre a próxima mesa, enxugando a barba nos cantos da boca e limpando quaisquer farelos maiores de sua refeição.

Geralmente, quando uma briga é inevitável, as duas partes levam um tempo para se entusiasmar com a ideia. Um comentário depreciativo é feito, a resposta eleva os ânimos, a mãe de alguém é uma puta e um instante mais tarde – seja a mãe uma puta de fato ou não – há sangue no chão. Irmão Rike preferia um caminho mais curto para a violência. Ele simplesmente soltou um rugido animal e deu os três passos finais rapidamente.

No último instante, Snorri deslocou seu peso considerável e a ponta de um banco esvaziado às pressas subiu, atingindo Rike debaixo do queixo e pressionando-se contra sua garganta. Mesmo com Snorri sentado nele, o banco se arrastou vários centímetros pelo chão antes de conter o avanço de Rike. Snorri se levantou, deixando o banco cair enquanto Rike cambaleava para trás; depois, com um passo rápido, agarrou o homem por trás da cabeça e bateu a cara dele na mesa. O impacto fez minha cerveja saltar de sua caneca e parar no meu colo. O próprio Rike escorregou para o chão, deixando para trás uma longa mancha vermelha nas tábuas encharcadas de cerveja.

O matador ficou de pé atrás de seu companheiro caído. Chamavam-no de Kent, o Rubro. Sua mão na machadinha ao seu lado e uma pergunta em seu rosto.

"Rá! Deixe ele dormir que passa." Snorri sorriu para Kent e se sentou. Irmão Kent retribuiu o sorriso e voltou para se sentar com seu companheiro gordo.

Snorri voltou a seu lugar e estendeu a mão para pegar sua bebida na outra mesa.

Eu me senti bem melhor depois daquilo. A queda repentina de Rike me encheu de um bom humor sem fim. Eu peguei outra cerveja com uma garçonete que passava, jogando um cobre em sua bandeja.

"Bem, irmão Emmer." Fiz uma pausa para dar um gole grande – um estilo de beber que não é muito diferente de entornar, mas que envolve derramar bem mais cerveja em seu peito. "Não sei você, mas estou a fim de um entretenimento mais horizontal." E, como se fosse mágica, a doce Maria apareceu ao meu lado, com um sorriso no rosto. "Ave Maria, cheia de graça", eu disse, com o álcool substituindo a perspicácia. "Meu pai é cardeal, sabia disso? Vamos subir e discutir questões ecumênicas." Maria riu obedientemente e, com a mão no ombro de Emmer, fiquei de pé. "Vá na frente, querida dama." Eu comecei a me curvar, mas pensei melhor, sendo abandonado por quase todo o equilíbrio.

Acompanhei Maria até as escadas, cambaleando de um lado para o outro, mas felizmente conseguindo não derrubar a cerveja dos irmãos nem causar ofensa, e sempre atraído de volta ao caminho pela risadinha tentadora dela. Ao pé da escada, Maria pegou uma vela de uma caixa na parede, acendeu e começou a subir. Parecia que eu havia começado uma moda, pois mais alguém veio atrás de nós pelas escadas, batendo as botas.

Um longo corredor dividia o segundo andar, com portas dos dois lados. Maria foi até uma das que estavam entreabertas. Ela pôs a vela em um suporte na parede e se virou. Seu sorriso desapareceu, seus olhos se arregalaram.

"Suma daqui." Por um instante, eu me perguntei por que havia dito aquilo, depois percebi que a voz viera das sombras atrás de mim.

Maria se esquivou e saiu correndo pelo corredor, enquanto eu me esforcei para me virar sem cair. Antes que conseguisse, dedos se entrelaçaram nos meus cabelos e me conduziram para o quarto escuro.

"Snorri!" O que era para ser um grito másculo de assistência saiu mais como um guincho.

"Não precisamos dele." A mão me empurrou mais para dentro. Sombras balançaram quando a vela se mexeu atrás de mim.

"Eu..." Fiz uma pausa para engrossar a voz. "Eu não tenho dinheiro. Só um cobre ou dois. O viking é que carrega para mim."

"Eu não quero seu dinheiro, garoto."

Nem com a cuca cheia de cerveja era possível ter tanto otimismo. A beira da cama se pressionou com força contra minhas canelas. "Que se foda!" Eu me virei, já golpeando com o punho. A luz bruxuleante me possibilitou um vislumbre do irmão Emmer antes de um empurrão com as duas mãos me fazer cair para trás. Meu punho só bateu no ar e a vela se apagou.

"Não!" Saiu como um ganido. As roupas de cama me envolveram, com cheiro de lavanda para mascarar o fedor de suor antigo. Eu golpeei outra vez, mas o cobertor se enroscou em meu braço. Ouvi um chute para fechar a porta. O peso de um corpo caiu sobre mim.

"Ei, Emmer! Eu não sou desses!" Um grito agora. "Eu..." Lembrei-me de minha faca e comecei a procurá-la.

"Ah, quietinho." Tons bem mais suaves, próximos ao meu rosto. "Apenas comporte-se."

"Mas..."

"É Emma."

"Quê?"

"Emma, não Emmer." Um punho de ferro apertou meu pulso, enquanto meus dedos encontraram o cabo da minha adaga. O corpo que me prendia agora se esticou sobre o meu, rígido de músculos, mas menor que o meu e, àquela distância, muito possivelmente feminino. "Emma", disse ela novamente. "Mas se isso sair deste quarto, fofinho, eu corto fora sua língua e como."

"Mas..."

"Apenas relaxe. Você acabou de economizar meio ducado de prata."

Então eu relaxei.

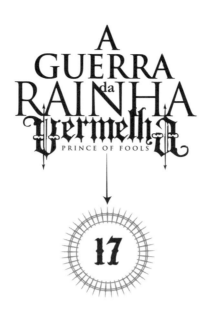

17

"Atolado em pecado!" A voz irritantemente julgadora ecoou por trás de meus ouvidos e mandou estilhaços de dor para a minha cabeça. "Mais baixo nos atos do que no pensamento! Eu achei que não fosse possível."

"Ó Deus!" Alguém havia revirado meu estômago do avesso e o enchido com enguias. Eu tinha certeza disso.

"Como ousa invocá-Lo!" A raiva de Baraqel tinha uma pitada de deleite, como se nada lhe agradasse mais do que encontrar novos pecados para condenar.

"Me mate de uma vez!" Rolei para o outro lado. Tudo em mim doía. Eu devia ter dormido de boca aberta, pois, pelo gosto dela, ratos a usaram como latrina a noite inteira.

"Como uma criatura feito você veio à luz..." A imaginação ou a eloquência de Baraqel lhe faltou.

Eu abri um olho. A luz do dia entrou como navalhas, com farpas dela atravessando as pesadas venezianas e iluminando um quarto imundo. Passei a mão pelo peito, lembrando-me de alguém me empurrando. Nu? *Meu medalhão!* Eu me levantei com um solavanco, meu estômago solavancou mais rápido ainda e por um momento eu me esforcei para não decorar a cabeceira. Minhas roupas estavam espalhadas pelo chão e um salto imprudente me fez pôr a mão sobre o calombo reconfortante que meu medalhão formava na camisa que eu estava usando desde Oppen. Desta vez, meu esforço foi em vão e vomitei aparentemente tudo que havia comido na noite anterior, junto com refeições de outras pessoas e um saco de cenouras picadas que não tinha a menor lembrança de ter consumido.

"Cubra-se, homem! Há uma dama presente." Estremeci com a voz do anjo, rugindo como pregos passando na lousa de minha alma.

"Aaaaideus", foi minha resposta mais mordaz. Eu limpei a boca e me levantei de maneira que minha cabeça ficasse acima da beira da cama.

Do outro lado, sobre um mar enrugado de lençóis sujos e lã cinza, Emma estava colocando novamente suas calças surradas de couro. Mesmo em minha situação delicada, consegui admirar as linhas firmes, porém sujas, de seu corpo antes que fossem completamente escondidas. Ela se virou, abotoando seu justilho sobre os seios apertados, e sua expressão era um misto de deleite e uma leve repugnância. Deduzi que ela estava na casa dos trinta, talvez mais para o final. Mesmo com seus cabelos curtos e nariz quebrado, eu não consegui entender como não percebera o que ela era antes.

"Meu segredo." Ela se apertou entre as pernas, apagando qualquer vestígio de sorriso do rosto. "Se falar sobre isso, corto você aí embaixo para ficar igual." De repente, eu não conseguia ver nem um único traço de mulher nela.

"Não há segredo, irmão Emmer", falei.

"É isso mesmo." Ela atirou uma moeda de cobre para mim, puxou sua faca, que estava prendendo a porta, e saiu do quarto.

Sozinho naquela bagunça nojenta, tirei um momento para refletir. "Uma mulher e tanto!" E rastejei de volta para a cama.

"Nu como o diabo e coberto de pecado!", berrou Baraqel, ou pelo menos senti como se tivesse berrado. "Encontre um padre, Príncipe

Jalan, e..." Em algum lugar, o sol se separou do horizonte e o calou. A luz do dia atravessou as venezianas de maneira ainda mais incisiva e puxei o cobertor sobre a cabeça latejante. Os latejos ficaram piores. Após alguns minutos rolando de sofrimento, segurando as têmporas, descobri que boa parte das pancadas na verdade estava vindo da parede, com uma cabeceira batendo repetidamente contra ela. Enterrei a cabeça debaixo dos braços, depois decidi tirar, pois aquele colchão estava longe de ser higiênico, provavelmente uma distância de vários países. Enfiei os dedos nos ouvidos e esperei que o mundo em geral fosse embora e que a pessoa que estivesse se divertindo tanto no quarto contíguo ficasse sem energia. Ou morresse.

Após um período indeterminado de tempo, o fedor do lugar me fez cambalear até a porta, ainda trôpego, meio bêbado da noite anterior, enrolado em um cobertor fino e segurando a maior parte de minhas roupas, minhas botas, minha espada. Peguei o cobre de Emma também. Quem guarda, tem. A camisa eu deixei de presente para o próximo ocupante – menos o medalhão de mamãe, lógico.

"...uma foda real." Um homem estava parado na porta do quarto ao lado, olhando para dentro. De costas, ele se parecia bastante com o mais velho dos dois mercenários no recanto de ontem. "Então, podemos ir?", perguntou ele.

"Diga que esperem uma hora. Estarei pronto em uma hora", disse um homem mais novo, lá dentro.

O outro deu de ombros e se virou para sair, puxando a porta atrás de si. Uma mulher dentro do quarto disse alguma coisa sobre um príncipe, mas o resto se perdeu quando a porta se fechou. O homem – *era* o cara do recanto – passou por mim, com um leve sorriso contorcendo-se em seus lábios.

Concluí que podia vestir minhas roupas, em vez de carregá-las. Eu me vesti com certa cautela, dolorido em todos os lugares, e desci as escadas.

O bar estava em grande parte deserto – apenas alguns irmãos sonolentos em suas mesas, com as cabeças sobre os braços cruzados, e Snorri no meio de tudo atacando um prato de estanho amontoado com bacon e ovos. O homem de cabelos escuros do corredor estava sentado ao lado dele.

"Jal!", gritou Snorri, alto o suficiente para partir minha cabeça, e acenou para eu ir até lá. "Você está com uma aparência péssima! Coma alguma coisa."

Resignando-me ao bom humor dele, me sentei à mesa, o mais próximo de sua comida que meu estômago permitia.

"Este é Makin." Ele apontou o garfo cheio para o homem a seu lado.

"Encantado", eu disse, me sentindo qualquer coisa menos isso.

"Igualmente", acenou Makin com educação. "Estou vendo que eles têm uns percevejos assustadores neste estabelecimento." Seus olhos se voltaram para onde meu casaco estava aberto, exibindo o peito e a barriga.

"Jesu!" Alguma coisa havia mesmo me mordido. As marcas de dentes de Emma me deixaram como se eu tivesse algum tipo de catapora gigante em todo o corpo.

"Uma das mulheres disse que você teve problemas com irmão Emmer ontem à noite." Snorri enfiou metade de um porco fatiado em sua boca, empurrando as pontas soltas de bacon com o dedo.

"Esse Emmer é um sujeito cheio de truques", disse Makin, assentindo para si mesmo. "Rápido como um relâmpago. Esperto também." Ele tamborilou a testa.

"Não." Eu evitei ganir a negação. "Problema nenhum."

Snorri apertou os lábios de sua boca cheia, olhando para minhas mordidas. Fechei meu casaco. "Não estou julgando", disse ele, erguendo uma sobrancelha.

"O homem é livre para escolher seu caminho." Makin esfregou o queixo.

Fiquei de pé num pulo, imediatamente desejando que tivesse demorado mais. "Até parece que eu vou ficar aqui vendo você se empanturrando de porco como um... como..."

"Um porco?", sugeriu Snorri. Ele levantou o prato e raspou vários ovos fritos para dentro da boca.

"Vou arrumar umas roupas decentes, um banho e uma refeição em algum estabelecimento semicivilizado." Minha dor de cabeça parecia estar tentando me rachar ao meio e eu estava odiando o mundo. "Encontro você nos portões do castelo ao meio-dia."

"É meio-dia agora!"

"Às três horas!", eu gritei da porta e saí cambaleando para a luz do sol.

O sol assistiu do oeste enquanto subi a longa colina até o portão externo do Castelo Alto. Eu havia tirado a sujeira da estrada em uma casa de banho, deixando a água preta, cortei e domei o cabelo e acalmei a cabeça com uns pós que o barbeiro jurou serem bons para aliviar a dor, também benéficos em casos de peste e edema. Por fim, adquiri uma nova camisa de linho, ajustada ao meu tamanho com alguns pontos bem colocados, uma capa de veludo com barra de algo que alegavam ser arminho, mas provavelmente era esquilo, e uma fivela prateada enfeitada com um pedaço de vidro parecendo rubi para arrematar. Não era bem um traje principesco, mas o suficiente para passar por pequena nobreza em uma inspeção casual.

Snorri não havia chegado. Cogitei seguir sem ele, mas voltei atrás. Além de ostentar um guarda-costas, sempre fui a favor de ter um, para guardar as minhas costas. Principalmente um maluco de mais de dois metros de altura, cheio de músculos e com interesse pessoal em não me deixar morrer.

Demorou mais meia hora, talvez, até eu ver o nórdico na ampla rua abaixo. Ele estava com Sleipnir e Ron, mas pelo menos conseguiu que nenhum dos irmãos viesse junto.

"Devia ter deixado os cavalos onde estavam." Achei melhor não repreendê-lo por estar atrasado. Ele simplesmente daria um sorriso e um tapinha nas minhas costas como se eu estivesse brincando.

"Achei que só pedintes chegassem a pé nessas terras planas." Snorri sorriu e passou a mão na crina de Sleipnir. "Além do mais, eu me apeguei a essa velhinha, e ela está carregando todas as minhas coisas."

MARK LAWRENCE

"Era melhor deixá-los pensar que eu tenho um cavalo decente estabulado em algum lugar ali perto do que marchar até os portões com essa dupla sarnenta e aguentar a pena dos guardas."

"Bem..."

"Olha, deixa para lá, finja que os dois são seus." Saí andando, deixando-o seguir a uma distância respeitável.

Eu me apresentei ao portão, adequadamente chamado de Portão Triplo, para o mais importante dos vários guardas vestidos de armadura de cota que ficavam em pé examinando visitantes potenciais. Há certa arrogância esperada da aristocracia e uma vida inteira de serviço havia treinado homens como aquele diante de mim a reagir a ela. Meu irmão Martus tinha um jeito maravilhoso de olhar por baixo do nariz até mesmo para o subalterno mais alto e eu mesmo faço isso decentemente. Preparei-me e irradiei desdém. É claro que Snorri diria, como fazia com frequência, que eu jamais abandonara minha "superioridade de realeza" – embora fosse capaz de se referir a isso como "ainda ter o cetro enfiado no cu" –, mas ele ainda não havia me visto com a corda toda.

"Príncipe Jalan Kendeth de Marcha Vermelha, descendente da Rainha Vermelha, décimo herdeiro de Vermillion e todos os seus domínios." Fiz uma pausa para deixar a ficha do "príncipe" cair. "Estou viajando ao norte e me desviei da Estrada de Roma para fazer uma visita de cortesia ao Rei Olidan. Além das gentilezas normais, me oferecer para levar de volta à Rainha Vermelha qualquer correspondência diplomática subsequente à visita recente de meu irmão, o Príncipe Martus." Pela primeira vez na vida, tive motivos para agradecer por Martus e eu sermos tão parecidos.

"Bem-vindo ao Castelo Alto, alteza." O homem, um sujeito robusto com cabelos grisalhos escapando de seu elmo, deu um passo em minha direção. Ele passou os olhos pretos e pequenos por meu vestuário e olhou incisivamente atrás de mim como se procurasse por minha comitiva.

A GUERRA DA RAINHA VERMELHA

"Estou viajando com pressa. Este homem aqui é meu guarda pessoal. Temos quartos lá na Cidade Velha." Deixei no ar a sugestão de que outros criados pudessem estar ocupando aqueles quartos.

"É claro, Príncipe..." Ele franziu o rosto. "Jalan?"

"Sim, Jalan. Agora diga a Olidan que estou aqui. E seja rápido."

Aquilo chamou sua atenção. Poucas pessoas perderiam o título de Rei Olidan ao ficar frente a frente com seus guardas. Menos ainda requisitariam uma audiência com o rei sob pretextos falsos. De acordo com a opinião geral, Rei Olidan não era dos homens mais agradáveis.

"Mandarei um mensageiro imediatamente, majestade. Talvez queira esperar em meus aposentos na portaria. Posso mandar alguém estabular seus... cavalos."

Cogitei esperar à sombra do muro. A noite prometia ser bonita, mas se ele nos fizesse esperar muito ficaríamos mantendo nossa dignidade de pé, para a diversão dos curiosos. "Mostre-me o caminho", ordenei. É sempre melhor manter a dignidade sentado em particular do que de pé em público.

Nós passamos por baixo dos portões até uma pequena porta no meio da espessura do muro. As escadas atrás dela subiam. O capitão do Portão Triplo tinha um sótão acima da entrada, escondido atrás das engrenagens assustadoras de içamento e dos recessos onde os três portões levadiços ficavam quando não estavam mantendo as pessoas do lado de fora. Era limpo e tinha mesa e cadeiras. Eu duvidava que muitos príncipes estrangeiros tivessem sido entretidos ali, mas provavelmente pouquíssimos deles chegavam sem avisar e praticamente desacompanhados.

Snorri espremeu seus joelhos debaixo da mesa. "Uma cerveja não seria ruim."

O capitão do portão ergueu uma sobrancelha com aquilo e olhou para mim. Assenti. Não que eu fosse encostar nela. Eu havia jurado nunca mais beber naquela manhã. "Vou ver o que posso fazer", disse ele, e saiu pela porta. Nós o ouvimos berrando na escadaria um momento depois.

"Parece estar indo tudo bem." Snorri pegou um pedaço de pão no centro da mesa e começou a encher sua barba com farelos.

"Hummm." Ele não tinha preocupações. O risco viria todo para cima de mim. Eu teria que confiar que Olidan saberia que eu não era importante o suficiente para ser tomado como refém e também que até um homem de reputação tão fria e impiedosa quanto o Rei de Ancrath pensaria duas vezes antes de provocar o descontentamento de minha avó. Vovó era minha melhor chance. Havia muitas histórias de como ela tornara Marcha Vermelha temida entre os reinos vizinhos e algumas delas, embora difíceis de acreditar, eram do tipo de causar pesadelos a um homem. Em todo caso, julguei que o risco da corte de Ancrath valia a pena, se eu pudesse ser solto das correntes que me prendiam a Snorri e ficar livre para correr para o sul novamente.

A cerveja chegou com uma jarra e duas canecas de estanho. Observei Snorri degustar a dele, enquanto meu estômago tentou fazer várias proezas de acrobacia. Apesar do jeito tranquilo do nórdico, dava para ver a impaciência por trás de seu olhar. Ele se doía para estar de volta à estrada, cavalgando para o litoral com toda a pressa, e eu só poderia atrasá-lo em Ancrath por certo tempo.

O capitão voltou mais ou menos uma hora depois para dizer que receberíamos quartos no castelo e muito provavelmente seríamos convocados à corte na tarde do dia seguinte. Melhor do que eu esperava.

Descemos os degraus estreitos mais uma vez até a entrada, onde o capitão nos entregou aos cuidados de um pajem vestido de veludo, e enfim saímos do túnel do portão e entramos no Castelo Alto.

Dava para saber de imediato que a fortaleza era trabalho dos Construtores: era feia, angulosa e resistente. Mil Sóis haviam queimado a terra por todo o Império Destruído. Em muitos lugares, o solo havia sido consumido até o leito de rocha e a rocha derreteu e virou vidro. Mas o Castelo Alto sobreviveu. O fato de os Ancrath firmarem residência ali dizia muito sobre seu caráter e suas intenções.

A cortina de muro que rodeava o complexo e os vários anexos – casernas, uma ferraria, estábulos e afins –, tudo tinha três ou quatro séculos, mas o castelo foi feito de pedra derretida mil anos atrás. Eu me lembro, de minhas lições, de que os Construtores raramente mantinham os prédios por muito tempo. Eles os erguiam para depois derrubá-los, como se não fossem mais que tendas. Mas, para coisas que não eram feitas para durar, eles faziam um trabalho bom pra caramba.

O pajem nos levou até o castelo sob os olhares atentos de vários guardas em serviço, homens patrulhando os muros e cavaleiros passando. Era Snorri que chamava atenção deles, claro: não o maldito príncipe de Marcha Vermelha que se dignava a agraciar seus corredores feios, mas um nórdico assustadoramente grande com meio hectare de morro em seu nome. Alguma coisa nas tranças de seu cabelo, ou o brilho ártico de seus olhos, ou talvez o enorme machado em suas costas tendia a fazer os habitantes do castelo pensarem por um momento que suas defesas foram violadas.

O castelo ficava em um terreno aberto com pátios demarcados para treinamento com cavalos e armas. Era um contraste alarmante com o palácio de Vermillion e tenho a impressão de que vovó trocaria sem pestanejar. Era um lugar construído para a guerra, e não feito para parecer-se com ela. Um castelo que havia resistido a cercos e sucumbido a pelo menos um deles, pois se as histórias de Snorri estavam certas, os Ancrath não foram os primeiros a reivindicar o local após as tribos de homens se espalharem pelas terras envenenadas.

"Belo castelo." Snorri olhou para o Castelo Alto acima enquanto esperávamos a grande porta de carvalho e ferro à nossa frente ser aberta.

O castelo era alto. Disso eu não podia reclamar. Apesar de parecer inacabado ou mais provavelmente destruído. O negócio não afunilava nem demonstrava qualquer concessão à altura, como uma torre fazia hoje em dia. Ele simplesmente se atirava para o céu e dava a impressão de que, antes dos Mil Sóis interromperem sua ambição, nada o impediria de atingir as nuvens.

"Já vi melhores", menti.

A porta se abriu e um dos cavaleiros da távola de Olidan, de meia armadura brilhante, fez-me uma mesura.

MARK LAWRENCE

"Príncipe Jalan, é uma honra conhecê-lo. Sou Sir Gerrant de Treen." Quando ele se endireitou, eu dei meio passo para trás. Eles obviamente notaram a estatura de Snorri e decidiram apresentar seu maior homem para nos receber. Sir Gerrant tinha quase a mesma altura e largura, e um bonito rosto cortado por uma feia cicatriz. Ele abriu o braço para o lado, convidando-nos a entrar. O sorriso em seus lábios divididos pela cicatriz parecia genuíno o bastante. "Levarei vocês a seus quartos. Venha também, Stann." Ele se virou para o pajem. "Príncipe Jalan precisará de alguém para lhe servir de criado."

Sir Gerrant nos levou para cima de uma ampla escadaria e por vários corredores. A arquitetura tinha uma qualidade estranha, como se quem a fizera mil anos atrás não fosse humano. Por toda parte, vi indícios de obras mais recentes, de esforços feitos para construir uma habitação mais humana. Pisos haviam sido removidos, aposentos ampliados e elevados, curvas introduzidas com apoios de madeira esculpida, embora nada feito pelos Construtores precisasse de reforços.

"Tive a honra de conhecer o Príncipe Martus durante sua missão no verão retrasado." Sir Gerrant abriu mais uma porta e a segurou para nós. "A semelhança com sua família é impressionante."

Contive uma resposta afiada e fiz uma careta. É verdade que meus dois irmãos têm algo de minha aparência – que veio do lado da família de meu pai, ao menos o loiro de nossos cabelos –, a altura de vovó e a beleza de mamãe, pois nosso pai é um sujeito baixo e desinteressante, tão adequado para trabalhar em um scriptorium quanto para usar o chapéu de um cardeal. Martus, porém, foi feito por uma mão bruta. Darin era um pouco melhor. O artista aperfeiçoou o desenho quando chegou a minha vez.

Passamos por um salão onde damas nos observaram de uma galeria alta. Eu bem suspeitei que Sir Gerrant tivesse sido induzido a desfilar conosco para a inspeção delas. Entrei no jogo e fingi não notar. Snorri, lógico, encarou abertamente, sorrindo. Eu ouvi risadas e uma delas sussurrou alto o suficiente para ser ouvida: "Outro príncipe vagabundo?"

A GUERRA DA RAINHA VERMELHA

Meu quarto, onde finalmente chegamos, era bem decorado e, embora não tão imponente quanto um príncipe visitante pudesse esperar, cem vezes melhor do que qualquer acomodação que havia visto desde que saí às pressas do quarto de Lisa DeVeer, o que parecia ter sido uma eternidade atrás.

"Levarei seu homem aqui até um quarto de criado, ou Stann pode fazê-lo mais tarde", disse Sir Gerrant.

"Pode levá-lo", falei. "E não deixe nenhum de seus homens mexer com ele. Ele não foi domesticado e vai acabar destruindo-os." Enxotei Snorri para o corredor com movimentos esvoaçante dos dedos. Ele não respondeu, apenas sorriu irritantemente e saiu atrás de Gerrant.

Eu me joguei em uma poltrona estofada. O primeiro assento confortável em que me sentava em séculos. "Botas." Eu levantei uma perna e o pajem se aproximou para começar a puxar a primeira delas. Isso é uma coisa de que eu realmente sentia falta na estrada. Não fazer absolutamente nada. Papai era sovina demais para equipar o salão adequadamente, mas quando recebíamos visitas importantes, ele contratava uma quantidade decente de criados. Se você deixar algo cair, que haja uma empregada a postos para pegá-lo quase antes de o objeto chegar ao chão; se uma coceira tornar necessário que você se contorça ou se estique para lhe dar um fim, que haja um serviçal a postos com unhas cortadas para aliviar a comichão – isto é uma quantidade decente de criados.

A bota se soltou com um solavanco e a criança cambaleou para trás, depois se voltou para a outra bota. "E depois você pode me trazer algumas frutas. Maçãs e algumas peras. Peras de Conquence, claro, não aquelas amarelas de Maran, que são todas molengas."

"Sim, senhor." Ele retirou a segunda bota e levou ambas para ficarem ao lado da porta. Alguém podia dar uma boa polida nelas antes de amanhã ou, melhor ainda, substituí-las por um par mais bonito. O garoto abriu a porta e saiu. "Vou buscar as frutas."

"Espere um pouco." Eu me inclinei para a frente em minha cadeira, mexendo os dedos dos pés. "Stann, não é?" Ocorreu-me que o patife podia me ser útil.

"Sim, senhor."

"Frutas e um pouco de pão. E descubra onde foi parar esse príncipe perdido que todos estão celebrando. Qual o nome dele, afinal?"

"Jorg, senhor. Príncipe Jorg." E ele saiu sem esperar ser dispensado, nem mesmo fechando a porta atrás de si.

"Jorg, é?" Aquilo me pareceu estranho, agora que pensei a respeito. Noite passada, nenhum dos irmãos sequer mencionara esse príncipe perdido, novamente reunido ao seio de seu pai. A Cidade de Crath inteira parecia tomada pela celebração do retorno do pródigo e, de alguma maneira, encontramos a única taberna à vista do Castelo Alto onde ninguém queria falar sobre isso. Muito estranho.

Uma sombra à porta me chamou atenção e abandonei minhas reflexões. "Sim?" Será que o jovem Stann estava correndo *de* em vez de *para* alguma coisa? O homem na entrada não parecia muito amedrontador, mas ele devia estar se aproximando pelo corredor quando Stann saiu correndo...

O sujeito à minha frente teria sido o homem mais desinteressante de todos, competindo até mesmo com meu querido pai na categoria "comum", se não fosse o fato de que cada centímetro de sua pele exposta, o que compreendia suas mãos, pescoço e cabeça, estava tatuado com rabiscos estrangeiros. As letras até rastejavam sobre seu rosto, amontoando-se em suas bochechas e testa com uma caligrafia densa.

Um silêncio desconfortável se acumulou após sua chegada e, em casa, eu certamente teria sido tentado a xingá-lo e a exigir que ele falasse ou fosse embora, possivelmente encorajando-o a escolher com a ajuda de qualquer coisa que estivesse à mão para atirar. Eu havia passado tempo demais na estrada, porém, onde qualquer camponês podia me apunhalar por olhar da maneira errada para sua irmã, e meus velhos instintos haviam enferrujado.

"Sim?", repeti, embora coubesse apenas a ele se explicar, não a mim perguntar.

"Meu nome é Sageous. Eu sempre aconselho o rei em assuntos mais... incomuns."

A GUERRA DA RAINHA VERMELHA

"Aleluia!" Talvez não fosse a coisa certa a dizer para alguém de aparência tão pagã, mas, na alegria de descobrir alguém que pudesse desfazer minha maldição, eu estava disposto a ignorar certas falhas, como ser claramente de origem estrangeira e adorar a divindade errada. Snorri compartilhava daqueles defeitos, afinal, e, apesar de meus receios, havia demonstrado ter várias qualidades redentoras.

"As pessoas nem sempre ficam contentes em me ver, Príncipe Jalan", disse o pagão, com um pequeno sorriso em seus lábios.

"Ah, mas nem todo mundo precisa de um milagre." Fiquei de pé e me aproximei do homem, satisfeito de ver que eu era bem mais alto. Supus que ele tivesse uns quarenta anos e, do meu ponto de vantagem, podia ler o que estava no alto de sua cabeça. Ou pelo menos leria se conhecesse as letras. Imaginei que a escrita viesse de algum lugar oriental e talvez ao sul também. Muito distante ao leste e ao sul. Um lugar onde a escrita se parecesse com aranhas acasalando. Eu já havia visto algo parecido antes nos aposentos de minha mãe. Sageous inclinou a cabeça para me encarar e eu esqueci tudo a respeito da escrita inconveniente, da falta de estatura, até do fedor de especiaria dele que havia acabado de chegar às minhas narinas. De repente, aqueles olhos comuns se tornaram tudo que importava. Duas poças de contemplação, plácidas, castanhas, comuns...

"Príncipe Jalan?"

Sacudi a cabeça e encontrei o detestável homenzinho estalando os dedos na frente do meu rosto. Se não quisesse algo dele, eu teria chutado seu traseiro dali até o Portão Triplo. Bem, isso se ele também não fosse um feiticeiro. Não são o tipo de pessoa que se deve aborrecer. Mas se eu o manipulasse da maneira correta, como a lâmpada de Aladim, talvez conseguisse meu desejo. Pelo menos agora eu sabia que ele não era um charlatão com espelhos, fumaça e mãos ágeis.

"Príncipe Jal..."

"Estou bem. Fiquei tonto por um tempo. Venha. Sente-se. Preciso lhe perguntar uma coisa." Apertei o nariz entre os olhos e pisquei algumas vezes para recuperar a concentração, enquanto fiz um caminho tortuoso de volta à minha cadeira. "Sente-se." Acenei para outra cadeira.

Sageous pegou uma elegante cadeira de encosto alto, mas ficou atrás dela, em vez de seguir meu comando. Os dedos morenos correram sobre a madeira tão escura que era quase preta, investigando cada curva polida e brilhante como se procurasse um sentido. "Você é um quebra-cabeças, Príncipe Jalan."

Contive minha opinião e resisti à vontade de xingá-lo por seu descaramento.

"Um quebra-cabeças de duas partes." O pagão me observou com aqueles olhos plácidos. Ele soltou a cadeira e passou os dedos sobre sua testa, sobrancelhas, maçãs do rosto, bochechas. Em todo local que seus dedos tocavam parecia que, por um instante, os escritos tatuados ficavam mais escuros, como fissuras em sua pele para alguma escuridão interior. Ele ergueu a cabeça e, em seguida, olhou na direção do corredor atrás. "E o segundo pedaço está por perto."

"Eu não esperava menos de alguém com quem um rei como Olidan se aconselha." Dei meu melhor sorriso, aquele que diz "herói franco e amável com dom para lidar com pessoas". "A verdade é que fui aprisionado em um feitiço abominável junto com o nórdico que trouxe comigo. Estamos unidos pela magia. Se nos separarmos demais, coisas ruins acontecem a nós. E tudo que eu quero é que alguém nos desamarre para que possamos seguir nossos caminhos separados outra vez. O homem que fizesse isso me acharia um príncipe realmente generoso."

Sageous pareceu bem menos surpreso do que eu esperava. Quase como se já tivesse ouvido a história. "Posso ajudá-lo, Príncipe Jalan."

"Ah, graças a Deus. Quero dizer, graças a qualquer deus. Você não sabe como tem sido difícil, jungido àquele bruto. Achei que fosse ter de viajar até os fiordes com ele. Eu não me dou nada bem com o frio. Minha sinusite..."

Sageous levantou a mão e interrompeu minha tagarelice. Interromper um príncipe era algo sem noção, mas é verdade que o alívio daquilo tudo havia soltado minha língua além da conta.

"Há, como em tudo, uma maneira fácil e uma difícil."

"A maneira fácil me parece mais fácil", falei, inclinando-me para a frente, pois o pagão falava muito baixo.

"Mate o outro homem."

"Matar Snorri?" Saltei para trás, surpreso. "Mas eu achei que se ele..."

"Baseado em quê você achou isso, Príncipe Jalan? Um homem sensato pode temer certas possibilidades, mas não deixe o medo transformar a possibilidade em certeza. Se um de vocês morrer, a maldição morrerá junto e o outro poderá prosseguir desimpedido."

"Ah." Parecia bobagem ter tido tanta certeza do que aconteceria. "Mas não posso matar Snorri." Eu não o queria morto. "Quero dizer, seria muito difícil. Você não o conheceu. Quando o conhecer, vai entender."

Sageous deu de ombros, erguendo-os minimamente. "Você está no castelo do Rei Olidan. Se ordenar que o homem morra, então ele vai morrer. Duvido que o rei recuse o pedido de um príncipe pela vida de um plebeu. Especialmente um homem do gelo e da neve, propenso a adorar deuses primitivos."

Meu entusiasmo inicial me escapou em um longo suspiro. "Diga-me a maneira difícil..."

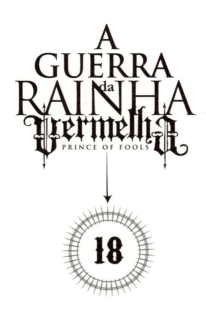

18

Acordei suando frio, com a cama quente à minha volta. Por um momento, me perguntei em que taberna estava. Até pensei por um instante que Emma pudesse estar deitada ao meu lado, mas meus dedos tateantes encontraram apenas lençóis. Lençóis finos. O castelo. Eu me lembrei e me sentei, com a noite cega por todos os lados.

Pesadelos estavam me perseguindo, um atrás do outro, e meu coração ainda estava disparado por conta do exercício, mas eu não conseguia me lembrar de nenhum detalhe. Nada me vinha à memória a não ser algo terrível me perseguindo em locais escuros, tão perto que sentia sua respiração em meu pescoço, sentia-o me agarrando, puxando minha camisa...

"Castelo, Jal: você está em um castelo." Minha voz saiu fraca, como se eu estivesse em algum espaço amplo e vazio.

A vela que deixei queimando devia ter se apagado – nem mesmo o cheiro dela permanecia. Eu tinha mecha e pedra de isqueiro, mas estavam em um alforje no lugar em que Ron fora estabulado.

"Você é um rapaz grande demais para ter medo do escuro." O medo em minha voz me convenceu de que era melhor ficar calado. Procurei escutar algum som além de minha própria respiração, mas nada chegou até mim.

Eu me atirei no travesseiro e puxei as cobertas à minha volta, e, para me distrair dos terrores noturnos, me concentrei em meu último diálogo com Sageous.

"A maneira difícil?", perguntou ele, como se estivesse surpreso por eu cogitá-la. "A maneira difícil seria completar a obra do feitiço. Cada encanto é um ato de vontade que luta para se completar. Os desejos dos mais poderosos, quando ditos, quando enunciados pelos caminhos que sua arte gravou no tecido da existência, tornam-se seres vivos. O feitiço vai se contorcer e virar, vai mudar, cogitar, conspirar até alcançar o objetivo que o criou."

"O feitiço está incompleto porque o alvo permanece. Destrua o alvo, e o encanto, esta maldição que o força para seus próprios fins, vai desaparecer."

Pensei nos olhos por trás daquela máscara.

"Matar Snorri, você diz?" O jeito fácil parecia realmente mais fácil.

Os olhos que brilharam nas fendas daquela máscara de porcelana, aqueles mesmos olhos me observaram em meus pesadelos. Minha pele se arrepiou com a possibilidade daquela invasão, mesmo agora. Os lençóis de linho que eu estava segurando eram proteção de criança. Nem mesmo uma armadura de aço me daria salvação contra esse horror. "Matar Snorri?"

"Uma questão simples que posso arranjar para você, meu príncipe." Tudo que o pagão dizia soava razoável.

"Não, de verdade, não posso. Ele se tornou uma espécie de a..." Eu me contive. "Uma espécie de criado de confiança."

Sageous balançou a cabeça e linhas de texto se borraram diante de meus olhos. "Isso é uma loucura na qual você caiu, meu príncipe. O bárbaro tomou você como prisioneiro – um refém de sua própria sorte – e o está arrastando para um perigo terrível. Lorde

A GUERRA DA RAINHA VERMELHA

Stoccolm, um sábio homem, escreveu sobre isso séculos atrás. Aos poucos, o prisioneiro começa a ver seu captor como amigo. Você caiu no sonho dele, Príncipe Jalan. É hora de acordar."

E, deitado ali, no silêncio escuro daquele quarto, sem nada além dos lençóis para me proteger da convicção de que o horror sem nome de Vermillion estava me observando ao pé da cama, tentei acordar. Rangi os dentes e tentei dormir ou acordar – mas apenas a lembrança da voz de Sageous me trazia alguma fuga.

"Você só precisa pedir proteção ao Rei Olidan – eu levarei a mensagem – e, quando chegar a manhã, esse nórdico estará ocupando a cova de um indigente perto do rio. Você acordará um homem livre, pronto para retornar à vida da qual foi arrancado. Livre para retomar seus antigos costumes como se nada houvesse acontecido."

Tive de admitir que pareceu bastante tentador. Ainda parecia. Mas minha língua continuava recusando as palavras. Talvez aquilo também fosse parte da doença de Stoccolm. "Mas ele é... bem, um criado leal." E, lógico, embora eu possa ser um mentiroso, trapaceiro e covarde, nunca, nunca decepcionarei um criado leal. A não ser, é claro, que seja preciso sinceridade, justiça ou coragem para evitar que isso aconteça – ou fazer algo que, de alguma maneira, seja levemente inconveniente para mim. "Entendo seu ponto de vista... mesmo assim, deve haver outra maneira. Você não pode fazer alguma coisa? Um homem com as suas habilidades?"

Novamente, o meneio negativo de cabeça, tão lento e delicado que quase dava para acreditar no sofrimento. "Não sem grande risco, meu príncipe, para mim mesmo e para você." Ele virou aqueles olhos suaves na minha direção e senti a atração deles imediatamente, como se a qualquer momento ele pudesse me puxar lá dentro para me afogar. "Há uma terceira maneira. O sangue da pessoa que lançou a maldição sobre você."

"Ah, eu não poderia..." Pensar naquela bruxa velha me desarmava quase tanto quanto aquela criatura da ópera. "A Irmã Silenciosa é ardilosa demais, e vovó é louca por ela."

Sageous assentiu como se esperasse isso. "Ela tem uma gêmea, que o destino pode colocar em seu caminho. O sangue da gêmea vai atingir o mesmo objetivo. Vai extinguir o fogo do feitiço."

"Uma gêmea?" Era difícil imaginar dois monstros daqueles. A mulher do olho cego sempre parecera tão singular.

"Ela se chama Skilfar."

"Meu Deus do céu!" Eu havia ouvido falar de Skilfar. E todo mundo de quem se ouve falar é um problema. Isso é uma sabedoria valiosa, pode apostar. A Bruxa Má do Norte – tenho certeza de que já ouvira vovó chamá-la assim, sorrindo como se tivesse dito algo inteligente. "Caramba." Matar Snorri seria difícil. Eu teria ficado feliz de tirar a vida dele nos Fossos Sangrentos em troca de dinheiro. Mas agora eu o conhecia e aquilo dava outro brilho às coisas. Na verdade, estragava o lance dos fossos. Todos os homens ali tinham vidas e eu não sabia se conseguiria curtir o esporte de novo sabendo disso. A vida tem maneiras de se embrenhar em você, arruinando sua diversão com informação demais. A juventude é realmente a época mais feliz, quando vivemos na ignorância.

"Sua antiga vida, meu príncipe. Devolvida a você."

Minha antiga vida, os prazeres da carne e da mesa de jogo, e às vezes o primeiro em cima do segundo. Ela era superficial e equilibrada na ponta da faca de Maeres, mas às vezes superficial é mais que o suficiente. Na parte funda você pode se afogar. "Vou dormir pensando nisso", eu dissera.

Só que não consegui dormir. Fiquei deitado no suor frio com que o medo me envolvera e olhei fixamente para a noite. A morte de Snorri, a destruição do monstro, o sangue da Irmã Silenciosa ou de sua irmã do norte. Nada disso era fácil. Cada coisa era difícil a seu próprio modo.

"Peça ao rei pela cabeça do nórdico", Sageous havia me dito. "É o caminho mais fácil." *Não é você que gosta do fácil?* Era isso que a escrita parecia dizer, exposta em suas palmas. *Não é você que é mestre em ir embora?*

Se eu fosse mestre em ir embora, saberia onde a maldita porta ficava. Eu normalmente ficava de olho nessas coisas, planejava minhas rotas de fuga, entendia a disposição do terreno. Mas quando o pagão saiu do recinto, um grande cansaço tomou conta de mim e caí na cama como uma pedra no lago mais fundo.

"Mate o nórdico." Parecia mais razoável a cada vez que ele dizia. Afinal, pouparia Snorri da descoberta de que sua família estava morta. Tudo que ele tinha à sua frente era uma longa viagem até as piores notícias do mundo. Não era ele que saudava a batalha como uma velha amiga, ávido por encontrar seu fim? *Mate o nórdico.* Não sei se fui eu que disse ou Sageous.

Fiquei sentado na maciez da grande cadeira, de frente para o pagão, ouvindo suas verdades. Fiquei sentado? Estava sentado? Eu estava sentado em frente a ele agora, de pé atrás da cadeira de encosto alto, passando os dedos sobre as ripas como se elas fossem uma harpa na qual se pudesse tocar uma melodia. "Então pedirá a cabeça dele." Não foi uma pergunta. Aqueles olhos suaves estavam paternais agora. Um pai e um amigo. Embora Deus saiba que não era o *meu* pai: ele sempre parecia constrangido com todos os assuntos de pai e filho.

Sim. Sageous estava certo. Comecei a dizer as palavras. "Eu pedirei a..."

A ponta de uma espada emergiu do peito estreito de Sageous, e não era uma espada comum nem uma de jardinagem, mas uma brilhante como a aurora, clara como o aço tirado do calor escaldante da fornalha. Sageous olhou para a ponta dela, atônito, e ela avançou até uns trinta centímetros de lâmina cintilante sair de seu peito.

"Que foi?" Sangue corria pelos cantos de sua boca.

"Este não é seu lugar, pagão." Asas se abriram atrás do homem como se fossem dele. Asas brancas. Brancas como nuvens de verão, com penas de águia, largas o bastante para carregar um homem para os céus.

"Como?" Sageous agora gorgolejava sangue, derramando-o sobre o queixo ao dizer a palavra.

MARK LAWRENCE

A espada se retraiu e uma cabeça se levantou, subindo atrás do pagão, o rosto tão orgulhoso e inumano quanto aqueles feitos de mármore das estátuas dos deuses gregos ou imperadores romanos. "Ele é da luz." E, em um lampejo, a lâmina levou a cabeça do pagão, cortando seu pescoço como a foice tira a grama.

"Acorde." Não era a voz do anjo que se assomava acima do cadáver de Sageous. Uma voz que vinha de fora do castelo, maior do que o som deveria ser, alta o suficiente para rachar pedra. "Acorde."

Não fazia o menor sentido. "O quê...?"

"Acorde."

Pisquei. Pisquei novamente. Abri os olhos. Em vez de escuridão, cinza pós-alvorecer. Eu me sentei, com os lençóis ainda grudados em minhas pernas ensopadas de suor. Por trás dos fantasmas pálidos das cortinas de renda, o céu clareava ao leste.

"Baraqel?"

"Um vil manipulador de sonhos achando que podia macular um dos jurados pela luz!" Baraqel parecia cheio de si. Depois continuou, com um tom mais sério: "Vejo uma mão por trás dele, no entanto. Com um toque mais mortal... de dedos azuis. A D..."

"A-aquilo foi você? Mas você é tão... bem... tão chato." Saí da cama, cada parte de mim doendo como se eu tivesse passado a noite lutando com um macaco da Berbéria. O quarto estava vazio, e o anjo confinado à minha cabeça outra vez.

"Eu falo com a voz que me concede, Jalan. Sou limitado pela sua imaginação, moldado pelos seus conceitos. Cada uma de suas falhas me diminui, e elas são muitas. Eu..."

A última ponta ardente do sol saiu do horizonte, transformando uma floresta inteira em ouro. E o silêncio era de ouro. Baraqel teve seu momento. Voltei à cadeira confortável, puxando minhas calças, mas vi que não queria me sentar nela. Olhei para a cadeira de encosto alto e imaginei Sageous ali como estivera em meu sonho, com a cabeça decepada e começando a cair. Ele queria que eu mandasse matar Snorri. Seus argumentos pareciam bastante sólidos, mas, apesar de perder mais dinheiro à mesa de carteado do que ganhava, passei tempo suficiente nela para saber quando estava sendo manipulado.

Quando terminei de me lavar e me vestir, o dia havia entrado pelo leste, os galos já haviam cantado, as pessoas com trabalhos a fazer se apressavam e, abaixo do Castelo Alto, a Cidade de Crath sacudia-se para acordar. Uma batidinha tímida me tirou de minha contemplação à janela.

"Quem é?"

"É S-Stann, majestade." Uma pausa. "Você precisa de ajuda para se vestir ou quer que..."

"Vá buscar meu viking e traga-o aqui. Vamos fazer o desjejum onde servem as melhores coisas."

Ele saiu apressado, com os sons de seu afastamento sumindo. Eu me sentei na cama e peguei meu medalhão. Era uma mixórdia agora, pois cada pedra que eu vendera havia deixado um buraco vazio que me olhava com cega acusação. Parecia apropriado. A justiça é cega. O amor é cego. Outra pedra compraria meu retorno para Vermillion no conforto de uma bela carruagem. Mais uma compraria vinho e companhia em cada parada. Mais dois buracos para observar minha passagem, para me ver deixar um amigo numa cova de indigente e voltar às superficialidades. Eu me perguntei se Baraqel via minha alma quando olhava para mim. Será que ela se parecia com isso? Trocada por aí, um pouquinho a cada dia, comprando o caminho de um covarde pelas margens da vida?

"Mesmo assim", falei a mim mesmo, "melhor uma vida longa e ignóbil de prazeres rasos do que uma tentativa curta de heroísmo, acabando com uma facada rápida. E só porque um homem manipula o outro, isso não quer dizer que não seja a direção certa para os dois." Eu pensei no norte frio, nas histórias cheias de horror que Snorri contava, e tremi.

"Jal!" Snorri preencheu a entrada e seu sorriso preencheu seu rosto. "Você parece pior após uma noite sozinho em lençóis de seda do que após uma noite no Anjo Caído lutando com alguém que gosta

MARK LAWRENCE

de morder." Atrás dele, Stann pairava no corredor, tentando achar uma maneira de passar.

Eu me levantei. "Vamos. O menino vai nos encontrar um desjejum."

Nós dois fomos atrás de Stann, igualando sua corrida com um passo tranquilo. "A comida pode ser levada até seus quartos, meus lordes." Ele disse sobre os ombros, tomando fôlego.

"Eu gosto de me misturar", disse. "E sou alteza real para você, garoto. Ele é um... hauldr. A forma correta de se dirigir a alguém dessa posição é 'ei, você'."

"Sim, alteza real."

"Melhor."

Outro corredor, outra curva, e atravessamos um arco que dava para um salão de tamanho considerável com três longas mesas. Homens comiam em duas das mesas, hóspedes, pela aparência, ou figuras de certa importância dentro do castelo. Nenhuma delas realeza, mas não pessoas comuns. Stann indicou a mesa desocupada. "Alteza real." Ele olhou para Snorri, mordendo o lábio, trocando de um pé para outro de indecisão, duvidando agora de que a posição do nórdico merecesse um lugar em qualquer uma das mesas.

"Snorri comerá comigo", eu disse. "Dispensa especial."

Stann suspirou aliviado e nos levou a nossas cadeiras.

"Quero ovos, mexidos com uma pitada de sal e pimenta do reino, e depois um peixe. Arenque, cavalinha, alguma coisa defumada. O viking provavelmente vai querer um porco, levemente morto."

"Bacon", assentiu Snorri. "E pão. Quanto mais preto, melhor. E cerveja."

O garoto saiu correndo o mais rápido possível, repetindo todos os nossos pedidos.

Snorri se recostou em sua cadeira e bocejou vigorosamente.

"Como você dormiu?", perguntei.

Ele sorriu e me lançou um olhar de apreciação. "Tive sonhos muito estranhos."

"Quão estranhos?"

A GUERRA DA RAINHA VERMELHA

"Eu sonho com a filha de Loki todas as noites. Se um sonho faz as aparições de Aslaug parecerem comuns, então dá para imaginar que seja muito estranho."

"Vamos ver."

"Um homem pequeno coberto de rabiscos passou a noite tentando me convencer a matá-lo hoje de manhã. Pelo menos a maior parte da noite... até Aslaug comê-lo."

"Ah."

Nós ficamos sentados em silêncio por um minuto até um servente chegar com duas jarras de cerveja fraca e pão.

"E então?", perguntei, bastante tenso. Uma longa faca estava entre nós, ao lado do pão.

"Decidi que não." Snorri estendeu a mão e partiu o pão em dois.

"Que bom." Relaxei com um suspiro.

"Melhor esperar até sairmos do castelo para fazer isso." Ele mastigou o pão para ocultar seu sorriso. "E você? Como dormiu?"

"Mesma coisa", respondi, mas Snorri havia perdido o interesse, com o olhar atraído para a entrada.

Eu me virei e vi uma jovem mulher se aproximar: alta, esbelta, não fraca, não uma beleza convencional, mas com alguma coisa que me encheu de pensamentos não convencionais. Eu a observei se aproximar com passos decididos. Maçãs do rosto altas, lábios expressivos, cachos ruivos caindo em volta dos ombros. Eu me levantei, pronto com minha mesura. Snorri ficou sentado.

"Senhora." Olhei em seus olhos, extraordinários, verdes, mas que devolviam mais luz do que absorviam. "Príncipe Jalan Kendeth ao seu dispor." Acenei para a mesa. "Meu criado Snorri." Seu vestido era simples, mas feito com um cuidado e uma qualidade discreta que diziam que tinha dinheiro.

"Katherine ap Scorron." Ela olhou para mim, depois para Snorri, e em seguida voltou para mim. Seu sotaque confirmava origens teutônicas. "Minha irmã, Sareth, gostaria de ter o prazer de sua companhia para um almoço leve."

Um sorriso se espalhou em meu rosto. "Será um prazer, Katherine."

"Que bom." Ela passou o olho em mim de cima a baixo. "Desejo-lhe uma boa estada e viagens seguras daqui em diante, príncipe." E ela se virou com uma rodada de saias, em direção ao corredor. Nada em seu tom de voz ou em seu rosto claro havia insinuado que achava que minha companhia seria um prazer para sua irmã. Na verdade, uma vermelhidão em volta de seus olhos me fez pensar se havia chorado.

Eu me inclinei para Snorri. "Estou sentindo conflito de irmãs! A irmã mais velha vai jantar com o príncipe e o narizinho da irmã caçula ficou de fora." Meus instintos nesses assuntos raramente estão errados. Conheço bem a dinâmica da rivalidade entre irmãs. Snorri franziu o rosto – um toque do próprio monstro de olhos verdes, sem dúvida. "Não me espere acordado!" E comecei a ir atrás da garota.

Uma grande mão agarrou meu pulso e se afastou com o estalo alto entre nós. O suficiente para me deter, no entanto. "Acho que não foi esse tipo de convite."

"Bobagem. Uma dama bem-nascida não entrega recados. Ela teria mandado um pajem. Há mais de uma mensagem aqui!" Eu podia perdoar o bárbaro por sua ignorância com as sutilezas da corte.

Katherine chegou à porta. É verdade que sua retirada não tinha o rebolado convidativo que se vê em lugares como O Anjo Caído. Eu o achei tentador mesmo assim. "Vá por mim. Conheço a vida no castelo. Este aqui é meu jogo." E saí apressado atrás dela.

"Mas a braç..." Snorri gritou atrás de mim. Alguma coisa sobre um bracelete.

Tive de rir com a ideia de um nórdico nascido numa cabana tentando me instruir sobre as maneiras das mulheres de um castelo. Ela aparecera sem acompanhante ou defensor, na cara dura, dando uma boa olhada no príncipe à disposição.

"Katherine." Eu a alcancei no corredor, a metros do salão. "Não vá fugir agora", falei, engrossando a voz até um rosnado sedutor. Enchi a mão com seu traseiro através das camadas de tafetá. Liso e firme.

Ela se virou mais rápido do que eu achava possível naqueles trajes e... Bem, passei a eternidade seguinte em um lugar branco de muita dor.

Sempre achei a localização dos testículos de um homem um argumento eloquente contra o design inteligente. O fato de uma jovem delicada poder, com um joelho bem colocado, reduzir o herói da Passagem Aral a uma criatura indefesa, tão cheia de dor para fazer qualquer coisa a não ser rolar no chão, esperando conseguir respirar de vez em quando em meio à dor – bem, isso é um planejamento malfeito da parte de Deus. Não é?

"Jal?" Uma sombra em meio ao sofrimento. "Jal?"

"Vá. Embora", respondi entredentes. "E. Me. Deixe. Morrer."

"É que você está bloqueando o corredor, Jal. Eu o levantaria, mas... você sabe. Stann, chame um guarda para ajudá-lo a carregar o príncipe de volta ao seu quarto, sim?"

Alguma leve consciência de movimento atravessou meu sofrimento. Eu sabia que meus calcanhares estavam sendo arrastados sobre o chão de pedra e, em algum lugar atrás deles, Snorri estava vindo, batendo um papo animado com as pessoas que me carregavam.

"Um mal-entendido, espero." E ele riu. Riu! Está no código – quando um homem é ferido tão ignominiosamente todos os outros devem fazer caretas e mostrar compaixão, não rir. "Elas provavelmente fazem as coisas de modo diferente no sul..."

"Estou perdendo a manha", consegui ofegar as palavras.

"Acho que provavelmente você teve manha demais, conhecendo você, Jal! Você não viu a braçadeira preta? A garota está de luto!" Outra risada. "Talvez tivesse lhe dado uma boa surra, se não fosse o luto! Essa aí é geniosa. Vi no instante em que ela chegou. Provavelmente tem sangue nórdico."

Simplesmente grunhi e deixei que me carregasse para meus aposentos.

"Até parece que eu vou ver a irmã. Deve ser um monstro." Eles me levantaram para me colocar na cama.

"Com calma, rapazes", disse Snorri. "Com calma!" Mas ele ainda parecia bem-humorado demais sobre aquilo tudo.

"Maldita piranha Scorron. Ahh!" Mais uma onda de dor me calou. "Países já entraram em guerra por muito menos!"

"Tecnicamente, vocês *estão* em guerra, não estão?" A cadeira rangeu quando Snorri se sentou nela. "Estou falando daqueles homens que você derrotou na tal da Passagem Aral. Eles eram de Scorron, não eram?"

Ali ele me pegou. "Queria ter matado mais cinquenta deles!"

"De qualquer maneira, a irmã é ainda mais bonita."

"Como você sabe, diabo?" Eu tentei me virar e desisti.

"Vi as duas em uma varanda ontem."

"Ah, é?" Eu consegui rolar. Não adiantou. "Bem, por mim ela pode se enforcar." Eu lhe lancei o maior olhar de reprovação que consegui com os olhos semicerrados.

Snorri deu de ombros e mordeu a pera que roubou da minha mesinha de cabeceira. "É uma maneira perigosa de falar sobre a rainha, na minha opinião", falou com a boca cheia.

"Rainha?" Rolei novamente para ficar de frente para a parede. "Ah, merda."

19

Manquei atrás de Stann enquanto ele me conduzia até os aposentos pessoais da Rainha Sareth. Eu me perguntei por que o encontro havia sido arranjado em seus quartos, mas não duvidei de que sua virtude seria bem guardada.

Pareceu-me peculiar que nosso caminho passasse pela parte baixa do castelo, descendo degraus até um longo corredor onde mantimentos de cozinha ficavam empilhados até o teto em despensas dos dois lados, mas eu *havia* pedido a Stann para me levar pela rota mais curta, tendo em vista a delicadeza com que precisava andar. Nós subimos por uma escada estreita, certamente uma passagem de criados para entregar refeições aos aposentos reais.

"A rainha pede que seja discreto se questionado sobre quaisquer visitas", disse Stann, segurando o lampião no alto em uma longa passagem sem janelas.

"Você sabe o que significa discreto, garoto?"

"Não, senhor."

Pigarreei, sem saber se ele estava demonstrando ignorância ou total discrição.

Stann bateu em uma porta estreita, uma chave se virou em uma pesada fechadura e nós entramos. Demorei um momento para perceber que a própria rainha havia destrancado a porta. A princípio, achei que fosse uma dama de companhia, mas, quando ela se virou para me ver entrar, não tinha como confundi-la. Uma dama de companhia jamais teria usado um vestido tão fino e Sareth compartilhava muitos traços de Katherine para ser outra pessoa além de sua irmã. Supus que estivesse no meio de seus vinte anos, um pouco mais baixa que a irmã, o rosto classicamente mais suave e bonito: lábios carnudos, ondas do cabelo ruivo mais intenso. Seus olhos eram verdes também, mas sem a luz interior peculiar dos de sua irmã.

A outra coisa a se notar sobre a Rainha Sareth, um fato que nenhum vestido menor que um pavilhão seria capaz de disfarçar, era que ela ou havia recentemente engolido um leitão, ou estava bastante grávida.

"Você pode levar o Príncipe Jalan até seu assento e servir seu vinho, Stann. Depois saia." Ela fez um movimento com as mãos para enxotá-lo.

O rapaz amaciou uma almofada para mim em uma larga cadeira aceitavelmente longe da rainha, ou seja, no canto oposto. Na verdade, uma distância adequadamente aceitável seria uma que me pusesse no corredor, pois rainha nenhuma devia ficar a sós com um homem estranho em seus aposentos particulares, especialmente se esse homem estranho for eu.

Caminhei com cuidado até a cadeira, mexi na almofada e me abaixei para sentar.

"Você está bem, Príncipe Jalan?" Uma expressão de preocupação genuína enrugou sua testa lisa.

"Ah, apenas..." Eu me sentei. "Apenas uma velha ferida de guerra, minha rainha. Ela dói de vez em quando. Principalmente se fico muito tempo sem uma boa luta."

Ao meu lado, Stann apertou os lábios bem forte e encheu o cálice de prata na mesa de serviço de uma jarra alta de vinho. Ao terminar o serviço, ele se retirou pela porta de serviço e o som de seus passos diminuíram na distância. Ocorreu-me que se eu fosse encontrado ali, desacompanhado, minha vida dependeria de qualquer história que a rainha decidisse contar. Parecia improvável que ela admitisse ter feito o convite e tenho certeza de que sua cruel irmã caçula pintaria um quadro pouco lisonjeiro de minhas investidas iniciais, se a questão toda fosse levada diante de Olidan. Decidi me desvencilhar da situação à primeira oportunidade.

"E está gostando de Ancrath, Príncipe Jalan?" O sotaque de Sareth tinha ainda mais o toque teutônico do que o de sua irmã e me trazia à mente os gritos dos patrulheiros de Scorron que tentaram me derrubar na Passagem Aral. Aquilo não contribuiu para me acalmar os nervos.

"É uma região adorável", disse. "E a Cidade de Crath é impressionante. Celebrações estavam a todo vapor quando chegamos."

Ela fez uma careta ao ouvir aquilo, franzindo os lábios. Eu evidentemente dissera a coisa errada. Grávida ou não, ela era muito bonita. "Scorron é a terra mais bela, e o Eisenschloss a fortaleza mais refinada." Ela não parecia ciente de que nós, homens de Marcha Vermelha, tínhamos os Scorron como inimigos mortais. Não importa – sempre fui um proponente do amor, não da guerra, embora eles frequentemente sejam companheiros de cama. "Mas você está certo, Príncipe Jalan, Ancrath tem muito a se recomendar."

"Com certeza. Receio, porém, minha rainha, que eu esteja um pouco perdido aqui. Acho que talvez seria mais decoroso se tratássemos desses assuntos na corte esta tarde? Sua beleza é comentada em toda parte, e as pessoas podem confundir minhas intenções se ficassem sabendo que..." Normalmente eu ficaria feliz em cornear qualquer marido idiota o bastante para deixar uma mulher como Sareth querendo mais... mas Olidan Ancrath? Não. E, além do mais, tanto a gravidez dela quanto meu atual estado de invalidez ajudavam a diminuir meu interesse na oportunidade.

O rosto de Sareth se amassou, consternado, seu lábio inferior oscilou e, levantando-se de sua cadeira, ela atravessou os aposentos às pressas para se ajoelhar ao lado da minha poltrona. "Perdoe-me, Príncipe Jalan!" Ela tomou minhas mãos escuras e calejadas nas suas, finas e brancas. "É que... que... ficamos tão chocados com a chegada desse menino terrível."

"Menino?" Eu havia dormido muito pouco por duas noites seguidas e nada daquilo estava fazendo sentido.

"Jorg, o filho de Olidan."

"Ah, o príncipe perdido", falei, gostando das mãos dela em volta das minhas.

"Melhor que tivesse ficado perdido." E vislumbrei uma dureza por trás daquela beleza manchada de lágrimas.

De repente, nem minha mente privada de sono conseguiu se recusar a ver o problema. Esse príncipe regressado não poderia ser filho de Sareth, ela não tinha idade para isso... Então era uma segunda esposa, comprometida a produzir o que pensava ser seu próprio herdeiro?

"Ah." Eu me inclinei para a frente e meu olhar recaiu sobre sua barriga. "Posso ver que o retorno dele talvez seja um problema para você." Seu rosto se contorceu de sofrimento de novo. "Pronto, pronto, não chore, minha rainha." E eu a apalpei um pouco, o herói da enganação, consolando uma dama em apuros, e talvez passando as mãos naquele cabelo maravilhoso.

"Por que o garoto não podia continuar perdido e vagando?", ela virou aqueles olhos molhados para mim.

"Garoto, você disse?" Achei que o príncipe fosse um homem crescido, por algum motivo. "Quantos anos ele..."

"Uma criança! Uma semana atrás, tinha treze anos e estava esquecido. Fora de todas as preocupações. Agora atingiu a maioridade e..." Outra enxurrada de lágrimas, o rosto dela enterrado em meu ombro. "Ah, os problemas que ele causou. O caos na sala do trono."

"É uma idade difícil." Assenti sabiamente e a puxei mais para perto. É um instinto. Não consigo evitar. Seu cheiro era esplêndido, de lilás e madressilva, e a gravidez não havia preenchido somente seu ventre – seu corpete transbordava com as dádivas da natureza também.

"Na minha terra chamam você de o 'Demônio da Aral'", disse ela. "O Príncipe Vermelho."

"Chamam?" Eu disse a palavra de novo, removendo a surpresa de minha voz. "Chamam."

Um aceno com a cabeça em meu ombro. "Sir Karlan sobreviveu à batalha em que você lutou e escapou para o norte. Na corte, ele nos contou como você batalhou sem medo – como um louco, derrubando homem após homem. Sir Gort entre eles. Sir Gort era filho do primo de meu pai. Um guerreiro de certo renome."

"Bem..." Eu supus que algumas histórias aumentam quando são contadas e que medo demais às vezes pode parecer medo nenhum. Em todo caso, a rainha me dera um dom e era minha obrigação explorá-lo. "Meu povo me chama sim de herói da passagem. Suponho que seja adequado que os Scorron me chamem de demônio. Usarei o nome com orgulho."

"Um herói." Sareth fungou, enxugou os olhos, com uma mão fina em meu peito. "Você poderia ajudar." Palavras suaves, quase um sussurro, e perto o bastante de minha orelha para me fazer tremer deliciosamente.

"É claro, claro, querida dama." Eu me contive antes que prometesse demais. "Como?"

"É um bruto, esse Jorg. Ele precisa ser posto em seu lugar. É claro que é muito bem-nascido para qualquer um lhe dar as lições que merece. Mas um príncipe pode desafiá-lo. Ele teria de aceitar um desafio de um príncipe."

"Bem..." Inspirei o cheiro dela e cobri a mão em meu peito com a minha. Visões de correr atrás daqueles malditos meninos dos baldes pelos corredores dos fundos da ópera flutuaram diante de mim. Chutei alguns traseiros naquele dia! Um principezinho grosseiro de treze anos, voltando de chapéu na mão após um mês passando fome na beira da estrada, até que a fome derrotou seu orgulho e ele voltou para a casa do papai... Eu podia me ver dando uma bela lição em um moleque desses. Principalmente se aquilo me pusesse em posição favorável com sua adorável madrasta.

Sareth se aninhou mais perto, com os lábios muito próximos de meu pescoço, seus seios transbordantes se apertando contra mim. "Diga que sim, meu príncipe."

"Mas Olidan..."

"Ele é um homem velho e frio. Ele mal me vê, agora que já cumpriu seu dever." Seus lábios tocaram meu pescoço, a mão deslizou até minha barriga. "Diga que vai me ajudar, Jalan."

"É claro, senhora." Fechei os olhos, rendendo-me aos seus cuidados. Chutar um principezinho arrogante pela corte seria divertido e, quando eu passasse a contar a história em Vermillion, o Príncipe Jorg estaria mais velho e minha plateia se esqueceria de que ele era uma criança quando lhe ensinei a lição.

"Não me importo se machucá-lo." Ela andou com dois dedos da mão sobre minha camisa, arranhando os botões, brincando.

"Acidentes acontecem", murmurei.

Aquilo se mostrou de certa forma profético, pois as palavras inspiraram Sareth a explorar de maneira bem mais vigorosa e sua mão desceu até minhas calças.

Como qualquer homem ferido na linha de frente pode lhe dizer, a dor de uma joelhada no saco demora um pouco a passar e pode levar vários dias para as joias da coroa do príncipe estarem prontas para inspeção novamente. A apalpada apressada de Sareth reacendeu os sofrimentos anteriores e preciso admitir que meu grito de dor pode ser descrito como um tanto agudo. Possivelmente até... feminino. O que explicaria por que os guardas da rainha decidiram arrombar sua porta trancada para resgatar sua protegida do possível maníaco que a atacava.

O medo pode ser um excelente anestésico. Certamente, a aparição repentina de dois homens zangados com uniformes de Ancrath e puro aço nas mãos fez passar a dor no saco rapidinho. Uma

A GUERRA DA RAINHA VERMELHA

catapulta não conseguiria me ejetar daquela cadeira mais rapidamente e eu já estava descendo as escadas dos criados antes que se pudesse dizer "adultério", batendo a porta atrás de mim.

Cheguei a meu quarto, ofegante e ainda em pânico. Snorri havia abandonado a cadeira em que o colocara e agora jazia esparramado na cama. "Isso foi rápido." Ele levantou a cabeça.

"Nós provavelmente devemos ir embora", disse, percebendo, enquanto procurava meus pertences, que eu na verdade não tinha nenhum.

"Por quê?" Snorri jogou as pernas para o lado da cama e se sentou, com a estrutura rangendo de maneira alarmante embaixo dele.

"Hum..." Eu me inclinei para o corredor, vendo se guardas se aproximavam. "Eu posso ter..."

"Com a rainha?" Snorri se levantou e eu fiquei extremamente ciente, mais uma vez, do quanto ele era maior que eu. "Quem viu você?" Havia raiva em sua voz agora.

"Dois guardas."

"Guardas dela?"

"Sim."

"Ela vai suborná-los. Tudo será enterrado."

"Só não quero ser enterrado junto."

"Vai ficar tudo bem." Eu podia vê-lo pensando sobre o encontro com o Rei Olidan, sobre tudo que lhe dissera sobre conhecer seu inimigo e fazer a maldição ser retirada de nós.

"Você acha?"

"Sim." Ele assentiu. "Seu idiota."

"Nós podíamos ir embora mesmo assim. Quero dizer, falei com o mago do rei ontem à noite e ele não foi de grande ajuda..."

"Rá!" Snorri se sentou novamente com um baque. "Aquele velho bruxo dos sonhos! Teremos de procurar ajuda em outro lugar, Jal. O poder dele está quebrado. O garoto destruiu o totem de Sageous alguns dias atrás. Uma espécie de árvore de vidro. Jorg a derrubou na sala do trono. Espalhou pedaços dela por toda parte."

"Onde... onde você descobre essas coisas todas?"

"Eu converso com as pessoas, Jal. Enquanto a rainha está enfiando a língua na sua orelha, eu estou escutando. O Príncipe Jorg desfez o poder de Sageous, e de maneira audaciosa. Deve haver algum outro feiticeiro ou uma conselheira que possa nos ajudar. Sageous não pode ser o único na região inteira. Nós precisamos que o Rei Olidan nos aconselhe, se quisermos remover esta maldição."

"Ah..."

"Ah?"

"Fiz uma promessa de amansar esse garoto príncipe para Sareth. Espero que isso não azede as coisas com o Rei Olidan. Se ele morrer de amores pela criança, isso pode causar problemas."

"Por quê?" Snorri olhou para mim, abrindo os grandes braços. "Por que você faria isso?" Seu machado estava caído perto da cama e eu o empurrei para baixo dela com o dedo, só para garantir.

"Tem certeza que você deu mesmo uma boa olhada naquela rainha?", perguntei. "Como eu poderia negar?"

Snorri balançou a cabeça em negativa. "Nunca vi um homem que entende tão pouco de mulher e ao mesmo tempo é tão manipulado por elas."

"Então, esse menino. Será que vai dar problema se eu bater nele um pouquinho?", perguntei. "Já que você parece saber tudo o que há para saber sobre os Ancrath?"

"Bem. O pai não ama o filho. Isso eu sei", disse Snorri.

"Que alívio." Eu relaxei o bastante para afundar na cadeira.

"E sei que você é um homem corajoso, Jal, um herói da guerra..."

"Sim..."

"Mas eu não teria tanta certeza sobre agredir esse Príncipe Jorg. Você o viu no Anjo naquela noite?"

"No Anjo? Do que você está falando?

"O Anjo Caído. Eu sei que você tinha outras coisas em mente, mas talvez tenha percebido que o local estava lotado com o bando dele. Os irmãos."

"Quê?" A cadeira tentou me aprisionar em suas garras enquanto tentava me levantar de novo.

"O príncipe estava lá, sabia? No canto com Sir Makin."

"Ah, que ótimo." Eu me lembrei dos olhos dele.

"E comendo Sally no quarto ao lado do seu, pelo que soube. Bela moça. De Totten, logo ao sul do Lure."

"Meu Deus." Eu achei que o jovem companheiro de Makin devia ter pelo menos dezoito anos. Ele não devia ter menos de um metro e oitenta.

"E é claro que você sabe o que o motivou a fazer outra viagem tão cedo após seu retorno ao Castelo Alto?"

"O quê?" Eu achava que fazer de um feiticeiro dos sonhos seu inimigo mortal já seria o suficiente para a maioria dos homens planejar uma longa viagem.

"Ele matou o defensor do rei, o capitão da guarda, Sir Galen. É por ele que a irmã de Sareth estava de luto."

"Você vai me dizer que não foi por envenenar seu hidromel?"

"Combate individual."

"Estamos partindo!", gritei do corredor.

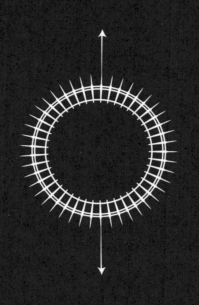

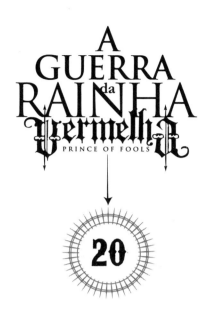

20

Ninguém tinha ordens de impedir um príncipe visitante de dar uma volta pela cidade antes de seu compromisso na corte. Nós pegamos Ron e Sleipnir e cavalgamos até a Cidade de Crath. E continuamos seguindo. Cavalgar era um sofrimento e eu me mexia constantemente na sela, procurando posições mais confortáveis e xingando todos os Scorron, principalmente suas malditas mulheres.

"As duas tinham os olhos muito próximos também... Nunca gostei de cabelo ruivo, de qualquer maneira, e tenho certeza de que a mais nova tinha..."

"Tinha alguma coisa, aquela Katherine", interrompeu Snorri. "Posso imaginá-la chegando longe – fazendo grandes coisas. Ela tem a aparência de quem vai fazer isso."

"Se gostou tanto dela, deveria ter investido." A dor me fez provocá-lo, procurando distração. "Talvez ela estivesse procurando um pouco de brutalidade."

Snorri deu de ombros, balançando em sua sela enquanto seguíamos pela Estrada de Roma. "Ela ainda é uma criança. E eu sou um homem casado."

"Ela deve ter pelo menos dezessete anos. E achei que vocês vikings agissem sob a regra do navio."

"Regra do navio?" Snorri ergueu a sobrancelha. A Cidade de Crath era apenas uma mancha no ar atrás de nós agora.

"Se você chega lá de navio, não há regras", falei.

"Rá." Ele estreitou os olhos um pouco. "Somos homens como qualquer outro. Alguns bons. Outros ruins. A maioria no meio-termo."

Soprei entre os lábios. "Quantos anos você tem afinal, Snorri?"

"Trinta. Acho."

"Trinta! Quando tiver trinta ainda quero estar me divertindo."

Novamente a encolhida de ombros, um pequeno sorriso. Snorri não se ofendia facilmente. O que era uma coisa boa, no fim das contas. "Aonde estamos indo, viver até os trinta é um trabalho duro."

"Existe alguma coisa boa no norte? Qualquer coisa? Alguma coisa que eu não consiga encontrar melhor em algum lugar quente?"

"Neve."

"Neve não é bom. É só água fria que deu errado."

"Montanhas. As montanhas são lindas."

"As montanhas são montes inconvenientes de rocha que entram no caminho das pessoas. Além do mais, se são montanhas que eu quero, tenho os Aups na porta de casa."

Cavalgamos em silêncio por um minuto. O tráfego da Estrada de Roma havia diminuído, mas nos longos trechos retos ainda dava para ver carroças e cavaleiros, até viajantes a pé, estendendo-se pela distância.

"Minha família", disse ele.

E, embora eu não tivesse a pretensão da sabedoria, fui sábio o suficiente para não dizer nada.

O verão que havia nos recebido tardiamente em Ancrath foi se esgotando conforme avançávamos ao norte. Em Hoff, em meio a campos prontos para a colheita e em um dia frio que parecia mais outono do que qualquer outra estação, Snorri nos conduziu a leste da Estrada de Roma.

"Podemos pegar um navio em algum porto de Conaught", falei.

"Homens do verdadeiro norte não são queridos em Conaught", respondeu Snorri. "Fizemos visitas demais." Ele guiou Sleipnir para a pista descuidada e esburacada que apontava para o leste, na direção das montanhas do norte de Gelleth.

"E nos Thurtans vai ser melhor?"

"Bem, nos Thurtans vai ser ruim também", admitiu ele. "Mas, em Maladon, uma recepção mais calorosa nos aguarda."

"Menos visitas?"

"Já fiquei lá. Tomaremos o navio em Maladon. Tenho primos lá."

"É melhor mesmo, pois não vou ainda mais ao leste." A leste de Maladon ficava Osheim, e ninguém ia a Osheim. Lá foi onde os Construtores ergueram a Roda e todo conto de fadas que causava pesadelos começava com: "Era uma vez, não muito distante da Roda de Osheim..."

Snorri assentiu, solene. "Maladon. Tomaremos o navio em Maladon."

As montanhas nos impulsionaram para cima, atravessando o outono e chegando ao inverno. Aqueles foram dias ruins, apesar das roupas quentes e boas provisões compradas em Hoff. Desembolsei as moedas com mais relutância do que de costume, sabendo que os pedaços de prata podiam estar abrindo meu caminho de volta ao calor de Vermillion.

Em meio aos lugares altos de Gelleth, comecei a sentir falta do gostinho de luxo que nossa noite no Castelo Alto nos proporcionara. Até os catres fedidos do Anjo Caído seriam o paraíso comparado a deitar entre as rochas, no meio de um vendaval, subindo uma montanha qualquer. Sugeri a Snorri pegarmos o caminho mais longo, porém menos árduo, pelo Castelo Vermelho. Merl Gellethar, o duque que tinha posse daquele trono, era sobrinho de vovó e teria a obrigação familiar de nos ajudar em nosso trajeto.

MARK LAWRENCE

"Não."

"Por que não, caramba?"

"É um desvio muito longo." Snorri murmurou as palavras, de mau humor – algo incomum para ele.

"Não é esse o motivo." Ele sempre ficava enfezado quando estava mentindo.

"Não."

Esperei.

"Aslaug advertiu contrariamente", rosnou ele.

"Aslaug? Mas Loki não é o Pai das Mentiras? E ela é filha dele..." Fiz uma pausa para ele negar. "Então isso não a tornaria... uma mentira?"

"Acredito nela desta vez", disse ele.

"Hummm." Não gostei de como aquilo soou. Quando sua única companhia de viagem é um maníaco de dois metros e quinze com um machado, pode ser perturbador ouvir que ele está começando a acreditar no diabo que sussurra em seu ouvido quando o sol se põe. Mesmo assim, não discuti a questão. Baraqel me disse a mesma coisa naquela manhã. Talvez quando um anjo sussurrasse para mim de manhã, eu devesse começar a acreditar no que ele diz.

Sonhei com Sageous naquela noite, sorrindo calmamente para si mesmo enquanto observava o tabuleiro no qual eu era empurrado, do quadrado preto para o branco, branco para o preto, escuro para claro... Snorri ao meu lado, imitando meus movimentos e, em toda a nossa volta, peças sombreadas, orquestradas em algum desenho complexo. Uma mão cinza empurrava seus peões para a frente – senti o toque da Irmã Silenciosa e dei um passo à frente, preto para o branco. Atrás dela havia outra, mas enorme, do carmim mais profundo, a Rainha Vermelha jogando o mais longo jogo. Uma mão preta e morta se estendeu sobre o tabuleiro e, acima dela, outra mão maior, azul-escura, conduzindo. Quase dava para ver as amarras. Juntos, a Dama Azul e o Rei Morto avançaram um cavalo e, de supetão, o natimorto estava diante de mim, apenas com uma máscara de

A GUERRA DA RAINHA VERMELHA

porcelana lisa para proteger minha sanidade de seu horror. Eu acordei gritando e esperei amanhecer sem dormir.

Nos Thurtans, nós ficamos isolados, evitando estalagens e cidades, dormindo em arbustos, bebendo de rios abundantes, os quais dividem a região em inúmeras faixas.

Na fronteira entre Thurtan Oriental e Thurtan Ocidental, existe uma grande floresta conhecida por Gowfaugh, uma vasta extensão de pinheiros, escuridão e perigos ameaçadores.

"Podíamos simplesmente pegar a estrada", falei.

"Melhor cruzar a fronteira sem ser notado." Snorri olhou para as margens da floresta. "Os guardas de Thurtan são bem capazes de nos deixar um mês dentro de uma de suas celas e pegar qualquer coisa de valor como pagamento pelo privilégio."

Olhei para trás, na direção da trilha que havíamos tomado descendo as colinas, uma linha fraca sobre um terreno triste e árido. Gowfaugh não era nada convidativa, mas os perigos ocultos me preocupavam mais. Eu os sentia diariamente, beliscando nossos calcanhares. Eu estava esperando problemas desde que deixamos a Cidade de Crath, e não eram de Rei Olidan, preocupado por eu ter maculado a honra da rainha. O Rei Morto fizera duas jogadas para nos deter e a terceira podia ser para valer.

"Adiante, Jal, este é o lugar para se prestar atenção. Vocês do sul estão sempre olhando para trás."

"É porque não somos bobos", falei. "Já se esqueceu do natimorto no circo? De Edris e seus homens de aluguel, e do que eles se tornaram quando os matou?"

"Alguém está espigando nosso caminho para nos deter, mas não está nos perseguindo."

"Mas aquela coisa em Vermillion – ela escapou, Sageous disse que nós a encontraríamos, ele..."

"Ele me disse a mesma coisa", assentiu Snorri. "Não se deve acreditar muito no que aquele homem diz, mas acho que ele está certo.

Ela realmente escapou. Suspeito que a criatura que você viu no teatro de ópera era um natimorto, envelhecido em seu poder, o alvo do feitiço da Irmã Silenciosa. Provavelmente um tenente importante do Rei Morto. Um capitão de seus exércitos, talvez."

"Mas não está nos seguindo?" Ele estava nos seguindo. Eu sabia.

"Você não escutou o bruxo dos sonhos, Jal?"

"Ele disse um monte de coisas... Principalmente sobre matar você – e que eu poderia ir para casa, se o fizesse."

"A maldição, o feitiço da Irmã Silenciosa? Por que ainda está sobre nós?"

Aquilo fazia certo sentido. "Porque o natimorto não foi destruído. O encantamento é um ato de vontade. Ele precisa completar seu propósito." Cruzei os braços, satisfeito comigo mesmo.

"Muito bem. E estamos indo para o norte e o feitiço não está nos trazendo problemas."

"Sim." Franzi a testa. Isso estava indo em uma direção ruim.

"O natimorto não está nos perseguindo, Jal. Nós o estamos perseguindo. A coisa foi para o norte."

"Caramba." Eu tentei me acalmar. "Mas... Ok, vamos lá, quais são as chances? Estamos indo para o mesmo lugar?"

"A Irmã Silenciosa vê o futuro." Snorri tocou o olho com um dedo. "Sua magia está apontada para o amanhã. O feitiço buscou uma maneira de chegar ao natimorto – ele seguiu o caminho que permitiria ser carregado por alguém, por 'alguéns' que acabariam no mesmo lugar que seu alvo."

"Caramba." Eu não tinha mais nada a dizer por ora.

"Pois é."

Contornamos Gowfaugh até encontrar uma trilha, larga demais para ser caminho de cervos e estreita demais para lenhadores. Pensando bem, enquanto a atravessávamos, conduzindo os cavalos e tentando evitar enfiar um galho no olho, a floresta não era do tipo que se esperaria encontrar cervos. Nem lenhadores.

"Florestas." Snorri esfregou três arranhões paralelos em seu bíceps e balançou a cabeça. "Vou ficar feliz em me livrar desta aqui."

"Bosques onde um homem pode caçar cervos e javalis, é isso que temos em Marcha Vermelha, com árvores de verdade, não esses pinheiros todos, com carvoeiros, cortadores de madeira, um ou outro urso ou lobo. Mas, no norte...", acenei para os troncos próximos, com os galhos entrelaçados de maneira que um homem teria de abrir caminho a cada metro que andasse, "lugares mortos. Só árvores, árvores, e mais árvores. Escute! Nem mesmo um passarinho."

Snorri abriu caminho à frente. "Jal, nisso preciso concordar com você. O sul tem florestas melhores."

Continuamos em frente, seguindo caminhos complicados, as pegadas abafadas pela grossa manta de folhas velhas e secas. Até o sol dava poucas dicas de direção, com sua luz difusa pelas nuvens escuras.

"Eu *não* quero passar a noite aqui." A escuridão seria absoluta.

"Vamos acabar encontrando um riacho e o seguiremos." Snorri quebrou um galho do caminho. Folhas caíram com um leve ruído. "Não deve demorar. Estamos nos Thurtans. Não se pode dar três passos sem cair em um rio."

Não respondi, mas fui atrás dele. Parecia fazer sentido, mas Gowfaugh era um lugar extremamente seco e imaginei que as raízes entrelaçadas beberiam o riacho inteiro antes que ele penetrasse meio quilômetro.

A floresta parecia estar mais densa de todos os lados. As vidas lentas das árvores oprimindo todo o resto, insensatas e implacáveis. A luz começou a cair cedo e nós continuamos avançando pelo crepúsculo da floresta, embora muito acima de nós, o sol ainda raspasse o alto das árvores.

"Daria uma moeda de ouro por uma clareira." Eu teria pago aquilo por espaço para esticar os braços. Ron e Sleipnir seguiam atrás, de cabeça baixa, arranhados dos dois lados, infelizes daquele jeito que só os cavalos conseguem ser.

Em algum lugar, o sol começou a se pôr. A temperatura caiu junto e, à meia-luz, nos esforçamos contra paredes inabaláveis de galhos mortos na penumbra abafada. O barulho que veio foi espantoso, quebrando o silêncio arbóreo com o qual lutamos por tanto tempo.

"Cervos?", falei, mais esperançoso do que convicto. Algo grande e menos sutil do que um cervo, estalando galhos conforme se movia.

"Mais de um." Snorri assentiu para o outro lado.

O som da madeira seca se quebrando ficou mais alto daquela direção também.

Logo eles estavam nos cercando pelos dois lados. Coisas pálidas. Coisas altas.

"Eles tiveram de esperar até escurecer." Cuspi folhas secas e saquei minha espada com dificuldade. Eu não tinha a menor esperança de balançá-la.

Snorri parou e se virou. Na escuridão, eu não conseguia ver seus olhos, mas algo na maneira como ficou imóvel me disse que eles estariam pretos, sem brilho nem alma.

"Eles teriam sido mais espertos se viessem na luz." Sua boca se mexeu, mas não soava como ele.

De repente eu não sabia ao certo se aquele caminho não era o lugar menos seguro para mim em toda a Gowfaugh. Uma das criaturas que nos flanqueava chegou momentaneamente mais perto e vi um lampejo de braços pálidos, as pernas de um homem, porém nuas e esverdeadas. Um vislumbre de um rosto branco, com gengivas e dentes expostos como em um rosnado, um olho cintilante fixado por um segundo ao meu, traindo um apetite terrível.

"Homens mortos!" Talvez eu tenha gritado isso.

"Quase." E Snorri balançou seu machado em um grande arco, cortando galhos aos montes. Eu teria duvidado que até uma lâmina feita de aço dos Construtores, afiada na navalha, cortasse daquele jeito. Novamente, outro grande arco. Pulei para longe, detido apenas pela cabeça de Ron, bloqueando o caminho pelo qual viemos.

A GUERRA DA RAINHA VERMELHA

Snorri estava cantando agora, uma canção sem palavras, ou talvez houvesse uma língua por trás dela, mas não era humana, e ele abriu um espaço, cada vez mais largo, até andar para um lado para cortar mais e dar quatro passos para o outro, cinco passos, seis. Os tocos das árvores, alguns mais grossos que meu braço, cravejavam o local, subindo à altura dos joelhos através de depósitos de madeira caída. Na clareira, apesar do céu aberto lá em cima, azul-escuro e aninhando a estrela-d'alva, estava mais escuro do que na floresta. E a escuridão ia atrás de seu machado.

"O-o quê?" Snorri parou, ofegante. O crepúsculo havia adquirido uma nova qualidade. O sol havia se posto. Aslaug confinada mais uma vez a qualquer inferno que habitasse. Ele olhou para sua arma. "Não é um machado de lenha! Porra!"

Eu me aproximei, rapidamente, com medo daqueles braços brancos cadavéricos virem atrás de mim nas sombras mais escuras.

"Faça uma luz, Jal. Rápido."

E então, com Snorri de pé em cima de mim e os cavalos nervosos, empacados na trilha, mexi em minha bolsa, enquanto à nossa volta galhos se quebravam e homens pálidos se moviam entre as árvores.

"Saiam daí. Aposto que é mais fácil cortar vocês do que madeira", Snorri gritou para eles, embora eu tenha detectado uma ponta de medo em sua voz – algo que nunca ouvira antes. Acho que a floresta o deixava mais nervoso do que o inimigo dentro dela. Encontrei a mecha e depois a pedra, consegui deixar as duas caírem na escuridão e as encontrei novamente com os dedos tremendo. Um cheiro de seiva de pinheiro cresceu à nossa volta, forte e enjoativo, quase avassalador.

Lancei uma faísca para a mecha assim que Snorri golpeou na direção do primeiro homem a correr das árvores. Galhos se quebraram em todos os lados e surgiram mais deles. Uma infeliz olhada para cima os mostrou magros e nus, fantasmas pálidos esverdeados na penumbra. A passagem do machado de Snorri fez um grande sulco que atravessou a criatura do quadril esquerdo ao mamilo direito, cortando intestino, costelas, esterno e pulmões. Evidentemente, o machado reteve seu gume, apesar de ser usado para cortar madeira. Mesmo assim, o homem-pinheiro avançou, com o fedor carregado de seiva, enquanto as coisas escorriam de seu ferimento sem sangue. Finalmente, ele tropeçou em um toco, caiu e ficou emaranhado em uma mistura de vísceras soltas e galhos partidos. A essa altura, Snorri já tinha vários outros problemas com que se preocupar.

Sucesso! A faísca virou um brilho, que virou fumaça, que virou chama. Um mês antes, eu teria levado meia hora para chegar ao mesmo resultado. Agachado próximo ao chão, com Snorri golpeando e grunhindo em cima de mim e os gritos dos cavalos apavorados, consegui transferir o fogo para uma das tochas de piche que havia comprado na Cidade de Crath, oferecidas lá para explorar as extensas catacumbas municipais.

"Queime-o!" Um membro pálido aterrissou ao lado do meu pé, contraindo-se.

"Quê?"

"Queime-o!" Mais um grunhido e uma cabeça caiu ali perto. Um homem-pinheiro saltou nas costas de Snorri.

"Queimar o quê?", gritei.

"Tudo." Ele caiu para trás, empalando seu passageiro em vários tocos.

"Isso é loucura!" Nós queimaríamos a nós mesmos também.

A jogada de Snorri, embora genial a curto prazo, acabou me deixando exposto e pelo menos quatro homens-pinheiro estavam se libertando das árvores para entrar na clareira, com mais atrás deles. A expressão nos olhos deles me assustava mais do que o fogo. Meti o tição de piche no monte de galhos quebrados à minha frente.

As chamas subiram quase imediatamente. Os homens-pinheiro deram mais dois ou três passos antes de parar, cada um com o rosto virado para o fogo. Atrás de mim, Snorri se desvencilhou de seu adversário e se levantou com um grunhido. "Siga os cavalos!"

As chamas já estavam se espalhando, os estalidos ferozes aumentando conforme as folhas estouravam no calor e o fogo corria por galhos ressecados, acelerado pelo sangue dos homens-pinheiro.

A GUERRA DA RAINHA VERMELHA

Aterrorizados, Sleipnir e Ron dispararam, debandando pela pequena clareira que Snorri havia aberto, espalhando tanto os homens-pinheiro quanto o fogo. Consegui seguir o exemplo de Snorri e rolar para longe, quase empalando a mim mesmo em alguns tocos de dois centímetros de espessura.

Os dois cavalos abriram sua própria passagem pelas árvores. Eu esperava que eles evitassem se cegar, mas parecia bem melhor do que virar churrasquinho. Snorri foi atrás e saí cambaleando no rastro deles. Atrás de mim, o fogo rugia como um ser vivo e os homens-pinheiro respondiam com gritos finos de seu próprio sofrimento.

Por um breve momento, deixamos o fogo para trás, disparando às cegas pelo caminho dos cavalos. Quando meu fôlego ficou curto, parei por um momento e, ao olhar para trás, vi a floresta inteira acesa por dentro com um brilho laranja e inúmeros troncos e galhos em silhueta escura. "Corra!", gritei inutilmente, poupando meu fôlego dali em diante para seguir melhor minha própria ordem.

O incêndio saltou entre as árvores com uma velocidade espetacular. Ele pulava entre os topos das árvores mais rápido do que se movia no chão e várias vezes nós nos pegamos embaixo de um telhado de chamas enquanto a fera rugia atrás de nós. As árvores explodiam momentos após serem envolvidas no incêndio. Literalmente despedaçadas, com grandes redemoinhos de brasas alaranjadas subindo acima delas. A chama corria pelos galhos folhados como um vento, consumindo tudo. Uma mão ardente pressionada às minhas costas, levando-me a esforços cada vez maiores. O caminho de Ron se separou do de Sleipnir: eu escolhi o da esquerda. Cem metros à frente, vi meu cavalo através das árvores ao lado, preso em alguma coisa, provavelmente roseira-brava, relinchando alto. É preciso muita coisa para prender um cavalo, e Ron era forte, impulsionado pelo medo do fogo. Mas ele ficou lá e prossegui correndo, praguejando. Pelo menos o fogo lhe daria um fim rápido. O castrado seria gordura derretida e ossos carbonizados antes que se desse conta da tempestade de fogo que o atingiu.

MARK LAWRENCE

Eu vi Snorri adiante, iluminado pelo fogo. A força de Sleipnir já estava se esgotando, ambos subindo uma colina íngreme com dificuldade.

"Corram!", eu os exortei, quase com um suspiro, pouco mais alto do que minha respiração difícil.

Nós chegamos ao cume antes das chamas, salvo aquelas que dançavam acima de nós no alto das árvores. "Maldito seja." Snorri se recostou em um tronco, arquejando. A encosta fugia de nós, tão íngreme na descida quanto era na subida, as árvores rareando metro a metro e, onde o chão ficava plano, estendendo-se à nossa frente, quilômetros e quilômetros de pradarias enluaradas.

Um homem pode se afogar nos mares de grama de Thurtan. No verde balançante, ondulado pelo vento, com mais de trinta quilômetros de brejo frio e capim-serra por todos os lados, pode parecer que você está à deriva em um oceano sem fim.

O fogo atrás de nós pelo menos dava um ponto de referência, uma ideia de distância e medida. Essas coisas são facilmente perdidas no gramado. Enquanto andávamos, Snorri me contou que os homens dos pinheiros haviam assombrado florestas como Gowfaugh por gerações. As histórias diferiam quanto à fonte do mal original, mas agora elas mesmas se perpetuavam, tirando o sangue de suas vítimas e substituindo-o com a seiva das árvores mais antigas. As criaturas mantinham certa dose de inteligência, mas não se dizia se elas serviam a algum mestre além do próprio apetite. Mas parecia difícil de acreditar que o Rei Morto não as tivesse posto em nosso caminho.

"Sem mais florestas", falei.

Snorri limpou a fuligem de seus olhos e assentiu.

MARK LAWRENCE

Nós caminhamos um quilômetro, depois outro e desabamos na lateral de uma elevação suave, olhando para trás para observar a fumaça e as chamas rodopiando acima da floresta ardente. Parecia inconcebível que um incêndio daqueles, elevando brasas até os céus e chamuscando as próprias nuvens, tivesse começado com a minúscula fagulha de minha pedra e alimentada pelo meu sopro. Ainda assim, talvez isso seja tudo que a vida é, que o mundo inteiro é, uma colisão de amplas conflagrações, cada uma delas deflagradas do nada. Podia-se dizer que todo o curso de minha própria aventura resultou de um dado que deveria ter mostrado cinco ou dois e, em vez disso, havia aterrissado em um único olho de serpente apontado para mim, um olho impiedoso que me viu cair ainda mais na dívida com Maeres Allus.

"Essa", disse eu, "foi por pouco."

"Sim." Snorri se sentou com os joelhos no peito, observando o fogo. Ele puxou um graveto, emaranhado em seu cabelo.

"Não podemos continuar dessa maneira. Da próxima vez, não teremos tanta sorte." Ele tinha de compreender. Dois homens não podiam continuar com uma oposição daquelas. Eu havia apostado com poucas chances antes – não minha vida, mas minha fortuna –, mas nunca correra um risco tão inútil quanto o que Snorri apresentava. Sem prêmio ou propósito.

"Eu teria dado a Karl uma pira dessas." Snorri acenou para o horizonte em chamas. "Fiz a dele ao lado de Wodinswood com galhos caídos. As árvores estavam cheias demais com a neve do inverno para o fogo se espalhar, mas eu teria queimado todas elas."

Snorri continuou. "Ele devia ter tido um barco, meu Karl. Um dracar. Eu o teria colocado diante do mastro com o machado de meu pai e com as armaduras que lhe servissem em Valhalla. Mas não havia tempo e não podia deixá-lo para que os mortos o encontrassem e o usassem. Era melhor que lobos o comessem."

"Ele lhe contou sobre uma chave?", perguntei. Snorri havia comentado lá nas ruínas de Compere e ficado em silêncio. Talvez agora, com quilômetros e quilômetros de floresta em chamas como Compere ardera, ele falasse de novo. Seu filho mais velho quebrou ossos para escapar de seus grilhões e suas últimas palavras para Snorri haviam sido sobre uma chave.

E, na escuridão da pradaria, com a floresta Gowfaugh queimando vermelha atrás de nós, Snorri me contou uma história.

"Meu pai me contou a história de Olaaf Rikeson e sua marcha ao Gelo Mortal. Eu a escutei à lareira muitas vezes. Papai a contava nas noites mais profundas do inverno, quando o gelo no Uulisk fazia fortes queixas contra o frio.

"É preciso mais que um guerreiro ou general para liderar dez mil homens até o Gelo Mortal. Dez mil que não fossem vikings morreriam antes de chegar ao verdadeiro gelo. Dez mil que soubessem o suficiente para sobreviver saberiam que não deveriam ir. Não há nada lá para homens. Até os inowen se atêm à costa e ao gelo do mar. Baleia, foca e peixe é tudo o que sustenta os homens em lugares assim.

"Talvez nenhum outro *jarl* jamais tenha tido mais dracares sob seu comando do que Olaaf Rikeson ou trazido mais tesouros pelo Mar do Norte, ganhados com machado e fogo de homens mais fracos. Mesmo assim, foi preciso mais do que sua palavra para reunir dez mil homens das costas geladas dos fiordes, onde cem homens eram considerados um exército, e marchar com eles até o Gelo Mortal.

"Olaaf Rikeson tinha uma visão. Os deuses estavam a seu lado. Os sábios repetiam o que ele dizia. As pedras das runas falavam por ele. E mais que isso. Ele tinha uma chave. Até hoje as *völvas* discutem como ela foi parar na posse dele, mas, na história que meu pai contava, Loki a dera a Olaaf após ele queimar a catedral do Cristo Branco em York e massacrar duzentos monges. O que Olaaf prometeu em troca nunca foi dito.

"O fato de o presente do deus ser uma chave sempre me decepcionou, mas Loki era o deus da decepção, entre outras coisas, como mentiras e trapaças. Eu teria preferido um aríete de batalha. Um guerreiro destrói a porta – ele não a destranca. Mas meu pai me contou que a chave de Olaaf era um talismã. Ela abria qualquer fechadura, qualquer porta e mais que isso: abria o coração dos homens.

"As lendas mais antigas contam que Olaaf marchou para abrir os portões de Niflheim e enfrentar os gigantes do gelo em seu covil, para envergonhar os deuses e seu falso Ragnarök de muitos sóis, e para dar o verdadeiro fim a todas as coisas em uma última batalha. Meu pai nunca negou a história, mas falava de como uma coisa podia esconder outra, como um ataque simulado em um combate. Os homens, ele dizia, eram muitas vezes movidos pelos desejos mais básicos – fome, cobiça e desejo. As histórias cresciam das sementes e se espalhavam feito mato. Talvez os deuses tivessem tocado Rikeson ou talvez um ladrão sanguinário tivesse levado algumas centenas de homens ao norte para atacar os inowen e, após seu fracasso, inventado uma história que os bardos transformaram em saga e inseriram entre as memórias preciosas do norte. Se havia qualquer verdade naquilo, os anos a roubaram de nós."

Snorri deixou a pira de seu filho, com os últimos galhos ainda ardendo, a neve por todos os lados retraindo-se e expondo a terra preta de Wodinswood. Atrás dele, brasas rodopiavam para o alto em meio à fumaça escura. Ele caminhou pelos morros do interior, deixando o Uulisk para trás, seguindo Sven Quebra-Remo e os homens das Ilhas Submersas pelas pedreiras de Törn, onde ventos cruéis moldam as próprias rochas. Acima de Törn estava o Planalto Jarlson e, depois dele, o Gelo Mortal.

Snorri não fazia ideia do que faria quando alcançasse seu inimigo, além de morrer bem. Dor, culpa e fúria o consumiam. Talvez qualquer uma dessas por si só o tivesse destruído, mas em conflito, cada uma com a outra, elas atingiam um equilíbrio dentro dele e o nórdico prosseguia.

O ritmo que os invasores impunham era feroz, e Snorri achava que nem Freja nem Egil, com apenas dez anos, poderiam acompanhar. Em visões sombrias, ele os via mortos, marchando com os cadáveres incansáveis que haviam desembarcado em Oito Cais. Mas Karl havia ficado vivo: eles acorrentaram prisioneiros – não fazia sentido levá-los para o interior, mas os necromantes queriam prisioneiros vivos, isso estava claro.

Apenas a noite o detinha. A luz sumia cedo, ainda nova para o mundo, após a escuridão do inverno que sustentou o gelo durante meses. Sem enxergar um homem não pode seguir uma trilha. Tudo que ele encontrará no escuro é uma perna quebrada, pois as terras afastadas são traiçoeiras, com o terreno rochoso coberto de gelo e fendas.

A noite durou uma eternidade, um frio miserável, assombrado por visões do massacre em Oito Cais. De Karl, quebrado e moribundo perto da Wodinswood, de Emy... Seus gritos seguiram Snorri pela imensidão e o vento soprou o tempo todo da longa espera pelo amanhecer.

E quando a luz surgiu, veio também a neve, caindo pesada dos céus carregados, embora Snorri achasse que estava frio demais para nevar. Ele urrou para ela. Ergueu seu machado para as nuvens e ameaçou todos os deuses que conhecia. Mas, mesmo assim, a neve caiu, indiferente, entrando em sua boca aberta enquanto gritava, enchendo seus olhos.

Snorri prosseguiu sem uma trilha para seguir, perdido no branco sem rastros. O que mais haveria para ele? Ele tomou a direção que seu inimigo havia tomado e saiu pelos ermos.

Ele encontrou o homem morto horas depois. Um dos ilhéus que estava morto no convés de seu navio, navegando pelo Mar do Norte em direção à foz do Uulisk. Não estava menos morto agora, nem menos ávido. O homem relutava inutilmente, preso até o peito em uma nevasca cuja neve macia aderira à sua pele morta e se enrijecera, e seus esforços para escapar comprimiram as paredes de sua prisão em algo duro feito rocha. Ele estendeu-se para Snorri, com os dedos pretos do sangue preso que se congelava dentro deles. Um golpe da espada abriu seu rosto do olho até o queixo, exibindo o osso maxilar envolvido com músculo congelado e seco, dentes estilhaçados, a pele escurecida pelo gelo e sem sangue. O olho remanescente fitava Snorri com uma intensidade inumana.

"Você deveria estar sólido." Ele havia encontrado homens mortos na neve antes: seus membros ficavam duros como gelo. Ele olhou mais um momento. "Você não faz parte do que é correto", disse Snorri. "Este é Hel." Ele ergueu seu machado, com as juntas brancas no cabo. "Mas você não saiu do inferno e isto aqui não o mandará para o rio de espadas."

O homem morto apenas olhou para ele, esforçando-se na neve, dilacerando-a, sem a sagacidade de cavar.

"Nem os gigantes do gelo vão querer alguma coisa com você." Snorri arrancou a cabeça do homem com um golpe e a viu rolar para longe, salpicando a neve limpa com sangue podre, lento e semicongelado. O ar tinha um cheiro químico estranho, como óleo de lampião, mas diferente.

Snorri limpou as lâminas de Hel na neve até não haver mais vestígios da criatura e depois seguiu em frente, deixando o corpo ainda se contorcendo na nevasca.

Quando um homem chega ao Gelo Mortal, ele terá visto o mundo apenas em tons de branco, dia após dia. Terá andado sobre camadas de gelo sem ver nenhuma árvore ou grama, nenhuma pedra ou rocha, sem ouvir nenhum som além de sua própria solidão e do escárnio do vento. Ele acreditará que não há no mundo lugar mais cruel, lugar menos adequado para viver. E, em seguida, verá o Gelo Mortal.

Em alguns pontos, pode-se chegar ao Gelo Mortal por colinas cobertas de neve, como se escala uma montanha. Em outros, as plataformas de gelo sobem em uma série de amplas falésias, algumas brancas como neve, outras de um azul glacial e transparente. Quando o sol da meia-noite bate nessas falésias, ele entra lá dentro e revela formas como se o gelo tivesse engolido e prendido grandes baleias do oceano, e leviatãs ainda maiores, tudo preso eternamente debaixo de um quilômetro ou mais de geleiras. Pois o Gelo Mortal é apenas isso, uma enorme geleira, espalhada sobre um continente, sempre avançando ou recuando em um ritmo que faz a vida humana parecer breve como borboletas.

Snorri não acreditava que o Quebra-Remo se permitiria ser levado até o gelo alto, não importa a loucura que afetasse os ilhéus com seus homens mortos. Ganância era o que movia Sven Quebra-Remo, ele aceitaria um certo risco, mas jamais um risco suicida. Armado com essa avaliação do homem, Snorri percorreu as margens dos penhascos de gelo, com pouca comida, tão dormente de frio quanto havia ficado com os venenos dos monstros.

Quando Snorri viu a mancha preta pela primeira vez, ele achou que fosse algo relacionado à morte, que sua visão estava falhando conforme o gelo o dominava. Mas a mancha persistiu, manteve seu lugar e cresceu conforme ele continuou a cambalear. E com o tempo, ela se tornou o Forte Negro.

"Forte Negro?", perguntei.

"Uma antiga fortaleza construída no ponto mais distante do Gelo Mortal. A quilômetros dali. Construída numa época em que aquela terra era verde."

"E o quê... Quem o controla? Sua esposa estava lá?"

"Hoje não, Jal. Não consigo falar disso. Não hoje."

Snorri virou o rosto para o incêndio a oeste. Ele se sentou, iluminado pelo brilho do fogo, e eu vi as memórias o tomarem, de volta a Wodinswood novamente, onde ele queimara seu filho.

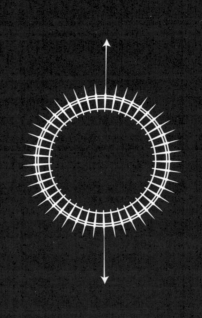

22

Maladon é terra nórdica. Cruzando por Thurtan Oriental, dá para ver quase de imediato. No uso do terreno, nos monumentos, obras rústicas de pedra imbuídas de um poder e beleza jamais vistos nas capelas de beira de estrada dos Thurtans. Muitas casas têm telhado de grama e as vigas do telhado ostentam proas curvas para relembrar os dracares que trouxeram seus antepassados a essas costas. Talvez alguns sejam da mesma madeira, tirada dos barcos encalhados nas praias hostis do passado.

"Esses aí são vikings, então?", perguntei ao passar pelos primeiros camponeses de Maladon, trabalhando na colheita.

"*Fit-firar*. Homens da terra. De boa linhagem, corajosos, mas cuspidos pelo mar. Um verdadeiro viking conhece os oceanos como a uma amante."

"Falou o homem que cavalgou mil e quinhentos quilômetros em vez de ir de navio."

Snorri pigarreou com aquilo. Não mencionei que agora ele nem estava cavalgando, mas andando. Embora tecnicamente os dois

MARK LAWRENCE

cavalos fossem meus, já que paguei por eles, eu sentia que estava cavalgando em Sleipnir por condescendência e que a simples menção daquilo podia me fazer desmontar à força ou pelo menos ser zombado por ser um cara do sul tão enjoado.

A égua tinha arranhões fundos por todo o pescoço, peito e ombros por conta de nossa fuga na noite anterior. Eu havia passado boa parte da manhã retirando farpas e limpando as feridas. Seus dois olhos estavam arranhados e cheios de remelas. Fiz o que pude, mas achava que ela podia perder o olho esquerdo com o tempo. Em seguida, tirei uma boa quantidade de farpas dos meus próprios braços e duas especialmente doloridas debaixo das unhas. Posso não ser grande coisa como homem, mas me considero um excelente cavaleiro – e um cavaleiro cuida de sua montaria antes de si mesmo. Não sou dado a rezas, mas rezei por Ron lá no gramado e não tenho vergonha de contar.

Ao longe, o céu tinha um tom sinistro de amarelo. "Uma cidade?", perguntei. A Cidade de Crath manchava os céus com a fumaça de dez mil chaminés, e isso no verão, apenas com fumaça das cozinhas e das indústrias. Eu não sabia que o norte tinha cidades assim, no entanto.

"O Heimrift."

"Ah, sim."

"Você não tem a menor ideia do que seja, não é?"

"Fique sabendo que fui educado pelos melhores acadêmicos, incluindo Harram Lodt, o famoso geógrafo que fez o mapa-múndi pendurado na biblioteca do papa."

"Então você sabe?"

"Bem, não."

"É um conjunto de vulcões."

"Montanhas de fogo." Eu tinha quase certeza que era isso que um vulcão era.

"Sim."

"Melhores acadêmicos. Homens muito inteligentes."

Dois ou três quilômetros depois, passamos por um martelo de pedra, uma representação grosseira do martelo de Thor entalhada em um pedaço de pedra de um metro e meio de altura e fixada perto da estrada. Snorri parecia mais interessado nos pedregulhos caídos em torno dele. Ele se curvou para investigar e tive de refrear Sleipnir para não abandoná-lo agachado na beira da estrada. O orgulho me manteve ali, esperando no meio da pista, em vez de voltar e ver o que o hauldr havia encontrado.

"Pedras interessantes?", perguntei quando ele enfim se dignou a juntar-se a mim.

"Pedras rúnicas. Sábios e völvas as deixam. É uma espécie de sistema de mensagens."

"E você consegue ler?"

"Não", admitiu Snorri com um sorriso. "Mas essas eram bem claras."

"E?"

"E parece que nosso amigável feiticeiro dos sonhos estava certo. As pedras dizem que Skilfar está em seu assento em Maladon. Faz muitos anos desde que ela esteve no sul."

"Se ela é gêmea da Irmã Silenciosa, devemos ficar bem longe. Não devemos ter nenhuma relação com ela."

"Mesmo se o sangue dela puder quebrar a maldição?" Ele estendeu a mão aberta para mim e eu me encolhi.

"Você acredita nisso?", perguntei. Sageous não tinha motivo para dizer a verdade e a língua de alguns homens se queima com as verdades. A minha tende a ficar um pouco dolorida, eu descobri.

"Se acreditar que ela é a gêmea... seu sangue pode nos ajudar. Se acreditar que ela não é, seus motivos para temê-la desaparecem. As duas formas significam que devemos vê-la. Mesmo se cada palavra que Sageous disse seja falsa, Skilfar é uma völva de grande renome. Não conheço nenhuma mais famosa. Se ela não puder quebrar esta maldição, ninguém mais pode. E, mesmo que não possa desfazer o feitiço, ela vai saber sobre os necromantes e suas obras no Gelo Mortal." Snorri passou um dedo pela lâmina de seu machado. "Chegar atacando não me serviu de muita coisa da última vez. Conhecimento é poder, dizem, e talvez eu precise de uma arma melhor que esta."

Cuspi na estrada. "Você e sua maldita lógica bárbara." Foi todo o contra-argumento que consegui desenvolver.

"Então está decidido. Nós iremos." Snorri sorriu e continuou andando pela pista.

Empurrei Sleipnir atrás dele. "Se ela é tão poderosa, com certeza não vai simplesmente receber qualquer um."

"Não somos qualquer um, Jal", disse Snorri por cima do ombro. "Sou um hauldr de Uuliskind. Você e eu carregamos magias incomuns e Sleipnir é possivelmente descendente de um cavalo lendário." Mais dez passos e ele atalhou: "E você é príncipe de algum lugar."

Lógico que eu não queria nunca mais ver outra bruxa na vida – não queria ter visto nem a primeira –, mas as opções estavam acabando e não desejava entrar em um barco para navegar por mares pagãos em busca de um capitão natimorto do exército do Rei Morto.

Eu me aproximei do nórdico e perguntei: "Então como a encontramos?"

"Essa é a parte fácil", disse Snorri. "Pegamos um trem."

Eu não fazia ideia do que poderia ser um trem, mas não ia deixar o viking me insultar por minha ignorância outra vez, então segui sem reclamar.

Nós passamos por algumas fazendas onde os moradores transportavam a colheita a ser vendida e estocada para o inverno. Todos eles repararam em nós, principalmente em Snorri, e, embora ainda me irritasse que um plebeu, nórdico ainda por cima, ofuscasse um príncipe puro-sangue de Marcha Vermelha, era bom ver que sua estatura era tão rara no norte quanto no sul. Parte de mim havia secretamente temido que todos os homens tivessem o porte parecido com o de Snorri entre os fiordes e que eu fosse ser um anão entre os gigantes.

A GUERRA DA RAINHA VERMELHA

Alguns dos *fit-firar* tentaram falar com Snorri na antiga língua do norte, mas ele os respondeu na língua do Império com bom humor, agradecendo-lhes pela cortesia. Cada pessoa que encontramos contou a mesma história sobre Skilfar. A völva chegara um mês antes e ninguém a vira, a não ser aqueles temerários o bastante para procurá-la. Snorri perguntou pela estação mais próxima e, munidos com instruções, abandonamos a estrada ao norte e saímos pelo terreno aberto.

A estação era nada mais que uma ampla vala coberta de grama no chão. Em uma das laterais, pendia uma espécie de aba de pedra. Nós chegamos a ela sob céu cinzento e uma garoa fria.

"Ela mora em uma vala?" Eu já havia ouvido falar de trolls que viviam debaixo de pontes e bruxas em cavernas...

"Agora nós seguimos as pistas", disse Snorri, e saiu ao longo da lateral da vala, em direção ao norte e ao leste.

Com o tempo, a vala ficou rasa, depois invisível, mas nós seguimos atravessando campos e campinas, encontrando a linha novamente, agora como um relevo um metro acima do terreno ao redor. Só quando chegamos ao planalto foi que tive a primeira impressão da criatura assustadora que um trem devia ser para deixar rastros como aqueles. Nos lugares onde um homem contornaria ou faria o caminho de menor resistência para subir uma colina, o trem simplesmente seguia em frente. Caminhamos em um lugar ao longo de um desfiladeiro de paredes de pedra, de trinta metros de profundidade, onde o trem havia traçado seu caminho através do leito de rocha.

Por fim, a terra se ergueu em uma série de morros mais substanciais e, mesmo assim, o trem continuou seu percurso. À nossa frente, um buraco circular nos aguardava, perfurado na encosta, de dez metros de diâmetro e mais escuro que o pecado. A chuva engrossou, escorrendo por meu pescoço e carregando consigo seu próprio frio e sofrimento peculiar.

MARK LAWRENCE

"Tá... Eu não vou entrar aí, Snorri." Sir Jorge pode ter seguido seu dragão dentro da caverna, mas até parece que eu ia caçar o trem até as entranhas da terra.

"Rá!" Snorri me deu um soquinho no ombro, como se eu tivesse contado uma piada. Doeu para caramba e eu me lembrei de não fazer nenhuma piada de verdade ao alcance dos braços dele.

"Sério. Vou esperar aqui. Você me conta como foi quando voltar."

"Trens não existem mais, Jal. Eles desapareceram há muito tempo. Não restou nem um ossinho." Ele olhou para trás, para toda a região acidentada atrás de nós. "Mas você pode ficar aqui sozinho se quiser, enquanto eu entro para ver Skilfar." Ele apertou os lábios.

Alguma coisa na palavra "sozinho", dita em uma região inóspita, me fez mudar de ideia. De repente, eu não queria ficar para trás parado na chuva. Além do mais, eu precisava ouvir o que a bruxa tinha a dizer sobre a maldição, em vez das palavras dela que Snorri se lembrasse ou decidisse compartilhar. Então, juntos, entramos, Snorri na frente e eu guiando Sleipnir atrás.

Após cem metros, o círculo de luz atrás de nós só servia como lembrete de que, no passado, nós conseguíamos enxergar.

"Eu ainda tenho duas tochas." Peguei minha bolsa.

"Melhor guardá-las", disse Snorri. "Só há um caminho a seguir."

Horrores nos perseguiam no escuro, é claro. Bem, eles me perseguiam. Eu imaginei os homens pálidos da floresta vindo atrás de mim com pés silenciosos ou esperando quietos dos dois lados enquanto passávamos marchando.

Nós andamos quilômetros. Snorri arrastava uma vara pela parede para não perder contato com ela e eu seguia o som. Sleipnir trotava atrás. Em certos lugares, o teto gotejava ou uma gosma se pendurava, comprida. A cada quinhentos metros, mais ou menos, havia um túnel que subia, da largura de um homem, e que oferecia um vislumbre pálido do céu. Plantas estranhas se amontoavam em volta dessas aberturas, indo em direção à luz com folhas abundantes. Em outros lugares, desmoronamentos parciais nos fizeram escalar montes de escombros soltos, com os cascos de Sleipnir deslocando pequenas avalanches de pedra destroçada. Em uma seção, um enorme pedaço de pedra dos Construtores bloqueava tudo, a não ser por uma fenda estreita do lado, e tivemos de atravessá-la. Snorri permitiu que eu acendesse a tocha para aquele trajeto, mas me fez apagá-la em uma poça logo em seguida. Eu não discuti – ambas as tochas provavelmente teriam se esgotado no caminho que havíamos percorrido até então e o que a luz revelou parecia suficientemente entediante, sem monstros à vista, nem mesmo um crânio jogado ou osso partido.

Quando braços rígidos me envolveram sem avisar, eu gritei alto o bastante para fazer desabar o teto e caí me debatendo loucamente. Meu punho fez contato com algo duro e a dor apenas amplificou minha aflição. Um barulho oco subiu dos dois lados.

"Jal!"

"Sai fora! Sai fora, porra!"

"Jal!" Snorri agora falou mais alto, porém calmo o bastante.

"Ah, filho da puta!" Alguma coisa dura me bateu no olho e meu agressor caiu, fazendo barulho.

"Agora seria a hora daquela tocha, Jal."

Silêncio, exceto por minha respiração ofegante e os passos nervosos dos cascos de Sleipnir.

"Filhos da puta!" Eu estava com minha faca em punho e cortei o ar algumas vezes, para garantir.

"Tocha."

"Eu vou... está em algum lugar." Levei um minuto ou dois remexendo as alças e revirando minha bolsa até acender a mecha. A tocha pegou fogo e espalhou seu brilho. "Minha Nossa Senhora!"

À nossa frente, figuras pálidas enchiam o túnel, fileiras e fileiras delas. Eram estátuas de homens e mulheres, a maioria em tamanho real, todas nuas e sem genitália. Por toda a minha volta havia exemplares caídos e meu inimigo mais recente estava com o braço esticado para o teto.

"O exército de Hemrod", disse Snorri.

"Quê?" Algumas estátuas tinham olhos pintados, outras cabelos, também pintados, mas a maior parte era careca, sem olhos, muitas sem definição, algumas com os dedos colados, os rostos em branco. Muitas faziam poses estranhamente indiferentes, parecendo-se mais com a nobreza ociosa do que com guerreiros para marchar. Havia espaço para andar entre cada fileira e, de alguma forma, Snorri acabou fazendo isso, deixando que eu colidisse com a primeira fileira.

"Hemrod", disse Snorri.

"Hemrroida para você. Nunca ouvi falar." Eu segurei o braço esticado à minha frente e botei a estátua de pé. O negócio quase não tinha peso. Qualquer que fosse o material usado, era bem mais leve que madeira. Eu o batuquei. "Oco?"

"Isso é coisa dos Construtores. Estátuas, suponho eu. Hemrod dominava esta região antes de o Império crescer para as terras dele. Quando o enterraram aqui, eles puseram um exército desses guerreiros de plastik para protegê-lo e servi-lo no além. Talvez eles esperem o Ragnarök com ele em Valhalla."

"Ora." Eu me levantei e bati a poeira. "Eu iria querer soldados melhores. Veja: eu derrubei sete deles enquanto lutava às cegas."

Snorri assentiu. "Ah, mas você teve a ajuda de uma menina berrando." Ele olhou para o túnel atrás. "Para onde será que ela correu?"

"Vá à merda, nórdico."

"Você sabe que alguém deve mantê-los de pé", disse Snorri atrás de mim.

Eu parei e troquei a tocha de mão. Meu braço doía de segurá-la para cima e gotas de piche quente ficavam caindo e queimando meus dedos.

"Por quê?"

"É lógico. Eles estão aqui há mais de quinhentos anos. Você não pode ser o primeiro a bater em um."

"Quis dizer para quê."

"Magia." Snorri soltou a respiração pelos lábios. "É um antigo encanto, uma defesa. Dizem que magia antiga é mais forte. Skilfar mora aqui por um motivo, quando vem ao sul."

"Bom, *eu* não vou voltar para colocá-los de pé outra vez." Levantei a tocha mais alto. "Há uma espécie de câmara à frente..."

Ao nos aproximarmos, vi que seria melhor chamar o espaço de caverna – não pela natureza dele (homens haviam construído aquilo), mas pelo tamanho. Cavernoso seria a palavra a ser usada. A escuridão lá dentro engoliu a luz da minha tocha. Um chão coberto de ferrugem se estendia e estátuas dos Construtores preenchiam o trecho da câmara que eu podia ver, todas apontadas para fora de algum centro oculto. Túneis saíam para os dois lados, com estátuas marchando para a escuridão. Se o espaçamento fosse constante, talvez nove ou dez túneis se encontrassem ali. Na verdade, aquilo devia ter sido um antro de trens, enrolando-se uns nos outros como grandes serpentes.

Snorri me exortou e eu avancei com cautela entre as fileiras. Alguma parte lasciva de mim que está sempre de plantão percebeu que a grande maioria das estátuas ali era de mulheres, todas com o mesmo tipo de posição dura e esquisita, com minha tocha iluminando centenas, senão milhares, de seios antigos e empinados de plastik.

"Está esfriando", falou Snorri atrás de mim.

"Sim." Parei, entreguei a tocha para ele e dei a volta em uma mulher nua de plastik para ficar atrás dela. "Vá na frente. Ela é a sua Bruxa Má do Norte, afinal." De alguma maneira, a parte da "bruxa má" calhou de ecoar pela câmara, demorando terrivelmente a parar.

Snorri deu de ombros e seguiu em frente. "Deixe o cavalo."

As fileiras radiais de estátuas criavam um estreitamento constante conforme nos aproximávamos do centro e logo Sleipnir estaria derrubando-as a torto e a direito. Eu soltei as rédeas dela. "Fique." Ela piscou um olho remelento para mim, o outro fechado e colado com secreções, e abaixou a cabeça.

A temperatura estava caindo a cada metro agora e cristais de gelo cintilavam nos braços de plastik por toda parte. Eu me abracei e deixei minha respiração esfumaçar à minha frente.

No meio da câmara, subia uma plataforma circular em quatro degraus e, no centro dela, sentada em uma cadeira coberta de gelo, estava Skilfar: alta, magra, a pele branca bastante esticada sobre os ossos pontudos, enrolada com as peles de várias raposas-do-ártico e com uma bruma branca saindo de seus braços como se fossem frios o bastante para rachar aço. Os olhos como água do mar congelada se fixaram na tocha de Snorri e ela se apagou, com a luz do fogo sendo substituída por um brilho estelar que emanava do corpo coberto de gelo de seus guardiães antigos.

"Visitas." Ela virou o pescoço e o gelo estalou.

"Salve, Skilfar." Snorri se curvou. Atrás dele eu me perguntei o que exatamente aquela bruxa fazia sentada no escuro quando não estávamos ali para conversar com ela.

"Guerreiro." Ela inclinou a cabeça. "Príncipe." Os olhos frios me encontraram novamente. "Vocês dois, unidos pela Irmã, que gracinha. Ela adora essas brincadeiras."

Brincadeiras? A raiva subiu, empurrando para o lado uma parte do meu medo prudente. "Sua irmã, senhora?" Eu imaginei o quanto seu sangue era frio.

"Ela lhe diria que é irmã de todo mundo, se falasse." Skilfar se levantou de sua cadeira, o ar congelante saindo de sua pele feito leite, jorrando para o chão. "Há um fedor de sonhos ruins rondando vocês dois." Ela enrugou o nariz. "Quem contaminou vocês? Não foi bem-feito."

"Você é gêmea da Irmã Silenciosa?", perguntou Snorri entredentes, mexendo o machado.

"Ela tem um gêmeo, com certeza." Skilfar avançou para a frente da plataforma, apenas a alguns metros de nós. Meu rosto doeu de frio. "Você não quer me atacar, Snorri Snagason." Ela apontou um longo dedo branco para o machado dele, cuja lâmina agora estava na altura de seu ombro.

"Não", concordou ele, mas seu corpo permaneceu pronto para o golpe.

Eu me vi avançando, com a espada em riste, embora não tivesse a menor lembrança de sacá-la nem o desejo de me aproximar mais do que já me aproximara. Tudo parecia um sonho. Meus olhos se encherem de visões da bruxa morrendo na ponta da espada à minha frente.

Skilfar abanou o ar em direção ao rosto, inspirando profundamente pelo nariz afilado. "Sageous tocou suas mentes. A sua em especial, príncipe. Mas foi um trabalho grosseiro. Ele normalmente tem a mão mais sutil."

"Faça!" As palavras irromperam de mim. "Faça agora, Snorri!" Eu bati a mão na boca antes que pudesse me condenar ainda mais.

Dois pulos o levaram ao degrau abaixo de Skilfar, com o machado acima dela, os enormes músculos de seus braços prontos para trazê-lo para baixo através do corpo estreito dela. Mas ele conteve o golpe.

"Faça a pergunta certa, criança." Skilfar desviou o olhar de Snorri, olhando para mim através do mar de estátuas. "É melhor que você se desvencilhe de Sageous sozinho. É mais seguro que se eu o fizer."

"Eu..." Lembrei-me dos olhos suaves de Sageous, as sugestões que se transformaram em verdades conforme eram consideradas. "Quem... quem é o gêmeo da Irmã?"

"Ora." Skilfar soltou a respiração que saiu branca e serpenteou em volta de seu tronco fino. "Achei que ela fosse escolher melhor." Ela estendeu a mão para mim, com garras de gelo saindo de suas unhas.

"Espere!" Um grito. Por algum motivo, eu vi meu medalhão. Intacto, com as pedras no lugar. "Eu... Quem... Gayrus! Quem é Gayrus?"

"Melhor." A mão relaxou. Ainda nenhum sorriso, no entanto. "Gayrus é irmão da Irmã."

Eu o vi, meu tio-avô, contorcido e velho em seu quarto na torre, com o medalhão na mão. "Eu tinha uma gêmea", ele me dissera uma vez. "Eles nos separaram. Mas não ficamos iguais."

No degrau abaixo de Skilfar, Snorri abaixou seu machado, piscando como se afugentasse os resquícios do sono.

"E o sangue dele pode quebrar esta maldição?" A pergunta flutuou, branca, diante de mim.

"O feitiço da irmã seria quebrado", Skilfar assentiu.

"De que outra maneira ele pode ser quebrado?", perguntei.

"Você sabe as maneiras."

"Você não pode fazer isso?" Tentei dar um sorriso esperançoso, mas meu rosto congelado não cooperou.

"Eu não quero." Skilfar voltou à sua cadeira. "Os natimortos não têm lugar entre nós. O Rei Morto está fazendo um jogo perigoso. Gostaria de ver sua ambição destruída. Muitas mãos ocultas estão viradas contra ele. Talvez todas as mãos, exceto a da Dama Azul, e o jogo dela é ainda mais perigoso. Portanto, não, Príncipe Jalan, você está levando o propósito da Irmã Silenciosa e as magias com que ela buscou destruir o maior servo do Rei Morto. Não tenho o menor interesse de tirá-lo de você. O Rei Morto precisa ter as asinhas cortadas. Sua força é como um incêndio na floresta." Eu me admirei com as palavras escolhidas por ela. "Mas assim como essas conflagrações, ela vai se extinguir e a floresta prevalecer. A não ser, é claro, que ele queime o próprio leito de rocha. Destrua o natimorto: isto vai completar o propósito do feitiço e ele desaparecerá de você. Não há opções para você, Príncipe Jalan, e quando não há opções todos os homens são igualmente corajosos."

"Como?", perguntei, sem querer saber realmente. "Destruir o natimorto? Como?"

"Como os vivos conseguem derrotar os mortos?" Ela deu um sorriso pequeno e frio. "Com cada batida de seu coração, cada gota de seu sangue. A verdade do feitiço da Irmã está escondida de mim, mas carregue o feitiço para onde ele o levar e reze para que isso seja suficiente. São esses os fins para os quais você serve."

Snorri desceu os degraus, um após o outro, e ficou ao meu lado. "Tenho meus próprios fins, Skilfar. Homens não servem às völvas." Ele cobriu a lâmina de seu machado com os protetores de couro que havia retirado um minuto antes.

"Tudo serve a tudo, Snorri ver Snagason." Não havia calor na voz da bruxa. Na verdade, parecia mais fria que nunca.

Para distrair os dois de maiores discordâncias, levantei a voz para fazer uma pergunta. "Rezar para que isso seja suficiente? Rezar é muito bonito, mas nunca botei muita fé nisso. A Irmã Silenciosa precisou apanhar seus inimigos sem que eles soubessem. Ela teve de pintar suas runas e lentamente jogar sua teia ao redor deles. Mesmo assim, o natimorto escapou, quando eu rompi apenas uma runa... então digamos que nós encontremos uma maneira de liberar este feitiço... Como ele pode derrotar um natimorto sequer, quanto mais vários?"

Skilfar ergueu as sobrancelhas um pouco como se ela mesma estivesse se questionando. "Dizem que alguns vinhos melhoram com o tempo quando são engarrafados."

"Vinho?" Olhei para Snorri para ver se ele tinha entendido.

"Estas magias não podem ser levadas por dois homens quaisquer", disse Skilfar. "Magia requer os receptáculos certos. Alguma coisa neste feitiço, em vocês dois, se encaixa. Você é sangue dela, Príncipe Jalan, e Snorri tem alguma coisa nele que se adéqua à tarefa. Você pode rezar ou não, mas sua única esperança é que o feitiço se fortaleça dentro de você, por causa de quem e do que é, por causa de sua jornada e porque quando chegar a hora, ele será mais forte, não mais fraco do que era."

"Eu não estou indo para o norte como o cachorrinho de uma bruxa", rosnou Snorri. "Estou indo com meu próprio propósito e vou..."

"Por que ela é silenciosa?" Dei uma cotovelada no nórdico para calá-lo, fazendo a pergunta para distrair os dois da briga que se formava nos lábios dele. "Por que a Irmã nunca fala?"

"É o preço que paga por saber o futuro." Skilfar desviou o olhar de Snorri. "Ela não pode falar dele. Ela não diz nada para que o acordo permaneça inviolado por qualquer acidente ou lapso."

Pressionei os lábios, assentindo com interesse. "Bem. Isso... parece razoável. De qualquer modo, nós realmente precisamos ir." Estendi a mão e puxei o cinto de Snorri. "Ela não vai nos ajudar", cochichei.

Mas Snorri, obstinado como sempre, não arredou pé. "Nós conhecemos um homem chamado Raiz-Mestra. Ele também falou de mãos ocultas. Uma cinza, por trás de nós, e uma preta bloqueando nosso caminho."

"Sim, sim." Skilfar desconsiderou a pergunta com um aceno. "A Irmã pôs vocês em seu caminho, o Rei Morto quer deter vocês. Uma ambição razoável, considerando-se que vocês foram enviados para impedi-lo de reunir um exército de homens mortos no gelo."

"Ninguém nos enviou!", disse Snorri, mais alto do que é recomendável diante de uma bruxa do gelo. "Eu escapei! Estou rumando ao norte para salvar minha..."

"Sim, sim, sua família. Se está dizendo." Skilfar o fitou nos olhos e foi Snorri quem desviou. "Homens que fazem escolhas sempre acham que são donos de seu destino. Poucos se lembram de perguntar quem moldou e ofereceu essas escolhas. Quem está segurando a cenoura que eles pensam ter escolhido seguir."

Agora que Snorri mencionou as baboseiras de Raiz-Mestra e Skilfar lhes deu certa importância com sua interpretação, eu me lembrei de outra coisa que ele dissera.

"Uma mão azul por trás da preta, uma vermelha por trás da cinza." As palavras escorregaram de minha língua.

Aqueles olhares se voltaram para mim e senti o inverno se abater gelado sobre meu corpo. "Elias Raiz-Mestra disse isso?"

"Hum... sim."

"Ora vejam, aquele homem está prestando mais atenção do que achei que fosse capaz." Ela juntou os dedos brancos sob seu queixo anguloso. "A Vermelha e a Azul. Aí está a batalha de nosso tempo, Príncipe Jalan. A Dama Azul e a Rainha Vermelha. Sua avó quer um imperador, príncipe. Você sabia disso? Ela quer reunir o Império Destruído novamente... vedar todas as rachaduras, visíveis e invisíveis. Ela quer um imperador porque um homem assim... Bem, ele poderia girar a roda para trás. Ela quer isso, e a Dama Azul, não."

"E você, völva?", perguntou Snorri.

"Que roda?" Era o que eu teria perguntado.

"Ah. Os dois cursos precisam que se pague um preço terrível e os dois estão repletos de riscos."

"E não há um terceiro caminho?"

Skilfar balançou a cabeça. "Joguei as runas até que elas se quebrassem de tanto cair. Não vejo nada além do vermelho e do azul."

Snorri deu de ombros. "Com ou sem imperador, não faz diferença para mim. Minha mulher e meu filho, Freja e Egil, são eles que estão me chamando para o gelo. Verei Sven Quebra-Remo morrer e terei minha justiça. Você pode me dizer se ele ainda reside no Forte Negro?"

"Ainda está de olho em sua cenoura, Snorri ver Snagason? Olhe além dela. Olhe para a frente. Quando os uuliskind navegam, eles ficam olhando para a água sob a proa? Você deveria perguntar por que é que ele está lá, em primeiro lugar. Eles cavam embaixo do gelo apenas procurando mais cadáveres? E, se não, o que mais eles buscam e com qual propósito?"

Algo como um rosnado, mas pior, surgiu na garganta de Snorri. "O Quebra-Remo..."

"Vamos embora!" Puxei o cinto de Snorri com mais força antes que seu temperamento enterrasse nós dois.

Snorri curvou seus ombros imensos e fez uma mesura rígida. "Que os deuses a mantenham, Skilfar."

Eu o deixei passar e fiz minha própria mesura, muito mais profunda. Posição social é uma coisa, mas eu sempre acho que uma bruxa assustadora nascida no inferno merece o máximo de mesuras e rastejos possível para evitar ser transformado em um sapo. "Muito obrigado, senhora. Eu me despeço e rogo que seu exército a mantenha segura." Com uma olhada de soslaio para uma jovem mulher de plastik especialmente fornida, eu me virei para sair.

"Pisem com cuidado no gelo", Skilfar gritou atrás de nós como se tivesse uma plateia. "Dois heróis, um levado a esmo por seu pau, o outro ao norte por seu coração. Nenhum usando o cérebro em qualquer decisão importante. Não os julguemos com dureza, meus soldados, pois nada é realmente profundo, nada tem consequência. É do raso que surgem as emoções nascidas de pura necessidade para nos guiar, como sempre guiaram os homens, guiaram os Construtores, guiaram os próprios deuses, para o verdadeiro Ragnarök, um fim para todas as coisas. Uma paz." Ela não pôde resistir a um comentário. Acho que é difícil até para os mais sábios resistir ao desejo de mostrar que são sábios.

As palavras dela nos seguiram da câmara. Eu parei logo depois do túnel para reacender minha tocha. "Ragnarök. É só nisso que o norte pensa? É isso que você quer, Snorri? Uma grande batalha e o mundo arruinado e morto?" Eu não podia culpá-lo se fosse isso mesmo. Não com o que havia acontecido com ele no último ano, mas ficaria perturbado em saber que ele sempre desejou esse fim, mesmo na noite anterior à chegada dos navios negros a Oito Cais.

A luz que se acendeu em minha tocha o pegou erguendo os ombros. "Você quer o paraíso que seus padres pintam para vocês nos tetos das catedrais?"

"Boa pergunta."

Nós partimos sem mais discussões teológicas. Quando meu tição começou a derreter e claudicar, acendi nossa última tocha com ele, cansado de bater o rosto em fios de gosma, tropeçar em pernas de plastik soltas, mergulhar os pés em poças geladas e bater os dedos em blocos caídos do teto. A possibilidade de fantasmas também me perturbava. Com toda a minha bravata na câmara da bruxa, a longa noite dos túneis abalou meus nervos. Seus guardiões pareciam mais sinistros a cada minuto: nas sombras dançantes, seus membros pareciam se mover. Pelo canto do olho, eu via movimento, mas quando me virava, as fileiras permaneciam intactas.

Nunca gostei muito de perambular no escuro. Mas parecia que nossa luz não duraria a jornada. Segurei a tocha bem alto e rezei para que antes de se apagar nós víssemos um círculo de luz do dia adiante.

"Vamos lá. Vamos lá", murmurei com a respiração curta conforme caminhamos. Os soldados de plastik haviam ficado lá atrás, mas na minha cabeça, eles estavam nos perseguindo logo depois do alcance da luz da tocha. "Vamos lá."

De alguma maneira, a tocha continuou acesa.

"Graças a Deus!" Apontei para a frente, na direção do tão aguardado ponto de luz diurna. "Achei que não fosse durar."

"Jal." Snorri bateu em meu ombro. Olhei para trás, seguindo o olhar dele até minha mão, levantada acima da cabeça. "Caralh..." A tocha era um toco escurecido, que nem fumaçava mais. Os dedos que a seguravam, no entanto, eram outra história, brilhando ferozmente com uma luz interior. Pelo menos estavam, até Snorri chamar minha atenção para eles. Naquele momento eles se apagaram, mergulhando-nos na escuridão, e fiz o que qualquer homem sensato faria. Corri alucinadamente para o lado de fora.

Uma tempestade esperava por nós.

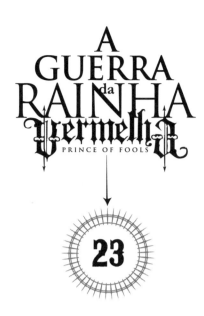

O porto de Den Hagen se situa onde o Rio Oout deságua em Karlswater, aquele trecho de água salgada que os nórdicos chamam de Mar Voraz. Uma coleção de belas casas se amontoa nas encostas ao leste. Bem, belas para o norte, onde todas as construções são baixas, feitas de granito para aguentar o clima que chega dos desertos de gelo. Chalés de madeira, cabanas, estalagens, cervejarias e mercados de peixe que descem até enormes armazéns que margeiam as docas como bocas receptoras. Os navios maiores ficam ancorados nas águas tranquilas da baía; outras embarcações lotam as docas, com os mastros erguendo-se em profusão. Gaivotas circulam no alto, sempre pesarosas, e os homens enchem o ar com seus próprios gritos, as vozes erguidas para dizer preços, convocar novas mãos para carregar ou descarregar, emitir desafios, compartilhar piadas, amaldiçoar ou louvar os muitos deuses de Asgard, ou para levar os seguidores de Cristo à pequena igreja coberta de maresia na beira da água.

"Que buraco." O fedor de peixe velho me atingiu mesmo no alto dos penhascos, onde a estrada do litoral chegava do oeste.

MARK LAWRENCE

Snorri, andando à minha frente, rosnou mas não disse nada. Eu me inclinei para a frente e dei um tapinha no pescoço de Sleipnir. "Logo será hora de nos separarmos, velha caolha."

Eu sentiria saudades da égua. Nunca gostei de andar. Se Deus quisesse que o homem andasse, não teria nos dado os cavalos. Animais maravilhosos. Eu penso neles como a palavra "fuga", coberta de pelos e com uma perna em cada canto.

Nós descemos até Den Hagen pela estrada cheia de barracos, que pareciam que seriam levados embora das encostas com os primeiros ventos do inverno. Em um canto alto, virados para o mar, sete trolls de pedra vigiavam as ondas. Pareciam apenas pedras para mim, mas Snorri afirmava ver um troll em cada uma delas. Ele abriu seu casaco de frio e puxou as camadas de camisas para mostrar uma cicatriz assustadora sobre os músculos rígidos de seu abdômen. "Troll." Com o dedo, ele insinuou uma série de cicatrizes adicionais do quadril até o ombro. "Tive sorte."

Em um mundo onde homens mortos caminhavam, natimortos surgiam de covas frescas e o povo dos pinheiros assombrava florestas, eu mal podia contestar sua afirmação.

No trecho final da estrada, nós passamos por três ou quatro pedras em forma de martelo dispostas nas beiras para honrar o deus do trovão. Snorri procurou pedras rúnicas em volta de cada um deles, mas encontrou apenas um pedregulho preto, alisado pelo rio e largo o bastante para cobrir a palma da mão, trazendo uma única runa. Talvez as crianças locais tenham levado o resto.

"Thuriaz." Ele deixou a runa cair.

"Hummm?"

"Espinhos." Ele deu de ombros. "Não quer dizer nada."

A cidade não tinha muro e ninguém, a não ser um punhado de comerciantes de aparência triste, vigiava a entrada – não que houvesse uma entrada, apenas um aumento na aglomeração de casas. Após semanas de vida dura e viagem árdua, até um lugar como Den Hagen tem seu charme. Cada peça de roupa em mim ainda continha um pouco de chuva, da tempestade que nos açoitara por dois dias sobre os descampados que circundavam o paradeiro de Skilfar. Dava para um homem saciar sua sede com o que conseguisse espremer de minhas calças. Ele teria de estar terrivelmente sedento para se arriscar, porém.

"Que tal se passássemos ali para ver se a cerveja é melhor neste lugar?" Apontei para uma taberna logo adiante, com barris colocados diante da entrada para os homens apoiarem seus canecos e um peixe-espada de madeira pintada pendurado sobre a porta.

"A cerveja de Maladon é ótima." Snorri passou pela entrada.

"Seria, se eles se esquecessem de salgá-la", falei. Coisa horrível, mas às vezes horrível basta. Eu havia pedido vinho lá na cidade de Goaten e eles me olharam como se eu tivesse pedido para assarem uma criança pequena para o jantar.

"Venha." Snorri se virou na direção do mar, dispensando um homem que lhe tentava vender peixe seco. "Vamos ver o porto primeiro." Uma tensão havia crescido nele ao nos aproximarmos da orla e quando vimos o mar pela primeira vez, lá do alto, ele se ajoelhou e murmurou preces pagãs. Desde os trolls de pedra ele estava andando com tanta determinação que tive de forçar Sleipnir a acompanhar.

Vários barcos estavam amarrados em pontos de ancoragem ao longo da doca, entre eles um que não precisava nem ser carregado nem descarregado.

"Um dracar", falei, finalmente reconhecendo as linhas clássicas que Snorri deve ter reconhecido lá da estrada. Desci do lombo de Sleipnir enquanto Snorri andou na direção da embarcação, começando a correr nos últimos cinquenta metros. Até um ser terrestre como eu podia perceber que o barco havia passado por dificuldades, com o mastro quebrado alguns metros abaixo da altura adequada, a vela rasgada.

Sem diminuir, Snorri chegou à ponta do porto e sumiu de vista, supostamente para o convés do dracar. Gritos e berros surgiram. Eu me preparei para uma visão de carnificina.

MARK LAWRENCE

Avançando lentamente e espiando pelo lado, com a cautela de um homem que não quer levar uma lança na testa, esperei encontrar um barco cheio de sangue e partes do corpo. Em vez disso, Snorri estava entre as fileiras de remo sorrindo como um maluco, com seis ou sete homens pálidos e peludos amontoados em volta dele, trocando socos de boas-vindas. E todos eles tentando falar ao mesmo tempo em alguma língua desgraçada que soava como se precisasse ser vomitada das profundezas da barriga.

"Jal!" Ele olhou para cima e acenou. "Venha aqui para baixo!"

Eu ponderei a questão, mas parecia não haver saída. Joguei as rédeas de Sleipnir sobre uma das cordas do navio e saí à procura de uma maneira de descer que não envolvesse quebrar os dois tornozelos na chegada.

Ao me soltar de uma escada bamba de cordas salgadas e tábuas podres, eu me virei e me vi como objeto de estudo de oito vikings. A coisa que mais me pegou de imediato não foi o tradicional "punho de boas-vindas" nórdico, mas o fato de que eles eram na maioria idênticos.

"Quíntuplos, não é?" Eu os contei.

Snorri jogou o braço em volta de dois dos cinco, tipos loiros-brancos com olhos cor de gelo e barbas bem mais rentes do que o típico estilo "grande o suficiente para perder um bebê lá dentro" do norte. "É um ponto delicado, Jal. Estes são os óctuplos de Jarl Torsteff. Atta está sentado à mesa de Odin agora, em Valhalla, com Sex e Sjau." Ele me lançou um olhar austero e eu mantive o rosto sem expressão. "Estes são Ein, Tveir, Thrir, Fjórir e Fimm."

Supus que havia acabado de receber uma lição de como contar até oito em nórdico e simultaneamente visto o estado da imaginação pobre de Jarl Torsteff. Decidi chamá-los de Quíntuplos, em todo caso. Menos mórbido.

"E também Tuttugu." Snorri estendeu a mão para esmurrar o ombro de um homem baixo e gordo. Uma barba ruiva saía dos dois lados da cabeça do homem com grande entusiasmo, mas não conseguia se encontrar em seu queixo. Esse era mais velho, com trinta e poucos anos, uma década mais velho que os Quíntuplos. "E Arne Olho-de-Mira, nosso melhor atirador!" Esse último era o mais velho deles, alto, magro, melancólico, dentes ruins, careca, fios brancos na barba preta. Se o visse curvado sobre ervas em um campo, acharia se tratar de um camponês comum.

"Ah, sim", falei, esperando que não tivéssemos de misturar sangue ou cuspe em nossas mãos. "É um prazer conhecê-los."

Sete vikings me olharam como se eu fosse alguma espécie até então desconhecida de peixe que acabaram de pescar. "Tiveram problemas?" Eu apontei para o mastro quebrado, mas a menos que os trinta homens adicionais necessários para preencher as fileiras de remos estivessem no Peixe-Espada bebendo canecos de cerveja salgada, os problemas implicavam em muito mais do que um encurtamento do mastro e algumas velas rasgadas.

"Problemas nas Ilhas Submersas!", disse um dos Quíntuplos, possivelmente Ein.

"Não temos mais o povoado em Umbra", falou outro Quíntuplo, dirigindo-se a Snorri.

"Chamamos de Ilhas Mortas agora", completou Tuttugu, com as papadas balançando ao sacudir a cabeça.

"Os necromantes nos afugentaram para nossos navios. As tempestades nos afugentaram para o sul." Foi a vez de Arne Olho-de-Mira contar a novidade, olhando para os calos de sua mão.

"Ficamos naufragados em Brit. Demorou meses para consertar. E os moradores?" Um Quíntuplo cuspiu para o lado a uma distância impressionante até o mar.

"Estamos pulando pela orla desde então, tentando chegar em casa." Arne balançou a cabeça. "Desviando da marinha de Normardy, barcos de patrulha de Arrow, piratas de Conaught... E Aegir nos odeia. Mandou uma tempestade atrás da outra para nos repelir."

"Eu estava esperando serpentes marinhas em seguida, um leviatã, por que não?" Tuttugu revirou os olhos. "Mas estamos aqui. Águas amigáveis. Mais alguns reparos e podemos cruzar o Karlswater!" Ele bateu nos ombros de um Quíntuplo aleatório.

"Então, vocês não sabem?", perguntei.

A testa de Snorri se enrugou e ele saiu para o lado do barco, inclinando-se para olhar para o norte sobre o mar aberto.

"Sabemos de quê?", perguntaram muitas bocas, todos os olhos sobre mim.

Percebi meu erro. Não entre no barco de alguém trazendo más notícias. É provável que você saia rapidamente e pelo lado molhado.

"Nós sabemos que não há notícias dos undoreth em Den Hagen", disse um dos Quíntuplos, Ein, com a cicatriz no canto do olho. "Não há dracares atracando. Há histórias vindas dos portos de Hardanger sobre ataques ao longo do Uulisk, mas sem detalhes. Estamos aqui há quatro dias e isso é tudo que descobrimos. Você sabe mais?"

"Snorri é que deve contar", falei. "Minhas histórias são todas dele e prefiro não confiar na minha memória." E isso fez todos aqueles olhares penetrantes virarem na direção de Snorri.

Ele se levantou, assomando-se acima de todos nós, sério, com a mão em seu machado. "É algo que se deve contar onde possamos brindar aos mortos, irmãos." E ele caminhou até o muro do porto, subindo rapidamente uma série de pedras protuberantes que eu não havia percebido ao descer.

Snorri nos levou até uma taberna ao lado das docas onde as mesas permitissem ver o barco. Não julguei que fosse digno de roubo, mas talvez ele tenha sido inteligente de não pôr isso à prova. Afinal, um lugar como Den Hagen deixaria qualquer um desesperado para ir embora após pouco tempo, então devia haver homens loucos o bastante para sair velejando em qualquer embarcação abandonada, até uma tina furada como aquela que levou os nórdicos ao porto.

Andei na retaguarda do grupo junto com Tuttugu. "Achei que dracar fosse maior."

"É um snekkja."

"Ah."

"O tipo menor." Tuttugu sorriu para minha ignorância, mas sua cabeça devia estar no que Snorri contaria. "Vinte bancos. Os skei têm o dobro. O nosso se chama *Ikea*, por causa do dragão, sabe?"

"Sim." Eu não sabia, mas mentir é mais fácil do que ouvir explicações. Não estava nem tão interessado no barco deles, mas parecia que eu iria me confiar a ele, e antes do que gostaria. O dobro do tamanho do snekkja deles ainda não parecia um navio grande – mas a força do norte sempre esteve em barcos ágeis, e muitos deles. Eu tinha de rezar para que as malditas coisas fossem pelo menos fortes, com toda aquela prática.

Nós puxamos banquetas em torno de uma longa mesa, com vários habitantes sabiamente decidindo mudar para outras mesas. Snorri pediu cerveja e se sentou à cabeceira, olhando para as velas do snekkja se agitando acima do muro do porto. O céu atrás delas era uma mistura complexa de nuvens escuras e temperamentais, algumas trazendo chuva, mas todas iluminadas pelos raios inclinados do sol da tarde.

"Valhalla!" Snorri pegou o primeiro dos canecos espumantes da bandeja quando os garçonetes as trouxeram.

"Valhalla!" Houve batidas na mesa.

"Um guerreiro teme a batalha da qual não participou. Mais do que qualquer luta que possa tomar para si, ele teme a luta que já passou, que terminou sem ele, que nenhuma quantidade de armas pode mudar." Snorri obteve a atenção deles. Ele fez uma pausa para dar um gole profundo e longo. "Não lutei em Einhaur, mas ouvi a história de Sven Quebra-Remo, se é que alguma palavra direita pode sair daquela língua torta dele."

A tripulação do *Ikea* trocou olhares, murmurando entre si. O tom dos trechos que ouvi deixou claro que eles compartilhavam da mesma opinião desabonadora sobre o Quebra-Remo.

"Na batalha de Oito Cais eu lutei. Um massacre, mais que uma batalha. Minha sobrevivência me envergonha todos os dias." Ele bebeu novamente, e contou a história.

O sol caiu, as sombras se esticaram, o mundo passou, mas nada disso foi percebido. Snorri nos deteve sob o encanto de sua voz e eu escutei, bebendo minha cerveja sem saboreá-la, embora tivesse ouvido tudo aquilo antes. Tudo aquilo até ele chegar ao Forte Negro.

Quando Snorri viu a mancha preta pela primeira vez, ele achou que fosse algo relacionado à morte, que sua visão estava falhando conforme o gelo o dominava. Mas a mancha persistiu, manteve-se no lugar e cresceu conforme ele continuou a cambalear. E com o tempo ela se tornou o Forte Negro.

Feito de enormes blocos esculpidos dos campos de basalto antigo sob as neves, o Forte Negro dispunha-se em desafio ao Gelo Mortal, diminuído pelas amplas e altas falésias da camada de gelo a apenas oito quilômetros ao norte. Em todos os longos anos de existência do forte, o gelo havia avançado, recuado, avançado novamente, mas nunca havia chegado àquelas paredes enegrecidas, como se o forte fosse o guardião final dos homens contra o domínio dos gigantes do gelo.

Fortalecido pela visão, Snorri se aproximou, enrolando-se em sua capa de pele de foca, branca pela neve. Um vento do leste aumentou, varrendo o gelo, levantando uma fina neve seca e levando-a em turbilhões e correntes. Snorri inclinou-se contra o vento, com as últimas centelhas de calor sendo levadas de seu corpo, cada passo ameaçando terminar em um tropeço do qual não haveria como levantar.

Quando a estrutura do forte bloqueou o vento, Snorri quase tropeçou, como se seu suporte tivesse sido arrancado dele. Ele não havia percebido que estava tão perto nem realmente acreditado que atingiria seu objetivo. Ninguém vigiava das ameias. Cada janela estreita estava fechada e coberta de neve. Nenhum guarda de plantão estava a postos nos grandes portões. Com o cérebro e as mãos dormentes, Snorri parou, incerto. Ele não havia traçado plano algum, apenas o desejo de terminar o que começara em Oito Cais – e que devia ter acabado lá – o movia. Ele sobrevivera a duas crianças. Ele não tinha a menor vontade de sobreviver a Egil ou Freja, queria apenas batalhar para salvá-los.

Fraco como estava, Snorri sabia que só ficaria mais fraco esperando na neve. Ele não poderia escalar os muros do forte, assim como não poderia escalar os penhascos do Gelo Mortal. Ele pegou Hel com as duas mãos e bateu com o machado de seu pai nas portas do Forte Negro.

Após uma eternidade, uma janela lá no alto se abriu, espalhando gelo e neve sobre a cabeça dele. Quando olhou para cima, a janela já havia se fechado novamente. Ele bateu à porta outra vez, sabendo que sua mente se enevoava com a lentidão e a estupidez que o frio traz, incapaz de pensar em uma alternativa.

"Você!", disse uma voz lá de cima. "Quem é você?"

Snorri olhou para cima e lá, de pele de lobo, inclinado para fora para ver melhor, estava Sven Quebra-Remo, com o rosto indecifrável no redemoinho ruivo-dourado de seus cabelos.

"Snorri..." Por um momento, Snorri não conseguiu dizer seu nome inteiro com os lábios dormentes.

"Snorri ver Snagason?", trovejou o Quebra-Remo com espanto. "Você desapareceu! Fugiu da batalha, pelo que disseram. Ah, essa é muito boa. Vou descer para abrir as portas pessoalmente. Espere aí. Não fuja de novo."

Então Snorri esperou, com as mãos brancas em volta de seu machado, tentando deixar sua raiva aquecê-lo. Mas o frio havia envolvido seus ossos, minando sua força, minando sua determinação e até sua memória. O frio tem seu próprio gosto. Tem gosto de língua mordida. Ele serpenteia à sua volta, um ser vivo, uma fera que quer matá-lo, não com fúria, não com dentes ou garras, mas com a misericórdia da rendição, com a gentileza de deixar você entrar suavemente na longa noite, após tanta dor e sofrimento.

MARK LAWRENCE

O arrastar das portas o despertou de seu devaneio. Ele se sobressaltou. Ouviu o grunhido de homens se esforçando enquanto as duas grandes tábuas de madeira trepidaram para trás sobre a pedra congelada. Se simplesmente o tivessem deixado esperando, talvez ele nunca mais se movesse de novo.

Dez metros atrás, além da espessura das paredes, parado no pátio aberto, Sven Quebra-Remo aguardava, com o machado em uma mão enluvada e seu pequeno broquel de ferro na outra.

"Eu poderia ter acabado com você com uma lança atirada dos muros ou deixado a neve possuí-lo, mas o campeão dos Campos Férreos merece um fim melhor que esse."

Snorri quis dizer que um homem preocupado com a honra ou com a forma como um guerreiro deveria morrer, devia ter ido a Oito Cais durante o dia, soando sua buzina pelo fiorde. Ele quis dizer um monte de coisas. Ele quis falar de Emy e de Karl, mas o gelo havia selado seus lábios e ele usaria a força que lhe restava para matar o homem à sua frente.

"Então entre." O Quebra-Remo fez sinal para ele entrar. "Você chegou até aqui. Seria uma pena o medo impedi-lo de dar os últimos passos de sua jornada."

Snorri começou a correr tropegamente, com os pés congelados demais para ganhar velocidade. A risada de Sven Quebra-Remo – isso era a última coisa de que se lembrava antes de o porrete bater em sua nuca. Os homens que haviam aberto as portas simplesmente aguardaram atrás delas e o derrubaram quando ele passou.

Um calor escaldante o acordou. Calor em seus braços, esticados acima dele. Calor em suas extremidades, como se estivessem queimando. Calor em seu rosto. E dor. Dor em toda parte.

"Qu..."

A respiração que saiu dele enfumaçou o ar. Fragmentos de gelo ainda estavam grudados em sua barba, pingando água em seu peito. Não tão quente quanto parecia naquele momento, nem tão fria quanto fora antes.

A GUERRA DA RAINHA VERMELHA

Levantar a cabeça fez a ferida atrás de seu crânio roçar na parede de pedra áspera e meio xingamento saiu de seus lábios rachados. O salão diante dele abrigava uma dúzia de homens, amontoados diante de uma pequena fogueira em uma lareira cavernosa, perto da ponta de uma longa mesa de pedra. Eram os homens do Quebra-Remo, Vikings Vermelhos de Hardanger, ainda menos à vontade tão perto do Gelo Mortal do que os undoreth que ficavam às margens do Uulisk.

Snorri rugiu para seus captores, berrou sua raiva, proferiu xingamentos horrendos, gritou até sua garganta ficar dolorida e sua voz fraca. Eles o ignoraram, mal olhando para ele, e enfim o bom senso prevaleceu sobre sua raiva. Nenhuma esperança lhe restava, mas ele percebeu o papel patético que estava fazendo, amarrado ali na parede e fazendo ameaças. Ele tivera sua chance de agir. Duas vezes. E fracassou em ambas.

O Quebra-Remo adentrou o salão por uma porta perto da lareira e aqueceu suas mãos ali, trocando palavras com seus homens antes de andar até o outro lado da mesa para inspecionar seu prisioneiro.

"Bem, isso foi burrice." Ele esfregou o queixo entre o polegar e o indicador. Mesmo de perto, sua idade era indefinível. Quarenta? Cinquenta? A pele curtida e com cicatrizes, magro, maior até do que Snorri, a juba de cabelos ruivos-dourados ainda cheia, pés de galinha no canto de cada olho escuro, uma astúcia no olhar enquanto avaliava seu oponente.

Snorri não respondeu. Ele *havia* sido burro.

"Eu esperava mais de um homem a respeito de quem contam tantas histórias pelos salões."

"Onde está minha esposa? Meu filho?" Snorri não fez ameaças. O Quebra-Remo riria delas.

"Conte-me por que fugiu. Snorri ver Snagason mostrou ser burro e eu não estou muito surpreso. Apesar de ter esperado mais. Mas covarde?"

"O veneno de suas criaturas me derrubou. Eu caí e a neve me cobriu. Cadê meu filho?" Ele não podia falar de Freja diante daqueles homens.

"Ah." Quebra-Remo olhou para seus homens, todos eles escutando. Poderia haver uma escassez de diversão no Forte Negro. Até o carvão que eles queimavam devia ser trazido de trenó com grande esforço. "Bem, ele está suficientemente seguro, contanto que você continue não sendo uma ameaça."

"Eu não lhe disse seu nome." Snorri puxou suas cordas.

O Quebra-Remo simplesmente ergueu uma sobrancelha. "Você acha que o filho do grande Snorri ver Snagason não está dizendo a qualquer um que seu pai chegará esbravejando aos nossos portões com um exército para resgatá-lo? Aparentemente, você vai arrancar todas as nossas cabeças com um machado e rolar com elas pelo fiorde."

"Por que está com eles?" Snorri olhou nos olhos do homem. Sua dor o ajudou a não pensar na confiança de Egil em um pai fracassado.

"Ah, bem." Sven Quebra-Remo puxou uma cadeira e se sentou com o machado sobre os joelhos. "No meio do mar, um homem é algo pequeno, seu navio pouca coisa maior, e nós vamos aonde o tempo deseja. Corremos diante da tempestade. Subimos e descemos com as ondas. Pescadores magrelos saídos da costa de Afrique, grandes vikings com uma centena de mortes nas costas no meio do Mar Voraz, é tudo a mesma coisa – somos levados pelo vento."

Ele continuou:

"O negócio é o seguinte, Snorri ver Snagason. O vento mudou. Ele sopra das Ilhas agora e há um novo deus fazendo o tempo. Não é um deus bom nem limpo, mas isso não somos nós que mudamos. Estamos no mar e curvamos as cabeças para nossas tarefas, esperando continuar à tona. O Rei Morto controla as Ilhas agora. Ele derrotou a força de Jarl Torsteff lá, e a do Jarl de Ferro, dos Jarls Vermelhos de Hardanger. Todos rechaçados de volta a seus portos. Agora ele vem atrás de nós, com homens mortos, nossos mortos entre eles, e monstros além da morte."

"Você deveria combatê-los!", disse Snorri, fazendo um esforço inútil contra a força das cordas.

"Isso está dando certo para você, Snorri?" Uma dureza em volta de seus olhos, algo amargurado e difícil de decifrar. "Lute contra o mar e você se afoga." Ele sopesou o machado em seu colo, confortando-se com seu peso. "O Rei Morto é persuasivo. Se eu trouxesse sua esposa e seu filho aqui, para este salão, e colocasse um ferro quente em seus rostos... você me acharia persuasivo, não?"

"Vikings não guerreiam com crianças." Snorri conhecia a derrota. Era melhor ter deixado o gelo levá-lo do que vir aqui e falhar com sua família.

"Os undoreth deixam órfãos e viúvas intocados quando saqueiam?" Um riso de escárnio dos homens em volta da lareira. "Snorri Machado-Vermelho adotou os filhos dos muitos homens que enviou em sua jornada final?"

Snorri não tinha respostas. "Por que eles estão aqui? Para que pegar prisioneiros? Por que aqui?"

O Quebra-Remo apenas balançou a cabeça, parecendo mais velho agora, mais próximo dos cinquenta do que dos quarenta. "Você vai dormir melhor sem saber."

"Os sonhos que tive..." Snorri levantou a cabeça na ponta da mesa da taberna. Aslaug olhou para nós de dentro dos olhos dele, que agora eram contas retintas cintilantes e cruéis com a última luz do sol poente. Dava para imaginá-los observando da teia e acreditar por um momento no conto de Loki, o deus das mentiras, apegado a uma bela jötun com apenas a sombra de uma aranha para trair sua verdadeira natureza. "Que sonhos." Aquele olhar recaiu gelado sobre mim. "Difícil imaginá-los ainda mais sombrios."

Senti Baraqel se mexer sob minha pele e meio que esperei aquele brilho começar, pronto para a luz atravessar as cicatrizes que ainda trazia da Gowfaugh, para o esplendor escorrer por baixo de minhas unhas. Do outro lado da mesa, aquela força crepitante que conhecíamos de contatos breves começou a aumentar. Agora eu sabia que era a energia entre Aslaug e Baraqel, entre personificações de escuridão e luz, prontas para a guerra.

Eu quis perguntar o motivo, repetir a indagação de Snorri ao Quebra-Remo: "Por quê?" Quis saber como ele acabou se vendendo e com que finalidade. Mais que tudo, porém, eu queria que Aslaug parasse de olhar, então abaixei a cabeça e fiquei quieto. Os outros ao redor da mesa viram ou sentiram a estranheza que havia tomado conta de seu conterrâneo e ficaram em silêncio também – embora talvez sua quietude contivesse um pouco de luto pelos undoreth.

"Einhaur também foi para o saco?", perguntou um Quíntuplo, interrompendo o momento.

"Antes de chegarem a Oito Cais?", continuou o outro.

"E quanto às Quedas Tenebrosas?", foi a vez de Tuttugu inquiri-lo.

"Deve ser isso tudo." Arne Olho-de-Mira continuou olhando para a mesa. "Senão teríamos ouvido essa história dez vezes, a esta altura."

Todos os homens da mesa, exceto Snorri, pegaram suas cervejas e beberam até acabar.

"O inimigo está lá, depois do Forte Negro", disse Snorri.

A noite se acumulava em torno dele, mais escura do que deveria ser, enquanto o sol ainda caía a oeste, ainda sem ser engolido pelo mar. "Iremos até lá. Matamos todo mundo. Destruímos seus trabalhos. Mostramos a eles um horror pior que a morte."

Os nórdicos abaixaram seus canecos, observando Snorri com uma fascinação apreensiva. Olhei para o mar mais uma vez, a oeste, ao longo do litoral até onde a borda ardente do sol ainda enfeitava o horizonte com joias vermelhas. Menos, menos ainda, e então sumiu.

"Eu disse, undoreth, nós pintaremos a neve de Hardanger com sangue!" Snorri ficou rapidamente de pé, libertado pelo pôr do sol, os olhos limpos, a mesa se arrastando para trás sobre as pedras. "Nós recuperaremos o que amamos e mostraremos a esses Vikings Vermelhos como sangrar." Ele levantou o machado acima da cabeça. "Nós, dos undoreth, os Filhos do Martelo. O sangue de Odin corre em nossas veias. Nascidos na tempestade somos!"

E, enquanto Aslaug deixou os nórdicos imóveis com suas ameaças sombrias, Snorri ver Snagason os pôs de pé em um instante, rugindo sua provocação ao céu noturno, batendo na mesa até a madeira rachar e os canecos pularem.

"Mais cerveja!" Snorri finalmente se sentou, esmurrando a mesa uma última vez. "Beberemos pelos mortos."

"Você vai vir conosco, Príncipe Jalan?", perguntou Tuttugu, pegando um frasco alto da mulher que nos servia, com o colarinho tão branco quanto os Quíntuplos. "Snorri diz que chamam você de herói em sua terra natal e que seus inimigos o apelidaram de 'Diabo'."

"O dever me obriga a levar Snorri até sua terra", assenti. Quando um determinado rumo é forçado sobre você, é melhor aceitá-lo com elegância e explorá-lo o máximo possível, até o momento em que a primeira oportunidade de escapar se apresente. "Vamos ver o que esses carniceiros de Hardanger acham de um homem de Marcha Vermelha." Eu esperava encontrar uma maneira de não acharem meu cadáver.

"O que nos faz pensar que nos sairemos melhor com nove do que Snorri sozinho?" Arne Olho-de-Mira limpou a espuma de seu bigode, com a voz rabugenta em vez de temerosa. "O Quebra-Remo tinha homens suficientes para devastar Einhaur e todas as vilas ao longo do Uulisk."

"É uma pergunta justa", disse Snorri, apontando para Arne. "Primeiro, entenda que havia pouquíssimos homens no Forte Negro; não é um lugar que jamais poderia ser guarnecido com a capacidade total. Cada refeição que se come lá precisa ser transportada pelo gelo. Cada tora ou saco de carvão precisa ser carregado até lá. E o que há lá para defender? Escravos trabalhando sob o Gelo Mortal, cavando túneis à procura de um mito?"

Ele prosseguiu:

MARK LAWRENCE

"Segundo: nós iremos mais preparados, não vestidos com o que pode ser recolhido das ruínas no momento. Iremos de cabeça limpa, com a matança trancafiada em nossos corações até o momento necessário."

Snorri continuou. "Terceiro e último. O que mais podemos fazer? Nós somos os últimos undoreth livres. Tudo que sobreviveu de nosso povo está lá, no gelo, nas mãos de outros homens." Ele fez uma pausa e pôs as grandes mãos sobre a mesa, olhando para os dedos abertos. "Minha esposa. Meu filho. Minha vida toda. Todas as coisas boas que fiz." Alguma coisa se contorceu em sua boca e se tornou um rosnado quando do ele se levantou, elevando a voz novamente em direção a um rugido.

"Então não estou lhes oferecendo vitória, ou um retorno a suas antigas vidas, nem a promessa de que iremos nos reconstruir. Apenas dor, sangue, machados vermelhos e a chance de guerrear junto contra nossos inimigos, pela última vez. O que me dizem?"

E é claro que os maníacos urraram sua aprovação. Bati meu punho na mesa, sem muito entusiasmo, e me perguntei como poderia cair fora dessa confusão. Se Sageous não estivesse mentindo, ou equivocado, então, se Snorri morresse no ataque e eu ficasse mais para trás, talvez pudesse fugir depois que o encanto tivesse se quebrado. É claro que, com nove homens, não há exatamente muitas fileiras atrás das quais se esconder e esse Forte Negro parecia inconvenientemente longe de qualquer refúgio seguro para onde se pudesse correr.

Decidi que a melhor política por enquanto seria beber até perder o juízo e esperar que a manhã tivesse uma oferta melhor.

"A mensagem mais importante aqui", falei em uma brecha, quando os nórdicos estavam todos calados por seus canecos, "é não agir com pressa. Planejar é fundamental. Estratégia. Equipamento. Todas essas coisas que Snorri deixou escapar da primeira vez por sua impaciência."

Quanto mais nós nos demorássemos, maior a chance de essa maldição acabar ou surgir alguma oportunidade de escapar. O importante era que o *Ikea* não velejasse antes de eu esgotar todas as oportunidades de não estar a bordo quando isso acontecesse. Com uma encolhida de ombros, virei minha cerveja e pedi outra.

24

Algumas ressacas são tão horrendas que parece que o mundo inteiro sacode à sua volta e as próprias paredes rangem com o movimento. Outras são relativamente leves e simplesmente acontece que, em sua embriaguez, um grupo de vikings joga você em uma pilha de cordas amontoadas em seu dracar e coloca-se a navegar.

"Ah, seus desgraçados." Abri um olho e vi uma grande vela se agitando acima de mim e gaivotas circulando lá no alto do céu nublado.

Eu me sentei, vomitei, me levantei, tropecei, vomitei, rastejei até a lateral do barco, vomitei copiosamente, rastejei até o outro lado e resmunguei para a fina linha escura no horizonte, a única alusão ao mundo que conheci e podia nunca mais ver de novo.

"Não é marinheiro, então?", perguntou Arne Olho-de-Mira, observando-me em um banco, com seu remo travado à sua frente e um cachimbo na mão.

"Vikings fumam?" Aquilo simplesmente parecia errado, como se sua barba pudesse pegar fogo.

"Este aqui fuma. A gente não recebe um livro de regras, sabia?"

"Suponho que não." Limpei minha boca e fiquei ali agarrado à lateral do barco. Os Quíntuplos estavam fazendo coisas complicadas com vela e corda. Tuttugu observava as ondas da proa e Snorri segurava a cana do leme na popa. Após um tempo, eu me senti forte o bastante para cambalear e cair no banco ao lado de Arne. Ainda bem que o vento carregava a fumaça dele para o outro lado, senão teríamos a chance de ver se alguma refeição da semana passada poderia reaparecer, se eu tentasse com afinco.

"Que outras regras desse manual que não se recebe você já quebrou?" Eu precisava de distração da ânsia e do balanço. Nós parecíamos estar enfrentando uma espécie de tempestade, apesar do céu estar ficando limpo e os ventos, moderados.

"Bem." Arne pitou seu cachimbo. "Não gosto muito do salão de banquete e da cantilena daquelas canções todas. Prefiro ficar no gelo pescando um pouco."

"Eu achava que um homem de seus talentos quisesse caçar presas que pudesse abater com um disparo, em vez de tirar da água com um anzol através de um buraco no gelo." Eu depositara boa parte de minha esperança de sobrevivência em Arne Olho-de-Mira. A grande vantagem de um homem que seja mortal com um arco é que pouca coisa chega perto o bastante para incomodá-lo. Esse é o tipo de homem ao lado do qual eu gosto de ficar em uma batalha, se os eventos conspirarem para me impedir de sair galopando ao longe. "Caralho! Cadê a porra do meu cavalo?"

"Partes dele estão provavelmente espalhadas nas encostas mais baixas de Den Hagen." Arne simulou mastigação. "Cozido, salsichas, bacon de cavalo, cavalo assado, sopa de língua, fígado com cebolas, cavalo frito, hummm. Que delícia."

"Quê? Eu..." Meu estômago disse a última palavra daquela frase. Uma longa palavra cheia de vogais e dita principalmente sobre o lado do barco para o mar.

"Snorri a levou para o curral hoje de manhã e a vendeu", gritou Arne atrás de mim. "Ganhou mais pela sela do que pela égua."

A GUERRA DA RAINHA VERMELHA

"Porra." Limpei a baba de meu queixo antes que o vento pudesse decorar o resto de mim com ela. De volta ao banco, descansei um pouco, com a cabeça nas mãos. Parecia que estávamos completando um ciclo. Esse pesadelo havia começado comigo sendo jogado em um barco cheio de vikings e agora ali estávamos de novo. Um barco maior, mais água, mais vikings e a mesma quantidade de cavalos.

"Olho-de-Mira, né?" Esperei me animar com a ideia de que Arne me protegeria. "Como é que ganhou um apelido *desses*?"

Arne soprou uma nuvem de fumaça repulsiva, que foi logo levada pelo vento. "Há duas maneiras de atingir um pequeno alvo que está a uma grande distância. Habilidade ou sorte. Não é que eu seja ruim de mira – não estou dizendo isso. Melhor que a média, com certeza. Principalmente agora com toda a prática que tenho. É sempre 'Deixe o Olho-de-Mira tentar', 'Dê o arco para o Arne'. Mas aquele dia, na celebração do casamento de Jarl Torsteff..." Ele deu de ombros. "Tinha homem de todo lugar que foi participar das competições. Tiro de machado, levantamento de pedra. Luta. Tudo isso. Tiro com arco, bem, nunca foi nosso ponto forte, mas havia muita gente disposta. O jarl colocou uma moeda muito longe e ninguém conseguia acertar aquela porra. Estava escurecendo quando eles me deixaram tentar. Derrubei na primeira tentativa. Não parei mais de ouvir a respeito. E é assim que é neste mundo, garoto. Comece uma história, só uma historinha que devia sumir e morrer – tire os olhos dela por um instante e, quando voltar, ela já cresceu o bastante para agarrar você com os dentes e sacudi-lo. É assim que é. Todas as nossas vidas são histórias. Algumas se espalham, crescem ao serem contadas. Outras são apenas ditas entre nós e os deuses, murmuradas para lá e para cá em nossos dias, mas essas histórias também crescem e nos sacodem da mesma maneira."

Eu grunhi e me deitei no banco, tentando encontrar um ângulo que passasse da marca que dividia a linha entre "instrumento de tortura" e "cama". Eu teria simplesmente me deitado entre os bancos, mas cada sacolejo do barco trazia uma água fétida da estiva esparrinhando pelo corredor, uma imitação em miniatura das grandes ondas nas quais nos sacudíamos.

"Me acorde quando a tempestade passar."

"Tempestade?" Uma sombra recaiu sobre mim.

"Não vai me dizer que é sempre assim, não é?" Estreitei os olhos para o vulto, escuro contra o céu claro, a luz do sol batendo em volta dele e ardendo meus olhos. Um homem alto, irritantemente atlético. Um dos Quíntuplos.

"Ah, não." Ele se sentou no banco em frente, com seu bom humor como um ácido em minha ressaca. "Raramente é tão bom quanto agora."

"Arrrgh." Palavras reais pareciam insuficientes para expressar minha opinião sobre o assunto. Eu me perguntei se Skilfar havia visto que eu estava destinado a encher um dracar de vômito e me afogar na bagunça resultante.

"Snorri diz que você é bom com ferimentos." Ele começou a arregaçar sua manga. "Sou Fjórir, a propósito – às vezes é difícil nos distinguir."

"Mas que por...!" Eu me encolhi quando Fjórir desenrolou o pano sujo em volta de seu antebraço. O rasgo irregular entrava até a carne, com todos os tons do preto até o marrom-avermelhado à mostra no inchaço dos dois lados. O fedor dela já dizia tudo. Quando a ferida de um homem começa a cheirar mal, sabe-se que eles estão caminhando lentamente para o cemitério. Talvez perder o braço pudesse salvá-lo – eu não sabia mesmo. Além de ajustar as probabilidades ao apostar em brigas do fosso, minha experiência não dizia respeito a coisas daquele tipo. É verdade que houve aborrecimentos semelhantes nas fronteiras de Scorron, mas eu havia eliminado aquelas lembranças com sucesso. Ou pelo menos havia, até uma fungada no braço podre de um nórdico trazer tudo de volta em uma enxurrada. Pelo menos desta vez consegui chegar à lateral do barco antes de vomitar nas ondas escuras. Passei um bom tempo pendurado ali, levando uma conversa alta mas sem palavras com o mar.

Fjórir ainda estava sentado onde eu o deixara, quando voltei de estômago vazio e tremendo. O barco inteiro continuava ameaçando virar a cada pulo das ondas, mas ninguém mais parecia preocupado.

A GUERRA DA RAINHA VERMELHA

"É... É um baita corte que você tem aí", falei.

"Rasguei em uma lança solta, numa tempestade saindo dos Thurtans", assentiu Fjórir. "É desagradável, porém. Não me deixa em paz."

"Sinto muito." E eu sentia. Gostava dos Quíntuplos. Eles eram daquele jeito. E em breve seriam quádruplos.

"Snorri diz que você é bom com ferimentos." Fjórir voltou ao seu tema. Ele parecia inexplicavelmente animado sobre a coisa toda, embora eu duvidasse que ele fosse durar mais uma semana.

"Bem, eu não sou." Olhei para a ferida com uma fascinação mórbida. "Você parece menos preocupado com ela do que eu."

"Os deuses estão nos levando em ordem. O mais velho primeiro." Novamente aquele sorriso. "Atta foi derrubado por monstros em Ullaswater. Depois um homem morto puxou Sjau para o pântano em Fenmire. Sex levou uma flechada de um arqueiro de Conaught. Então Fimm é o próximo, não eu."

E de repente me vi com muito medo. Snorri eu entendia. Eu não tinha suas paixões nem sua coragem, mas podia senti-las como versões maiores ou menores de minhas próprias emoções e pensamentos. O homem à minha frente parecia-se com um de nós por fora, mas por dentro? Os deuses fizeram os óctuplos de Torsteff de maneira diferente das outras pessoas. Ou pelo menos este aqui. Talvez as partes que ele não tinha estivessem presentes em dobro em um de seus irmãos. Ou talvez, quando os oito começaram a morrer, cada morte deixasse os sobreviventes mais enfraquecidos. Fjórir ainda tinha a amabilidade, a sensação imediata de confiança, mas eu não tinha como saber o que mais estava faltando por trás daquele sorriso fácil e daqueles grandes olhos cor de gelo.

"Não sei por que Snorri disse isso. Não sou médico. Eu nem..."

"Ele disse que você iria tentar fugir disso. Disse para você fazer o que fez nas montanhas." Fjórir continuou com o braço estendido para mim, sem a menor sombra de receio em seu rosto.

"Anda logo!" Snorri gritou do fundo do barco. "Vai, Jal!"

Pressionando meus lábios com força, por repugnância, estendi a mão sem entusiasmo, segurando-a vários centímetros acima do ferimento. Quase imediatamente um calor se acumulou em minha palma. Puxei a mão para trás. Meu plano de fingir parecia fadado ao fracasso agora – a reação havia sido bem mais forte e mais imediata do que com a ferida de Meegan lá nos Aups.

"A última pessoa com que fiz isso foi atirada por Snorri de um penhasco no instante seguinte."

"Não tem penhasco no mar. Isso foi bom. Faz de novo." Fjórir não tinha malícia nos olhos, era como uma criança.

"Ah, merda." Estendi a mão novamente, o mais perto possível da carne putrefata sem correr o risco de me sujar. Em segundos, eu pude ver o brilho de minha mão, como se fosse uma marca branca atravessando aquele dia tempestuoso do norte até o calor do deserto dos indus. Meus ossos zumbiram com o que quer que corresse neles e o calor aumentou. O vento ficou gelado à minha volta, a fraqueza de meus vômitos se tornou uma debilidade tal que até segurar minha mão era uma tarefa hercúlea. E de repente eu não estava mais segurando coisa alguma. O barco girou ao meu redor e caí na escuridão.

Um balde de água fria e salgada me trouxe de volta ao mundo.

"Jal? Jal?"

"Ele vai ficar bem?"

Uma resposta na língua pagã deles.

"...moles esses caras do sul..."

"...enterrar no mar..."

Mais palavras sem sentido na língua do norte.

Outro balde. "Jal? Fale comigo."

"Se eu falar, você para de jogar água salgada em mim?" Mantive os olhos fechados. Tudo que eu queria era ficar deitado muito imóvel. Até mexer os lábios parecia esforço demais.

"Graças aos deuses." Snorri fez uma pausa. Ouvi um balde pesado ser posto no chão.

Eles me deixaram sozinho para secar após isso. Permaneci esparramado no banco até que uma onda especialmente grande me fez rolar no chão. E aí fiquei caído no casco. De vez em quando eu chamava por Jesu. Não adiantou muito.

A luz estava indo embora quando encontrei forças para me levantar e sentar no local de onde eu caíra. Fjórir me trouxe um pouco de peixe seco e bolo de fubá, mas eu não consegui fazer mais do que olhar para a comida. Meu estômago ainda se revirava com cada onda e não prometia segurar nada que eu lhe desse.

"Meu braço está melhor!" Fjórir o estendeu como prova. O ferimento ainda estava feio, mas livre de infecção agora, e curando. "Obrigado, Jal."

"Não há de quê." Um murmúrio fraco. Acho que ele realmente estava invulnerável até o pobre Fimm tomar seu lugar na fila. Tomara que ele me retribua colocando-se invulneravelmente entre mim e o caminho do perigo.

O sol se pôs e Snorri passou aquele tempo na proa do *Ikea*, olhando para o norte, com seus olhos pretos certamente procurando a costa de Norsheim. Minhas forças não voltaram: na verdade, fiquei mais fraco conforme a noite caía. Experimentei um pouco de pão seco e água, doei-os ao mar e caí em um sono sem sonho.

Sem sonho pelo menos até começar a sonhar com anjos.

Eu estava nas colinas logo após os terrenos agrícolas de Vermillion, antes do amanhecer, olhando para o Seleen lá embaixo, serpenteando a oeste para o mar distante. Baraqel estava acima de mim, no topo do morro, como uma estátua contra o céu, imóvel, até os raios do sol nascente iluminarem seus ombros.

"Ouça-me, Jalan Kendeth, filho de..."

"Eu sei de quem sou filho."

O anjo agora tinha um ar que passava muito mais seriedade do que em suas primeiras visitas. Como se falasse mais com sua própria voz do que com a que eu lhe dera quando ele ainda era um simples fruto da minha imaginação.

"Chegará em breve a hora em que você vai precisar se lembrar de onde veio. Você veleja para a terra das sagas – um lugar onde os heróis são necessários e criados. Você vai ter de ser corajoso."

"Acho que lembrar de meu pai não vai ajudar lá. O bom cardeal se viraria para correr se uma cabra bloqueasse seu caminho. E nem precisaria ser uma das grandes."

"É da natureza dos filhos ver além das forças de seus pais. Hora de crescer, Jalan Kendeth." Ele levantou seu rosto para mim, com os olhos dourados, brilhando com a aurora.

"E qual a importância de ter coragem? Skilfar estava certa. Todos estamos correndo por aí, cada um de acordo com a sua natureza, alguns ardilosos, alguns honestos, alguns espertos, alguns corajosos – mas e daí?"

Baraqel flexionou suas asas. "Sua avó falou de você para sua irmã. 'Ele tem o vigor? Ele tem a coragem necessária?' Um 'garoto indolente, frívolo, que faz muito barulho, mas que soa vazio' foi como ela descreveu você, Jalan. 'Uma mente embotada pela preguiça, cegada por um humor seco', disse ela, 'mas essa mente, se estimulada, pode se afiar. Se apenas nós tivéssemos mundo e tempo suficiente, o que poderíamos fazer com essa criança... mas não temos nem mundo nem tempo. Nossa situação está se estreitando para um ponto a poucos quilômetros de distância, para um segundo a poucos anos de agora, e naquele local, naquele momento, virá um teste que mudará o mundo.' Essas são as palavras com que ela o descreveu."

"Eu me surpreenderia se ela soubesse qual deles eu era. E sou bastante inteligente quando preciso ser. A coragem é só outro tipo de fraqueza. Os Quíntuplos não têm o que quer que um homem precisa para sentir medo. Snorri tem medo de ser covarde. Há um dragão assim nas histórias pagãs deles, ouroboro, comendo seu próprio rabo. Medo de ser covarde, é isso que é coragem? Eu sou corajoso porque não tenho medo de ter medo? Você é de luz: a luz revela. Se jogar uma luz forte o suficiente em qualquer tipo de bravura, ela não vai ser apenas uma forma mais complexa de covardia?"

Parei por um momento, com as palmas das mãos pressionadas à minha testa, caçando as palavras.

"A humanidade pode ser dividida entre loucos e covardes. Minha tragédia pessoal está em ter nascido em um mundo onde a sanidade é considerada falha de caráter." Fiquei sem palavras sob o olhar dele.

"A inteligência constrói estruturas cada vez mais elaboradas para se autojustificar", disse ele, derramando julgamentos pela boca. "Mas no fim você sabe o que é e o que não é certo. Todos os homens sabem, embora eles possam passar anos tentando enterrar esse conhecimento, soterrá-lo com palavras, ódios, desejos, tristeza ou quaisquer outros tijolos com os quais constroem suas vidas. Você sabe o que é certo, Jalan. Quando chegar a hora, você saberá. Mas saber nunca é suficiente."

Eles me disseram que passei a maior parte da semana insensível. Dormindo vinte e duas horas por dia, semiacordando para deixar Tuttugu enfiar colheradas de mingau de aveia em minha boca – algumas do lado de dentro, outras do lado de fora. Um Quíntuplo precisava segurar cada braço quando a natureza me chamava em viagens esporádicas até a lateral do barco, senão eu teria caído e nunca mais seria visto de novo. Nós cruzamos o mar aberto e depois seguimos a costa de Norsheim dia após dia, rumando ao norte.

"Acorde." A única instrução do anjo neste amanhecer.

Abri os olhos. Aurora cinzenta, vela agitada, o grito das gaivotas. Baraqel silenciou. O anjo falou a verdade. Sempre sei o que é certo. Eu só não faço. "Já estamos chegando?" Eu me sentia melhor. Quase bem.

"Falta pouco", respondeu Tuttugu, sentado ali perto. Outros se moviam pelo dracar na penumbra.

"Ah." Por trás das pálpebras fechadas tentei imaginar a terra firme, esperando evitar um vômito pré-desjejum.

"Snorri diz que você é bom com ferimentos", disse Tuttugu.

"Puta merda. Esta viagem vai me matar." Tentei me sentar e caí do banco, ainda fraco. "Achei que os horrores dos mortos-vivos e os loucos com machados lá no gelo é que dariam cabo de mim. Mas não. Vou morrer no mar."

"Provavelmente é melhor assim." Tuttugu ofereceu a mão para me ajudar a levantar. "Uma morte limpa."

Quase peguei a mão dele e, em seguida, puxei a minha para trás. "Ah, não. Não vou cair nessa." Não demoraria muito para eu começar a curar um leproso só de bater nele. "Você não parece ferido."

Tuttugu enterrou os dedos no arbusto ruivo de sua barba e coçou furiosamente, murmurando alguma coisa.

"Que foi?", eu perguntei.

"Coceira de bordel", disse ele.

"Brotoeja de puta?" Aquilo pelo menos me fez sorrir. "Rá!"

"Snorri disse..."

"Eu não vou colocar a mão aí embaixo! Sou um príncipe de Marcha Vermelha, caramba! Não um boticário-curandeiro viajante!"

O rosto do gordo desabou.

"Olhe", falei, sabendo que precisaria de todos os amigos que pudesse fazer quando chegássemos à terra seca, "posso não saber muito sobre feridas, mas de brotoeja de puta eu entendo mais do que qualquer homem jamais deveria. Vocês têm semente de mostarda a bordo?"

"Talvez." Tuttugu franziu a testa.

"Sal grosso? Um pouco de melaço, ácido de curtume, terebintina, linha, duas agulhas, muito afiadas, e um pouco de gengibre... Bem, isso é opcional, mas ajuda."

Uma negativa lenta com a cabeça.

"Ah, bem, conseguiremos no porto. Posso preparar uma antiga receita de família. Aplique como uma pasta tópica nas regiões afetadas e será um novo homem em seis dias. Sete no máximo."

Tuttugu sorriu, o que era bom, e me deu o soco nórdico de amizade, que doía bem mais que o tradicional soco no ombro lá do sul, e foi isso. Pelo menos até ele franzir a testa e perguntar: "E as agulhas?"

"Bem, quando eu disse 'aplique', o que eu realmente quis dizer era 'passe em uma agulha e espete'. Você vai precisar de mais de uma porque a mistura as corrói."

"Ah." Restou pouco do sorriso de Tuttugu. "E a linha é para me enforcar?"

"Para amarrar o saco na... Olhe, eu explico os detalhes sórdidos quando tiver as coisas."

"Terra à vista!", gritou um dos Quíntuplos da proa, proporcionando uma bem-vinda distração.

Meu pesadelo no mar estava praticamente no fim.

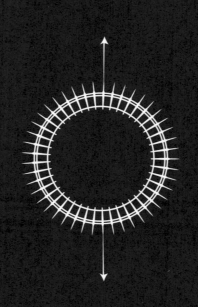

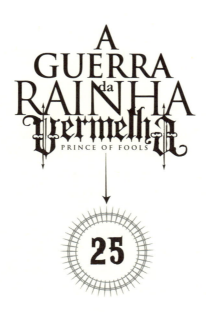

Uma neblina envolvia Norsheim, mostrando apenas vislumbres de penhascos negros molhados e ameaçadores recifes de pedra enquanto percorríamos o último quilômetro até chegar à orla. Nós passamos por outras embarcações nórdicas exercendo seu ofício. Barcos mais largos, principalmente, puxando redes ou transportando cargas, mas todos construídos com as linhas do norte. Nós vimos outros dracares também, uma dúzia deles, mais ou menos, a maioria ancorada, e um saindo para o mar aberto, com as velas vermelhas já pequenas demais para decifrar o desenho estampado nelas.

Ao chegarmos ainda mais perto, vimos o porto de Trond surgindo na orla de pedra escura e subindo para as encostas baixas de montanhas que saíam do mar. Eu achava que Der Hagen parecia sombrio e pouco atraente, mas comparado a Trond, o porto de Der Hagen era um paraíso, praticamente de pernas abertas de tão receptivo. Os nórdicos construíam suas casas com ardósia e madeira pesada, com telhados verdes, janelas que eram meras fendas para desafiar os dedos magros do vento que já havia roubado quase todo o meu calor. A chuva começou a cair, chicoteando o vento e espetando feito gelo ao bater em minhas bochechas.

"E isso aqui é verão? Como é que vocês sabem?"

"Um verão glorioso!" Snorri abriu os braços ao meu lado.

"Dá para saber porque no inverno não tem mosquito", disse Arne atrás de mim. "E também a neve tem quase dois metros de altura."

"E daria para andar até o porto daqui", disse Snorri.

"Nem sabia que o mar congelava..." Fui até a beira do barco para cogitar o assunto e me inclinei entre dois dos escudos que os homens puseram ali em preparação para nossa chegada. "Pelo menos isso o faria parar de sacudir o tempo todo."

Nós remamos pelos últimos quatrocentos metros, com as velas arriadas. Sim, eu digo "nós". Afinal, dei apoio moral.

"Como foi que o Quebra-Remo ganhou seu nome?", perguntei, vendo-os se curvarem em sua tarefa.

"A primeira vez que ele foi remar um dracar", começou Quíntuplo Ein.

"Ele devia ter catorze, quinze anos", foi a vez de Quíntuplo Tveir, provavelmente.

"Puxou o remo com tanta força que o quebrou", prosseguiu Quíntuplo Thrir, possivelmente.

"Não sabia a força que tinha, já naquela época", disse Fjórir, com o braço ainda machucado.

"Nunca vi ninguém puxar um remo com tanta força." Deve ter sido Fimm, por eliminação.

"Ele é mais forte que você, Snorri?" Achei a ideia perturbadora.

Snorri puxou seu remo para trás, mantendo o ritmo com os outros. "Quem pode dizer?" Outra remada. "O Quebra-Remo não conhece a própria força." Outra remada. "Mas eu conheço a minha." E a olhada que ele me deu, cheia de gelo e fogo, me deixou feliz por não ser seu inimigo.

A GUERRA DA RAINHA VERMELHA

Nas docas, fiquei agradavelmente surpreso ao descobrir que o norte não era só homens peludos em peles de animais. Também havia mulheres peludas em peles de animais. E, para ser justo, também havia algumas pessoas com capas feitas de lã, com casacos de tweed ou de linho, calças cruzadas do tornozelo até a coxa, como é a moda nos Thurtans.

Desembarcamos e eu cambaleei com a sensação estranha de algo sólido e imóvel sob meus pés. Eu poderia tê-lo beijado, mas não o fiz. Segui adiante, sobrecarregado por minha bolsa, agora adornada com roupas de inverno bem amarradas, com outras a serem acrescentadas em breve. Snorri conhecia bem o porto e nos levou até uma taberna da qual tinha uma boa opinião.

Trond, ao contrário de muitas cidades e vilas menores ao longo do litoral e dos fiordes, não era feudo de algum *jarl*, dominado por seu salão de hidromel e com cada chegada anotada, taxada e sujeita à sua aprovação. O comércio é que dava as cartas em Trond. A segurança externa do porto se equilibrava em várias alianças bem financiadas e sua segurança interna dependia de uma milícia paga com dinheiro do Império pelo grupo de senhores mercantes que governavam o lugar. Portanto, era um ponto de aterrissagem e um lugar de reabastecimento ideais. Snorri planejava viajar por terra até o Uulisk, um trajeto de aproximadamente dois dias sobre terreno montanhoso. Capengar pelo fiorde em um snekkja com poucos homens significaria perder as únicas vantagens que um grupo pequeno tem, isto é, agilidade, velocidade e surpresa. Parecia um plano sensato, já que estávamos estupidamente determinados a entrar em confusão, e Snorri até me deu o crédito de ajudar a formulá-lo durante meus momentos de maior lucidez na longa viagem, embora eu não tivesse a menor lembrança disso.

Quando paramos no porto, avistei nuvens carregadas ameaçando tempestade sobre as cordilheiras ao norte, com relâmpagos bem no fundo delas, como se o próprio Thor estivesse presente. Em algum lugar atrás daqueles picos, Sven Quebra-Remo esperava por nós no

Forte Negro e, além dele, o Gelo Mortal, com seus mortos congelados, necromantes e os natimortos. Minhas chances de escapar haviam praticamente desaparecido e nossa longa jornada estava finalmente se encerrando com o que provavelmente seria um fim curto e violento.

A taberna que Snorri escolheu tinha três machados enferrujados pregados à parede acima da entrada. Os nórdicos me instalaram em uma mesa e depois pediram que a maior parte de um porco fosse assado e servido com uma farta quantidade de cerveja, sustentando que ambos eram curas excelentes para um homem com a saúde debilitada.

O restante da clientela era um bando bruto, mas nenhum deles parecia estar procurando confusão. Quando se frequenta tantas espeluncas quanto eu, você acaba criando um tipo de instinto para essas coisas. Além disso, o fato de eu ter oito guerreiros undoreth no meu canto não passaria despercebido.

"Nos encontraremos aqui ao cair da noite." Snorri farejou o ar com certo desejo. O cheiro do assado predominava sobre o fedor habitual de tabernas, de fumaça, suor e cerveja. E, com um suspiro, ele conduziu seus homens até a cidade e também Tuttugu munido de minha receita para a brotoeja. Eu supus que os homens de Jarl Torsteff deviam ter escapado pelo menos com parte dos lucros de sua pilhagem nas Ilhas Submersas, pois pela primeira vez Snorri não me pediu dinheiro, e ele tinha muita coisa que precisava comprar – roupas de frio e provisões para nove, no mínimo. Eu apalpei meu medalhão, só para ter certeza.

Um magro homem do sul entrou quando o último de meus vikings saiu, enrolado em uma capa colorida, desbotada pelo tempo, e com um bandolim debaixo do braço. Ele se instalou perto da lareira, fazendo sinal para pedir cerveja. Outro homem abriu a porta da rua, quase abaixou seu capuz, pensou melhor e saiu. Não era um amante de música, talvez, ou achou o lugar cheio demais. Alguma

A GUERRA DA RAINHA VERMELHA

coisa nele me pareceu familiar, mas minha comida chegou e meu estômago exigiu minha total atenção.

"Aqui está, meu lindo." Uma garçonete alegre, de cabelos claros, trouxe meu porco assado, pão, um jarro fumegante de molho e uma caneca de cerveja. "Bom apetite." Eu a observei sair e comecei a me sentir com vinte e dois anos de novo, em vez de noventa e dois. Boa comida, cerveja e um chão debaixo de mim que tinha os bons modos de ficar onde foi colocado. O mundo estava começando a melhorar. Tudo que eu precisava era de uma desculpa plausível para ficar em Trond até aquela merda toda no norte ser resolvida e então eu poderia ver todo este triste caso como férias que deram tragicamente errado.

Eu percebi uma mulher loira me olhando ao lado de seu companheiro, jovem e bastante atraente, quando se olhava além das roupas feitas em casa e da sujeira. Outra coisinha linda, loiríssima e branca, lançou olhares na minha direção ao lado de um homem mais velho. Nenhuma delas se vestia como acompanhantes profissionais, mesmo considerando-se o frio do verão. Parecia que levar sua irmã ou sua filha para a taberna era a coisa a se fazer em Trond. Outra mulher entrou pela porta da rua, forte e sorumbática, e foi até o bar pedir cerveja escura. Remoí aquilo ali com minha carne. As coisas pareciam correr de maneira muito diferente no norte. Ainda assim, não fazia objeções. Eu podia reclamar de prima Serah e do plano de minha avó para burlar a ordem correta de sucessão, mas, no geral, achava que as mulheres que tinham mais liberdade de agir eram de longe as mais divertidas de se ter por perto. Afinal, é difícil para o velho charme de Jalan funcionar se houver um acompanhante ou um irmão inconveniente como Alain DeVeer no caminho.

Fiquei sentado por um momento, deixando as conversas fluírem à minha volta. Muitos dos habitantes falavam a língua do Império. Arne me disse que isso era bastante comum nas cidades portuárias maiores. Nas vilas ao longo dos fiordes, era possível ficar semanas sem ouvir uma palavra que não fosse dita no idioma antigo.

Do outro lado do salão, o trovador começou a dedilhar seu bandolim, espalhando algumas notas sobre o público. Limpei a gordura de porco da boca e dei um gole em minha cerveja. A loira mais velha continuava me olhando e lhe dei o "sorriso Jalan", aquele que o herói da Passagem Aral oferece às massas. O homem ao lado dela parecia não ter o menor interesse em nossa troca, um camarada de porte franzino com um bigode caído e tique no olho. Mesmo assim, qualquer camponês pode lhe enfiar uma faca, então contive meu instinto de ir até lá e me apresentar. Decidi colocar minha mercadoria em exposição e deixar as abelhas virem até o mel.

"Você conhece 'A Marcha Vermelha'?", gritei para o bandolinista. A maioria dos bardos conhece e ele parecia ser bastante viajado, de qualquer modo.

Como resposta, seus dedos passaram sobre as cordas e os primeiros compassos saíram. Eu me levantei, fiz uma mesura para as várias damas e fui até a lareira. "Príncipe Jalan de Marcha Vermelha ao dispor de todos vocês. Um hóspede em seu litoral e contente de estar aqui entre guerreiros tão ferozes e tão belas donzelas." Acenei para meu novo amigo e ele começou a tocar. Sou um barítono decente e os príncipes de Marcha Vermelha são treinados em todas as artes: nós declamamos poemas, dançamos e cantamos. Somos principalmente treinados nas artes da guerra, mas literatura e pintura não são negligenciadas. Junte a isso o fato de "A Marcha Vermelha" ser um vibrante coro militar que perdoa a fraqueza de um cantor e encoraja os outros a participar, e tem-se a resposta ideal para quebrar o gelo. Nem os mares congelados do norte poderiam resistir ao meu charme! Ergui meu caneco e soltei toda a voz, com o trovador preenchendo as lacunas com seus próprios sons suaves.

Uma coisa eu posso dizer sobre os nórdicos: eles gostam de cantar. Antes que eu terminasse minha cerveja ou minha música, todos sob aquele teto estavam berrando "A Marcha Vermelha" e não saber a letra não foi obstáculo. Melhor ainda, minha loira deliciosa se separou do Bigode Caído para ficar ao meu lado, mostrando durante sua aproximação ter sido abençoada em todos os lugares certos pelos deuses de Asgard. A magrinha bonita e pálida também abandonou seu pai para me fazer companhia do outro lado.

"Quer dizer que é um príncipe?", ouvi, quando o barulho da última estrofe diminuiu. A beldade loira, cada vez mais atraente, se aproximou. "Sou Astrid."

"Sou Edda." A garota pálida, com os cabelos escorridos como leite, de traços muito finos. "Quem era aquele guerreiro com você? Sabe, o grandão."

Fiz o possível para não demonstrar irritação. "É melhor não se preocupar com ele, Edda. Ele é alto, sim, mas as mulheres relatam que ele é bem insatisfatório na cama. Usou todo o seu crescimento para se distanciar do chão e não guardou o bastante para as coisas importantes. É uma história triste. Seu pai e sua mãe... Sabem, irmão e irmã..."

"Não!" Seus lábios formaram um círculo.

"Sim." Balancei a cabeça com tristeza. "E você sabe como é com esse tipo de criança. Elas nunca crescem direito. Eu faço o possível para cuidar dele."

"Que generoso da sua parte", ronronou Astrid, tirando minha atenção da doce Edda.

"Minha cara dama, é o dever moral da nobreza fa..."

Alguém entrou estrondosamente pela porta da rua e me interrompeu. "Um conhaque, por favor!"

Houve uma comoção enquanto as pessoas abriam caminho. Um jovem, um pouco mais alto que eu, um pouco mais velho, avançou segurando o pulso de sua mão direita, com sangue pingando no chão.

"Minha nossa... O que aconteceu?" Edda apertou as mãos abaixo dos seios.

"Só um cachorro." O sujeito tinha os cabelos dourados, diferente dos dela, quase brancos, e era bonitão. "O bebê está bem, no entanto."

"Bebê?", perguntou Astrid, aproximando-se toda maternal.

O homem chegou ao bar e um guerreiro peludo sinalizou que pagaria a bebida. "Ele o arrancou dos braços de sua mãe", disse o homem. Alguém lhe entregou um pano e ele começou a enrolá-lo em volta da mão.

"Ah, deixe eu ajudar!" E Edda saiu de meu lado, com Astrid logo atrás.

"Bem, fui atrás dele. O vira-lata não queria soltar seu prêmio. Nós disputamos e fiquei com o bebê, e com isto." Ele levantou a mão amarrada.

"Não é uma maravilha, Príncipe Jalan?" Edda olhou para trás sobre os ombros em minha direção. Ela parecia ainda mais tentadora de longe.

"Maravilha", consegui murmurar.

"Príncipe?" O sujeito se curvou. "Prazer em conhecê-lo."

Eu sou um cara bonito. Não há dúvidas disso. Cabelo bom e grosso, sorriso sincero, rosto em ordem, mas esse intruso poderia ter saído de algum friso das sagas, esculpido à perfeição. Eu o odiei com um ardor raro e instantâneo.

"E você é?" Eu quis alcançar um nível de desdém que pudesse magoar sem que ficasse feio para o meu lado.

"Hakon de Maladon. Duque Alaric é meu tio. Talvez o conheça. Meus dracares são os das velas verdes no porto." Ele virou o conhaque em um só gole. "Ah, um bandolim!" Ele notou o trovador. "Posso?"

Hakon pegou o instrumento, tocando com a mão machucada, e imediatamente a música começou a fluir como ouro líquido. "Sou melhor na harpa, mas já experimentei esses algumas vezes."

"Ah, você cantaria para nós?", disse Astrid, pressionando suas dádivas contra ele.

E aí pronto. Eu me esgueirei de volta à minha mesa enquanto o Garoto Dourado deixou a taberna enfeitiçada com um tenor gloriosamente rico, tocando todas as músicas favoritas deles. Eu mastiguei meu assado morno e o achei duro de engolir, e minha cerveja amarga em vez de salgada. Olhei furiosamente com os olhos semicerrados para Hakon, ladeado por Edda, Astrid e várias outras garotas saídas das sombras, atraídas por seu espetáculo barato.

Até que finalmente não aguentei mais e me levantei para ir mijar lá atrás. Uma última olhada ressentida para Hakon o fez se desvencilhar de Astrid e me seguir. Fingi não perceber. Ao chegar à ventania nos fundos da taberna, em vez de ir imediatamente para a latrina, eu esperei, deixando a porta entreaberta e escutando-o se aproximar.

O vento havia aumentado bastante e me fez querer usar um truque que fizera uma ou duas vezes em Marcha Vermelha. Quando o ouvi pegar a maçaneta, dei um chute na porta com entusiasmo, batendo-a com força. Uma pancada alta e um xingamento me recompensaram. Eu contei até três e abri a porta.

"Caramba! Você está bem,?" Ele estava caído de costas, segurando o rosto. "O vento deve ter batido a porta. Que coisa horrível."

"...ficar bem." As duas mãos ainda estavam sobre seu nariz, a machucada por cima da outra.

Eu me agachei ao lado dele. "Melhor dar uma olhada." E puxei para trás sua mão ferida. Imediatamente, aquele calor familiar aumentou e com isso veio uma ideia igualmente desprezível e deliciosa. Eu segurei sua mão mordida com força. O dia ficou escuro ao meu redor.

"Ai! O que..." Hakon se afastou.

"Você está bem." Eu o ajudei a ficar de pé. Felizmente, ele contribuiu, porque eu mal podia levantar a mim mesmo.

"Mas o que voc..."

"Você só está um pouco tonto." Eu o conduzi de volta ao salão da taberna. "Foi atingido por uma porta."

Astrid e Edda foram para cima do Garoto Dourado e eu me afastei, deixando-as com sua presa. Ao sair, puxei a ponta solta do pano manchado de sangue em torno de sua mão e o trouxe comigo.

"O quê..." Hakon levantou sua mão descoberta.

"Quantos bebês você salvou mesmo?", perguntei baixinho por cima do ombro enquanto voltava para minha mesa, mas alto o bastante para ouvirem.

"Não tem mordida nenhuma aí!", exclamou Astrid.

"Nem mesmo um arranhão." Edda se afastou como se as mentiras de Hakon pudessem ser contagiosas.

"Mas eu..." Hakon olhou para sua mão, erguendo-a ainda mais alto, virando-a de um lado para outro com espanto.

"Ele mesmo pode pagar seu maldito conhaque!", disse o guerreiro no bar.

"Um truque barato", bradou a mulher atarracada, batendo sua caneca de cerveja na mesa.

"Ele não é parente de Alaric!" As reclamações estavam começando a ficar mais raivosas.

"Duvido que ele tenha dito uma coisa verdadeira desde que chegou."

"Mentiroso!"

"Ladrão!"

"Espancador de mulheres!" Esta última fui eu.

A multidão cercou o pobre Hakon, sufocando-o com seus gritos, desferindo socos. De alguma maneira, ele conseguiu atravessá-los, meio correndo e meio sendo atirado porta afora. Ele se estatelou na lama, escorregou, caiu, conseguiu se levantar e sumiu, e a porta se fechou atrás dele.

Eu me recostei em minha cadeira e peguei o último pedaço de porco em minha faca. Estava excelente. Não posso dizer que estava totalmente orgulhoso de usar o dom da cura dos anjos para ferrar com um homem melhor, só por ser mais bonito, mais alto e mais talentoso que eu, mas também não me sentia tão mal a respeito. Eu olhei para as pessoas e me perguntei qual das meninas deveria atrair de volta.

"Você, garoto." Um ruivo robusto bloqueou minha visão de Astrid.

"Eu..."

"Não me importa quem você seja, está na minha cadeira." O sujeito tinha o tipo de rosto vermelho e agressivo que te dá vontade de bater e seu corpanzil estava apertado em couros grossos com tachas de ferro pretas, e faca e machado pendurados em sua cintura.

Eu me levantei – não sem esforço, pois curar a mordida de Hakon havia exigido muito de mim. Eu era bem mais alto que o homem, o que é sempre um azar se você quiser uma desculpa para fugir de uma briga. Em todo caso, ficar de pé era uma parte necessária do processo, já que eu pretendia vagar a cadeira, em vez de ser cortado em

A GUERRA DA RAINHA VERMELHA

pedacinhos por causa da questão. Eu inflei as bochechas mesmo assim e fanfarronei – você não pode demonstrar fraqueza, senão morre.

"Homens de minha posição não cruzam os mares para brigar em tabernas. Até parece que me importo com qual cadeira me sento." O peso de minha espada me puxava e desejei que Snorri não tivesse me forçado a ficar com ela. É sempre mais fácil escapar de confrontos assim se alegar ter deixado seu pedaço de metal afiado em casa.

"Você é um desgraçado sujo, não é?" O nórdico olhou para mim com escárnio. "Espero que não tenha deixado nenhuma sujeira na minha cadeira." Ele franziu o rosto exageradamente. "Ou essa sujeira não sai nem esfregando?"

Justiça seja feita, nós estávamos provavelmente sujos na mesma medida; a sujeira dele espalhada sobre a pele tão branca que dava para ver as veias desenhando caminhos azulados por baixo, e a minha daquela cor morena que um homem de Marcha Vermelha orgulhosamente retém, não importa quanto tempo fique sem ver o sol, escurecida ainda mais pela ascendência dos indus de minha mãe.

"Sua cadeira." Dei um passo ao lado, apontando para o assento desocupado. Minha total atenção estava concentrada naquele homem, cada músculo que eu possuía pronto para agir.

A taberna estava em silêncio agora, na expectativa de violência e esperando pelo espetáculo. Às vezes, não dá para evitar essas coisas – a não ser que você seja um profissional de verdade. A maioria, por exemplo, não pensaria simplesmente em sair correndo desembestado.

"Ela *está* suja!" O viking apontou para a cadeira, tão suja quanto qualquer outra do lugar. "Acho que vai ter de se abaixar para limpá--la. Agora." Outros homens atravessaram a porta da rua – não que ele precisasse de reforços.

"Tenho certeza de que uma cadeira mais limpa pode ser encontrada para você." Eu me inflei, fingindo pensar que ele estava brincando e esperando que o meu tamanho intimidasse o homem.

Assim como os covardes têm um instinto para a confusão, muitos valentões farejam medo. Alguma pequena pista escondida na maneira

MARK LAWRENCE

como me portei lhe disse que eu não seria um problema. "Mandei você limpar, forasteiro." Ele ergueu o punho para me ameaçar.

Snorri chegou por trás do homem, pegou o pulso dele, quebrou-o e o atirou no canto. "Não temos tempo para jogos, Jal. Há marinheiros de três barcos de Maladon vindo para cá – alguma coisa sobre Lorde Hakon ter sido atacado... Enfim, não queremos nos meter nisso."

E assim ele me empurrou pelo salão, com Arne, Tuttugu e os Quíntuplos pela porta dos fundos.

"Acamparemos nas colinas", disse ele, abrindo um portão no muro do pátio cercado.

E assim meus sonhos de uma cama quente e companhia mais quente ainda foram soprados para longe pelo vento frio.

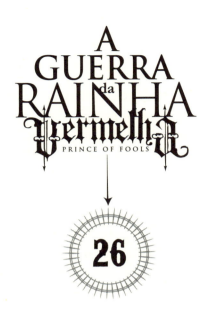

26

Eu me arrastei atrás do grupo, curvado sob minha bolsa. Parecia que Snorri havia decidido que era importante levarmos conosco várias pedras grandes até Gelo Mortal. Tuttugu se esforçava ao meu lado, sem fôlego e andando de maneira esquisita.

"Você 'aplicou' a pasta então?"

Ele assentiu, andando com o jeito de alguém que não chegou à latrina em tempo. "Arde muito."

"É a semente de mostarda." Pensando melhor, o que a receita pedia era provavelmente semente de funcho, mas decidi não mencionar isso agora.

Mudei minha bolsa para o que acabou sendo uma posição menos confortável. "E então, Tuttugu, está ansioso para molhar seu machado com o sangue dos inimigos?" Eu precisava compreender um pouco da mentalidade viking. Minha única rota de fuga dependia de entender o que motivava aqueles homens.

"Sinceramente?" Tuttugu olhou para os outros à frente, a primeira dupla dos Quíntuplos a uns vinte metros acima da encosta.

"Vamos tentar a sinceridade primeiro e passar para as mentiras depois, caso seja perturbador demais."

"Sinceramente... eu preferia estar de volta a Trond com um grande prato de fígado acebolado. Eu podia me estabelecer lá, pescar um pouco, encontrar uma esposa."

"E a parte de molhar os machados?"

"Faz eu me borrar de medo. A única coisa que me impede de fugir da batalha é saber que todo mundo é mais rápido que eu e eu acabaria sendo derrubado pelas costas. A melhor chance está em encarar o inimigo. Se os deuses tivessem me dado pernas maiores... Bem, eu estaria longe."

"Hummm." Troquei a bolsa para a posição menos confortável até agora. Aquele troço já estava fazendo meus pulmões doerem. "Então por que está subindo esta montanha?"

Tuttugu deu de ombros. "Não sou corajoso feito você. Mas não tenho mais nada. Este é o meu povo. Não posso abandoná-los. E se os undoreth foram realmente todos massacrados... alguém tem de pagar. Mesmo que eu não queira ser a pessoa a forçá-las – alguém tem de pagar."

Labutar pela encosta me deu um novo ímpeto para encontrar motivos para não ir. Com os dentes cerrados, fiz o esforço necessário para alcançar Snorri à frente de nossa caminhada.

"Esse Quebra-Remo de vocês. Ele é um líder de guerra importante entre o povo dele?"

"Ele tem uma reputação. Seu território é Hardassa." Snorri assentiu. "Muitos seguidores, mas ele não domina em Hardanger. É mais temido do que amado. Ele tem alguma coisa. Quando se concentra em um homem, muitos acham difícil resistir à sua vontade, são contagiados com sua energia; mas, quando ele vai embora, geralmente aquele homem se lembra de motivos para voltar a odiá-lo."

"Mesmo assim." Parei para recuperar o fôlego. "Mesmo assim. Ele não vai passar ano após ano sentado nesse pequeno forte em um

A GUERRA DA RAINHA VERMELHA

deserto de gelo. Não um homem assim. Você não pode esperar encontrá-lo onde o deixou."

"Não estávamos apenas comprando peles em Trond, Jal." Snorri olhou para os retardatários. Bem, retardatário. Tuttugu. "Não há lugar no norte melhor que Trond para descobrir o que está acontecendo. As histórias chegam nos navios. Sven Quebra-Remo tem atacado a costa a torto e a direito. Os clãs waylander e crassis no Fiorde Otins, os jarls de Gelo no Fiorde Myänar, e os hørost na Costa Cinzenta. Todos eles foram atingidos com força. Muitos prisioneiros, muitos mortos. E os últimos relatos afirmam que entrou no Uulisk. Não há nada lá para ele, a não ser a viagem até o forte. Ele está indo invernar lá. O gelo isola todo o alto norte na longa noite. Todos se recolhem, se agarram e esperam a primavera. O Quebra-Remo se acha seguro no Forte Negro. Vamos ensinar a ele uma lição diferente."

Não tive resposta para aquilo, a não ser que eu era pior professor do que aluno, e eu era um péssimo aluno.

Seguimos marchando, quilômetro após quilômetro, subindo ladeiras inclementes de pedra saindo do mar em direção ao céu a alturas assustadoras. O cansaço me levou a lugares sombrios. Reclamei do peso de minha bolsa até não ter mais forças nem para isso. Várias vezes pensei em largar minha espada só para me livrar do peso. Por fim, caí em uma espécie de devaneio, continuando a me arrastar enquanto relembrava os pontos altos de minha tarde, Astrid e Edda em particular. De repente, me dei conta. O homem que havia entrado, abaixado seu capuz um pouco e depois saído... uma faixa de cabelos pretos como corvo ficando grisalhos nas laterais.

"Edris!" Parei no meio do caminho. "Snorri! Aquele filho da puta do Edris Dean estava lá. Na cidade!"

Lá na frente, Snorri se virou, erguendo a mão para parar os Quíntuplos. "Eu o vi também", gritou ele de volta. "Com uma dúzia de homens de Hardanger. Outro motivo pelo qual saímos apressados. Os Vikings Vermelhos são uma força significativa em Trond."

Eles esperaram até Tuttugu e eu os alcançarmos. "Acamparemos aqui", disse Snorri. "E ficaremos de olho em qualquer um seguindo pelas encostas."

Dormir em montanhas é um negócio sofrível, mas preciso admitir que é menos sofrível em um saco de dormir forrado de pele grossa, com um toldo de lona e couro para afastar a maior parte do vento à sua volta. Snorri e os outros haviam gastado seu dinheiro bem e nós passamos uma noite tranquila.

Quando amanheceu, comemos pão preto, frango frio, maçãs e outros perecíveis de Trond. Em pouco tempo, voltaríamos a comer pão duro e carne seca, mas por ora comemos feito reis. Pelo menos feito reis empobrecidos que por acaso estavam presos em uma montanha.

"Por que diabos Edris está em Trond?" Fiz a pergunta que estava cansado demais para fazer na noite anterior.

"A coisa que estamos perseguindo – sendo arrastados até ela – semeou seu caminho com problemas para nós." Snorri mastigou outro pedaço de pão, atacando-o como se fosse carne com osso. "O Rei Morto está por trás de tudo isso e ele coleciona homens, tanto vivos quanto mortos. Ele atrai o tipo certo de homem. Homens como o Quebra-Remo e esse Edris."

"Edris vai nos perseguir agora?" Eu esperava que não. O homem me dava medo, mais do que os problemas geralmente davam. Alguma coisa nele me atormentava. Seja qual for a qualidade que indivíduos como Maeres Allus tinham, Edris também tinha um pouco. Um perigo velado – do tipo que, quando realmente *for* dito, você sabe que será pior do que qualquer ameaça ou postura de homens que só são capazes de crueldades comuns.

"Vai tentar passar na nossa frente, provavelmente." Snorri engoliu e se levantou, espreguiçando-se até seus ossos estalarem. "O objetivo dele será o Forte Negro, ou talvez as minas do Gelo primeiro. Se eles forem avisados, não teremos muita chance."

Nós não tínhamos chance, de qualquer maneira. Eu guardei essa opinião para mim. Talvez, se Edris os alertasse, os outros veriam que era impossível e abandonariam a tentativa.

"Tudo bem, mas..." Eu me levantei também, colocando minha bolsa em meu ombro. "Explique para mim mais uma vez por que um horror de Marcha Vermelha corre mais de mil e quinhentos quilômetros até um buraco miserável no meio do gelo?"

"Eu não sei tudo, Jal. Sageous me contou uma parte, embora possa ser mentira. Skilfar teve mais a dizer..."

"Quê? Quando?" Eu não me lembrava de nada disso.

"Ela não falou com você?" Snorri ergueu as sobrancelhas.

"Claro que falou. Você a ouviu. Uma bobagem sobre meu tio-avô Garyus e ser regido pelo meu pau. Velha pavorosa, doida varrida."

"Eu quis dizer... sem palavras." Ele franziu o rosto. "Ela falou na minha cabeça, o tempo todo."

"Hummm." Eu não sabia quanta fé depositar em palavras ditas na cabeça de Snorri ver Snagason. Parecia bastante cheio lá dentro e sei lá quantas vozes Aslaug podia usar. Ou talvez Baraqel fosse responsável pelas palavras de Skilfar não chegarem até mim – apesar de eu não saber se essa surdez seletiva estaria agindo a meu favor. "Ajude-me a lembrar."

"Os natimortos são difíceis de convocar. Muito difíceis. Apenas alguns conseguem aparecer, quando as condições são propícias, quando o tempo, o local e as circunstâncias se alinham."

"Bem, qualquer um sabe *disso*!" Tudo era novidade para mim.

"E, portanto, eles ficam espalhados."

"Sim."

"Mas o que o Rei Morto ordenou no Gelo Mortal, o trabalho que seus súditos estão realizando lá... está atraindo os natimortos de todos os cantos da terra. Para um lugar. Talvez quando seu amigo da ópera percebeu que estava sendo visado e escapou, ele abandonou a missão que o levou até lá e correu para a reunião no norte.

MARK LAWRENCE

Ou talvez ele fosse para lá de qualquer maneira, após os negócios que o levaram a Vermillion."

"Ah." Ih, caramba. "Mas sua esposa está no Forte Negro, certo? E os natimortos estão debaixo do Gelo Mortal, não é? Então nunca teremos de encontrá-los... certo?"

Snorri não respondeu de imediato, apenas começou a andar.

"Certo?", eu insisti atrás dele.

"Vamos tomar o Forte Negro."

Tentei me lembrar da história que Snorri contou na taberna em Den Hagen. O Quebra-Remo lhe dissera que seu filho estava a salvo. Isso foi tudo o que disse. Ele também fez Snorri levar uma porretada na nuca. À minha volta, os nórdicos estavam levantando as bagagens, seguindo em frente. Eu já podia sentir o leve puxão da maldição que me unia a seu líder, quando a distância se estendeu pela encosta. "Inferno." E segui seus passos.

O Norte Verdadeiro é tão parecido com o que Snorri descreveu por experiência quanto o que descrevi por ignorância. No início, todo ele parece estar subindo, mas depois as ladeiras sobem e descem, como se estivessem com pressa para chegar a algum lugar. O ar é rarefeito, frio e cheio de insetos alados que querem sugar seu sangue. Respirar entredentes ajuda a afastar os malditos e mantém seus pulmões limpos. E eles também desaparecem conforme você ganha altura.

Grande parte do lugar é rocha pura. Assim que você ganha um pouco de altitude, é rocha pura coberta com a neve do último inverno. Lá do alto dá para ver montanhas, montanhas e mais montanhas, com lagos e florestas de pinheiros amontoados nos espaços entre elas. Eu segui o conselho de Tuttugu logo cedo e amarrei em minhas botas as proteções de pele de coelho e de foca que estavam em minha bolsa. Com isso e as grossas meias de lã em meus pés, a neve não congelou meus dedos. Isso só pioraria à medida que rumássemos ao norte, no entanto, até o Planalto Jarlson, onde o vento que saía do interior vinha armado com facas.

A GUERRA DA RAINHA VERMELHA

Fizemos uma pausa no abrigo de um pico alto enquanto Snorri e Arne discutiam nossa rota.

"Ein, não é?" A cicatriz perto do olho o entregou.

"Sim." O Quíntuplo com a maior expectativa de vida me deu um simples sorriso.

"Como é que Snorri está no comando aqui?", perguntei. "Você é herdeiro de Jarl Torsteff, não é?" Eu não planejei enfraquecer a autoridade de Snorri, a não ser que Ein pudesse mandá-lo desistir de sua missão – o que parecia improvável, não importava qual fosse a cadeia de comando –, mas, como príncipe, me parecia estranho que um homem cujo único patrimônio era alguns hectares de encostas de rocha estivesse mandando na aristocracia do norte.

"Na verdade, eu tenho sete irmãos mais velhos. Dois grupos de trigêmeos e um avulso, Agar, herdeiro de papai. Talvez eles estejam todos mortos agora, suponho." Ele apertou os lábios, como se estivesse experimentado o sabor daquela ideia. "Mas Snorri é um campeão dos undoreth. Existem músicas sobre suas proezas em batalha. Se Einhaur e os salões de meu pai estiverem queimados, então minha autoridade está baseada em nada além de cinzas. Melhor deixar um homem que realmente conhece a guerra nos liderar em nosso último ataque."

Assenti. Se estávamos presos a nosso curso, então Snorri era o cara para nos levar até o amargo fim. Mesmo assim, não gostei da ideia de que a posição de um homem pudesse ser tão facilmente posta de lado. Talvez fosse verdade para o filho de um *jarl* aqui no meio da neve, mas no calor de Marcha Vermelha um príncipe seria um príncipe, não importa o que acontecesse. Eu encontrei certo consolo nisso e no fato de a aurora ter passado havia muito tempo, e Baraqel não podia azedar meu humor com sua própria opinião sobre os príncipes.

Ao entardecer daquele segundo dia, chegamos a uma grande obra, uma maravilha dos Construtores, bem alta no meio dos picos. Uma enorme represa havia sido construída, abrangendo um vale, mais alta que qualquer torre, larga o suficiente no topo para quatro carroças passarem lado a lado, ainda mais grossa na base. Um lago enorme deve ter sido represado ali, embora eu não soubesse dizer com que finalidade.

"Esperem!" Eu precisava de um descanso e as ruínas me deram a desculpa perfeita.

Snorri voltou pela encosta, de rosto franzido, mas permitiu que parássemos por alguns minutos enquanto eu satisfazia minha curiosidade aristocrática. Eu a satisfiz sentado, deixando meu olhar vagar pelas laterais do vale. Enormes canos de pedra saíam pelo leito de rocha embaixo da represa, obviamente para controlar o fluxo de água, mas eu não sabia por quê. O lugar inteiro foi construído na escala das montanhas, com cada estrutura imensa o bastante para transformar as pessoas em formigas. Até os canos acomodariam vários elefantes caminhando lado a lado, com espaço para a cabeça dos condutores. Em um lugar assim, dava para acreditar nas histórias nórdicas de gigantes de gelo que formaram o mundo e não ligavam nem um pouco para a humanidade.

Eu me sentei sobre minha bolsa ao lado de Tuttugu, olhando para o vale, nós dois comendo maçãs que ele tirara de sua bolsa, murchas, mas ainda doces com o sabor do verão.

"Então cada nome viking parece significar alguma coisa... 'Snorri' significa 'ataque', 'Arne' é 'águia', os Quíntuplos saíram numerados..." Eu me interrompi para deixar Tuttugu fornecer a explicação para o seu, provavelmente algo heroico. Se eles dessem nomes com algum rigor, "Tuttugu" significaria "gordinho tímido" e "Jalan" significaria "sair correndo gritando".

"Vinte", disse ele.

"Quê?"

"Vinte."

Olhei na direção do amontoado de Quíntuplos. "O que é isso! Sua pobre mãe!"

Tuttugu sorriu para mim. "Não, não é meu nome de batismo, é só como as pessoas me chamam. Houve uma competição no banquete de Jarl Torsteff após a vitória sobre Hoddof dos Picos de Ferro e eu venci."

"Uma competição?" Franzi o rosto, tentando entender como Tuttugu vencera alguma coisa.

"Uma competição alimentar." Ele deu um tapinha em sua barriga.

"Você comeu vinte..." Tentei pensar em alguma coisa que uma pessoa pudesse razoavelmente comer vinte unidades. "Ovos?"

"Quase." Ele esfregou o queixo, com os dedos curtos enterrados na barba ruiva. "Galinhas."

Demorou quatro dias, em vez de os dois prometidos, até avistarmos a extensão cintilante do Uulisk de um pico alto, com quilômetros intermináveis de caminhada pela montanha atrás de nós. Snorri apontou para um ponto escuro ao longo da costa.

"Einhaur." Eu não podia dizer nada sobre ela da distância que estávamos, a não ser que não havia barcos de pesca em suas docas.

"Olhe." Arne apontou ao longo do fiorde, mais na direção do mar. Um dracar, minúsculo de onde estávamos, um brinquedo de criança nas águas calmas do Uulisk. Perto da proa, um ponto vermelho... um olho pintado?

"Edris e seus amigos de Hardanger, suponho", disse Snorri." Melhor nos apressarmos."

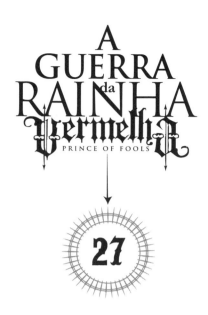

A viagem ao Forte Negro foi parecida com o que Snorri havia descrito. Só que bem pior. Embora Edris tivesse nos seguido, ou estivesse à frente na corrida até o Forte, em uma expansão tão enorme e vazia é impossível pensar em si mesmo como perseguido ou perseguidor. Ou você está sozinho, ou não está. Estávamos sozinhos, e nossos inimigos nos acossavam por todos os lados. O vento e o frio do planalto são coisas que precisam ser vividas: palavras não os transformarão em algo que pode ser compreendido. Deixamos para trás árvores, depois arbustos, depois até a grama mais resistente, até o mundo ser apenas pedra e neve. Os trechos de neve uniram-se cada um com o próximo até ficarem ininterruptos. Os dias ficaram mais curtos com uma velocidade assustadora e Baraqel não discursava mais durante as manhãs, apenas abria suas asas, douradas pela aurora, e me dizia digno da minha linhagem. Snorri se sentava afastado de nós quando o sol caía, descendo do céu e trazendo a longa noite por trás dele. Naqueles momentos, quando o gelo devorava o sol, eu podia vê-la andando em volta dele, Aslaug, uma beldade esguia feita de escuridão, com sua forma de aranha seguindo seus passos, preta sobre a neve.

Cada hora se tornou um processo de pegar um futuro enfadonho e transformá-lo em um passado enfadonho, espremendo-o pela estreita fenda do momento – um momento como qualquer outro, cheio de dor e cansaço, e com um frio que rastejava à sua volta como uma amante trazendo a morte em seu coração. Tentei me manter aquecido pensando em tempos melhores, a maioria na cama de alguém. É estranho dizer, e certamente era um sinal do congelamento lento de meu cérebro, que apesar de eu conseguir trazer à mente inúmeros momentos de coito, pernas longas, curvas suaves, ondas de cabelo, o único rosto que aparecia era o de Lisa DeVeer, mostrando – como sempre fazia – parte divertimento, parte exasperação, parte afeição. Na verdade, conforme o norte frio sugava a vida de dentro de mim, eu me peguei me lembrando mais de situações fora de sua cama do que nela – conversas, a maneira como ela corria os dedos nos cabelos quando ficava confusa, a inteligência de suas respostas. Pus a culpa na febre das neves.

Nós acampávamos ao abrigo de qualquer afloramento que pudéssemos encontrar e queimávamos carvão de nossas bolsas para pôr um pouco de calor em nossa comida. A neve ao sul do Gelo Mortal derretia ocasionalmente. Talvez dois anos se passassem, talvez cinco, mas enfim um verão especialmente quente a derretia de novo até a rocha em todos os lugares, exceto os mais profundos, e, portanto, o gelo sobre o qual andávamos nunca era grosso o bastante para cobrir todos os altos e baixos do terreno. O Gelo Mortal em si, porém, aquela camada glacial, nunca derretia, embora pudesse recuar de dois a cinco quilômetros ao longo de gerações. E a terra debaixo dele não via o sol havia séculos, talvez desde os tempos de Jesu. Talvez nunca.

Ninguém fala em uma longa marcha por um deserto de gelo. Você fica de boca fechada para reter o calor dentro de seu corpo. Você

A GUERRA DA RAINHA VERMELHA

cobre seu rosto e observa o mundo através da fenda que resta. Você põe um pé na frente do outro e espera que esteja traçando uma linha reta – deixando o nascer e o cair do sol guiarem seu progresso. E, enquanto tenta forçar seu corpo pelo caminho mais reto, os caminhos de sua mente se tornam cada vez mais tortuosos. Seus pensamentos vagueiam. Velhos amigos o revisitam. Velhos tempos o alcançam novamente. Você sonha. Com os olhos abertos, e com a marcha lenta de pés dormentes para pontuar cada minuto, você sonha.

Sonhei com meu tio-avô Garyus, deitado doente em sua torre alta, mais velho que o pecado e cheirando só um pouco melhor. Suas enfermeiras o limpavam, carregavam, alimentavam, levavam um pouco de sua dignidade todos os dias, embora ele nunca parecesse sentir falta de mais.

Garyus provavelmente agradeceria a qualquer deus que lhe desse um dia sequer de caminhada, mesmo em um lugar como aquele. E, mesmo ao final de um dia de tanto esforço, com frio até nos ossos, profundamente cansado, curvado em meu sofrimento, eu não trocaria de lugar com ele.

Meu tio-avô ficava deitado lá ano após ano, à porta da morte por causa da idade e da enfermidade. A Rainha Vermelha havia nos dito que realmente existia uma porta para a morte e parecia que Garyus estava batendo nela desde o dia em que viera defeituoso ao mundo.

Em meus sonhos, voltei àquele dia, com o sol entrando inclinado pelas venezianas, quando Garyus dobrou minhas mãos em volta daquele medalhão com as mãos dele, com juntas grandes, manchadas e trêmulas. "A imagem de sua mãe", disse ele. "Mantenha-a protegida." E protegida significava em segredo. Eu sabia disso, mesmo aos seis anos.

Eu me sentei e observei aquele homem velho e doente. Escutei suas histórias, ri delas como fazem as crianças, fiquei em silêncio e de olhos arregalados quando as histórias ficavam sombrias. Na maior parte do tempo não sabia que ele era meu tio-avô. E em nenhum momento eu soube que era irmão da Irmã Silenciosa – embora parecesse justo que a Irmã fosse irmã de *alguém*.

Eu me perguntei se Garyus tinha medo de sua gêmea, a mulher do olho cego, sua irmã silenciosa. Será que alguém poderia ter medo de sua gêmea? Isso seria como ter medo de si mesmo? Eu sabia que muitos homens tinham medo de si mesmos, medo de se decepcionarem, de fugirem em vez de lutar, de escolher o caminho desonrado, o caminho fácil em vez do difícil. Eu não. Eu sempre confiei em mim para fazer o que era certo – para Jalan Kendeth. As únicas vezes que me assustei comigo mesmo foram as raras ocasiões em que fui tentado a permanecer e lutar, as poucas vezes em que a raiva tomou conta de mim e quase me colocou em perigo.

Quanto será que Garyus, lá naquela torre, com suas histórias e presentes para crianças, sabia das batalhas de suas irmãs? Eu olhava para aquelas memórias agora como um enigma. Havia outra maneira de vê-las? Como aqueles desenhos enganosos, onde tudo é óbvio até que alguém diz "a protuberância na verdade é um buraco" e, de repente, você enxerga – o que era um relevo agora é um vale, para dentro em vez de destacado – todos eles são, cada alto e baixo invertido, a imagem mudou, seu sentido virou e, por mais que você tente, não consegue vê-la como antes, sólida, inequívoca, digna de sua confiança.

Será que Garyus sabia que sua irmã mais nova pensava saber onde ficava a porta da morte?

"Jal", disse uma voz cansada. "Jal."

Eu pensei em Garyus, o irmão da Rainha Vermelha, com os olhos coruscantes naquela cama estreita. Mais velho que ela, certamente. Será que conhecia os planos dela? Quanto de tudo aquilo havia aquele velho aleijado posto em ação?

"Jal!"

Ele não deveria ter sido rei? Ele não teria sido o Rei de Marcha Vermelha se não fosse doente daquele jeito?

"JAL!"

"O que foi?" Tropecei e quase caí.

"Estamos parando." Snorri estava curvado e cansado, com os desertos de gelo zombando de sua força como faziam com a força de todos

A GUERRA DA RAINHA VERMELHA

os homens. Ele levantou a mão, apontando com sua luva. Segui a direção dele. À nossa frente, os muros do Gelo Mortal se erguiam sem rodeios, absolutos, lindos, mais altos do que em minha imaginação.

Nós comemos, apesar do esforço que isso demandou, mexendo os dedos mortos para produzir uma faísca, usando nosso último graveto, acendendo o carvão para aquecer a panela e sabendo que não haveria mais calor além do que nossos corpos produzissem dali por diante.

Naquela noite, demorei muito para dormir. Os céus clarearam lá no alto e as estrelas brilharam sobre nós conforme a temperatura caiu. Cada respiração doía, atraindo navalhas congeladas de ar para meu peito. A morte parecia ao mesmo tempo próxima e convidativa. Eu tremia, apesar das peles, apesar de camadas e mais camadas. E, quando finalmente os sonhos me levaram, eu não tinha certeza de que iria acordar novamente.

Em alguma hora morta depois da meia-noite, o silêncio me acordou. O vento incessante havia cessado pela primeira vez, parando totalmente. Abri um olho e observei a escuridão. O milagre veio de repente e sem aviso. Em um momento, o céu se iluminou com véus mutantes de luz, passando pelas cores, primeiro vermelho, depois um verde misterioso, em seguida um azul que nunca vira antes. E sempre mudando, de uma forma serpenteada para outra. O silêncio e o tamanho daquilo prenderam minha respiração em meu peito. O céu inteiro tomado, mais de cem quilômetros do paraíso dançando gloriosamente uma música que só os anjos ouvem.

Agora eu sei que deve ter sido um sonho, mas naquele momento acreditei do fundo do meu coração, e aquilo me encheu de admiração e medo. Nada antes ou depois daquilo fez eu me sentir tão pequeno e, no entanto, aquele enorme mistério de luzes dançantes, maior do que as montanhas, aconteceu sobre um grande deserto, sem nenhuma plateia além de mim... Aquilo me fez sentir, apenas por um breve momento... significante.

De manhã, Fimm não se levantou.

MARK LAWRENCE

"Agora é a minha vez." Fjórir costurou seu irmão dentro do saco de dormir com uma longa agulha de osso e linha de tripa.

"Ele vai se levantar?" Olhei fixo para o saco, quase esperando que ele se movesse.

Snorri balançou a cabeça, solene. Atrás dele, Tuttugu esfregou os olhos. De todos nós, os Quíntuplos, agora Quádruplos, pareciam os menos tocados.

"Ele está congelado", disse Snorri.

"Mas..." Meu rosto parecia sólido demais para franzir. "Mas você encontrou um homem morto contorcendo-se após mais de um dia em um banco de neve."

"Os necromantes injetam um elixir neles. Alguma coisa com óleos e sais, pelo que o Quebra-Remo disse. Isso impede que eles fiquem sólidos." Snorri havia me contado isso antes, mas o frio congelara minha memória.

"Esse exército sob o gelo... as tropas de Olaaf Rikeson – os homens do Rei Morto – precisarão descongelá-los e tratá-los assim. A não ser que tenham alguma nova magia, não parece possível. O esforço envolvido em arrastá-los congelados até o sul, ou carregar combustível suficiente até o norte..." Pensei na outra parte da história que Snorri havia contado. A chave que abriria os portões dos gigantes do gelo – o presente de Loki. A chave que abriria qualquer coisa. "Talvez tudo que eles queriam desde o início fosse a chave de Rikeson. A única coisa." E por algum motivo essa ideia me preocupou mais do que um exército de cadáveres surgindo do gelo.

Snorri havia mirado a oeste do forte, para que a linha do Gelo Mortal pudesse nos conduzir a leste na direção dele. Se ele estivesse errado, então estaríamos nos afastando do Forte para os desertos de gelo do interior, onde morreríamos sem causar a menor inconveniência a ninguém. A morte parecia certa de um jeito ou de outro, e se voltar sozinho me oferecesse a mínima esperança de sobrevivência eu teria partido sem demora. Infelizmente, como Tuttugu descobrira na batalha, fugir às vezes é a opção menos segura e, embora morrer fosse a última coisa que eu queria fazer, morrer sozinho parecia de alguma forma pior.

Continuei cambaleando sobre a branquidão interminável, imaginando se a Irmã Silenciosa já havia assistido ao meu sofrimento quando viu além do amanhã. Eu esmagava o gelo, com os pés dormentes, o lamento do vento enchendo minha cabeça. Será que ela havia contado cada passo congelado ou apenas visto o grande desenho branco de nossa jornada sobre as neves? Quantas possibilidades jaziam espalhadas pelo futuro para ela? E em quantas ela nos via mortos? Pé ante pé, frio demais para tremer, morrendo aos poucos. Talvez em alguns futuros a fenda que me perseguia havia me atingido e destruído antes mesmo de eu alcançar Snorri – em outros, ele pode ter me matado quando me deparei com ele. Ela sabia que seu feitiço iria pegar em nós e ser levado ao norte até a beira do Gelo Mortal? Ela sabia se suas magias iriam murchar dentro de nós ou se enraizar e crescer em algo maior do que eram? Tinha certeza ou era, como seu sobrinho-neto, uma jogadora sempre prestes a rolar os dados vezes demais? Eu vi seu sorriso estreito em minha mente e ele pouco me aqueceu. Pé ante pé. Infinitamente.

Assim como Snorri descrevera, o Forte Negro me pegou de surpresa. A paisagem não deu dicas, nenhum suspense, nenhuma promessa crescente do fim da jornada. Em um momento, era um deserto branco inexpressivo, delimitado em um lado pelo Gelo Mortal; no momento seguinte era o mesmo deserto inexpressivo, só que *havia* uma expressão, um ponto preto.

A jornada havia nos desgastado até nossa última força – já havia desgastado Fimm além disso –, mas nenhum de nós era a ruína trôpega e congelada que Snorri havia sido quando cambaleou até os portões da última vez. Chegamos com pelo menos um pouco de luta dentro de nós, uma última reserva à qual recorrer. E, por menos que quisesse lutar com qualquer pessoa, eu sabia com certeza que, sem

MARK LAWRENCE

a chance de descansar e reabastecer no abrigo oferecido pelo Forte Negro, eu não sobreviveria à viagem de volta.

Snorri nos levou mais perto. Instando agilidade. Ele queria estar lá dentro antes que o sol se pusesse – queria a força de Aslaug na luta por vir. O terreno não nos dava cobertura e nós nos fiamos apenas em ser brancos contra um fundo branco para nos camuflar e também na esperança de que ninguém estivesse nos procurando. Essa última provou ser uma esperança infundada.

"Esperem." Ein ergueu a mão enluvada. "Homem na torre sul."

Por mais que nos misturássemos à neve, com o sol caindo atrás de nós, nossa sombra ainda podia anunciar nossa chegada se o homem estivesse prestando atenção suficiente.

O Forte Negro é uma construção quadrada com uma torre ameada em cada canto. Uma fortaleza central, pouco mais alta que os muros externos, fica no meio de um grande pátio. Snorri acreditava que a fortaleza não era vigiada e que a pequena tropa mantinha-se em seus aposentos dentro dos muros em volta dos portões principais.

"O Olho-de-Mira vai atirar nele", disse Snorri. "Em seguida nós subimos."

Arne esfregou os dedos enluvados na proteção de seu rosto, com o couro macio endurecido e cheio de cristais de gelo. O vento rodopiava à nossa volta, cheio de navalhas. "É um tiro no escuro."

"Não para o Olho-de-Mira!", disse um Quádruplo e lhe deu um tapa no ombro.

"E a luz está caindo." Uma balançada de cabeça.

"Facílimo!", disse outro Quádruplo.

Uma queda de ombros. "Vou aprontar meu arco", disse Arne. "Aí nós chegamos mais perto."

Demorou à beça pegar e desembrulhar o arco, encontrar a corda, passar a cera, flexioná-la, aquecer os dedos, enganchar uma coisa na outra. Haviam me ensinado a atirar com arco lá em Vermillion, claro. Todo príncipe precisava conhecer a arte. Em vez de nos tornarmos ases no arco, vovó estava aparentemente mais interessada em conhecermos e compreendermos as possibilidades e limitações da arma, para que pudéssemos melhor utilizá-la em massa no campo de batalha. Mesmo assim, ainda tínhamos de acertar na mosca.

Se todas aquelas longas e ressentidas horas de prática com o arco me ensinaram alguma coisa, era que o vento faz até o melhor arqueiro de bobo, principalmente um vento forte e rodopiante.

Enfim, Arne se equipou e seguimos em frente pela neve, agora abaixados, como se fosse fazer alguma diferença. O vulto na torre se moveu várias vezes, virado em nossa direção por um momento de parar o coração, mas sem demonstrar sinais de interesse.

"Dispare daqui." Snorri tocou o ombro de Arne. Acho que o Olho-de-Mira teria se aproximado a cinquenta metros se o deixassem.

"Odin guie minha flecha." Arne tirou a luva e pôs a flecha no arco.

Em um dia tranquilo, com mãos quentes e sem pressão pelo resultado, era um disparo que eu esperava acertar quatro vezes em cinco. Arne soltou sua flecha e ela saiu chiando, invisível pelo céu.

"Errou." Constatei o óbvio para quebrar o momento de tensão que atingia a todos nós. O disparo havia passado tão longe que o homem na torre nem percebeu.

Arne tentou de novo, respirando fundo para se firmar. Os dedos brancos sobre a corda. Ele disparou outra vez.

"Errou." Não tive a intenção de dizer nada, a palavra se disse sozinha no silêncio expectante.

Arne tirou sua proteção de rosto e me lançou um olhar azedo. Ele passou a língua sobre a fileira de dentes, a maioria marrom, um preto, um cinza, um branco, dois faltando. Ele apanhou outra flecha, de talvez doze remanescentes, e voltou suas atenções à torre. Ele respirou fundo três vezes, expirando lentamente, e disparou.

Para ser justo, eu esperei vários segundos. Foi sorte todos os três disparos terem passado por cima, em vez de baterem na cantaria. O homem na torre não havia nem piscado. "Errou", falei.

MARK LAWRENCE

"Faz você então, porra!" Arne empurrou o arco para mim.

Com a certeza de que não podia me sair muito pior, tirei a minha luva e encaixei uma flecha. O vento fez de meus dedos um sofrimento em instantes. Esses instantes seriam tudo que eu tinha antes que o vento os fizesse parar de doer e os tornasse inúteis. Eu me alinhei com o homem, imaginei a compensação do vento e desloquei minha mira alguns metros para a direita. A falta de tempo ajudou, impedindo-me de pensar no que eu queria fazer. Dizem que matei homens na Passagem Aral, mas não tenho nenhuma lembrança clara disso. Na montanha com Snorri, um homem havia praticamente se empalado em minha espada – e pedi desculpas a ele pelo acidente antes que soubesse o que estava dizendo. Tudo aquilo havia sido por sangue quente. Mas aqui eu estava agachado, com os braços tremendo, o sangue mais frio do que jamais estivera, prestes a enfiar uma flecha no peito de um homem, tirar sua vida sem avisar, sem ver seu rosto. Uma coisa completamente diferente.

"Errei", sussurrei ao soltá-la.

Dois instantes se passaram e eu tinha certeza de que não me saíra melhor que Arne.

"Acertou!" O homem girou como por um impacto repentino. "Acertou!", gritou Snorri.

"Merda!", disse Tuttugu quando o guarda permaneceu de pé, avançou até o muro, instável e segurando o braço, e depois se virou para fugir.

"Vai, vai, atira outra vez!", gritou Snorri.

O homem havia descido os degraus até o muro principal e estava correndo desembestadamente para a torre do outro lado, onde seus companheiros supostamente estavam alojados. Por que ele não estava vigiando daquela torre, eu não saberia dizer.

"Estamos fritos." Apontei para o muro distante. O homem podia ser visto a cada meio segundo, mais ou menos, como um traço escuro nas seteiras entalhadas nas ameias.

Arne puxou seu arco de volta, encaixou uma flecha e a atirou para o céu. "Danem-se todos os deuses." Ele cuspiu e o cuspe se congelou antes de cair.

"Por que desperdiçar outra flecha?" Observei os muros, pensando se eles sairiam para nos matar ou nos deixariam congelar.

O homem caiu com um grito fino, acertado quando ele e a flecha de Arne chegaram juntos na terceira seteira antes da porta da torre, seis metros antes de seu santuário.

"Olho-de-Mira!" Um Quádruplo deu um soco no ombro de Arne.

"Vai ficar sem braço se não tiver cuidado." Mas ele parecia satisfeito.

Snorri já havia corrido para longe de nós, na direção das muralhas. Fomos atrás. Pareceu levar uma eternidade para cruzar o trecho de cem metros. Ele pegou um longo rolo de corda com nós amarrados para escalar, que ficou protegido do gelo para este momento. Em uma das pontas havia um gancho que se parecia suspeitosamente com a âncora de um pequeno barco pesqueiro. Ele o atirou sobre o muro e se prendeu de primeira. Snorri já havia alcançado o topo quando cheguei à base da muralha. Um Quádruplo subiu em seguida, depois Arne, depois eu, escorregando e praguejando, agora que os nós estavam escorregadios com o gelo das botas dos outros. O corpo do homem que Arne havia acertado despencou ao meu lado quando eu estava na metade do caminho. Contive mais uma reclamação e fiquei de boca fechada depois disso.

Faltando apenas Tuttugu para subir, nós puxamos nossas bolsas para cima com uma corda e depois o içamos. Aquele esforço finalmente aqueceu um pouco meu sangue. Eu o ajudei a ficar de pé, após sua luta indigna entre as ameias para chegar à passarela.

"Obrigado." Ele sorriu, algo nervoso e que desapareceu rapidamente, e tirou o machado de suas costas. Uma arma incomum, mais próxima do formato de cunha para perfurar armadura que se usava no sul.

No gelo trincado sob meus pés, respingos do sangue do guarda da torre – uma cor berrante, após o que parecia uma eternidade de branco. As gotículas chamaram minha atenção. Toda a conversa, toda a viagem desembocara neste momento, nestes respingos carmins. De abstrato para real – real demais.

"Estamos prontos?", perguntou Snorri diante da porta para onde nosso homem havia corrido. A palavra "não" brigou para conseguir sair de meus lábios. "Ótimo." Snorri segurou seu machado com as duas mãos, Arne uma espada, cada um dos irmãos com um machado de dois lados, de cabo curto, e uma faca na outra mão. Eu fui o último a sacar minha espada longa. Satisfeito, Snorri assentiu e pôs a mão na maçaneta de ferro da porta. O plano não precisou ser reiterado. Ele era bem simples, em se tratando de planos: matar todo mundo.

A porta se abriu com um rangido das dobradiças soltando gelo e entramos, amontoando-nos nos degraus. Snorri a fechou atrás de nós e fechei os olhos, tirando um momento para aproveitar o simples êxtase de sair daquele vento. Nenhuma noite invernal de Marcha Vermelha jamais havia sido tão fria quanto aquele corredor dentro do Forte Negro, mas, sem o vento, aquilo era o paraíso, comparado ao lado de fora. Todos nós paramos um instante, vários instantes, batendo os pés para devolver-lhes um pouco de vida, balançando os braços para recuperar um pouco da flexibilidade perdida.

Snorri foi na frente, descendo os degraus e entrando por um longo corredor. Nós esperávamos encontrar a maioria dos homens de Sven Quebra-Remo no mesmo lugar. É o que as pessoas fazem em locais frios. Elas se aglomeram perto da lareira, ombro a ombro, pelo máximo de tempo que conseguem aguentar a companhia uns dos outros. Com o combustível tão difícil de obter, eles não acenderiam muitas fogueiras.

Apesar de, em muitos lugares, as paredes do interior estarem cobertas de gelo, fazia calor no Forte Negro. Minha pele ardia e a vida lentamente voltou à minha mão, ameaçando até invadir meus dedos.

Arne acendeu um pequeno lampião, com o óleo cuidadosamente transportado durante nossa longa viagem apenas para este fim. Talvez com o calor dele Fimm não tivesse morrido durante a noite.

O guarda não levava nenhuma fonte de luz, conhecendo seu caminho no escuro.

Em cada porta nós parávamos e Snorri testava a maçaneta. Nenhuma delas estava trancada, embora algumas estivessem emperradas e abri-las botasse à prova, silenciosamente, até mesmo a força de Snorri. As duas primeiras mostraram-se vazias: câmaras longas e estreitas sem nenhuma indicação de seu propósito, a não ser pela falta de lareiras, o que nos dizia que nunca foram destinadas a serem habitadas. Uma terceira câmara estava empilhada até o alto com blocos do mesmo basalto que formava as próprias paredes. Materiais de conserto. Uma quarta havia sido usada como latrina, embora não recentemente: os montes de bosta congelada não tinham o menor cheiro.

A quinta porta cedeu após uma luta silenciosa, com um ruído alto ecoando pelo corredor ao se abrir. Ficamos parados, esperando o ataque, mas não houve nenhum. O horror de minha situação começou a se instalar em mim conforme meu corpo começara a se recuperar. Fiquei quente o suficiente para me arrepiar ao mesmo tempo que fiquei com medo suficiente para tremer.

"Diabos." Snorri se afastou da porta entreaberta, com o rosto contornado por um relevo estranho pelo lampião segurado embaixo dele.

"É seguro?", perguntou Tuttugu, relutante em abaixar seu machado.

Snorri assentiu. "Dê uma olhada." Ele fez sinal para mim, levantando o lampião acima da cabeça.

A cena me lembrou a toca de Skilfar. Vultos, fileira após fileira, tão próximos que se apoiavam uns nos outros, incapazes de cair. Homens cobertos de gelo, desafiados pela geada, congelados em todas as poses, de dormindo enrolados a contorcidos de dor, mas a maioria apenas de cabeça baixa, capturados naquele movimento penoso de caminhar que conheci tão bem nos últimos dias.

"Os homens de Olaaf Rikeson?"

"Devem ser..." Snorri fechou a porta.

Os cinco salões seguintes tinham cadáveres congelados, todos guerreiros. Centenas deles, no total. Mortos havia séculos, mas preservados pelo gelo. Eu me perguntei se o espírito que um necromante devolvesse a eles seria ainda mais sombrio pela eternidade passada junto ao diabo.

Os Quádruplos se amontoaram e aquela alegria momentânea que sentimos ao escapar do vento rapidamente sumiu naquele lugar lúgubre, rodeado por todos os lados pelos mortos de outrora.

O corredor passava por duas escadarias em espiral, subindo e descendo em seus eixos estreitos. Snorri passou direto por elas. Essa parte parecia ser usada com mais frequência, com as paredes sem gelo e pó de pedra no chão para pisar com mais firmeza.

Não havia como perder ou confundir nosso alvo. O ar ficou mais quente, com o cheiro de fumaça e comida, alguma coisa carnuda sendo cozida em uma panela, se fosse para eu adivinhar. Minha boca começou a salivar imediatamente. Só o aroma daquela comida quente me deixou pronto para matar pelo meu jantar. A porta no fim do corredor era mais alta que as outras portas, cravejada de ferro preto, com sons abafados surgindo.

Nós nos entreolhamos, preparando-nos para organizar a entrada. Como frequentemente acontece na vida, essa decisão foi arrancada de nós. Um viking corpulento surgiu de supetão, gritando algum insulto para trás sobre o ombro.

O braço de Arne volteou e o machado que ele carregara por tanto tempo na cintura agora brotava da barba ruivo-escura do homem. Não parecia muito real. Snorri e os outros avançaram sem fazer barulho, a não ser pelas botas na pedra. O homem tentou pegar o machado, com sangue escorrendo por seu pescoço, e caiu embaixo deles.

Eu me vi parado apenas com Tuttugu ao meu lado. Ele deu um sorriso envergonhado e saiu correndo atrás dos outros. Eu me vi sozinho em um corredor com homens mortos congelados enfiados em todos os aposentos dos dois lados. O primeiro grito de batalha soou, o urro de violenta felicidade de Snorri quando os outros entraram pela grande porta atrás dele. Reuni a coragem que consegui encontrar e saí atrás de Tuttugu, de espada em punho.

A visão atrás da porta se mostrou impressionante. Tão impressionante que, mesmo com todo seu ímpeto, Tuttugu havia parado de repente e me choquei nas costas dele, imprensando minha espada entre nós. Um grupo de vinte ou mais Vikings Vermelhos estava amontoado no fundo do salão diante da grande lareira. Mesas de pedra corriam por quase toda a extensão do salão e só conseguia pensar que aquele lugar era para onde Snorri havia sido levado e pendurado na parede.

Os homens de Hardanger, Vikings Vermelhos, como são conhecidos, vinham de uma tribo de tonalidade mais escura que os undoreth, com mais ruivos entre eles, mais homens de cabelos escuros, uma raça resistente, de peito largo e feições brutas. Eles não estavam de armadura nem armados para a guerra, mas guerreiros nórdicos raramente ficam longe de seus machados e sempre têm uma faca ou machadinha.

Snorri saltou sobre a mesa à esquerda e correu por ela, arrancando a cabeça do homem sentado ali, perto da porta, e abrindo um buraco no rosto de outro sentado do lado oposto, mais à frente, mais próximo da lareira. Ele saltou no meio do bando da lareira, golpeando em grandes arcos vermelhos. Os homens de Hardanger se espalharam pela extensão do salão, pegando suas armas, deixando espaço entre eles e Snorri, apenas para serem atacados pelos Quádruplos, com os machados refletindo a luz do fogo ao se enterrarem na carne.

Um Quádruplo foi derrubado, com um golpe de revés por um viking de cabelos pretos enterrando um machado em seu pescoço. O homem era assustadoramente rápido, alto, esbelto, os músculos feito nós em uma corda, espalhados pelos braços manchados de sujeira. Tuttugu correu para a frente, gritando como se tomado pelo pior tipo de terror, e enfiou seu machado no peito do homem de cabelos pretos, antes que ele pudesse arrancar seu próprio machado da vértebra do Quádruplo. Vi homens de Hardanger correndo ao longo das duas paredes do salão, de armas em punho. Um caminho que os faria convergir na entrada, onde eu estava. Em resposta, fui atrás de Tuttugu, entre as mesas. Às vezes, avançar é a melhor forma de recuar. Inadvertidamente, chutei a cabeça decepada do primeiro homem a morrer e a fiz rolar na direção do tumulto.

Arcos carmins decoravam o outro lado do salão. O fogo flamejava com o sangue espirrado e uma mão ardia lá, ainda junto do braço. Homens cambaleavam para trás com a tempestade de ferro de Snorri, alguns com feridas abertas, as vísceras sendo vomitadas por fendas que iam da virilha ao ombro, outros gritando, com sangue jorrando de membros cortados, com pressão suficiente para manchar o teto cinco metros acima. Outros ainda se atiravam para cima de Snorri e dos undoreth com intenções mortíferas, balançando os machados.

O barulho daquilo, o fedor, a cor. O salão girava ao meu redor, o ruído sumindo e voltando, o tempo parecendo ficar lento. Tuttugu tirou seu machado estreito do esterno de seu inimigo. Eu ouvi o estalo de ossos, vi o sangue jorrar, o homem cair, com os braços esticados, o rosto sombrio de fúria, sem entender que ele havia morrido. Um grande homem ruivo com uma espada de duas mãos correu para cima de Tuttugu. Atrás de mim, três homens saltaram nas mesas, dois pela esquerda, um pela direita, ávidos para molharem suas lâminas. A porta à esquerda da grande lareira se abriu, despejando mais vikings, o primeiro com um capacete de ferro, todo cravejado, com uma proteção para o nariz cruzada por baixo. O homem atrás dele ergueu um grande escudo redondo, com uma ponta na saliência central. Outros homens se aglomeraram atrás.

Uma lança brotou no peito de um Quádruplo quando ele correu na direção da porta. A força da arma o lançou para trás, com os cabelos brancos voando. Sangue espirrou em cima de mim bem de perto, enchendo meus olhos, enchendo minha boca com sal e cobre. Eu ouvi um grito e soube que era meu. Os Vikings Vermelhos me cercaram pelos dois lados e os observei por trás de um véu de carmim. Minha espada volteou para fora...

"Jal?" Bem fraco por baixo das batidas em meu ouvido, o trovão em meu peito, a dureza de cada respiração. "Jal?"

Eu conseguia ver as pedras do chão, banhadas em sangue, com pontos pretos de minha franja pendurada diante de meus olhos, pingando.

"Jal?" Era a voz de Snorri.

Eu estava de pé. Minha mão ainda segurava a espada. Uma mesa de cada lado. Corpos escorrendo – alguns debaixo das mesas, outros espalhados sobre elas.

"Jal?", insistiu Tuttugu, nervoso.

"Ele está a salvo?", perguntou um gêmeo. Ou talvez apenas Ein agora.

Olhei para cima. Três undoreth me olhavam a uma distância segura, e Snorri olhando na direção da porta pela qual os reforços haviam chegado.

"Berserker!" Ein bateu o punho no peito.

Snorri me abriu um sorriso. "Estou começando a entender o herói e o diabo da Passagem Aral!" Suas peles de foca estavam rasgadas na região do quadril, exibindo um ferimento feio. Outro corte profundo no músculo em volta da junção do ombro e pescoço sangrava copiosamente.

Minha mão livre começou a tremer descontroladamente. Olhei em volta do salão. Os mortos jaziam espalhados. Perto da lareira eles estavam empilhados. Arne estava sentado na mesa atrás de mim, muito pálido, com a bochecha tão seriamente ferida que dava para ver os dentes podres, metade deles arrancados da boca. A poça de sangue crescente em torno dele me informou que a odontologia era a última de suas preocupações. Um ferimento em sua coxa havia cortado a artéria lá no fundo da carne.

"Jal." Arne me deu um sorriso torto, com as palavras enroladas pela ferida do rosto. Ele desabou, quase gracioso. "Foi um belo disparo, não foi... Jal?"

"Eu..." Minha voz falhou. "Um belo disparo, Arne. O melhor." Mas o Olho-de-Mira já havia deixado de ouvir. Deixado de fazer qualquer coisa agora.

"Snorri ver Snagason!" Um urro vindo da porta depois da lareira.

"Sven Quebra-Remo!", gritou Snorri de volta. Ele ergueu seu machado e se aproximou do fogo. "Você devia saber que eu voltaria. Pela minha esposa, meu filho, minha vingança. Por que você sequer me venderia?"

"Ah, eu sabia." Quebra-Remo até parecia contente com aquilo, o que trouxe de volta, agora que aquela estranha sensação de dissociação estava sumindo, todos os meus medos dos recantos de minha mente, para onde a loucura da batalha os levara. "Não seria justo privá-lo de sua luta agora, seria? E nós de Hardanger amamos ouro. E é claro que meus novos mestres têm gastos. O elixir de que precisam para os mortos neste clima frio requer óleos de Araby e eles são difíceis de encontrar. Um homem precisa trocar moeda boa por coisas tão exóticas."

Mesmo tonto, reconheci o escárnio. Dizer a Snorri que ele financiou aquele horror com sua própria carne e seu fracasso. Não importa o que se dissesse sobre Quebra-Remo, não seria possível chamá-lo de burro.

Ein, Tuttugu e eu fomos ficar ao lado de Snorri. Havia outra câmara depois da porta, a maior parte dela fora de nossa linha de visão. Um Viking Vermelho estava metade em um recinto e metade no outro, com a cabeça aberta ao meio. Ein puxou a lança de seu irmão – Thrir, se a ordem havia se mantido.

"É mais que isso, Quebra-Remo. Você poderia ter me matado e ainda ficado com mais de nove décimos de seu ouro de sangue." Snorri fez uma pausa como se tivesse dificuldades de fazer a pergunta. "Onde está minha esposa? Meu menino? Se você lhes fez algum mal..." Ele fechou a boca sobre as palavras, fazendo os músculos de suas bochechas funcionarem.

Tuttugu apressou-se para amarrar a lateral de Snorri com tiras de uma capa e Ein o segurou quando o guerreiro começou a avançar. Snorri cedeu e permitiu que o fizessem – a ferida no ombro drenaria toda a força dele em breve, se não fosse estancada.

"É mais que isso", repetiu Snorri.

"É verdade, Snorri." Havia um toque de tristeza na voz de Quebra-Remo. Apesar de sua reputação, o homem parecia... majestoso, um rei declamando em seu trono. Sven Quebra-Remo tinha uma voz de herói e sábio, e ele a jogava à nossa volta como um feitiço. "Eu caí. Você sabe disso. Eu sei disso. Eu me curvei ao vento. Mas Snorri? Snorri ver Snagason ainda está de cabeça erguida, puro como a neve do outono, como se tivesse saído das sagas para salvar a todos nós. E não importa o que mais eu possa ser, Snorri, sou um viking em primeiro lugar. As sagas devem ser contadas, o herói deve ter sua chance de enfrentar o longo inverno. Nós, vikings, nascidos para enfrentar os trolls, os gigantes do gelo, até mesmo o mar. Até os próprios deuses. Venha, Snorri", ele continuou, "vamos dar um fim a isto. Só eu e você. Que seus amigos sejam testemunhas. Eu estou pronto."

Snorri começou a avançar.

"Não!" Segurei o braço dele e o puxei para trás com toda a força que ainda tinha. A maldição ardeu entre nós e a explosão resultante rasgou a manga dele e me jogou para trás sobre a mesa, com imagens de tinta e luz do sol sobrepostas à minha visão. O cheiro de ar queimado encheu minhas narinas, uma adstringência aguda que me levou de volta àquela rua de Vermillion, correndo como se todos os demônios de Satã estivessem em meu encalço, com as pedras do pavimento se rachando atrás de mim.

"Que diabos...?" Snorri virou-se em minha direção.

"Eu conheço..." Apenas um sussurro saiu. Tossi e falei novamente. "Eu conheço canalhas."

Ein se curvou e pegou o escudo jogado. Tuttugu pegou mais dois pendurados na parede.

"Estes são seus últimos momentos, Quebra-Remo!", gritou Snorri, e Tuttugu e Ein foram em direção à porta, segurando os escudos para cima e para baixo.

Dardos de balestra bateram nos escudos assim que os guardiães de Snorri cruzaram a linha de visão dos arqueiros. Snorri soltou um urro sem palavras e, empurrando-se entre seus companheiros, atirou-se no outro recinto.

Fui atrás, ainda um pouco tonto. Se eu estivesse com juízo, teria me sentado com Arne e me fingido de morto.

Sven Quebra-Remo estava do outro lado de uma sala menor do que a que estávamos, maior que os três balestreiros ao lado dele. Não vou dizer que fazia Snorri parecer pequeno, mas ele com certeza o impedia de parecer-se o maior de todos. A mãe dele deve ter dormido com trolls. Trolls bonitos, no entanto. Com sua grande barba ruivo-dourada trançada sobre o peito e os cabelos soltos e livres, o Quebra-Remo se parecia totalmente como um rei viking, até no ouro que debruava as bordas da couraça de ferro que usava. Ele segurava um belo machado em uma das mãos e na outra o broquel de ferro, do tamanho de um prato de jantar, liso e grosso.

Ein foi na direção dos dois homens à esquerda; Tuttugu atacou o da direita. Sven Quebra-Remo avançou para encontrar Snorri.

Não há muito que se possa fazer com um machado vindo na sua direção, com a força de um homem por trás dele. Matar o dono do machado antes que ele complete seu golpe é a melhor opção. Com uma espada você pode empalar o inimigo. Mas se, como seu inimigo, você estiver armado com um machado, então "golpear mais rápido e rezar" parece ser o melhor conselho a oferecer. E é claro que, para golpear seu inimigo, é preciso estar a uma determinada distância – exatamente a mesma distância que ele precisa que você esteja, para poder golpeá-lo.

Snorri teve uma solução diferente. Ele esticou o braço para a frente, com o machado estendido, correndo mais rápido do que é possível para qualquer homem golpear. A velocidade estragou o movimento do Quebra-Remo e o fio de seu machado desceu uma fração de segundo tarde demais. O cabo logo abaixo da lâmina bateu no ombro levantado de Snorri, enquanto o machado deste bateu no pescoço do Quebra-Remo, não com a parte do gume, mas prendendo a garganta do homem entre os chifres da lâmina.

A GUERRA DA RAINHA VERMELHA

Aquilo deveria ter sido o fim de tudo. Um pedaço de metal estreito empurrado contra a garganta por um homem poderoso. De alguma maneira, porém, Quebra-Remo bateu seu broquel na lateral da cabeça de Snorri e caiu para trás, segurando seu pescoço. Os dois homens deveriam ter caído, mas eles apenas cambalearam, com os pés instáveis, e depois se atracaram como ursos.

Ein havia matado um de seus dois adversários e agora lutava com o segundo, os dois homens segurando facas, tentando cravá-las no rosto um do outro. Tuttugu matara seu inimigo, mas o Viking Vermelho havia atirado sua adaga antes que Tuttugu partisse sua cabeça. Não dava para ver se o ferimento era sério, mas a rapidez com que o sangue jorrou por cima das mãos do gordo, que estavam sobre sua barriga, indicava que aquilo não podia ser bom.

Os dois gigantes estavam de pé, com os dedos entrelaçados, fazendo força um contra o outro. Com o rosto roxo e espirrando sangue a cada expiração explosiva, o Quebra-Remo forçou Snorri para baixo, pouco a pouco. Músculos se amontoaram, veias saltaram prestes a se romper, com ambos os homens grunhindo e fazendo força para respirar. Parecia que os ossos deveriam ceder – que, com um estalo repentino, as imensas forças estraçalhariam os braços –, mas tudo que aconteceu foi que, aos poucos, bombeando sangue para fora das amarras no ombro e na lateral, Snorri cedeu, até rapidamente ficar de joelhos, com o Quebra-Remo ainda pressionando-o para baixo.

Tuttugu tirou uma mão ensanguentada da barriga e se curvou com uma lentidão agonizante para reaver seu machado. O Quebra-Remo, mesmo sem parecer ter olhado, deu um chute para trás e quebrou o joelho do undoreth, fazendo Tuttugu se estatelar com um grito de dor. Snorri tentou dar um impulso para cima e conseguiu apoiar uma perna, mas com um urro o Quebra-Remo o derrubou de novo.

Ein e o homem de Hardanger ainda estavam rolando no chão, ambos cortados agora. Olhei para minha espada, já escarlate da ponta até o pomo. É Snorri que está ali. Eu precisei dizer a mim mesmo. Companheiro de milhares de quilômetros, durante semanas de

MARK LAWRENCE

dificuldades, perigos... O Quebra-Remo o pressionou ainda mais para baixo, e ambos os homens urraram ameaças animalescas. Um giro repentino e Sven Quebra-Remo pegou o pescoço de Snorri com sua enorme mão direita, as mãos de ambos ainda entrelaçadas, e Snorri tentou tirar os dedos de seu pescoço com a mão desocupada.

O Quebra-Remo estava exposto. De cabeça baixa. "Pelos deuses, Jalan, faça isso logo!", tive de gritar as palavras para mim mesmo. E, relutante a princípio, pegando velocidade, corri na direção deles, de espada em riste. Não quis atingir o homem na torre, nem mesmo com uma flecha a cem metros de distância. Sven Quebra-Remo eu queria que morresse, ali mesmo, naquele momento, e se tivesse de ser eu a fazê-lo...

Trouxe os dois braços para baixo, ceifando minha lâmina no ar, e de alguma forma, naquele instante, o Quebra-Remo tirou a mão do pescoço de Snorri e interpôs seu broquel. O choque atravessou minha espada como se eu tivesse atingido uma pedra, balançando-a em minhas mãos. Um movimento rápido, empurrando Snorri para trás com a mão ainda presa à sua garganta, e o gigante me deu um soco logo abaixo do coração, um impacto combinado dos dedos largos e a borda de seu broquel. O fôlego me abandonou com um sibilo mudo, as costelas partidas, e caí como se estivesse paralisado.

Do chão, vi o Quebra-Remo soltar o broquel e fincar novamente a segunda mão em volta do pescoço de Snorri. Consegui tomar o fôlego que Snorri não conseguia. O ar que entrou chiando feito ácido encheu meus pulmões, com as costelas raspando em volta de suas fraturas.

Sven Quebra-Remo começou a chacoalhar Snorri, a princípio lentamente, depois com mais força, enquanto o rosto do mais novo escurecia pelo estrangulamento. "Você deveria ter ficado longe, Snagason. O norte não tem nada parecido comigo. É preciso mais que um garoto para me derrubar."

Pude ver a vida deixando Snorri, os braços caindo inertes, e, mesmo assim, tudo que eu consegui foi tomar o fôlego seguinte. Ein havia caído longe de seu inimigo, os dois deitados e esgotados.

Tuttugu jazia em uma poça crescente de seu próprio sangue, observando, desenganado.

"Hora de morrer, Snorri." E os músculos se contraíram nos antebraços do Quebra-Remo, apertando com uma força que poderia partir um remo.

Em algum lugar, invisível, o sol se pôs.

Snorri levantou os braços. Suas mãos se fecharam nos punhos de Sven Quebra-Remo e, no ponto onde tocaram o homem de Hardanger, sua pele ficou preta. Um rosnado contorceu os lábios do Quebra-Remo quando Snorri ergueu a cabeça e puxou os dedos de seu pescoço. Um puxão para baixo, repentino e feroz, quebrou os dois braços do Quebra-Remo, com os ossos saindo em meio ao sangue. Com um golpe com as costas da mão ele caiu, esparramado ao lado de Tuttugu.

"Você?" Era a voz de Snorri misturada à de Aslaug ao se levantar. "Sou eu quem o norte deveria temer!" Ele estava segurando o broquel descartado agora, com nada além de escuridão em seus olhos.

"Melhor." De onde estava no chão, Sven Quebra-Remo conseguiu dar uma risada. "Melhor. Talvez você até tenha chance. Arruíne-os, Snorri, faça-os voltarem gemendo para o inferno!"

Snorri ajoelhou-se ao lado de Sven Quebra-Remo, inclinando-se.

"Eles me meteram muito medo, Snorri, que os deuses os amaldiçoem. Que os deuses amaldiçoem todos eles."

"Onde está Freja?" Snorri pegou o Quebra-Remo pelo pescoço, batendo sua cabeça no chão. "Meu filho? Onde está?" Cada pergunta era rugida no rosto do homem.

"Você sabe!" Quebra-Remo cuspiu uma resposta ensanguentada.

"Me diga!" Snorri pôs os polegares sobre os olhos do Quebra-Remo.

Desmaiei nesse momento, assim que Snorri começou a apertar e Quebra-Remo soltou um grito, quase uma risada.

Aqueles momentos de escuridão e inconsciência foram o único período de conforto que tive no Forte Negro. Terminou cedo demais, com a passagem do que só podem ter sido meros segundos.

"Hora de morrer, Quebra-Remo." Snorri se curvou sobre o gigante abatido, com as mãos carmins.

Um gorgoleio molhado e vermelho, e em seguida: "Queime os mortos..."

Sven Quebra-Remo não teve tempo de mais nada. Snorri esmagou seu crânio com uma pancada do pesado broquel.

"Snorri." Só consegui sussurrar, mas ele levantou a cabeça, com a escuridão sumindo de seus olhos, deixando-os claros da cor do gelo.

"Jal!" Apesar de seus ferimentos, ele ficou do meu lado em um instante, segurando o capuz de meu casaco de inverno, surdo aos meus protestos. Por um momento, achei que fosse me ajudar, mas ele apenas me arrastou para ficar deitado ao lado de Ein.

O Viking Vermelho ao lado de Ein parecia morto o bastante, mas Snorri pegou a faca da mão do homem e cortou sua garganta, só para ter certeza. "Vivo?" Ele se virou para Ein e lhe deu um tapa. Ein resmungou e abriu os olhos. "Ótimo. O que pode fazer por ele, Jal?"

"Eu?" Levantei o braço. Não sei por quê – talvez para repelir a ideia –, e descobri que havia sido apunhalado, no alto do bíceps. "Merda!" Rolar de costas foi uma agonia, mas me permitiu confirmar outro lampejo de lembrança da névoa vermelha de minha batalha – eu havia sido cortado na coxa também. "Estou pior que Ein." Com as feridas que ganhara sem saber ou sem me lembrar, era quase verdade. Mas Ein tinha um ferimento de faca no peito. Um que borbulhava e sugava com cada fôlego entrando e saindo. Do tipo que mata.

"Ele está pior, Jal. E você não consegue curar a si mesmo. Sabemos disso."

"Não posso curar ninguém sem quase morrer. Isso me mataria." Apesar de que morrer pelo menos impediria que cada respiração fosse uma tortura. A lateral do meu corpo estava cheia de vidro quebrado, eu tinha certeza disso.

"A magia é mais forte aqui, Jal, com certeza você a está sentindo tentando se libertar. Eu quase posso vê-la brilhando em você."

Um toque de súplica em sua voz. Não por ele, isso nunca, mas pelo último de seus conterrâneos.

"Puta merda! Vocês vão acabar comigo." E botei a palma da mão na punhalada de Ein – com mais força que o necessário.

Em um instante, minha mão chamejou, brilhante demais para olhar, e todas as dores que eu sentia se tornaram uma agonia, e minhas costelas algo além da compreensão. Puxei a mão para trás quase imediatamente, ofegando e praguejando, com sangue e saliva escorrendo de minha boca.

"Ótimo. Agora Tuttugu!" E me senti sendo arrastado. Observei com um olho Ein se esforçando para se levantar, cutucando a pele intacta porém manchada de sangue onde a faca havia entrado, embaixo de suas costelas.

Snorri me colocou ao lado de Tuttugu e nós nos entreolhamos, os dois fracos demais para falar. O viking, que já era pálido, agora estava branco como a geada. Snorri puxou Tuttugu, movendo-o sem esforço, apesar da circunferência dele. Ele tirou a mão de Tuttugu do ferimento na barriga e respirou involuntariamente.

"Está feio. Você precisa curar isto, Jal. O resto pode esperar, mas isso vai apodrecer. As entranhas estão cortadas lá dentro."

"Não consigo." Eu preferia enfiar uma faca em minha mão ou colocar um carvão quente na boca. "Você não entende..."

"Ele vai morrer! Sei que Arne já havia passado do ponto, mas isto, isto é uma morte lenta – e você pode detê-la." Snorri continuou falando. Não prestei atenção. Tuttugu não disse nada, apenas me olhava enquanto eu olhava para ele, os dois deitados no chão frio de pedra, fracos demais para se mexer. Eu me lembrei dele na encosta olhando para Trond, dizendo-me que fugiria de todas as batalhas se suas pernas fossem mais longas. Uma alma gêmea, quase com tantos medos quanto eu, mas ele partiu para a guerra no Forte Negro mesmo assim.

"Cale a boca", falei a Snorri. E ele calou.

MARK LAWRENCE

Ein veio unir-se a ele, movendo-se com o cuidado de um velho.

"Não consigo. Não consigo mesmo." Apontei com o olhar para minha mão livre. A outra ainda segurava a espada por algum motivo: provavelmente estava grudada por todo aquele sangue. "Não consigo. Mas nenhum homem deve ir para Valhalla com coceira de bordel." Novamente, apontei com o olhar.

Enfim, Ein entendeu o recado. Fechei os dois olhos, apertei os dentes, comprimi o que podia ser comprimido e ele segurou meu braço e colocou minha mão no rasgo da barriga de Tuttugu.

Aquilo fez a cura de Ein parecer uma coisa simples.

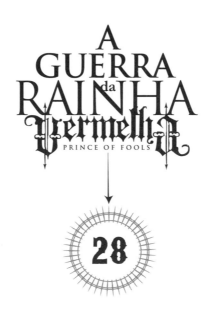

28

Acordei pelo calor do fogo. A lateral do meu corpo doía pra cacete, mas o calor estava maravilhoso e, contanto que eu não movesse um músculo sequer, era quase confortável.

Gradualmente, outras dores se revelaram. Uma dor latejante em minha coxa, uma dor aguda em meu braço, um sofrimento generalizado em todos os músculos que eu podia especificar e muitos que eu não podia.

Abri um olho. "Cadê Snorri?"

Eles haviam me colocado em uma das longas mesas, na ponta mais próxima da lareira. Ein e Tuttugu estavam sentados diante da fogueira, Tuttugu amarrando uma tala em seu joelho, Ein afiando seu machado. Ambos haviam limpado e suturado seus ferimentos, ou pediram para o outro fazer.

"Queimando os mortos." Tuttugu apontou na direção da porta do outro lado. "Ele está fazendo uma pira na muralha."

Tentei me sentar e caí de costas, praguejando. "Não há lenha suficiente, com certeza. Por que não deixar que congelem?"

MARK LAWRENCE

"Ele encontrou o depósito de lenha e está arrancando portas das dobradiças, puxando venezianas."

"Mas para quê?", perguntei, sem saber se queria uma resposta.

"Por causa do que virá do Gelo Mortal", disse Ein. "Ele não quer que os corpos sejam ressuscitados contra nós." Ein não falou que seus três últimos irmãos estavam entre eles, mas algo em seu rosto disse isso mesmo assim.

"Se eles estiverem congelados isso não será possível..." Tentei me sentar outra vez. Sentar-se é um importante precursor de sair correndo.

"Pode ser que não congelem a tempo", disse Tuttugu.

"E Snorri não quer que reste nada a ser corrompido depois..." Ein repousou sua pedra de amolar e admirou seu gume à luz do fogo.

Entre eles, os dois homens que eu salvara conseguiram fazer meu sangue gelar. Aquele "a tempo" e aquele "depois" não eram animadores. Um cadáver congelaria totalmente da noite para o dia.

"Estamos esperando... problemas... antes de amanhecer?" Tentei fazer aquilo soar de maneira que não parecesse uma lamentação – e fracassei.

"Não temos nada com isso. É o que Snorri diz. Ele diz que estão vindo." Tuttugu apertou as amarras em volta do joelho e ganiu de dor.

"Como ele sabe?" Fiz uma terceira tentativa de me sentar, estimulado pelo medo, e consegui, com as costelas raspando.

"Snorri diz que a escuridão lhe contou." Ein abaixou seu machado e olhou na minha direção. "E, se ele não acabar com isso no escuro, você terá de fazê-lo na claridade."

"Isso..." Desci da mesa e a dor me interrompeu. "Isso é loucura. Ele só precisa encontrar sua mulher e seu filho, e aí nós vamos embora!" Eu deixei de fora a parte de "encontrá-los vivos ou mortos". "Quebra-Remo está morto. Acabou."

Sem esperar ser contrariado, saí mancando para a porta distante. As manchas de sangue, agora secando em tons de preto e o escarlate mais escuro, mostraram o caminho. De onde Snorri tirava a energia para arrastar quase trinta cadáveres por aquele corredor até a muralha da fortaleza eu não fazia ideia, mas sabia que ele não teria o combustível, o vigor e nem o tempo de acrescentar os mortos congelados do exército de Olaaf Rikeson à sua pira.

As escadas que davam para a porta externa estavam escorregadias de sangue, já congelando onde pingava de um degrau para o outro. Ao abrir a porta, encontrei a noite acesa com uma enorme labareda, com o vento levando a chama laranja por sobre as ameias. Mesmo com todo aquele calor a menos de vinte metros, o frio me pegou imediatamente, o frio estranho de uma terra que nada oferecia para os homens nem para qualquer outro ser vivo.

A silhueta de Snorri aparecia contra o incêndio. Eu podia ver os cadáveres e as toras, alguns negros contra o brilho quente, outros derretendo dentro dele. Até a força do vento não conseguia espantar o cheiro de carne queimada de minhas narinas. A passarela escorria gordura quente, que queimavam mesmo enquanto desciam pelo interior do muro.

"Acabou?" Tive de levantar a voz acima dos estalos do fogo e do descontentamento do vento.

"Eles estão vindo, Jal. Os homens mortos do Gelo Mortal, os necromantes que os pastoreiam, Edris e o restante dos seguidores do Quebra-Remo." Ele fez uma pausa. "Os natimortos."

"O que diabos você está fazendo aqui fora, então?", gritei. "Vá procurar sua esposa e vamos embora." Ignorei o fato de que mal podia percorrer a extensão do corredor e que se seu filho estivesse ali nós não poderíamos marchar pelo planalto com ele. Essas verdades eram desconfortáveis demais. Além do mais, a mulher e o menino provavelmente estavam mortos e eu preferia morrer tentando cruzar o gelo a enfrentar necromantes e seus horrores.

Snorri virou-se do fogo com os olhos vermelhos pela fumaça. "Vamos entrar. Já disse as palavras. As chamas vão levá-los para Valhalla."

"Bem, não Quebra-Remo e seus desgraçados", falei.

"Até eles." Snorri olhou novamente para a chama, com um pequeno sorriso torcendo seu lábio cortado. "Eles morreram em batalha,

Jal. Isso é suficiente. Quando nos armarmos contra os jötun no Ragnarök, todos os homens com fogo no sangue se unirão."

Nós caminhamos lado a lado e Snorri acompanhou meu passo de lesma ao descer mancando as escadas, pisando em falso uma vez e proferindo todos os xingamentos que sabia até chegar ao final. "Não podemos ficar aqui, Snorri."

"É uma fortaleza. Que lugar melhor para ficar quando seus inimigos estão marchando?"

Ali ele me pegou.

"Quanto tempo fiquei desacordado? Quanto tempo resta?"

"Faltam duas horas para amanhecer. Eles vão estar aqui antes disso."

"O que faremos?" Sven Quebra-Remo já havia sido suficientemente ruim. Eu não tinha a menor vontade de esperar para ver o que havia apavorado um monstro como ele.

"Vamos nos barricar na guarita do portão. E esperar."

Por mais que eu gostasse da ideia de defesa, aquilo não parecia agradar Snorri. Seu próprio nome significava ataque. Esperar parecia uma admissão de derrota. Mas o homem estava exausto, dava para ver. Eu não podia curar suas feridas, assim como não podia curar as minhas. Só andar ao lado dele fazia o ar crepitar com energias desconfortáveis. Mesmo com um metro de distância entre nós, minha pele se arrepiava, como se, em algum lugar dentro dos meus ossos, aquela rachadura, a que a magia da Irmã Silenciosa havia soltado pelo mundo – entre mundos – quisesse escapar. Ela queria me atravessar e unir-se à sua gêmea escura que saía de Snorri. Juntas, elas correriam para o horizonte, rachando e rachando de novo até o mundo ficar em pedaços.

A portaria tinha várias câmaras. A principal tinha vista que dava para o portão lá embaixo, caso alguém abrisse as venezianas e se inclinasse. Além disso, três aberturas cobertas permitiam que se derramasse qualquer líquido desagradável que se desejasse na cabeça das pessoas que estivessem nos grandes portões. Tão perto do Gelo Mortal,

A GUERRA DA RAINHA VERMELHA

apenas derramar água em visitas indesejadas seria fatal para a maioria. A sala tinha uma lareira com lenha empilhada dos dois lados, bem como dois baldes de cobre cheios de carvão. Tuttugu e Ein se puseram a acender o fogo, ambos se movendo de maneira desajeitada, com as feridas endurecidas. Tuttugu havia criado uma muleta com uma lança, pedaços de mobília e uma capa acolchoada, mas estava claro que não podia percorrer grandes distâncias. Nossa força de combate para valer consistia em Snorri e Ein, ambos bastante enfraquecidos por seus ferimentos. Tuttugu e eu poderíamos ser derrotados por uma única criança de doze anos armada com um bastão.

As portas e as janelas eram todas de construção pesada, com ferrolhos lubrificados e trancados.

"Eles subirão pelos muros", falei.

"Os mortos, não." Snorri balançou os braços para relaxá-los. Ele estava com o machado de Sven Quebra-Remo agora, ou melhor, eu suspeitava que havia recuperado dele o machado de seu pai.

"Então os homens de Hardanger vão pular." Edris estaria com eles. Eu não sabia dizer por que ele me metia mais medo que os vikings, mas metia.

"Duvido que eles tenham garras, e provavelmente não têm nem cordas. Mas talvez tenham." Snorri deu de ombros. "Não podemos patrulhar as muralhas deste forte com dois homens. Eles simplesmente tentariam em três lugares ao mesmo tempo. Ou eles entram, ou não entram. De qualquer maneira, estarão com frio. Ficaremos de guarda no telhado da guarita e decidiremos o que fazer quando algo precisar ser feito."

"Mas está escuro."

"Se eles vierem de noite, Jal, eles vão trazer luzes, não vão? Aqueles que podem escalar precisam enxergar. Não sei o que os falecidos veem, ou se eles precisam que esteja claro, mas os mortos que eu vi em Oito Cais eram como os mortos da montanha de Chamy-Nix. Eles não vão escalar paredes."

"E os natimortos?"

MARK LAWRENCE

"Deixe que eles venham." Ele fez um ataque repentino no ar com seu machado.

Coube a Tuttugu e a mim montar guarda, um revezando com o outro. Não fazia sentido os dois homens que ainda podiam lutar congelarem seus traseiros no telhado. Tuttugu ficou com a primeira hora. Eu só podia imaginar o quanto lhe custou subir as escadas com aquele joelho estraçalhado. Eu o encontrei enrolado em suas peles, roxo de frio e semiconsciente, quando subi mancando a longa espiral de degraus para aliviá-lo uma hora depois. Ein teve de subir para ajudar seu amigo a descer.

Aguentei meu turno, ali no escuro, com o vento uivando por toda parte e sem nada para ver, a não ser o brilho da fogueira de ossos perto da torre leste. Eu havia me aquecido apenas por algumas horas, mas o frio intenso do lado de fora veio como um choque. Era difícil imaginar que o havíamos enfrentado dia após dia.

No escuro, percorrendo lentamente a muralha, minha mente me pregava peças, vozes no vento, cores na noite, rostos de meu passado que vinham visitar. Imaginei a Irmã Silenciosa ali no gelo, com seus farrapos voando no vento enquanto circundava o Forte Negro, pintando sua maldição nas paredes. Ela devia estar aqui, aquela velha. Foi ela que nos levara até ali, de alguma maneira, uma maneira que eu não podia entender direito. A culpa era dela. Eu a chamara de maligna, a mulher do olho cego, uma bruxa queimando as pessoas em suas casas. E no entanto parecia que, em cada ocasião, era um natimorto ou qualquer outro subordinado do Rei Morto seu verdadeiro alvo. As pessoas apenas estavam no caminho. Ou talvez fossem iscas.

Por ser príncipe, ensinaram-me que o bem enfrenta o mal. Mostraram-me o bem, brilhando com honra cavalheiresca, e o mal encurvado sobre sua maldade, coroado com chifres. Sempre imaginava onde eu entrava nesse grande esquema, o pequeno Jalan cheio de vontades mesquinhas e desejos vazios, nada tão grandioso quanto

384

o mal, nada tão próximo do bem além da imitação. E agora parecia que a mulher do olho cego dos terrores de minha infância era na verdade uma tia-avó minha. De fato, se meu tio-avô Garyus era o verdadeiro rei, então certamente a Irmã Silenciosa, mais velha que minha avó, seria herdeira dele.

Esfreguei os olhos através do couro duro da minha máscara protetora, tentando mandar o cansaço embora e talvez a confusão também. Pisquei para clarear minha visão turva. Brasas da fogueira de ossos dançavam no vento, contra o negrume da planície de gelo. Apesar do vento, elas permaneceram ali. Outra piscada, mais outra, e elas não sumiram.

"Ah, inferno", praguejei, entre os lábios dormentes.

Lampiões.

Eles estavam vindo.

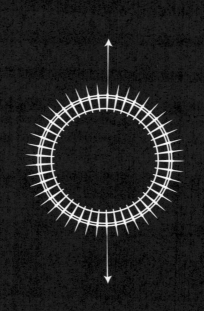

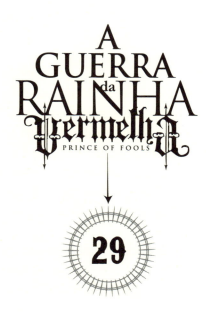

29

Snorri observou o ataque por uma fresta que abrira nas venezianas. Senti o frio cortante até de meu lugar perto da lareira.

"Eles estão vindo em direção ao portão da frente."

"Quantos?", perguntei.

"Duas dúzias, talvez um pouco mais."

Eu estava esperando um exército, mas fazia sentido serem tão poucos. Manter uma quantidade significativa à beira da sobrevivência aqui seria uma imensa empreitada, e sem sentido, já que havia homens mortos para fazer a maior parte do trabalho. Mas aquilo me fez pensar novamente nos prisioneiros. Eles haviam vendido os homens para o sul. Não dei tanta importância a isso antes, mas se queriam prisioneiros para escavar o gelo... Aquilo não fazia sentido nenhum – eles teriam matado quaisquer prisioneiros que tivessem e deixariam que eles servissem o mesmo propósito após a morte, sem se cansar e sem precisar ser alimentados.

"Não há prisioneiro nenhum!" Falei em voz alta – não foi um sussurro, não foi um grito, apenas uma afirmação.

"Cerca de cinquenta mortos enfileirados na retaguarda... pelo menos é tudo que eu consigo ver com as luzes deles, mas é um grupo bem unido." Snorri continuou seu relato. "Pode haver necromantes e ilhéus entre eles, não dá para dizer."

"O que n..." Eu não conseguia encontrar as palavras certas. "Por que es..." Se não havia prisioneiros... onde estavam Freja e o pequeno Egil?

"Homens chegando às portas." Snorri cruzou até a abertura central. "Óleo."

Ein foi até lá com o balde de óleo que estavam aquecendo no fogo, carregando-o com pinças almofadadas. Aparentemente, água fervente se congelaria e se espalharia, caindo como uma nuvem de cristais de gelo.

Três pancadas abafadas vieram de baixo, quando alguém bateu ao portão. Snorri tirou a cobertura do buraco e Ein despejou. Quando o balde foi esvaziado, Snorri recolocou a tampa, silenciando os gritos.

"E agora?", perguntou Tuttugu, de olhos arregalados, recuperado o bastante para ficar apavorado.

"Jal, volte para o telhado e continue vigiando", disse Snorri.

"A escada vai me matar, se nada mais conseguir." Balancei a cabeça e subi os degraus em espiral na velocidade que pude.

Do telhado, pude ver o que Snorri descreveu, nada mais. Talvez o que viu foi a soma deles. Com o coração acelerado, e tremendo tanto de frio quanto de pensar no que a escuridão poderia estar escondendo, circundei o muro de vigia. Nada. Nenhuma outra luz. Absolutamente nada para ver. Aquilo me preocupou, tanto em geral quanto por algum outro motivo que eu não estava conseguindo identificar.

Durante longos minutos, apenas o vento uivou, os vikings mantiveram suas tropas no abrigo dos muros, com os mortos atrás deles, e nada se moveu. Um pavor cresceu dentro de mim, mas ele não precisava de muita influência maligna extra para isso. Havia coisas mortas lá fora, querendo compartilhar de sua situação; só um louco não estaria tremendo.

A GUERRA DA RAINHA VERMELHA

Com apenas as luzes para vigiar, observei as luzes. Eu me perguntei como podia ter me iludido que eram apenas fagulhas da fogueira sopradas pelo campo de gelo. A mente passa metade do tempo se enganando, ao que parece. Ou talvez eu esteja enganando a mim mesmo... Fitei as luzes por mais um momento e depois bati na testa. Não é com frequência que as pessoas de fato batem na testa quando uma compreensão súbita ilumina seu crânio por dentro, especialmente se não houver plateia. Mas eu bati. E depois corri para baixo das escadas congeladas, dois a três degraus por vez, xingando com a dor em cada impacto.

"O quê? O que foi? O que viu?" Todos os três juntos desandaram a me fazer perguntas enquanto eu me curvava sobre minha dor, segurando as costelas, lutando para respirar.

"Abram espaço para ele", disse Snorri, afastando-se.

"Eu..." O corte em minha perna havia se rompido além dos pontos que Ein dera enquanto eu dormia e o sangue escorreu por minha coxa.

"O que viu?", quis saber Tuttugu, com o rosto branco.

"Nada", respondi com um arquejo, e tomei fôlego.

"Quê?" Três olhares vazios.

"Nada", falei. "Apenas os lampiões dos homens de Hardanger."

Mais um momento de incompreensão.

"Não há fogo no muro." Apontei na direção aproximada da grande pira de Snorri.

"Não pode ter se apagado", disse Ein. "Ainda estará quente a essa hora amanhã."

"Sim", assenti. Quando desci para relatar os visitantes do Gelo Mortal, a fogueira de ossos tinha dez metros de brasas alaranjadas com labaredas agitando-se quando o vento soprava.

"Vou verificar." Ein pegou um lampião na moldura da lareira e foi até a pesada porta que dava para o corredor e os salões. Batidas vindas lá de baixo o fizeram parar no meio do caminho. Parecia mais um aríete do que a batida do escudo na madeira que escutáramos antes.

"Tuttugu! Óleo!" E Snorri tirou a tampa do buraco. Ele olhou para baixo, franzindo a sobrancelha. "Não há nada l..."

BUM!

O som do impacto o abafou.

"Cacete! Está vindo do lado de dentro!" Snorri virou-se na direção de Ein, que estava de costas para a entrada.

"Vou descobrir..." Ein interrompeu sua frase e cambaleou para a frente, acompanhado de um baque estraçalhante. Algo afiado e grosso e coberto de sangue agora se projetava debaixo de seu esterno. Um momento depois, a porta saiu de suas dobradiças e o horror do outro lado sacudiu a porta e o corpo de Ein, pelo instrumento com o qual empalara ambos.

"Puta merda!" Um guincho. Alguma coisa quente escorreu por minha perna. Gostaria de dizer que era sangue. A coisa estava bloqueando o corredor, uma enorme massa de carne derretida e escurecida, com ossos incorporados, um capacete rachado ali, um crânio acolá, ainda fumegante – os restos fétidos da fogueira de ossos, apagada e avivada na forma de algo que se parecia mais com uma lesma gigante e corrompida do que com qualquer homem.

Snorri passou por mim com um salto, rugindo e cortando. Nacos de carne fumegante voaram pelo recinto. O fedor daquilo me deixou de joelhos, vomitando. A maior parte do meu vômito desceu pelo buraco, mas não havia ninguém para receber a torrente. Os rugidos de Snorri continuaram por bastante tempo, pontuados pelos estrondos lá de baixo.

Quando finalmente levantei a cabeça, Snorri parou seu ataque. O pesadelo estava prostrado na entrada, escorrendo mais ou menos um metro para dentro da sala, transbordando parte da porta e cobrindo as pernas de Ein até o quadril. Fora do local onde Snorri enterrou seu machado outra vez, para garantir, parecia não restar mais nenhum movimento ali.

"Acabou", disse Tuttugu ao lado do fogo, nervoso, quase pulando de um pé só.

A GUERRA DA RAINHA VERMELHA

Ele mal havia calado a boca quando a cabeça de Ein estalou para cima ali no chão. Os olhos com que o nórdico me olhou eram olhos que vi pela última vez em uma montanha de Rhone e que tinham o mesmo apetite morto-vivo. Lábios se retorceram, mas o que quer que Ein estava prestes a dizer foi cortado, junto com sua cabeça, pelo machado descendente de Snorri.

"Desculpe, irmão." Ele pegou a cabeça decepada pelos cabelos e a atirou na lareira ardente.

"Isso não é tudo", falei. Havia muito mais na fogueira de ossos do que a massa à nossa frente.

Como confirmação, as portas lá embaixo foram estilhaçadas: na verdade, os apoios da barra de travamento devem ter se quebrado, em vez das portas. Dois homens poderiam ter aberto os portões por dentro sem mais problemas, mas o monstro insensato que os necromantes criaram não tinha a destreza ou a inteligência necessária. Então ele golpeou a barra de travamento até se soltar e agora, esgotado como seu pequeno equivalente lá em cima, ele desabou pela abertura que criara.

"E agora?" Eu precisava de um lugar para correr.

"Nós corremos", disse Snorri.

"Ah, ótimo", respondi, embora eu não pudesse fazer mais do que mancar com minhas costelas fraturadas. Parei por um momento e olhei para ele. Parecia sua admissão final de derrota, Snorri fugindo da briga. "Para onde?"

Ele já havia aberto a segunda porta, a que dava para as câmaras dentro dos muros, à esquerda da guarita, do lado oposto daquelas onde enfrentamos o Quebra-Remo.

"Existe uma sala-forte na fortaleza. Portas de ferro. Muitas trancas. Precisamos aguentar até a manhã." Ele correu pelo corredor congelante afora, com a respiração se condensando ao seu redor.

"Por quê?", gritei atrás dele, tentando acompanhar. Eu era bastante a favor de correr e me esconder, mas esperava que houvesse um motivo melhor do que protelar o inevitável. Atrás de mim, a muleta de Tuttugu batia nas pedras enquanto ele se balançava o mais rápido que podia. "Por quê?" Quase sem fôlego eu o alcancei a cem metros dali.

Snorri, aguardando à frente de um lance de escadas, passou os olhos por mim até a luz do lampião oscilante de Tuttugu. "Rápido!"

"Por quê?" Eu estava quase ao alcance de tocá-lo.

"Porque não podemos vencer. Não no escuro. Talvez de manhã essas magias, essas criaturas... talvez elas não sejam tão fortes. Talvez não. De qualquer modo, vamos morrer à luz do dia." Ele fez uma pausa. "Não gosto dos dons de Aslaug. Não gosto do que ela tentou me transformar." Um sorriso. "Vamos para Valhalla com o sol em nossos rostos."

Snorri fez uma pausa para eu responder. Tudo que eu tinha a dizer era que não achava que o sol nos encontraria em uma sala-forte enterrada no meio da fortaleza, mas guardei essas palavras na boca. Ele sorriu de novo, incerto desta vez, virou-se e desceu as escadas. Fui atrás, xingando por ter de lutar com mais degraus congelados, apesar de que o gordo Tuttugu, com seu joelho quebrado, teria ainda mais dificuldade atrás de mim.

O gelo havia lacrado a porta para o pátio. Snorri a arrombou e esperou por nós, com o vento uivando lá fora.

"Como vamos entrar?", perguntei ofegante.

"Peguei as chaves de Sven Quebra-Remo." Snorri apalpou seu casaco. "Eu já estive lá. Abri tudo... Eu tinha de procurar..." Ele cobriu seu lampião para não mostrar nenhum brilho. Tuttugu fez o mesmo quando chegou bufando ao fim das escadas.

Nós saímos para o pátio. Eu não conseguia ver nada além de luzes espalhadas pelos grandes portões enquanto os vikings atravessavam. Com certeza checariam seus companheiros e provisões primeiro. Sem comida e combustível, enfrentariam um futuro desolador. Com Forte ou sem, o Gelo Mortal mataria todos eles.

"Venha." Snorri saiu na frente.

A GUERRA DA RAINHA VERMELHA

"Espere!" Eu literalmente não conseguia vê-lo. Nós podíamos ser separados e nos perder uns dos outros no escuro. A aurora estava a bem menos de uma hora dali, mas o céu não tinha o menor vestígio dela.

Tuttugu mancou entre nós e pôs a mão no ombro de Snorri. "Segure-se, Jal."

Eu me segurei em Tuttugu e em um comboio às cegas nós saímos, pisoteando o gelo e a neve sobre a extensão do pátio.

Os Vikings Vermelhos deviam estar ocupados protegendo suas antigas propriedades, mas eu estava mais preocupado com quem os havia trazido até ali. A noite parecia assombrada – o vento soprando com uma nova voz, mais frio e mais mortal do que antes, embora não achasse isso possível. Nós continuamos em frente e a cada passo eu esperava que uma mão se depositasse em *meu* ombro, puxando-me para trás.

Às vezes, nossos piores medos não são realizados – embora em minha experiência isso seja apenas para abrir espaço para os medos que nossa imaginação não conseguia conceber. De todo modo, chegamos à fortaleza, e Snorri pôs uma grande chave de ferro na fechadura da porta inferior que ficava dentro de um grande portal, grande o bastante para passar carroças. Com esforço, ele virou a chave. Achei que encontraríamos a fechadura congelada demais, mas novamente meus medos foram infundados – afinal, a fechadura havia sido feita no frio por pessoas que entendiam de inverno.

Snorri entrou na frente. Ele fechou a porta, trancou-a e descobriu seu lampião. Ficamos parados um momento, os três, olhando para os rostos uns dos outros, pálidos, sujos de sangue, com a respiração se condensando diante de nós. "Venham." Snorri foi em frente, passando por vários recintos vazios, mais portas, mais escadas – menos geladas aqui dentro do prédio. Corremos por corredores desertos, com as sombras balançando à nossa volta com o movimento de nossos dois lampiões. Nossa bolha de iluminação provisória atravessou

MARK LAWRENCE

uma escuridão devoradora. Nossos passos ecoavam naqueles lugares frios e vazios e parecia que fazíamos um estardalhaço terrível. Empurrei a frase "alto o bastante para acordar os mortos" para o fundo de minha mente. Passagens laterais abriam-se para nós ao passarmos, ameaçadoramente escuras. Em frente, um arco alto se abria em um longo salão com uma porta de ferro entreaberta do outro lado.

"Lá." Snorri apontou com o machado. "Lá está a nossa salvação."

Salvação! No pior dos tempos, até a salvação temporária parece uma bênção. Olhei de volta para a passagem, convencido de que algum horror das trevas sairia das sombras a qualquer momento e viria atrás de nós. "Rápido!"

Snorri correu até lá e, com um rangido das dobradiças, abriu a porta o suficiente para passarmos. Atrás dela ficava um corredor estreito com uma série de grossas portas de ferro. Ainda bem que Snorri as tinha destrancado em sua visita anterior, senão estaríamos nos atrapalhando com chaves enquanto as sombras cresciam às nossas costas. Quando ele fechou a primeira atrás de nós, o som dele trancando-a foi um tipo especial de música para meus ouvidos. Meu corpo inteiro desabou quando aquela tensão terrível se aliviou.

Eu me perguntei onde Freja e Egil poderiam estar e esperei que fosse em algum lugar seguro. Não mencionei aquilo, no entanto, no caso de Snorri decidir sair à procura deles outra vez. Se eles haviam durado esse tempo todo, durariam mais um pouquinho, eu disse a mim mesmo. Em minha mente, os imaginei vestindo seus nomes com as descrições de Snorri. Freja capaz, determinada... ela não perderia a esperança, não nele, não enquanto seu filho estivesse vivo. Eu vi o menino também, magrelo, sardento, curioso. Eu o vi sorrir – o sorriso fácil que seu pai tinha – e sair correndo em alguma travessura entre as cabanas de Oito Cais. Não conseguia imaginá-los ali, não conseguia imaginar o que aquele lugar teria feito com eles.

Eu me recostei à parede por um momento, fechando os olhos e tentando me convencer de que o cheiro de túmulo pairando no ar era imaginação. Talvez fosse, ou talvez a perseguição havia sido tão

A GUERRA DA RAINHA VERMELHA

próxima quanto eu temia, mas de qualquer maneira trancar aquela porta foi uma coisa boa. Uma coisa muito boa mesmo. Snorri fechou alguns trincos pesados em cima e embaixo. Melhor ainda.

"Continue andando." Ele acenou para eu continuar, com cuidado para não me tocar: o ar estalava e espocava se chegássemos perto demais, e minha pele brilhava tanto que eu quase podia iluminar o caminho. Havia quatro portas entre o corredor e a sala-forte. Snorri trancou todas as quatro atrás de nós, travando-as também, caso o inimigo tivesse cópias adicionais das chaves.

Com a última porta trancada, desabamos sobre os sacos empilhados em volta das paredes. Os lampiões revelaram um pequeno quarto cúbico sem janelas e nenhuma saída além daquela por onde entramos.

"O que há nos sacos?", perguntou Tuttugu, apalpando um que saía debaixo dele.

"Milho preto, farinha de trigo, um pouco de sal." Snorri apontou para os dois barris no canto oposto. "Gelo picado e, naquele outro, uísque."

"A gente pode sobreviver um mês com isso", falei, tentando imaginar.

"A luz do dia. É só isso que estamos esperando. De manhã, atacamos." Snorri estava sério.

Por mais que eu quisesse argumentar, aquilo fazia sentido. Nenhum socorro chegaria, nenhum reforço estava a caminho. Ou eles acabariam arrombando a porta alguma hora, ou nós morreríamos de fome em nossa própria sujeira. Mesmo assim, eu sabia que quando fosse a hora de partir, de efetivamente nos colocar nas mãos dos natimortos, eles teriam de me arrastar. Eu preferia cortar meus pulsos e acabar logo com aquilo.

"O que há lá fora, Snorri?" Eu me recostei e observei as sombras dançando no teto. "Aslaug lhe contou? Ela disse o que viu na escuridão?"

"Natimortos. Talvez uma dúzia deles. E o pior deles, o Capitão Unborn. O braço direito do Rei Morto no norte. Todos escavando tropas para a guerra que ele está planejando. As tropas são apenas um bônus. O que eles realmente querem é a chave de Rikeson. Não que Rikeson a tenha criado. Aslaug diz que ele enganou Loki para lhe entregar a chave. Ou Loki deixou que parecesse dessa maneira, mas, na verdade, foi Loki quem enganou Rikeson para aceitá-la.

Tuttugu esticou sua perna, farejando e puxando suas peles ao redor. Ele enrugou o nariz, desaprovando o ar.

"Baraqel não me diz nada de útil. Suponho que todos os melhores segredos são ditos à noite." Não dei muita atenção à conversa de Aslaug sobre Loki. Parecia que as vozes com que a luz e a treva costumavam falar conosco eram aquelas que nós lhes dávamos, tiradas de nossas expectativas. Era apenas natural que as explicações viessem a Snorri envolvidas em histórias pagãs, enquanto eu recebia a versão verdadeira, dita por um anjo tal como podia-se ver nos vitrais da catedral de Vermillion.

Vermillion! Meu Deus, como eu gostaria de estar lá. Eu me lembrei daquele dia, o dia em que deixei a cidade – o redemoinho louco e caótico daquele dia – e, antes que tivesse sequer tomado meu desjejum naquela manhã, a Rainha Vermelha já estava enchendo nossos ouvidos, de todos os netos, e no final, quando eu estava desesperado para sair e cumprir meus próprios planos, vovó não estava falando de tarefas, de buscas, da procura por... uma chave?

"Parece que alguma coisa entrou aqui rastejando e morreu." Tuttugu interrompeu meus pensamentos. Ele farejou de novo, lançando um olhar desconfiado na minha direção.

Eu o calei com um aceno de mão. Os pedaços estavam se juntando em minha mente. A história da Rainha Vermelha sobre uma porta para a morte, uma porta de verdade. Quem iria querer abrir uma porta dessas?

"O Rei Morto..."

"Jal..." Tuttugu tentou me interromper.

"Estou *pensando*!" Mas a porta da morte jamais poderia ser aberta – a fechadura não tinha... "A chave de Loki não pode abrir nada!"

"Jal!" Snorri ficou de pé em um pulo. "Abaixe-se!"

A GUERRA DA RAINHA VERMELHA

Um saco vazio caiu sobre meus ombros enquanto eu me atirei para a frente, esquecendo-me do quanto aquilo doeria. Eu ouvi grãos se deslocando e derramando. O fedor de túmulo intensificou-se em algo quase físico.

"Não!" Tuttugu gritou e se atirou para o que quer que tenha surgido atrás de mim, de machado em riste. Eu bati no chão e meu mundo se acendeu com a agonia do impacto em minhas costelas quebradas. Uma pancada substancial e, pelos olhos entreabertos, consegui ver Tuttugu voando para trás pelo recinto. Ele bateu na parede com o tipo de barulho que significava que não se levantaria mais.

Rolei de costas e o natimorto agigantou-se sobre mim, desenrolando os membros longos e escabrosos, derramando os sacos cheios e a saca vazia atrás da qual havia se escondido. Um rosto recém-esfolado olhou para mim, com o topo daquele couro cabeludo molhado e careca quase arrastando-se no teto. Os olhos tinham o mesmo apetite feroz que aqueles que me caçaram durante toda esta longa e louca jornada de Marcha Vermelha, mas não eram os mesmos olhos que me fizeram correr na noite da ópera, que parecia ter acontecido uma eternidade atrás. Esses apavoravam, mas tinham pouco daquele conhecimento terrível.

Dei uma guinada para o lado e tentei rastejar até a porta, quando uma mão feita de carne ensanguentada e ossos demais se abaixou na minha direção.

"Jal!" Snorri chegou com um salto. Ele sempre chegava com um salto. Meu amigo decepou o braço da criatura, jogando-o para o lado. O natimorto o arranhou com a outra mão, as garras falciformes rasgando muitas camadas de pele e o músculo embaixo.

Quase consegui chegar à porta. O que teria feito se a alcançasse eu não sei. Arranhado o ferro frio de desespero, provavelmente. O natimorto me poupou daquelas unhas partidas ao espetar o dedo longo e imundo na lateral do meu corpo e me arrastar de volta. Lutei a cada centímetro do caminho, chutando e gritando. Principalmente gritando.

Snorri atacou de novo, ensopado com seu próprio sangue, e o natimorto o pegou pela cintura, levantando-o do chão, com as garras enterradas profundamente.

"Morra, seu desgraçado!" Seus olhos escureceram com um uivo. E, com sua última força, Snorri ver Snagason balançou o machado de seu pai, arrastando a pesada arma pelo ar em um golpe de lado, girando na mão do natimorto, enterrando ainda mais suas garras, mas impulsionando a pancada. A lâmina atravessou a luz do lampião, deixando rastros de escuridão. Ela entrou na cabeça do natimorto, partindo aquele crânio horrível, e com um rugido Snorri puxou o machado para trás, respingando sujeira cinzenta ao abrir uma rachadura no monstro.

As convulsões do natimorto jogaram nós dois para longe, espalhando grãos, sal e pedaços de saco rasgado enquanto ele se debatia e diminuía. Fiquei caído com sangue jorrando como um rio pelo buraco escuro que a criatura fez em mim. Snorri conseguiu ficar de pé mais uma vez, embora cambaleasse ao arrastar seu machado na direção do inimigo.

Quando o nórdico conseguiu atravessar o recinto, tudo o que restava em meio a um monte de ossos velhos e pele solta, enrolada e escurecida, era uma coisinha vermelha. Parecia-se quase com um bebê. E, caindo de joelhos diante daquilo, Snorri se curvou e chorou como se seu coração tivesse sido partido.

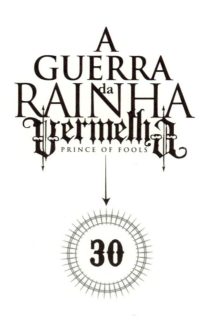

"Estamos fodidos." Levantei a mão para limpar o sangue de minha boca. O braço parecia de outra pessoa, quase pesado demais para mexer. Sangue demais para limpar. Talvez eu tenha mordido a língua.

"Estamos mesmo." Snorri estava deitado de costas, com as sacas em volta dele manchadas de carmim. Sua perna parecia desconfortável, dobrada de maneira estranha embaixo dele, mas se ela estava incomodando, ele não tinha forças para movê-la. Incomodou a mim, vê-lo daquele jeito, sem forças. Snorri nunca desistia. Ele jamais faria isso, não com sua esposa e filho tão próximos. Olhei para ele, estirado, sangrando, derrotado. E nesse momento eu soube.

"Conte-me." Eu estava deitado em sacas tão ensanguentadas quando as de baixo dele. Nós dois sangraríamos até a morte em pouco tempo. Eu quis saber se realmente estivemos em uma missão de resgate – se sua esposa e filho poderiam de fato ter sido salvos. "Conte-me tudo."

Snorri cuspiu sangue e abriu a mão para deixar seu machado cair. "Quebra-Remo me disse, lá no salão, que teria me contado quando me tinha como prisioneiro. Ele me disse para não perguntar, no dia em que me pegaram – e me botou medo para não fazê-lo... Não tive coragem de perguntar. Ele me disse que eu não deveria perguntar, pois ele me contaria. E não perguntei, e ele ficou em silêncio." Snorri respirou fundo, lentamente. O osso de sua maçã do rosto havia se quebrado e pedaços dele apareciam através da pele. "Mas no salão, com Aslaug me preenchendo e os olhos dele esmagados, eu lhe perguntei de novo... e então ele respondeu." Snorri respirou tremendo e meu rosto ficou dormente, minhas bochechas formigaram, os olhos quentes e cheios. "Egil e as outras crianças eles deram para os necromantes. As vidas de crianças podem ser usadas para alimentar os natimortos e os lichkin – que são tão terríveis quanto." Outra respiração difícil. "As mulheres foram mortas e seus corpos renascidos foram usados para escavar o gelo. Apenas Freja e poucas outras foram poupadas."

"Por quê?" Talvez eu não quisesse saber, no fim das contas. Minha vida estava formando uma poça carmesim no chão à minha volta. Memórias brilhantes me chamavam, dias preguiçosos, momentos doces. Melhor passar o tempo que restava com elas. Mas Snorri precisava me contar e eu precisava deixar que o fizesse.

Morrer não era tão ruim quanto eu imaginara. Passei tanto tempo com medo, aguentei tantas mortes em minha imaginação, mas aqui estou eu, perto do fim, quase em paz. Doía, sim, mas tinha um amigo por perto e uma certa calma me envolveu. "Por quê?", perguntei novamente.

"Eu não lhe contei." Snorri suspirou com alguma dor repentina. "Não consegui. Não era mentira. Simplesmente não consegui dizer as palavras... grande demais... se você..."

"Eu entendo." E entendia. Algumas verdades não devem ser ditas. Algumas verdades vêm farpadas, cada palavra rasgaria você por dentro, se as forçasse a saírem de seus lábios.

"Ela... Freja, minha mulher." Uma respiração doída. "Freja estava grávida. Ela estava esperando um filho nosso. É por isso que

A GUERRA DA RAINHA VERMELHA

a mantiveram. Para fazer natimortos. Ela morreu quando cortaram o bebê da barriga dela." Uma respiração saiu dele borrifando sangue, a dor escapando pelos curtos soluços molhados que nós homens damos para não chorarmos feito crianças.

"Grávida?" Esse tempo todo ele não havia falado sobre isso. Nossa longa jornada era uma corrida desesperada contra o destino daquele bebê. Uma lágrima rolou por minha bochecha, quente e lenta, resfriando-se ao encontrar o ar frígido.

"Eu acabei de matar meu filho." Snorri fechou os olhos.

Virei a cabeça e vi de novo o feto curvado em meio à ruína do corpo que o natimorto construíra – o núcleo dele, o potencial, usurpado e destruído por algum horror que jamais vivera.

"Seu filho..." Não perguntei como ele sabia. Talvez a ligação entre eles tivesse feito o natimorto ler sua mente, feito-o esperar por nós nesta sala. Não perguntei nada – não tinha palavras. Eu disse apenas a menor de todas, a que eu devia ter usado mais em minha vida curta e tola.

"Lamento."

Ficamos um bom tempo sem falar. A vida se esvaía de mim, gota a gota. Eu achava que devia sentir mais falta da vida.

Um barulho agudo rompeu o silêncio.

"Que diabos?" Levantei a cabeça um pouco. Parecia...

"Dobradiças!" Snorri se levantou aos poucos, apoiando-se nos cotovelos.

"Mas você trancou aquela porta." O ruído do ferro sobre ferro me fez trincar os dentes. "Travou também."

"Sim."

Outro guincho. Mais alto desta vez, mais perto.

"Como isso é possível?" Um pouco de energia voltara à minha voz agora. Um toque de reclamação também, admito. "Por que eles não estão precisando arrombá-las?"

"Eles têm a chave." Snorri estendeu a mão para pegar o machado, soltando grunhidos.

"Mas você travou todas as portas! Eu vi."

Mais um guincho, o barulho do ferro antigo raspando-se na pedra quando a terceira porta cedeu. Apenas uma restava – a porta para qual eu estava olhando fixamente, apavorado.

"A chave. A chave de Rikeson. A chave de Loki. A chave que abre todas as portas." Snorri conseguiu se sentar, muito pálido, com um tremor nos braços. "É o Capitão Unborn. Eles devem ter encontrado a chave sob o gelo."

Restavam-nos apenas momentos. Ouvi um raspão seco do outro lado da porta e a ferrugem floresceu sobre o ferro preto antigo. De repente, parecia mais frio naquele ambiente, e mais triste, como se um peso de tristeza tivesse caído em meus ombros. Mais do que eu podia suportar.

"Jal... foi uma honra." Snorri estendeu a mão na minha direção. "Tenho orgulho de ter conhecido você." Ele passou a palma da mão sobre a lâmina do machado de seu pai, abrindo uma fenda. "Sangre comigo, irmão."

"Ah, inferno." Os trincos se abriram na última porta com um barulho alto. "Sempre soube que você tentaria fazer essa merda viking comigo." A porta começou a se abrir, trepidante, centímetro a centímetro, empurrando os sacos para o lado. "Igualmente, Hauldr Snagason." Cortei minha palma na lâmina da espada, tremendo pela pontada forte, e estendi a mão em forma de concha na direção de Snorri, para segurar o sangue.

A porta lançou-se aberta na última metade de seu movimento e ali, na luz que se apagava em nossos lampiões, o Capitão Unborn aguardava, curvado dentro do corredor, uma paródia de carne, esticada em deformidades de todos os tipos, uma praga de ossos saindo espetados em volta de um rosto que exprimia apenas necessidades terríveis.

Em algum lugar além dos muros do Forte Negro, o sol empurrou sua borda brilhante acima do horizonte de gelo e rompeu a longa noite.

O ar entre Snorri e mim espocou e estalou quando nossas mãos se aproximaram. Meu braço encheu-se de uma luz tão forte que não conseguí olhar. O de Snorri ficou preto retinto, um buraco no mundo que engolia toda a iluminação sem devolver nada.

O natimorto atirou-se para a frente.

Nós nos demos as mãos.

O mundo rachou.

A noite entrelaçou-se com o dia.

Praticamente tudo explodiu.

A magia da Irmã Silenciosa nos deixou e foi atrás de sua presa. Detonações soaram por toda a fortaleza, até o pátio ainda escuro, e saíram além dos muros. O Capitão Unborn durou menos de um segundo. As rachaduras gêmeas o atravessaram, a escura cruzando a clara, e pequenos pedaços dele ricochetearam pelo corredor conforme as fendas continuaram a correr.

A força da explosão deixou nós dois caídos de costas e nos separou. Eu não tinha forças para discordar e fiquei onde a explosão me despejara.

A rachadura que saiu correndo de nós começou no chão, no local onde demos as mãos, no ponto onde nosso sangue se misturou e derramou. A ponta solta dela começou a se espalhar lentamente, fraturando a pedra com o som de gelo quebrado, a fissura clara se entremeando com a escura.

"Jesu!", blasfemei. Melhor morrer com um último pecado em meus lábios.

A rachadura veio na minha direção, ofuscantemente clara, ofuscantemente escura. Pisquei para ela e, por trás de meus olhos, estava um eco de Baraqel, com as asas dobradas. "Está em suas mãos agora, Jalan Kendeth."

Praguejei para ele sumir e me deixar morrer.

"Está em suas mãos." Mais baixo agora, a imagem mais fraca.

Snorri se esforçou para ficar de pé, usando seu machado como apoio. De alguma maneira, o grandalhão desgraçado estava conseguindo – burro demais para saber quando parar. Ainda assim, não

MARK LAWRENCE

era bom um príncipe de Marcha Vermelha ser superado por um hauldr do norte. Eu rolei, xingando, pus a ponta de minha espada na fresta entre as pedras do chão e tentei me alavancar para cima. Era difícil demais. Em algum lugar no fundo de minha mente, vovó apareceu, alta, majestosa, assustadora pra caramba, de vermelho. *Levante-se!* E, rugindo pelo esforço e pela dor, eu me levantei.

Um passo para trás e meus ombros se encostaram à parede, a rachadura a um metro de mim, as sacas se partindo conforme as pedras embaixo se rachavam, grãos de milho saltando no ar e virando do avesso com curiosos sons de estalo.

Quando não há para onde correr, às vezes é preciso apelar para medidas extremas. Baraqel ficava falando de minha linhagem. A imagem da Rainha Vermelha dominou minha imaginação naquele momento, autoritária, destemida, mas, sobre seus ombros, vi Garyus e a Irmã Silenciosa, e diante dela meu pai. Eu usara seu nome em vão muitas vezes, chamando-o de covarde, de bêbado, de padreco, mas sabia, lá no fundo, o que o destruíra, e que ele se manteve firme quando minha mãe precisou dele e não se rendeu a seus demônios quando ela não tinha mais salvação.

Dei um passo na direção da fratura, aquela rachadura entre mundos, fiquei em um dos joelhos diante dela e estendi os braços.

"Isto é meu – eu a criei e o encanto que se espalha dela começou com minha linhagem, uma corrente contínua de sangue me liga àquela que lançou o feitiço." E estendi a mão e, com o que mais estivesse dentro de mim, apertei-a entre os dedos para se fechar.

Por toda a sua extensão, a fissura se acendeu, escureceu, acendeu-se novamente, e se encolheu sobre si mesma – até restar apenas uns trinta centímetros, clara e escura, saindo do ponto onde eu a comprimi entre o indicador e o polegar.

A fratura se contraiu e grunhiu, com rachaduras em miniatura saindo de onde eu segurava, por trás de minha mão, e a dor era excruciante.

404

"Não consigo segurar, Snorri." Eu já estava morrendo, mas o feitiço de minha tia-avó parecia prestes a fazer isso acontecer imediatamente, em vez de dali a uma hora.

Ele precisou rastejar, atirando-se sobre os sacos, os grandes músculos de seus braços tremendo com o esforço, sangue negro escorrendo de sua boca. Mas ele conseguiu. Seu olhar encontrou o meu ao estender a mão para fechar a outra ponta.

"Ela vai morrer conosco? Será que este será o fim?"

Assenti e ele fechou o indicador e o polegar sobre a outra ponta.

31

Os estalos da lenha queimando na lareira. Relaxei. Em meu sonho, eram os fogos do inferno esperando para se alimentar de meu pecado. Fiquei vários minutos apenas curtindo o calor, vendo o jogo de luz e sombra através dos olhos fechados.

"Corra!" Eu me sentei com um solavanco ao me lembrar da sala-forte, do natimorto, das portas se abrindo.

"Que diabos?" Olhei para as peles que haviam saído de cima de mim, para a pele lisa onde eu havia sido espetado, sem dúvida perfurando vários daqueles órgãos vitais e esponjosos que as pessoas têm. Apertei a região e, fora um pouquinho de dor, nada. Passando as mãos sobre meu corpo, apalpando e beliscando, não encontrei ferida pior do que um hematoma ou outro.

Olhei em volta. Um salão do Forte Negro, com Tuttugu andando na minha direção, mancando de leve.

"Você está morto!" Procurei em volta por minha espada. "Eu vi você bater naquela parede!"

Tuttugu sorriu e apertou sua barriga. "Acolchoamento!" Em seguida, mais sério: "Eu teria morrido se não tivesse sido curado. Você também teria."

"O natimorto?" Snorri dissera que havia uma dúzia ou mais. A saliva de minha boca se secou e abrir as mãos foi tudo que consegui fazer para emoldurar a pergunta.

"Todos aqueles que não foram destruídos fugiram. Necromantes, Vikings Vermelhos, homens-cadáveres... tudo se foi", disse Tuttugu. "Como está se sentindo?" Ele parecia um pouco apreensivo.

"Bem. Bem. Melhor que bem." Pressionei os dedos onde minha coxa havia sido cortada, sem sentir a menor pontada. "Como isso é possível?"

"Não está se sentindo... maligno... então?" Tuttugu pressionou os lábios em linha reta, seu rosto sem expressão.

"Hum, não... não especialmente." Procurei em volta por Snorri, mas não vi nada além de pilhas de peles e alguns suprimentos amarrados em farnéis. "Como isso aconteceu?" Eu não conseguia me curar.

"Foi Snorri." Tuttugu pareceu austero. "Ele disse que uma valquíria..."

"Um anjo?

"Ele falou valquíria. Ele disse que a valquíria o ajudou. Havia mais, mas ele não conseguia falar muito no fim. Ele disse... mas não existe valquíria homem... acho que ele disse que a valquíria era um deus..."

"Baraqel? Ele disse Baraqel?

Tuttugu assentiu.

"No fim?" Meu estômago deu um nó gelado. Eu me lembrei do quanto realizar qualquer cura tirava de mim. "Ele está..."

"Morto?" Tuttugu mancou até as peles empilhadas. "Não. Mas deveria estar." Ele puxou uma pele de lobo para o lado e lá estava Snorri, pálido, mas respirando. Parecia estar dormindo, em vez de inconsciente. Os ossos quebrados em seu rosto haviam sido reposicionados e a pele costurada sobre eles. "Fiz o que pude. Agora só nos resta esperar."

"Quanto tempo dormi?" Parecia importante, mesmo com nossos inimigos fugidos.

"O dia todo, Jal. O sol está quase se pondo."

"Mas se Snorri... Baraqel, você disse? E curar... Então ele é jurado pela luz agora." Eu olhei novamente para onde minhas feridas deveriam estar. "Então o que é jurado pela escuridão é..."

Tuttugu assentiu.

"Ah."

Eu me recostei. Seria uma longa viagem de volta ao Vermillion e se nós não nos antecipássemos à chegada do inverno o Forte Negro seria nosso lar até a primavera. Mas eu conseguiria e levaria o que ainda resta de minha recém-descoberta coragem para ficar diante do trono da Rainha Vermelha e exigir que ela ordene que sua maldita Irmã tire esse feitiço de nós.

Tudo isso, é claro, dependia de ninguém conseguir me fazer mudar de ideia daqui até lá.

Em algum lugar, o sol estava se pondo. Eu fechei os olhos e esperei para ver quão persuasiva Aslaug seria.

Seis semanas depois, vieram as primeiras neves profundas do inverno, caindo dos céus carregados, levadas pelo vento cruel.

"Traga-me outra cerveja, sim, Tuttugu? Bom rapaz!"

Tuttugu encolheu os ombros, complacente, empurrou seu frango assado para o lado e saiu para encher o caneco no barril.

Lá fora, as ruas de Trond estavam entupidas de neve. Não me importei. Eu me aconcheguei ainda mais na pele do que deve ter sido um urso branco, tão grande quanto aquele em que Snorri pulou nos Fossos Sangrentos. Muito acolhedor. Ninguém ia e vinha sem um bom motivo e a taberna Três Machados tinha pouco movimento – o que provavelmente foi a razão de o proprietário me vender o negócio todo, inclusive uma quantidade nada pequena de barris, por apenas dois diamantes tirados do medalhão de mamãe.

Era bom ter tantos medos retirados de mim, tantas preocupações terminadas, estar seguro e aquecido no aperto do inverno. As únicas preocupações que me perturbavam agora nas longas noites eram pequenas ou pelo menos muito distantes. O problema de Maeres Allus

MARK LAWRENCE

parecia ínfimo comparado ao problema de como chegar em casa. Na verdade, a única coisa que me tirava o sono, pelo menos a única coisa não convidada, era pensar que embora o Capitão Unborn tivesse me assustado a ponto de meu coração se esquecer de bater, e embora seu olhar fosse uma coisa terrível, aqueles não eram os olhos que me observaram pela fenda daquela máscara de porcelana lá na ópera, a tantos quilômetros e meses atrás. Aquele olhar fora ainda pior e me assombrava até agora.

A vida é boa.

Hoje, Astrid precisa fazer seu trabalho na cidade, mas tenho a adorável Edda para me aquecer em seu lugar. Snorri diz que isso vai acabar em lágrimas e começou a me lançar olhares de desgosto, como se eu devesse ter aprendido alguma coisa a essa altura. Minha própria opinião é que, se eu continuar a fazer esses malabarismos, todas as bolas permanecerão no ar (até Hedwig, uma belezura em quem estou de olho, filha de Jarl Sorren) e minha punição jamais acontecerá, por mais merecida que seja. Aslaug concorda. Ela é, é preciso dizer, bem mais agradável do que Baraqel jamais fora. Estou surpreso que Snorri tenha ficado tão contra ela.

Sim, eu deveria crescer, e sim, eu vou, mas há tempo para isso amanhã. Hoje é para viver.

Então aqui estamos nós, aconchegados no Três Machados sem nada para fazer, a não ser fazer nada. O inverno nos trancou aqui, a salvo do mundo lá fora, presos em nosso próprio mundinho interior. O que é irônico, quando nosso prêmio foi uma chave que podia abrir qualquer coisa, e aqui estamos nós, trancados, presos em Trond até a primavera destrancar o gelo e nos libertar.

Por um tempo, lá naquele forte horrível, com Baraqel me importunando e minha pequena e detestável existência chegando rapidamente ao fim, eu de fato comecei a me perguntar se poderia ter me saído melhor nesse negócio de viver. Comecei a ver minha antiga vida de vinho, música e tantas mulheres quantas me quisessem como algo superficial. Até mesmo de mau gosto. Na viagem pelo gelo e naquela longa noite escura dentro do Forte Negro, confesso ter desejado que meu tempo acabasse, ter prometido que trataria todo mundo melhor, que deixaria de lado preconceitos feios. Eu resolvi procurar Lisa DeVeer, jurar fidelidade, atirar-me à sua mercê, ser o homem que minha idade exigia, não a criança que ela permitia. E o pior de tudo é que eu realmente estava falando sério!

Não demorou muito para Aslaug me dissuadir do contrário. Tudo que eu realmente precisava era de alguém para me dizer que eu era bom do jeito que era, para dar um tapinha em minhas costas e me dizer que o mundo estava esperando por mim lá fora, para ir buscá-lo!

Quanto a Snorri, ele está mais sorumbático que nunca, agora que Baraqel lhe dá um sermão a cada amanhecer. Era de se pensar que, com sua família perdida e sua vingança conquistada, ele seguiria adiante. Tuttugu seguiu. Ele sai para pescar no gelo com os moradores, agora que o porto congelou. Ele tem até uma garota na cidade, pelo que conta. Snorri, no entanto, fica pensando no passado. Ele se senta lá na varanda, quando está frio o bastante para congelar as ondas, todo enrolado, com o machado em seu colo, olhando para aquela chave.

Eu até gosto de chaves, de um modo geral, mas aquele troço, aquele pedaço de obsidiana – daquilo eu não gosto. Você olha para ela e ela faz você pensar. Pensar demais não é bom para ninguém. Especialmente para um homem como Snorri ver Snagason, que tem a tendência a agir de acordo com seus pensamentos. Ele fica lá sentado, olhando para ela, e eu sei as ideias que estão girando em sua cabeça – não precisei que Aslaug me contasse. Ele tem uma chave que abre qualquer porta. Ele tem uma família morta. E, em algum lugar por aí, existe uma porta que dá para a morte, uma porta que se abre para os dois lados, uma porta que jamais deve ser aberta, uma porta que jamais pôde ser aberta.

Até agora.

AGRADECIMENTOS

Muito obrigado ao pessoal bacana
da Voyager que fez tudo isso acontecer
e pôs o livro nas suas mãos.
Agradeço especialmente a Jane Johnson
por seu constante apoio em todos
os aspectos e sua edição valiosíssima.
E mais uma salva de palmas para meu agente,
Ian Drury, e a equipe da Sheil Land
pelo excelente trabalho.

"Vocês sabiam que há
uma porta para a morte?"
PRIMAVERA VERMELHA.2015

DARKSIDEBOOKS.COM